GEORGE ZEBROWSKI

Die Omega-Punkt Trilogie

Roman

Aus dem Amerikanischen übersetzt
von
WALTER BRUMM

Deutsche Erstausgabe

WILHELM HEYNE VERLAG
MÜNCHEN

HEYNE SCIENCE FICTION & FANTASY
Band 0605298

Titel der amerikanischen Originalausgabe
THE OMEGA POINT TRILOGY
Deutsche Übersetzung von Walter Brumm
Das Umschlagbild malte Michael Hasted

Redaktion: Wolfgang Jeschke

Erstausgabe by
Ace Books/The Berkley Publishing Group, New York

Printed in Germany 1995
Umschlaggestaltung: Atelier Ingrid Schütz, München
Technische Betreuung: M. Spinola
Satz: Schaber, Satz- und Datentechnik, Wels
Druck und Bindung: Elsnerdruck, Berlin

ISBN 3-453-08558-2

INHALT

ERSTES BUCH

ZWEITES BUCH

ERSTES
BUCH

Asche und Sterne

1. Kriegssterne

*»Doch was sind Könige, wenn Herrschaft
ist vergangen,
Nur Schatten an einem Sonnentag?«*

– Marlowe, *Eduard II.*

»Die Einbildungskraft vergrößert kleine Gegenstände so, daß sie unsere Seelen mit einer phantastischen Beurteilung füllt ...«

– Pascal, *Pensées*

Die Kriegssterne brannten hell in seiner Erinnerung, jede Sonne ein pulsierender Feuerofen von Haß, der die Energien seines Plasmas in die gefrorene Grimasse der Rüstung umwandelte und die Grundlage für das eiserne Spiel des Krieges schuf – Maschinen, Waffen, die Rümpfe von Flüsterschiffen –, abgepackte und gespeicherte Macht für den Augenblick kinetischer Anwendung. Hier im Herkules-Sternhaufen gab es genug Energie für Millionen Jahre kriegerischer Konflikte. Manche hatten sogar davon geträumt, hundert Sterne zu einer Einheit zu versammeln und durch den Raum zu bewegen, als ob sie ein Schiff wären. Kein feindliches System hätte eine Kollision mit einer derartigen Zusammenballung überleben können.

Als er den aus gewachsenem Fels gehauenen Korridor zum Lageraum im Zentrum des unterirdischen Stützpunktes durchschritt, lächelte Gorgias beinahe über die Abgeschmacktheit des Planes; aber die den Muskeln seines Gesichts aufgeprägte Bitterkeit widerstand sogar einem leisen Lächeln. Jede Kultur, die imstande wäre, solch titanische Kräfte aufzubieten, bedürfte keiner Kriegführung, um ihre Ziele zu erreichen. Nur Verrückte konnten sich mit solchen Träumen beschäftigt haben. Er stellte sich den roten Faden des Wahnsinns als ein Etwas vor, ein subtiles, verzweigtes Netz von Impulsen, das aus entlegenen Winkeln der Raumzeit hervorwuchs, um die empfindlichen Systeme biologischer Strukturen zu durchdringen. Wo war das Machtzentrum dieser willkürlichen, alle Vernunft zerfressenden Deformation, dieses Übels intelligenter Wesen, das von Wohlmeinenden so gern verleugnet wurde? Die strahlende Energie des Sternhaufens hatte den kämpferischen Naturinstinkt seiner Zivilisation genährt und die Entstehung so starker und zäher Charaktere gefördert, daß erst die vollständige Zerstörung der Heimatwelten Ruhe gebracht hatte. Friedhofsruhe.

Ruhe, dachte er, aber nicht Frieden. Es gab niemanden mehr, mit dem man Frieden hätte schließen können; Neuanatolien und die zwanzig Welten des Reiches würden für Zehntausende von Erdenjahren leblos bleiben. Er verspürte ein mattes Wiederaufleben des Hasses, lange von nüchterner Rationalität unterdrückt und überlagert, und erkannte mit leisem Erschauern sich selbst. Er erinnerte sich des Machtbewußtsein, das eine edle Abstammung begleitete, die stolze Todesverachtung. Diese Haltung war nicht in ihm abgestorben, aber er fühlte mit dem Schwinden seiner Kräfte ein Nachlassen der alten unbeugsamen Unversöhnlichkeit, und er war nicht sicher, daß er ihre frühere Glut vermißte.

In der Vergangenheit hatte es begründete Aussichten gegeben, daß dieser Kampfgeist sich gegenüber der zahlenmäßigen Übermacht der Erdenbewohner würde behaupten und durchsetzen können, jenen bleichen Schattengestalten, deren Stamm vor Jahrtausenden die Herakliden entsprossen waren, um das Licht zu neuen Welten zu tragen. Erdenbewohner brannten langsamer als Herakliden, sie überlegten, berechneten, fürchteten den Tod und klammerten sich an ihren Reichtum und ihre Bequemlichkeit. Oder waren das nur Vorurteile?

Er dachte an seinen Sohn. Was blieb ihm noch? Sollte er ihn ermutigen, sich unter den letzten Herakliden auf Myraas Welt niederzulassen? Sollten sie ihren Kleinkrieg gegen die Erdföderation fortsetzen? Oder sollten sie sich in Erstarrung versetzen und eine andere, bessere Zeit abwarten? Hinter einer Maske eiserner Ruhe erwog er die Möglichkeiten, die ihnen nach dem Machtkampf, der das Leben seiner Art vernichtet hatte, noch blieben. Zusammen mit seinem Sohn lebte er nach wie vor im Gefängnis ihres Willens; des Willens, der ein Reich geschmiedet hatte. War es ihre Schuld, daß es keinen Bestand gehabt hatte und nun, vom übermächtigen Feind zerschlagen, in Trümmern am Grund einer dunklen See lag?

Die Lichter im Korridor flackerten, und der Haß war wieder mit ihm, als er zur Tür des Lageraums kam. Er hielt inne und dachte an das Flüsterschiff, das auf seiner Rampe im Innern des Stützpunkts lag; er wußte, was das Schiff vermochte, und es war nur eine Frage der Zeit, bis auch sein Sohn es erfuhr. Der Stützpunkt war noch immer eine intakte und effiziente militärische Anlage und besaß Einrichtungen zur Ausbildung von mehr als eintausend Offiziersanwärtern; er war die einzige Schule, die sein Sohn gekannt hatte.

Die Tür öffnete sich. Gorgias trat ein. Er wußte jetzt, daß er nicht versuchen würde, seinen Sohn zurückzuhalten; der Druck der tragischen Vergangenheit war zu stark, um Alternativen zuzulassen; zumindest gab es keine, die sein Sohn akzeptieren konnte.

In der aufgeräumten Stille des abgedunkelten Lageraums stand eine Säule projizierten Lichts wie leuchtender Dunst über der polierten Oberfläche des Konferenztisches, eine dreidimensionale Sternkarte, die bis in die Höhe der umlaufenden Galerie hinaufreichte. Es sprach die konservierte Stimme eines seit langem toten Dozenten. Gorgias' Sohn saß auf der anderen Seite des großen Tisches, eine bewegungslose Gestalt, die zur Projektion aufblickte.

Gorgias setzte sich wortlos und lauschte mit ihm.

»Stellen wir uns eine Verbindungslinie durch die normale Raumzeit vor«, sagte die Stimme. »Ein Ende ist am Sonnensystem der Erde festgemacht, das andere am großen Sternhaufen im Sternbild Herkules ...«

Die Projektion zeigte die Galaxis, von der Seite gesehen. Ein leuchtendes rotes Band wuchs aus dem Sonnensystem, durchquerte einen Teil des flachen, diskusförmigen galaktischen Systems zur Mitte, um dann aufwärts zu führen und in dem Sternhaufen zu enden, der außerhalb der galaktischen Ebene über der zentralen, linsenförmigen Verdickung kreiste, 34 000 Lichtjahre von der Erde entfernt.

»Die schnellsten Schiffe benötigen fünf Monate, um diesen zur Erdföderation gehörenden Raum zu passieren, dessen Durchmesser zwischen fünf und zwanzig Lichtjahren variiert. Hunderttausend Welten umkreisen hier ihre Sonnen, viele davon erdähnlich; andere sind zu jung, als daß sich intelligentes Leben hätte entwickeln können; andere beherbergen humanoide Kulturen verschiedener Entwicklungsstufen; einige von ihnen haben die Raumfahrt innerhalb ihrer Systeme erreicht. Die Mehrzahl dieser Welten aber ist tot. Ein ständiger Strom von Auswanderern, die von der Erde sowie von anderen Kolonialwelten kommen, besiedelt innerhalb dieses Bereiches geeignete Welten. Der Strom menschlichen Lebens meidet künstlich erzeugte Umweltverhältnisse; er hungert nach natürlichen, von Sonnen geborenen Welten ...«

Nun schien es, als nähere er sich dem Herkules-Sternhaufen mit phantastischer Geschwindigkeit. Das Bild wuchs, bis es das ganze Gesichtsfeld einnahm und die Sternkarte wie eine Galaxis beherrschte.

»Das bedeutendste Objekt der Kolonisierung war der Sternhaufen im Herkules. Seine Besiedlung führte zu einer kulturellen und biologischen Verzweigung der Menschheit. Die biologische Veränderung wurde durch gentechnische Eingriffe erreicht, insbesondere durch die Einschleusung bestimmter DNS-Nukleotide der heimischen Humanoiden des Sternhaufens in das menschliche Erbgut. Diese Hybridisierung der Menschheit und die wesentlichen Beiträge der heimischen Zivilisation trugen entscheidend zur Herausbildung des eigenständigen Stils und Selbstverständnisses bei, die das Reich der Herakliden prägten und schließlich zum größten überlieferten Konflikt der Menschheitsgeschichte führten...«

Er blickte zur Gestalt seines Sohnes, die jenseits der Projektion still im Halbdunkel saß. Aufgewachsen in einer Atmosphäre der Hoffnungslosigkeit und des Zerfalls, angetrieben vom Druck einer Vergangenheit, der er sich weder entziehen noch anschließen konnte, war der junge Mann von zweihundertzwanzig Erdenjahren einem Bruchpunkt nahe; er mußte die Vergangenheit wiedererschaffen oder zugrunde gehen. Es hatte seinen Sohn verhärtet; sein Wesen war verschlossen wie eine Festung.

Plötzlich gingen oben in der Galerie die Lichter an, die Projektion der Sternkarte verblaßte. Die Oberfläche des Tisches wurde ein spiegelnder See. Sein Sohn blickte unfreundlich vom anderen Ufer herüber.

»Ich will nur eins von dir hören«, sagte er. »Daß du Oriona Myraas Einfluß entziehen wirst.«

»Das können wir nicht; du weißt, daß deine Mutter mit uns nichts zu tun haben will...«

»Wir werden sie hierher bringen, und sie wird bei der Verwirklichung unserer Pläne helfen.«

»Unsere Pläne bedeuten ihr nichts. Wie oft muß ich es dir noch sagen?« Unsere Pläne, dachte er und wunderte sich, daß die Worte ihn jetzt erschreckten. Wann hatte er sich geändert, wann hatte er angefangen, anders zu denken?

»Sie wird sich eines Besseren besinnen, wenn sie nicht mehr unter Myraas Einfluß steht. Dann wird sie glauben und leben, wie wir es tun.«

Vor langer Zeit war Oriona einmal in allem seine andere Hälfte gewesen. Ja, das Leben auf Myraas Welt hatte sie verändert, und wahrscheinlich zum Besseren; sie haßte die alten Feinde nicht mehr, sie stand ihnen gleichgültig gegenüber. Er musterte seinen Sohn über den Tisch hinweg. Was konnte er ihm sagen? Was war geeignet, seiner natürlichen Energie ein Ziel zu geben? Die schwarze Uniform mit dem orangefarbenen Reichsstern stand ihm gut. Im Stützpunkt gab es genug Uniformen, um eine Armee einzukleiden.

Nach kurzem Schweigen änderte sein Sohn die Richtung seines Angriffs. »Wir müssen bereit sein, den Feind schmerzhaft zu treffen, verstehst du, mit kleinen Angriffen vielleicht, aber Angriffen von so großer Grausamkeit, daß sie sie nicht vergessen werden können, und die Wunden zufügen, die nicht heilen. Wir müssen sie treffen, wie sie uns getroffen haben. Und wir sind dazu in der Lage.«

»Nichts, was wir gegen die Erde unternehmen können, vermag die Lage entscheidend zu unseren Gunsten zu ändern.«

»Es sei denn, wir stellen Truppen auf und setzen strategische Waffen ein. Einstweilen können wir ihnen mit kleinen, überraschenden Angriffen schaden, unsere Kampfbereitschaft erhalten und unseren Willen für eine bessere Zukunft stählen.«

»Welche Truppen, welche Waffen? Träumst du noch immer vom Truppenzylinder?«

»Gegen Ende des Krieges gab es so etwas. Eines Tages werde ich ihn finden.«

»Selbst hundert würden nicht nützen – bestenfalls

2. Absprungraum

»Für den Geist ist es natürlich, zu glauben, und für den Willen, zu lieben; so daß sie sich mangels wahrer Objekte an falschen festmachen müssen.«

– Pascal, *Pensées*

»Ein Mann erkannte sich als das Produkt dieser Welt. Er suchte ihr Bewußtsein zu werden: eine Art zu träumen, die ihre Erlösung verkörpern würde.«

– Bousquet

Der Schatten eines Gesichts erschien in der steinernen Decke und verblaßte; einen Augenblick noch, und es hätte zu ihm gesprochen.

Höhlenaugen starrten auf eine Eisbarriere an einem zeitlosen Ort.

Außerhalb der schwarzen Wände des türlosen Raumes lag undurchdringliche Festigkeit und Dichte; die Zelle war der einzige offene Raum, auf wunderbare Weise in den starren Fels geschnitten. Die einsame Lampe im Winkel würde ausgehen, wenn er den Blick von ihr wandte; die Dunkelheit würde um ihn fließen und sich verfestigen, seine Bewegungen zum Erstarren bringen, bis auch sein Fleisch sich in Stein verwandelte ...

Die Heimatwelt lag vor ihm. Er hatte sie nach dem Holocaust nicht mehr gesehen, doch plötzlich war er dort. Das Land war eine endlose Aschenebene mit den Resten von Städten und Dörfern, die einst bewaldeten Berge kahl und erodiert. Die Welt war eine heiße, staubige Wüste, windgepeitscht und unfruchtbar. Der Kummer hielt all seine zärtlichen Empfindungen, alles

Bedauern und alle Tränen zurück. Er spürte den Höllenwind im Gesicht, schmeckte die Asche im Mund, während sein Blick den Wolken von Asche und Staub folgte, die da und dort vom Wind hochgerissen wurden.

Er ging über das Aschenfeld. Der Horizont war eine wellige, flimmernde Linie von Hitzewellen. Er kam an ein großes kreisförmiges Loch in der Wüste; Sterne brannten tief unter der Welt, glühendes Geröll schwebte in einem unterirdischen Universum …

Der Traum war immer der gleiche.

Eine gigantische Faust schlug an die Wand hinter seinem Bett und ließ den Stein wie Metall dröhnen; die schwarzen Oberflächen des Raumes wurden glasig und zersplitterten, flossen davon wie Wasser …

Er setzte sich auf und sah seinen Vater in der offenen Tür stehen.

»Bist du wach?«

»Ich bin bereit«, sagte er. Die Silhouette in der Türöffnung flößte ihm Mißtrauen ein. Der dunkle Umriß seines Vaters machte kehrt und ging hinaus in den Korridor.

Sein Blick ging zu der dunklen Lampe im Winkel, und er erinnerte sich, daß er im Traum geglaubt hatte, sein Leben hänge irgendwie von ihrem Licht ab; eine eigenartige Widersinnigkeit.

Er stand auf und machte sich bereit, seinem Vater zum Schiff zu folgen.

Auf einmal gähnte voraus die Tunnelöffnung der Rampe, und das Flüsterschiff schoß hinaus über die öde Oberfläche der Welt. Eine leuchtende Wolke interstellaren Gases flammte von Horizont zu Horizont, als das Schiff über zerklüftete Berge, schutterfüllte Täler und staubige Ebenen hinwegraste; luftlos, zermürbt von Sonnenwind und Hitze, folgte die leblose Welt getreulich ihrer Umlaufbahn, für immer tot im zornigen

Glutlicht ihres kleinen, weißen Zentralgestirns. Nahe dem Mittelpunkt des Sternhaufens befindlich, war das ganze System in eine Wolke kosmischen Staubes und Gas gehüllt, die von einem Ende zum anderen ein halbes Lichtjahr maß.

Das Schiff stieg auf in den leuchtenden Himmel. Die unterschiedliche Dichte der Wolke ließ das Licht der ungezählten nahen Sterne bald hell aufstrahlen, bald verblassen.

Sein Vater hatte sich achtern im Quartier zur Ruhe begeben, und der jüngere Gorgias begann seine erste Wache. Das Schiff wechselte in das veränderte Kontinuum des Absprungraums und enthüllte die Sterne des Kugelhaufens als vollkommen runde schwarze Kohlen in unbestimmbarer Entfernung. In den nächsten einhundertfünfzig Stunden würde das Schiff diese aschene See durchpflügen, fünfzigtausend Lichtjahre über die Mitte der Galaxis hinweg und halbwegs über den Spiralarm, wo die Erde tief im Innern des leuchtenden Wirbels schwamm, aufwärts zu der sternarmen Region, wo Myraas Welt in die intergalaktische Dunkelheit hinausblickte.

Während seiner ganzen ersten Wache irritierte den jüngeren Gorgias das Leichentuch des Übergangsraums, welches das bekannte Universum überdeckte, die diamantenen Sterne verbarg und den schwarzen leeren Raum zu einem aschfahlen Kontinuum auflöste, gesprenkelt mit den schwarzen Objekten, die denen der normalen Raumzeit entsprachen. Die Gebeine der Realität, dachte er, trocken und leblos; der Durchgang durch das Kontinuum des Übergangsraums war immer wie ein langsames Sterben.

Lagen ihm die getöteten Herakliden wirklich am Herzen? Er erforschte sein Gewissen, versuchte den Tod Hunderter von Millionen nachzuempfinden. Schon die Ermordung von zehn wäre unerträglich gewesen. Jeder von diesen Hunderten Millionen hätte tausend Erdenjahre oder länger gelebt, jedes Leben eine ganze Welt von Erfahrungen, abgeschnitten und vernichtet. Sich ihres elenden Todes zu erinnern, hieß sich selbst jedes normale Alltagsleben, alle Einfachheit, alle Liebe zu verweigern; sich ihres Endes zu erinnern, hieß in einer Weise zu denken und zu handeln, die ihn unwiderruflich verändern, zu einem Instrument machen würde, einem Opfer auf dem brennenden Altar der Entrüstung. Er gehörte nicht sich selbst noch irgendwem sonst.

Wenn er auch nur zehn Erdgeborene töten konnte, die Nachricht würde Millionen demütigen; soviel verdienten die Toten. Jeder Schlag, so gering er auch sein mochte, würde ein Zeichen sein, daß der Sieg der Föderation nicht vollständig gewesen war. Die Toten lebten in ihm, Funken, die bereit waren, in einem inneren Feuer aufzuflammen; seine Stärke war der benötigte Brennstoff; seine Stärke war ihr Wille, der sich anschickte, wieder aufzuleben. Ruhe würde erst über ihn kommen, wenn der ganze Haß, den er mit sich trug, verausgabt wäre.

Der Gedanke an seines Vaters zunehmende Schwäche machte ihn wieder zornig. Er fühlte den Zorn als eine Kälte, eine Ankündigung späteren Versagens. Er hätte den alten Mann bei ihrem letzten Erwachen in Erstarrung lassen und selbst hinausgehen sollen, aber das Schiff war noch immer auf die Persönlichkeit des Vaters eingestimmt und würde keinem anderen gehorchen. Das Schiff konnte nur durch eine bewußte Befehlsübergabe sein werden; seines Vaters Tod würde ihm das Schiff nicht geben. Er benötigte den guten Willen seines Vaters.

Wenn nur ein zweites Flüsterschiff gefunden werden könnte. Vielleicht gab es irgendwo auf Myraas Welt noch eins. Er hatte immer geargwöhnt, daß Myraa mehr wußte, als sie preiszugeben bereit war. Vielleicht konnte er von Oriona etwas erfahren. Myraa oder einer der anderen Überlebenden mochte ihr etwas enthüllt haben, eine scheinbar nutzlose Information, die aber von größter Bedeutung sein konnte, wenn man sie in einen größeren Zusammenhang einfügte. Der Besuch konnte sich doch noch als nutzbringend erweisen.

Unwillkürlich gingen seine Gedanken zu Myraa – ihrer Gestalt, ihrem langen Haar, ihrem Lächeln, der Frische ihrer Haut. Gedanken an sie brachten unweigerlich seine schwächsten Empfindungen zum Vorschein. Das Universum von Zeit und Raum hatte ihn um die einfachsten Freuden gebracht, denen die bescheidensten Geschöpfe auf einer Million Welten sich ungestört hingaben. Er war ein denkendes, selbstbewußtes Wesen, das in einem Raum lebte, wo Entfernung das entscheidende Merkmal war. Was war Gerechtigkeit in solch einem Universum, oder Vergeltung? Warum sehnte er sich nach Myraas Nähe, und warum war er gezwungen zu glauben, daß Distanz zu ihrer Lebensweise eine Notwendigkeit für ihn sei? Auf seine Weise liebte er sie, aber er war nicht bereit, sich ihr auszuliefern; der Ruf der Vergangenheit war stärker als ihre Liebe; die Vergangenheit zu ignorieren, wäre für ihn gleichbedeutend mit dem Tod.

Sein Auftrag war es, die Geschichte, der er entstammte, neu zu schaffen; eine bestimmte Lebensweise mußte wiedererstehen, eine Gemeinschaft bewußter, von ihrer Mission durchdrungener Personen, die den Herkules-Sternhaufen wieder zusammenhielten. Dieser Gemeinschaft würde er sich hingeben; dort würde Liebe kein Fehler sein, kein Zeichen von Schwäche; dort würde er sich entfalten und leuchten, wie es ihm bestimmt war, ein König aus einer langen Ahnenreihe von Königen; dort würde er Vergangenheit und Zukunft kennen, wie sie sein sollten, unzerstört und angefüllt mit der Bedeutung der Zeit; dort würde die Vergangenheit Stolz sein, die Zukunft ein fernes, leuchtendes Ziel, das alle in seinen Bannkreis gemeinschaftlichen Strebens und freudiger Hingabe ziehen würde.

Die unwirkliche Verlassenheit des Übergangsraums auf dem Bildschirm versprach nichts, als das Schiff durch sein Kontinuum raste.

Als sein Vater zur Wachablösung hereinkam, stand Gorgias auf und machte den Platz frei.

»Ich habe ein geeignetes Ziel für uns gefunden«, sagte er.

Sein Vater wandte sich halb zu ihm um und starrte ihn an. Sein Gesicht war blaß, die blauen Augen eingesunken von Sorgen und Zweifeln. Die Hände suchten einander aus Furcht, fuhren dann auseinander, um es zu verbergen. »Wovon redest du? Wir wollten bis nach dem Besuch nichts planen.«

»Dreißig Lichtjahre südlich von Myraa gibt es eine geeignete Welt im Grenzgebiet der Föderation, hauptsächlich kleinere Städte und Siedlungen, nicht mehr als eine halbe Million Einwohner, ein leichtes Ziel.«

Sein Vater umklammerte die Armlehnen. »Später, wir haben jetzt keine Zeit, darüber zu diskutieren. Ruh dich aus.«

»Du sagtest, du würdest kämpfen …«

»Eine Welt dieser Größe ist unbedeutend, besiedelt von Randgruppen und Außenseitern. Die Föderation würde nicht beeindruckt sein.«

»Wir könnten in einem einzigen Anflug eine Stadt zerstören.«

»Sie würden sofort auf Myraas Welt nach uns suchen, Oriona und andere als Geiseln festhalten …«

»Wir könnten es tun, nachdem wir Oriona abgeholt haben. Übrigens, was gibt dir die Gewißheit, daß sie in der Lage sind, Geiseln zu nehmen und festzuhalten?«

Sein Vater schüttelte den Kopf. »Es gibt zu wenig

Überlegung und Vorbereitung. Sei nicht so ungeduldig. Glaubst du, die Militärs der Föderation seien einfältig? Sie werden jeden Fehler ausnützen. Auf diese Weise gewannen sie den Krieg.«

»Aber sie kamen nie gegen ein Flüsterschiff auf.«

»Gewiß, das Schiff ist unangreifbar, doch du könntest dich selbst für immer darin einkerkern. Auch die lebenserhaltenden Systeme benötigen Masse, um Nahrung zu synthetisieren …«

»Ich könnte nahezu unbegrenzte Zeit wiederaufbereiten.«

»Aber du würdest verhungern, wenn etwas schiefginge. Es gibt Mittel und Wege, das Schiff in eine Falle zu locken oder zu zerstören. Mit der Zeit würde es ihnen möglich sein, genug Energie darauf zu konzentrieren, um es aufzureißen.«

»So weit würde es nie kommen«, sagte Gorgias. Er wandte sich ab und ging nach achtern.

»Angenehme Ruhe«, rief sein Vater ihm nach, als die Stahltür hinter ihm zuglitt. Es hatte keinen Sinn, den alten Mann jetzt zu verärgern. Später, dachte er, wenn das Schiff mein ist, kann ich nach Belieben verfahren, aber ich brauche ihn jetzt zur Kontrolle der Programme. Und mit dem Gedanken meldete sich die Befürchtung, daß sein Vater die Kontrolle über das Schiff niemals abgeben würde.

Am Ende des kurzen Korridors öffnete sich eine weitere Tür, und er war im Wohnquartier, bestehend aus einer Schlafkammer, einem kleinen Bad und der Essenausgabe des Küchenautomaten.

Gorgias legte sich nieder und versuchte zu schlafen oder wenigstens eine tiefe Ruhe zu erreichen, aber zuerst forderte die Entspannung ihren Zoll an Gedanken und Erinnerungen, bevor sie ihn in ihre stillen Bereiche entließ. Bei seinem ersten Besuch auf Myraas Welt hatte er seinen Vater gefragt, ob dies die Heimat sei. Nein, es sei ein anderer Ort, weit von den Feinden.

Hier könnten die überlebenden Herakliden in Frieden leben.

Am Rand der Felder eine tiefe Grube, eine ins Gras geschnittene Wunde, angefüllt mit den verwesenden Kadavern von Tieren, die nicht fähig gewesen waren, sich der neuen Welt und ihren Lebensbedingungen anzupassen. Später waren fliehende Kriegsschiffe eingetroffen und hatten, nachdem ihre überbeanspruchten gravimetrischen Systeme ausgefallen waren, mit ihren primitiven und energieaufwendigen Nottriebwerken landen müssen und dabei im Umkreis von Hunderten von Metern die Vegetation verbrannt.

Er erinnerte sich gut an Myraas Haus, und wie die Frühlingssonne zum Fenster hereingeschienen hatte. Auch das Haus auf der Anhöhe war mit den Teilen ausgeschlachteter Schiffe erbaut worden. Krankheit, Selbstmorde und Mangel an Vorräten und Material hatten die Überlebenden dezimiert; heute gab es niemanden mehr, der das Wissen und die technische Fähigkeit besaß, die noch vorhandenen Schiffe der gestrandeten Flotte zu reparieren, zu bedienen oder auch nur zu verstehen. Allein das Flüsterschiff lenkte und wartete sich selbst und verlangte wenig unmittelbares Verständnis seiner Systeme, um wirkungsvoll zu operieren.

Ein Druck lastete auf seinem Körper und hielt ihn nieder an einem Ort jenseits des Schlafes. Es gab keinen Schmerz, aber auch keine Möglichkeit, sich zu bewegen; in ein paar Augenblicken würde nichts mehr sein.

Er erwachte aus unruhigem Halbschlaf und lauschte in die vollkommene Stille der Schlafkammer und stellte sich vor, daß das Kontinuum des Übergangsraumes sich verdichtete und das Schiff bis zur Unbeweglichkeit verlangsamen würde. Die Schlafkammer roch nach kaltem Metall. Er schloß wieder die Augen und dachte daran, für eintausend oder zweitausend Jahre in die Erstarrung des Tiefschlafes zu fliehen. Würde die Föderation nach zehntausend Jahren noch existieren? Würden die Anlagen das Stasisfeld so lange aufrechterhalten können? Wie würde die Welt nach dieser Zeit aussehen? Für ihn wäre dort keine Vergeltung mehr möglich. Um in den Kältetiefschlaf überzugehen, bedurfte es lediglich eines Entschlusses, doch würde er all seine Pläne und Ziele zurücklassen müssen. Der Gedanke war ihm unerträglich. Er sah sich allein durch die Zeit gehen, die Vergangenheit ein verblassendes Bild weit hinter ihm, dem er gleichwohl mit allen Fasern seines Wesens verbunden blieb. Eines Tages würde er darüber den Verstand verlieren.

Dann verließen ihn alle Gedanken und Träume, wie er es zuvor gewußt hatte und wie sie es immer getan hatten; aber wieder blieb offen, ob sein Wille gesiegt hatte, oder ob es bloß der Gang seiner inneren Gezeiten gewesen war, der ihm den Schlaf beschert hatte.

Während seiner zweiten Wache sah er den Schatten oder den Geist des Schiffes auf dem Bildschirm in fixierter Distanz voraus. Er fragte sich, ob eine gespenstische Kopie seiner selbst in diesem Phantomschiff vor dem Bildschirm saß und eine noch weiter entfernte Sinnestäuschung beobachtete, und ob auch sein Vater dort in der Schlafkammer ruhte.

Als er nach seiner Wache schlief, wurde das Schiff zu Glas und ließ das gespenstische grauweiße Licht von außen ein, den Schein einer wolkenverhangenen Schöpfung oder der Unterseite eines Universums, die den Lebenden für immer abgekehrt war.

Nach dem Erwachen sehnte er sich nach Sternenlicht, dem Anblick von Welten, von Leben. Er blickte auf seine Hände. Seine Haut war bleich, als ob die wenigen Tage in Wirklichkeit Jahre gewesen wären. Was bedeutete Zeit im Übergangsraum? Vielleicht ging Zeit im Übergang verloren und wurde dann im Augenblick des Wechsels zurückgewonnen, so daß dem Reisenden nur die Erinnerung an lange Gefangenschaft blieb.

Wieder schloß er die Augen. Die Erinnerung war klar und rein, steinig wie die Korridore und Kammern des unterirdischen Stützpunktes. Er bedauerte sich selbst, seinen Vater, Oriona, die auf Myraas Welt gefangen war, seinen Bruder, der dort den Tod gefunden hatte. Nur Vergeltung blieb; nichts sonst vermochte ihn auszufüllen und seinen Hunger zu stillen; nichts anderes würde die Erneuerung seines Volkes ermöglichen. Der einzige Weg, die Vergangenheit zurückzugewinnen, bestand darin, sie in die Gegenwart zu bringen und durch sie die Zukunft zu beeinflussen; er mußte die Erinnerung zu materieller Wirklichkeit machen, zu einer Gewalt, die gegen die Erdgeborenen eingesetzt werden konnte und es ihnen unmöglich machen würde, seine Forderungen zu ignorieren. Vergeltung war das einzige Mittel, um jene, die ihm alles genommen hatten, zur Anerkennung zu zwingen, diese graue Gegenwart, einen alten Mann und eine schwarze Zukunft zu verlassen.

Wenn ich es ihnen nicht vergelten kann, dachte er, will ich nicht leben.

Ein schattenhaftes Gesicht blickte auf ihn herab, und er wußte, daß er nicht mehr sein würde, wenn es seinen Blick von ihm wandte. Wieder sog ihn der Abgrund der Vergangenheit ein, tiefer diesmal; er streckte die Hände aus, um sich vor dem Absturz zu bewahren, wachte aber auf, bevor er Halt finden konnte.

3. Vertriebene

»Die Freiheit des Individuums ist kein Geschenk der Zivilisation.«

– Freud

»Nichts Schlimmeres gibt es für den Sterblichen als ruhelose Wanderschaft.«

– Homer, *Odyssee*

Die Asche des Übergangsraums verblich; die schwarzen Kohlen fingen Feuer und wurden wieder zu hellen Sternen. Nahebei brannte die Sonne von Myraas Welt mit orangegelbem Leben, einem strahlenden Licht, das den Bildschirm erfüllte und den Beobachter, der soeben aus dem Hades gekommen war, bescheiden und dankbar machte.

Ich habe den Punkt erreicht, da ich mich selbst hasse, dachte der ältere Gorgias. *Mein Sohn wird mich verachten, und ich werde nicht weiterleben wollen. Ich bin nicht sicher, daß seine Pläne in der Ausführung unwirksam sein werden, ich habe einfach … den Geschmack am Krieg verloren.* Selbstvorwürfe erhoben sich in ihm, die dunklen Umrisse von Soldaten, die in die Schlacht zogen, und jeder dieser Herakliden rief ihm zu, seiner Treue zu gedenken, seiner Aufopferung und der Bedeutung, die Feigheit und Verrat im Denken eines aufrechten Mannes hatten. *Ich bin nicht schuldig,* sagte er zu den Schattengestalten. Zuviel hatte sich geändert.

Myraas Welt wuchs auf dem Bildschirm, bis sie ihn ganz ausfüllte. Das Schiff trat in die Atmosphäre ein und zog einen Halbkreis um den Planeten, bevor es über dem Ozean auf wenige tausend Meter Höhe niederging.

Sein Sohn kam herein und stand hinter ihm, als das Land voraus in Sicht kam. Die Küstengewässer wurden seicht, nahmen grünliche Färbung an und schmückten sich mit Inseln und sonnendurchfluteten Korallengärten. Wenige Augenblicke später überflog das Schiff die felsige Küste und glitt über das Land hin.

Oriona. Er überlegte, wie sie ihn diesmal begrüßen würde. Und wie würde sie ihren Sohn begrüßen? Würde sie fortfahren, in ihrer schweigsamen Art zu verurteilen? Und was sollte er ihr sagen, was konnte er ihr nach dreißig Jahren sagen? Sie hatte diese dreißig Jahre gelebt, während er sie gestohlen hatte – gestohlen von ihr und von ihm selbst. Er würde diese Jahre nicht in ihrem Gesicht sehen; wenige Herakliden zeigten Zeichen des Alters, bevor sie die fünfhundert erreicht hatten.

Das Schiff wandte sich nordwärts, überflog abgetragene Berge und Wiesentäler. Das gelbe Sonnenlicht des Nachmittags verstärkte das Grün und verlieh ihm in den Schattenpartien bläuliche Töne.

»Wir sind gleich da«, sagte sein Sohn leise, beinahe als ob er sich fürchtete.

Wir sind gleich daheim, dachte Gorgias. Es überraschte ihn immer wieder, daß er Myraas Welt als Heimat betrachtete; in gewisser Weise war es so, der Sammelplatz beinahe aller überlebenden Herakliden; es war Heimat, weil Oriona hier war, und weil er hier mit seinem Sohn war, so kurz der Besuch auch sein mochte; es war Heimat, weil sein Sohn ihn einmal danach gefragt hatte.

Die Anhöhe und das Haus kamen in Sicht. Nach Westen zu ließen breite Fenster die Nachmittagssonne ein, aber eine Gruppe von sechs hohen, schön geformten Bäumen im hohen Gras der Wiese spendete reichlich Schatten. Er sah, daß die Bäume gewachsen, ihre Stämme und Äste stärker geworden waren.

Das Schiff beschrieb einen Kreis und landete schwebend am Fuß der Anhöhe hinter dem Haus, wo die Abendschatten es einhüllen würden.

Er wandte den Kopf und sah seinen Sohn an, aber in dessen Gesicht war kein Anzeichen geteilter Empfindungen. Einen Augenblick lang befürchtete Gorgias, sein Sohn würde seinen Gemütszustand erraten und als ein weiteres Zeichen von Schwäche auslegen, aber der wandte sich bereits ab, um das Schiff zu verlassen.

Er stand auf und folgte seinem Sohn aus der Zentrale zur seitlichen Luftschleuse. Der Mechanismus hatte sie bereits geöffnet, und die beiden traten hinaus in einen warmen Südwind, der sie mit den Düften natürlichen Lebens begrüßte. Die Wirkung war nach der Sterilität des Stützpunktes und der Bordatmosphäre beinahe berauschend.

Ein ausgetretener Pfad führte die Anhöhe hinauf. Sein Sohn erreichte das Haus zuerst und wartete bei der Tür. Der ältere Gorgias gesellte sich zu ihm, und zusammen standen sie fast eine volle Minute, bis die Tür geöffnet wurde. Durch eine schmale Diele betraten sie den Wohnraum.

»Es ist niemand da«, sagte sein Sohn, als sie den Wohnraum verließen und bei der offenen Schlafzimmertür haltmachten.

Der schwarze Boden war staubfrei, als sei er gerade gereinigt worden. Das Mobiliar stand vor den Bogenfenstern, wartete auf Besucher, die aus der Zeit kommen würden, sich zu setzen; die Stille schien immerwährend.

»Willkommen.«

Sie wandten sich um und sahen Myraa im Dieleneingang stehen. Sie trug ein einfaches blaues Gewand, das zur Farbe ihrer Augen paßte. Das lange braune Haar war unter einer Kapuze verborgen.

»Willkommen«, wiederholte sie. »Ich wußte, daß ihr kommen würdet.«

Sie konnte es nicht gewußt haben, dachte er, aber es verlieh ihr eine Ausstrahlung von Macht und Überlegenheit, wenn sie es sagte.

»Wo ist Oriona?« fragte sein Sohn.

Myraa kam ein paar Schritte näher und sagte: »Oriona lebt nicht mehr …«

Der Satz brach für eine Ewigkeit ab und verhütete, daß er den Rest hörte.

»… wie ihr wißt. Es war ihr Wunsch.«

Sein Sohn ging auf sie zu. »Wunsch? Wovon redest du? Wie ist es geschehen – ein Unfall? Wurde sie ermordet?«

»Es war ihr Wunsch«, sagte Myraa. »Sie hinterließ nichts für euch, und sie wünscht auch jetzt nicht mit euch zu sprechen.«

»Was redest du da?« fragte sein Sohn. »Sag mir, wo sie ist – ist sie tot oder nicht?«

»Sie existiert anderswo, ob du es akzeptierst oder nicht. Ich sage dir dies, damit du dich beruhigst.«

Sein Sohn wandte sich zu ihm. »Was will sie damit sagen?«

»Sie glauben, daß … nun, daß Personen in andere aufgenommen, gewissermaßen von ihnen absorbiert werden können, so daß eine aufnehmende Person wie Myraa eine mehrfache Persönlichkeit wird. Ich habe der Vorstellung nie größere Beachtung geschenkt. Oriona ist tot, und Myraa versucht … entschuldige mich.« Er schloß die Augen und fühlte eine Wärme durch seinen Körper strömen. Er beugte den Kopf, und eine lähmende Schwäche kam in seine Muskeln. Als er die Anwandlung überwunden hatte, ließ er sich in den nächsten Sessel sinken und blickte zum Fenster hinaus. Hinter ihm schlug sein Sohn Myraa mit der flachen Hand ins Gesicht.

»Lügnerin! Was ist geschehen?«

»Ich habe es dir gesagt«, antwortete Myraa, ohne die Stimme im Zorn zu erheben.

»Selbstmord?«

»Nein, aber es war ihr Wunsch.«

»Also, was war es?«

»Du hast die Wahrheit gehört.«

»Erkläre es mir.«

»Die deine Mutter war, lebt – in einer anderen Weise.«

Oriona, sagte Gorgias bei sich, während er starr zum Fenster hinausblickte, *nun ist mir nur dein Name geblieben.* Der Wind bewegte die Zweige der Bäume vor dem Haus.

»Du wirst mir sagen, was du meinst«, sagte sein Sohn in drohendem Ton.

Es wurde still im Raum, als sei die Zeit rückwärts gelaufen und hätte den Augenblick erreicht, als sie hereingekommen waren.

Dann hörte er ein keuchendes Luftschnappen und ein dumpfes Geräusch. Er wandte sich um und sah, daß sein Sohn Myraa in die Magengrube geschlagen hatte. Sie lag am Boden und preßte beide Hände an ihren Leib, ohne einen Laut von sich zu geben. Er stieß sie mit dem Stiefel an, dann wandte er sich mit angewiderter Miene um und setzte sich in den anderen Sessel, der dem Fenster zugekehrt war.

»Orionas Tod hat sie angegriffen. Du hättest sie nicht schlagen sollen.«

»Du versuchtest nicht, mich daran zu hindern.«

Er schloß die Augen und wandte den Kopf zur anderen Seite, um die Tränen zu verbergen, die zwischen seinen Lidern hervorzuquellen drohten. Nun war auch Oriona nicht mehr. Wie sehr war die Zahl der Herakliden zurückgegangen.

»Nun, was sagst du?« fragte sein Sohn.

Oriona, Oriona, ich werde dich nie wiedersehen. Alles, was zwischen uns hätte anders werden können, ist nun unmöglich. Wie konnte uns alles das genommen werden?

Er öffnete die Augen und machte eine Bewegung zu seinem Sohn. »Geh und heb sie auf.«

Der lachte, und ein verächtlicher Ausdruck trat in seine Augen. »Du hast den Verstand verloren. Sie lebt hier und tut nichts als Lügen erfinden! Wir haben nur ihr Wort, daß Oriona tot ist.«

Ja, vielleicht war sie irgendwo dort draußen und ging spazieren, nichts weiter. Er brauchte bloß aufzustehen und sie suchen gehen. Er begriff, wie lang es dauern würde, bis er sich mit ihrem Tod abfinden konnte; die kleinste Hoffnung war wie ein Schock, der ihn ins Wunschdenken abdrängte.

»Ich bemitleide euch beide«, sagte Myraa vom Boden. Sie hörte sich wie Oriona an.

»Lieber Vater, wir sollten uns auf den Krieg vorbereiten!«

»Wenigstens erhalten ihre Lügen die wenigen von uns am Leben, die noch übrig sind.«

»Du und ich leben ohne sie.«

»Sie hält die Föderation davon ab, jene zu töten, die bei ihr sind.«

»Wie? Indem sie sich feige und kriecherisch unterwirft? Sie könnten allesamt in ein paar Minuten getötet werden.«

»Warum ist es dann noch nicht geschehen?«

»Die Erdgeborenen sind Dummköpfe«, sagte sein Sohn, »nicht mehr.«

»Dann ist demütiges Verhalten eine Art zu überleben.«

Myraa stand auf und trat zwischen sie. »Seht«, sagte sie und deutete mit einem Nicken zum Fenster hinaus.

Der alte Gorgias erhob sich mit müden Bewegungen und trat zum Fenster; sein Sohn gesellte sich zu ihm.

Am Fuß des Hügels war eine Prozession angelangt. Sie kam nun zum Haus herauf, dreißig Leute, die in einer Reihe hintereinander gingen und einander bei den Händen hielten. Alle trugen die schwarzen Uniformen des Militärs, aber ohne Rangabzeichen und Embleme. Ein führerloser, unsoldatischer Haufen, dachte der ältere Gorgias, aber sie leben, während ihre mutigeren Kameraden und Führer gefallen sind.

»Was treiben die da draußen?« fragte sein Sohn.

»Sie sind deine Brüder und Schwestern«, sagte Myraa. »Alles, was deine Mutter war, ist in ihnen gespiegelt. Sie ist lebendiger denn je.«

»Idiotisches Gerede«, sagte sein Sohn.

Eskapismus, dachte der alte Heraklide. Flucht in die Welt der Phantasien...

»Es ist wahr«, sagte Myraa.

Gorgias dachte an die Welten im Umkreis der Erde, wo das einzige Problem des Lebens darin bestand, was man mit seiner Zeit anfing. Dort hatten die Probleme der Langlebigkeit zu einer anderen Form natürlicher Selektion geführt, in der nur die einfallsreichsten und schöpferischsten Individuen bis ins hohe Alter überlebten, sogar die tausend Jahre überschritten, während der Rest an Unfällen oder schierer Langeweile starb. Er erinnerte sich seiner Angriffe auf einige jener Welten kurz vor und nach Kriegsende, als sein kleiner Sohn und Oriona sich auf dieser Welt verborgen hielten, die erst später mit Myraas Namen in Verbindung gebracht worden war. Er erinnerte sich gut der Verachtung, die er den langlebigen, nutzlosen Erdbewohnern, die ihm zu Gesicht gekommen waren, entgegengebracht hatte. Es war ihm sogar zuwider gewesen, diese parasitären, unnützen und unfruchtbaren Existenzen zu töten. Leere Gesichter mit einem fixierten Ausdruck von Unzufriedenheit und verdrießlicher Sorge – Vorstellungsbilder von verschiedenen Individuen dieser Art lebten noch in ihm. Er war überzeugt, daß viele von ihnen den Tod, den er ihnen gebracht, begrüßt hatten. Starke Persönlichkeiten hingegen konnte Langlebigkeit zu einer von Besitzdenken geprägten Weltsicht verleiten, die in Selbsttäuschung endete.

Ohne besonders darauf zu achten, bemerkte er, daß sein Sohn drauf und dran war, wieder tätlich zu werden. Myraa wich vor ihm zurück, und er setzte ihr nach, bis sie hinter Gorgias waren. Er hörte den Schlag, gefolgt von einem dumpfen Aufprall. Myraa und sein Sohn wälzten sich am Boden. Spielende Kinder, dachte er.

Weiter draußen im Korridor der Föderation gab es von Kolonisten wimmelnde Welten, wo das Leben gefährlicher war, ursprünglicher. Dort fürchtete man den Tod nicht so sehr wie unter den Langlebigen; gleichwohl waren die Bande, die sie mit den inneren Welten zusammenschlossen, immer noch fest, da eine Vielzahl von Dienstleistungen, Fertigkeiten und Kenntnissen von der Erde ausging…

Gorgias und Myraa schienen sich endlich beruhigt zu haben, aber er wandte sich nicht nach ihnen um. Er dachte an die Saumwelten der Föderation, wo Mangel und Entbehrung die Regel waren und wo kaum jemand je von der Erde gehört hatte. In diese entlegenen Bereiche waren die Schiffe der Herakliden eingedrungen, hatten Aufbauhilfe geleistet und Anhänger gesammelt; und tatsächlich stammte sein Volk zu einem guten Teil von den Bewohnern dieser entlegenen Saumwelten ab, wo die Nervenenden des Erdeneinflusses kaum noch hinausreichten. Aber erst in der verkehrsgünstigen und rohstoffreichen Umgebung der nahe beisammenstehenden Welten des Herkules-Sternhaufens war der Aufstieg des Reiches zu Größe und Macht möglich geworden.

Später war der Ehrgeiz entstanden, durch den Korridor der Föderation weiter erdwärts vorzustoßen und den eigenen Machtbereich zu vergrößern. Die weitgehend mit sich selbst und ihrer Langlebigkeit beschäftigte, in Schichten gegliederte Gesellschaft der Erde wurde als dekadent und unentschlossen eingeschätzt; der Sieg schien sicher. Und die Herkaliden hatte es nach kriegerischer Macht und großen Waffentaten verlangt.

Aber auf Erden hatte sich ein Stimmungsumschwung vollzogen. Die Eroberung der äußeren Welten hatte zu lange gedauert; verschiedene von ihnen hatten den Eroberern erbitterten Widerstand geleistet, und diese wechselvollen Kämpfe hatten das Selbstbewußtsein und den Willen zur Gegenwehr wachgerüttelt. Was in der Natur des Menschen stark und wachsam und ebenso wagemutig wie umsichtig war, dieselben Eigenschaften, die zur Entstehung der größten menschlichen Zivilisation der Geschichte geführt hatten, waren wiedererwacht und nun mit rastloser Energie bestrebt, die Abwehr zu stärken und den Gegenangriff vorzubereiten. Dieser war dann mit erdrückender Übermacht als ein Vernichtungsfeldzug geführt worden, der die Welten des Sternhaufens nacheinander in verbrannte Schlacke verwandelt und all Hoffnungen auf eine Wendung des Kriegsglücks zu einem törichten Traum gemacht hatte.

Er wandte sich bedächtig um und sah, daß Myraa und sein Sohn nicht mehr im Raum waren. Er stand auf, wanderte auf und ab und dachte an die Möglichkeit von Leben jenseits des Korridors, der die Erde mit dem Herkules-Sternhaufen verband; dieser Korridor war nur ein dünner Faden intelligenten Lebens, der die Galaxis durchzog. Vielleicht gab es in den zentralen Regionen andere Zivilisationen? War die Idee geeignet, seinen Sohn zu interessieren? Es mußte einen Weg geben, seine Pläne zu ändern, selbst wenn es unter dem Deckmantel scheinbar bereitwilligen Eingehens auf diese Pläne geschah.

»Wie hübsch, Vater«, stellte er sich die Antwort seines Sohnes vor. »Du möchtest, daß ich ein Entdecker werde. Für wen sollen wir entdecken, zu welchem Zweck sollen wir Verbindung mit anderen Zivilisationen aufnehmen? Hinter mir steht nur das Gespenst einer gemordeten Zivilisation. Sollen wir es ihm zuliebe tun?«

Dann, nach langem Schweigen, würde sein Sohn fragen: »Werden sie uns die Macht geben, unsere Zivilisation wiederzubeleben, Vater?«

»Vielleicht«, würde er antworten.

»Warum sollten sie, wer immer sie sind? Und dachtest du auch daran, daß wir allein sein könnten, daß es keine größeren Zivilisationen in der Galaxis gibt? Selbst wenn sie existieren, könnten sie durchaus abgeneigt sein, sich entdecken zu lassen …«

Unterdessen hatte die Prozession das Haus erreicht und stand nun vor den Fenstern, Friedfertige, sanfte Gesichter schauten herein. Er kannte keines davon, und sie gaben durch nichts zu erkennen, daß sie ihn kannten.

Sie hatten Erde an den Händen, und er fragte sich, ob sie von Orionas Begräbnis zurückkehrten. Vermutlich waren sie zu höflich, um hereinzukommen, da sie wußten, daß er mit seinem Sohn hier war. Er stellte sich vor, daß sie in klösterlichen Zellen im Innern des Hügels unter dem Haus lebten. Dort führten sie ein weltabgewandtes Dasein, um ihren Blick über Leben und Tod hinaus auf ein märchenhaftes Jenseits zu richten. Sie täten besser daran, durch die Wände ihrer Zellen zu sehen, dachte er bitter. Die Wirklichkeit lag nicht in ihren selbsterzeugten Ekstasen, sondern in der kalten Erde außerhalb ihrer Zellen, wo Würmer und Bakterien alles Vergängliche zersetzten, damit neues Leben daraus entstehe. War dieser Kreislauf von Werden und Vergehen, in welchem die Natur niemals dasselbe zweimal gab, sondern durch die Wiederholung von Typen und Grundmustern ihre Vielfalt erhielt, nicht viel bewundernswerter als die kleinlichen und eigensüchtigen Wünsche von Kreaturen, die zwischen dem unendlich Kleinen und dem unendlich Großen gefangen waren?

Oriona. Der Gedanke an sie pulsierte in ihm wie ein pochendes Herz. Wieder drohte der Kummer in ihm anzuschwellen und seinen Körper zu zerreißen. Ohne die Gesichter draußen zu beachten, beugte er sich im Sessel vorwärts, legte das Gesicht in die Hände und rieb sich die Augen, bis die Tränen unterdrückt waren und farbige Explosionen vor seiner Netzhaut tanzten. Jeden Augenblick konnte er in die Vergangenheit zurückfallen; seine Augen würden sich nicht öffnen, wenn er die Hände wegnahm, und er würde ein Fremder im eigenen Körper sein, während sein Geist zwischen den blutigen Bildern des Krieges dahintrieb, hilflos gelähmt in einem Dämmerzustand schmerzlicher Erinnerungen und grausamer Schrecken …

Plötzlich stand Oriona vor seinem inneren Auge, wie von einer barmherzigen Schöpfung für ihn wiederhergestellt. Nackt und schön stand sie mit geschlossenen Beinen, die Hände vor der Brust gefaltet, und sah ihn an. Das lange schwarze Haar wehte in einem geheimnisvollen Wind …

Mit einem heiseren Keuchen öffnete er die Augen; das Bild verblaßte im Fenster vor ihm, und er sah wieder die Trauernden draußen.

Oriona, sagte er zu ihrer Erinnerung, *dein Sohn wird ausziehen, um zu töten, und ich kann ihn nicht daran hindern; er ist, was ich war.* Dann flüsterte ihm ein ferner Gedanke zu: *Dein Tod würde ihn verändern.* Und ein näheres Flüstern zischte in ihm: *Du könntest ihn töten.*

Als ob etwas zu ihnen gesprochen hätte, machten die Gestalten draußen kehrt und zogen wieder den Hügel hinab.

4. Einsatz

»Die Leidenschaft zu zerstören
ist auch eine schöpferische Leidenschaft.«

– Bakunin

»Das Leben verarmt und verliert an Interesse, wenn der höchste Einsatz im Spiel des Lebens, das Leben selbst, nicht riskiert werden darf … (Im Krieg) wird der Tod nicht länger geleugnet; wir sind gezwungen, an ihn zu glauben. Menschen sterben wirklich; und nicht mehr einer nach dem anderen … Tausende an einem einzigen Tag. Das Leben … hat seinen vollen Gehalt zurückgewonnen.«

– Freud

Nachdem ihre Körper zur Ruhe gekommen waren, öffnete Gorgias die Augen und beobachtete die neben ihm schlafende Myraa. Unter den Überlebenden gab es keine andere Frau für ihn; sie kannte ihn als den Abkömmling eines Geschlechts von Führern, dem die Zukunft gehörte, selbst wenn diese Zukunft verloren war.

Er überlegte, wie es sein würde, hierher zu kommen und mit Myraa zu leben, aber der Gedanke beschämte ihn; er fühlte sich schwach vor ihm. Er durfte nie vergessen, daß ihm Größeres genommen worden war.

Myraa öffnete die Augen, und er lächelte sie an.

»Verstehst du jetzt«, fing sie an, »daß deine Mutter …«

Er wandte sich von ihr. »Hör auf, mir verrückte Geschichten zu erzählen – sie mögen dir helfen, aber mich beruhigen sie nicht. Warum erzählst du mir nicht einfach, was geschehen ist?«

»Als sie zum Übergang bereit war, tat sie es selbst.«

»Was?« Er wandte sich zu ihr zurück, wurde wieder zornig. Er war bereit gewesen, sich bei ihr zu entschuldigen, daß er sie geschlagen hatte. Jetzt tat er es nicht. »Was war nötig, um eine reife Frau dahin zu bringen, daß sie sich selbst das Leben nahm?«

»Aber sie ist nicht tot ...«

»Wo ist sie dann?«

»Genau hier – sie sieht dich durch meine Augen. Eines Tages, wenn du mehr verstehst, wird sie sprechen. Der Übergang, den sie gewählt hat ...«

Er schlug ihr mit dem Handrücken ins Gesicht. Sie wälzte sich von ihm fort und blieb wortlos auf dem Rücken liegen. Er stand auf, zog seine schwarze Uniform und die Stiefel an und ging hinaus in den Wohnraum, wo sein Vater noch immer saß und zum Fenster hinausschaute. Gorgias sah, daß es zu dämmern begann. Die Gruppe wartete am Fuß der Anhöhe.

»Was wollen die Dummköpfe?«

»Sie sind von Orionas Begräbnis gekommen.«

»Wo?«

»Irgendwo da draußen.«

»Dann ist sie tot, ganz gleich was Myraa sagt.«

Sein Vater blickte plötzlich zu ihm auf. »Was hat sie dir gesagt?«

»Daß Oriona in ihr lebt und eines Tages zu uns sprechen wird.«

Ein Ausdruck naiver Hoffnung kam in das bleiche Gesicht seines Vaters.

»Sei nicht einfältig«, sagte Gorgias. »Du bist ein Dummkopf, wenn du etwas davon glaubst. Die sind alle verrückt hier ... trösten sich mit Lügen und Geschichten – alles, um zu vergessen.«

»Ich nehme es nicht ernst.«

»Sie überredeten Oriona, bis sie es glaubte. Sie tötete sich selbst!«

Der ältere Heraklide stand auf. »Myraa sagte dir das?«

»Noch vor ein paar Minuten versuchte sie mir ihre Verrücktheit aufzuschwatzen. Wir müssen gehen. Mein Weg ist der einzige.«

Sein Vater schwieg.

Gorgias blickte wieder hinaus und sah, daß die Gruppe verschwunden war. »Myraa und alle die anderen sind durch den Krieg so geworden. Die Sieger haben ihnen die Orientierung und jedes Ziel genommen. Weltflucht als Lebensersatz. Das und Orionas Tod ist die Schuld der Erdgeborenen. Wir müssen zurückschlagen, wir müssen sie unsere Bestrafung fühlen lassen, in jeder Weise, die uns offensteht. Wann wirst du das Schiff mit mir teilen?«

Sein Vater sah ihn forschend an. Die zusammengezogenen Brauen schienen auf die blauen Augen in dem hageren Gesicht zu drücken, seine stämmige Gestalt stand da mit geballten Fäusten.

Als sein Sohn aus Myraas Schlafzimmer kam, regten sich Mitleid und Furcht in ihm. Er sah seinen Sohn ans Fenster treten und zum Fuß des Hügels hinunterblicken, wo die Trauergemeinde noch beisammenstand.

»Was wollen die Dummköpfe?«

»Sie sind von Orionas Begräbnis gekommen.«

»Wo?« fragte sein Sohn.

»Irgendwo da draußen.«

»Dann ist sie tot, ganz gleich was Myraa sagt.«

Er blickte zu seinem Sohn auf und fragte: »Was hat sie dir erzählt?«

»Daß Oriona in ihr ist und eines Tages zu uns sprechen wird.«

Konnte es wahr sein, war ein solcher Übergang nach

diesem Leben möglich? Wenn es sich so verhielt, war Unsterblichkeit eine törichte Sache. Er dachte an seine Vision Orionas. Versuchte sie ihn zu erreichen? Unter den Frauen der Herakliden hatte es nicht wenige gegeben, die durch telepathische Fähigkeiten bekannt gewesen waren. Dummkopf, schalt er sich, es gibt keinen Hinweis auf so etwas; das Schicksal ist immer ungerecht gewesen und hat sich nicht um Wünsche und Hoffnungen gekümmert.

»Sei nicht einfältig«, sagte sein Sohn. »Du bist ein Dummkopf, wenn du etwas davon glaubst. Die sind alle verrückt hier ... trösten sich mit Lügen und Geschichten ...«

»Ich nehme es nicht ernst.« *Und von welchen Lügen lebst du, mein Sohn?* dachte er bei sich. Aber er wußte recht gut, daß es die gleichen waren, an die er selbst geglaubt hatte.

»Sie überredeten Oriona, bis sie es glaubte. Sie tötete sich selbst!«

Er stand auf. »Myraa sagte das?«

»... Orionas Tod ist die Schuld der Erdgeborenen«, sagte sein Sohn ... »Wann wirst du das Schiff mit mir teilen?«

Ärger kam in ihm auf, ausgelöst von der Forderung seines Sohnes nach Teilhabe am Schiff: Ärger über Myraa und Oriona, aber auch über ihn selbst, weil er nicht in der Lage war, seine alte Stärke zurückzugewinnen; und Ärger über die erbarmungslose Flut, die von der Vergangenheit in die Zukunft strömte und ihn hier an dieser deprimierenden Küste zurückgelassen hatte.

Sein Sohn machte kehrt und verließ den Raum. Die Tür öffnete und schloß sich mit einer schrecklichen Endgültigkeit; er würde sich dem Willen seines Sohnes beugen.

Beugen? Sie würden gemeinsam zuschlagen und ein Stück der grausamen Vergangenheit in das Leben der Föderation bringen. Unter den Herakliden würde es zu einer erneuerten Identifikation mit der großen und unglücklichen Vergangenheit kommen, und in der Föderation würde es eine öffentliche Diskussion und Auseinandersetzung mit dem Krieg und seinen Folgen geben, wenn auch nur in bescheidenem Rahmen. Der Gedanke verschaffte ihm Befriedigung, und er erkannte, daß er den Überlegungen seines Sohnes folgte, der immer so dachte. Er beschloß, die Kontrolle über das Schiff so bald wie möglich auf ihn zu übertragen.

Auf dem Weg zum rückwärtigen Ausgang blieb er stehen, als etwas auf ihn überzugreifen schien und ihn mit jähen Zweifeln und einem Gefühl von Panik erfüllte. *Vergib mir, Oriona,* dachte er, *aber es ist mir nichts geblieben. Ich kann ohne die Zustimmung meines Sohnes nicht leben. Ich habe jetzt keinen anderen mehr.*

Er ging durch die Diele. Myraa lag wie ein blauschwarzer Schatten auf dem Bett, das Dämmerlicht machte das Fenster zu einem purpurgrauen Rechteck. Als er zur Tür schritt, richtete sie sich auf und sah ihm nach.

Er trat hinaus ins Freie und ging den ausgetretenen Weg hinunter zur Senke, wo das Flüsterschiff im warmen Abend wartete.

Sein Vater stand neben ihm, das Gesicht eine starre Maske, als das Schiff in den Absprungraum überging und totes graues Licht Myraas Welt schluckte. Für einen Augenblick erschien ein Spiegelbild von ihnen auf dem Bildschirm, das geisterhafte Porträt von zwei trauernden Männern, die in einer unendlichen Gruft standen, die Gesichter in Schatten gehüllt. Dann erschienen im Übergangsraum die schwarzen Geister, welche die Positionen der Sterne markierten, und wieder hatte Gorgias das Gefühl, in ein ungeheures Universum der Toten zurückzukehren, das unter oder neben einem Kontinuum der Farbe und des Lebens lag. Hier konnte der Tod mit seinem Willen tanzen, die Furcht seines Mutes spotten und Alpträume seine Fähigkeit, zu hoffen, zerstören, wenn er zu lange blieb…

»Ich werde das Schiff auf dich übertragen«, sagte er.

Gorgias nickte. Endlich war sein Vater zur Vernunft gekommen.

Sie setzten sich an den Befehlsstand der Zentrale, und sein Vater berührte die Kontaktplatte. Auf dem Bildschirm erschien eine Folge von Zahlen vor dem Hintergrund des Übergangsraumes.

»Das Schiff wird dich durch diese Nummer erkennen. Solltest du es jemals einem anderen übertragen müssen, ist es notwendig, diese Nummer zu löschen und eine neue einzugeben, wie ich es eben getan habe. Die internen sensorischen Felder des Schiffes werden sich innerhalb eines Tages deinem Körper und den unverwechselbaren Merkmalen deiner Gehirnströme anpassen. Sind beide lange Zeit abwesend vom Innern des Schiffs, und du hast keine Instruktionen hinterlassen, wird das Schiff sich selbst zerstören. Vergiß das nie.«

»Ich werde daran denken, Vater…«

Die Kontaktplatte wurde dunkel, und die Zahlen verblaßten auf dem Bildschirm, als der alte Mann die Hand zurückzog.

Es ist mein, dachte Gorgias.

»Wenn wir aus dem Übergangsraum herauskommen, wirst du das Kommando haben.«

»Danke, Vater.«

Der alte Mann wandte sich und ging nach achtern, ließ ihn mit dem Schiff allein.

Der alte Heraklide träumte von der Vergangenheit. Sie sog ihn in sich ein, daß er wieder fühlte und lebte. Er rannte mit Oriona durch einen langen Gang, in dem ihnen stinkendes Abwasser bis über die Knöchel reichte; sie hatten keine Zeit, sich Empfindungen wie Ekel oder Übelkeit hinzugeben, denn die Luft wurde zunehmend heißer, als die Stadt über ihnen die Stadien des Zerfalls und der Einäscherung durchmachte.

Hoch über der Welt kreisten mobile Festungen von Planetoidengröße, zerstörten ganze Städte mit Infraschall-Desintegratoren, äscherten sie mit gebündelter Laserenergie ein, erzeugten Wirbelwinde und Erdbeben; Flutwellen überschwemmten Tiefländer, als die Polarkappen schmolzen.

»Nur noch ein kleines Stück«, sagte er und zog seine Frau weiter. »Dort muß es sein – wo der General es zurückgelassen hat.«

Sie kamen zum verborgenen Flüsterschiff, der letzten Rettung für eine Gruppe von Offizieren und Mannschaften, ein Geschenk des Himmels für ihn selbst und Oriona.

»Unser Kind wird leben«, rief Oriona, als sie in die Luftschleuse kletterten. Sie schloß sich hinter ihnen, und sie eilten nach vorn in die Zentrale.

»Der Kurs für seinen Heimatstützpunkt ist programmiert«, sagte er, während er den Kommandostand einnahm.

»Ist das sicher?« fragte sie.

»Das Schiff wird noch in der Atmosphäre in den Absprungraum übergehen, und es ist schneller als die Schiffe der Föderation.« Er legte eine Hand auf die Kontaktplatte und gab die Zahlen ein, die er vom General hatte. Schreckensbilder von den Straßen über ihnen wollten ihm nicht aus dem Kopf gehen – Metall, das von den schmelzenden oberen Ebenen herabfloß; Menschen, die zuhauf in der plötzlichen Hitze umkamen und regelrecht zerplatzten, als ihre plötzlich verdampfenden Körperflüssigkeiten ins Freie drängten; eine Ebene um die andere brach in sich zusammen,

Menschenmengen flohen in Panik abwärts, suchten Zuflucht in Kellern und Kanalisationstunnels. In weniger als einem Tag würde die Glut diese Stadt und Dutzende von anderen in die Landoberfläche einschmelzen.

Die Föderation war wohlvorbereitet gekommen, mit einer großen Flotte und Hunderten plumper Energieträger. Der Anflug dieser Armada hatte alle Streitkräfte des Reiches zur Rückkehr veranlaßt, um für die Heimatverteidigung zur Verfügung zu stehen. Es war jetzt klar, daß diese Streitkräfte nicht ausreichten, um Neuanatolien oder irgendeine andere der Welten des Sternhaufens zu retten.

Das Flüsterschiff schoß aus dem getarnten Tunnel seiner Rampe in einen Himmel aus rotem Staub. Grelle Energiestöße zuckten herab in die Staub- und Brandwolken der Vernichtung. Keine Stadt der Hemisphäre blieb verschont von der erbarmungslosen Zerstörung der geschundenen, schreienden Welt …

»Hör auf!« Eine Hand rüttelte ihn. Er öffnete die Augen und sah seinen zehnjährigen Sohn über sich gebeugt.

»Hör auf!«

»Der Traum?«

»Es tut weh – es ist so furchtbar.«

Sein Sohn empfing seine Alpträume. Die Wirkung war nicht so heftig, wie Oriona sie empfing, aber schlimm genug.

»Es wird bald besser gehen«, sagte er. »Wir werden einen Spaziergang machen, und dann …«

Dann öffnete er wieder die Augen und sah sich im Wohnquartier des Schiffes. Zeit war vergangen; der zehnjährige Junge war ein Mann; Oriona war tot; und sobald das Schiff aus dem Übergangsraum käme, würde sein Sohn das Kommando übernehmen.

Dreißig Lichtjahre südlich von Myraas Welt sank das Flüsterschiff in die Atmosphäre der Grenzwelt Precept, nicht weit vom Ende des Korridors der Föderation, in einer Gegend, die in Richtung des galaktischen Randes allmählich besiedelt wurde.

Der jüngere Gorgias wußte, daß die sich verdichtende Atmosphäre draußen unter dem immer noch schnellen Eindringen des Schiffes zu heulen begann und daß es Donnerschläge und Wirbel geben würde, wenn das Schiff nahe der Oberfläche in den Horizontalflug übergehen würde.

Der Bildschirm zeigte brodelnde Wolken und flüchtige Blicke auf eine braune und grüne Oberfläche. Sein Vater kam in die Zentrale und stand schweigend hinter ihm. Plötzlich blieben die Wolken zurück, und das Schiff flog horizontal über das Land dahin.

»Wie geht es?« fragte sein Vater.

»Sehr gut – das Schiff hat schon erraten, was ich mit ihm vorhabe. Das Steuersignal zur Aktivierung der Programmplatte ist genug.«

»Du kannst mit der Stimme in das Programm eingreifen oder Anweisungen hinzufügen.«

»Das ist mir klar.«

Weit voraus kam die erste Ortschaft in Sicht, eine häßliche Ansammlung vorgefertigter Baracken aus Holz und Metall auf einer Ebene. Innerhalb der Stadt gab es kaum Zeichen von Vegetation. Bei der Annäherung des Schiffes blickten Leute auf, Spielzeugfiguren auf einer schmutzigen Tischplatte. Ein paar winkten.

Ein automatisch gesteuerter Energiestrahl schoß aus dem Bug des Schiffes und huschte von einem Gebäude zum nächsten; eines nach dem anderen ging in Flammen auf. Augenblicke später zog das Schiff eine Schleife, den Angriff zu erneuern.

Diesmal fächerte der Strahl breit auseinander und erfaßte alle verbleibenden Gebäude. Die schmutzige kleine Barackenstadt hüllte sich in schwarzen Rauch. Das Schiff zog eine weitere Schleife.

»Was meinst du?« fragte Gorgias, ohne den Kopf zu wenden.

Sein Vater antwortete nicht.

»Du denkst, dies sei zu einfach, und du hast recht. Aber das Ziel ist, ihnen Schaden zuzufügen, Nadelstiche zu versetzen, Stoff zu Diskussionen zu geben. Es geht nicht darum, nach den Regeln der Kriegskunst eine Schlacht zu schlagen.«

Während das Schiff weiter den Ort der Zerstörung umkreiste, wandte Gorgias sich auf seinem Sitz um und fragte seinen Vater: »Wie viele Tote schätzt du?«

»Das ist keine Kriegführung.«

»Früher hättest du das nicht gesagt. Mit dieser Methode hat die Föderation uns nahezu ausgerottet. Warum liegt dir jetzt soviel daran, ritterlich zu sein?«

»Du kannst nicht gewinnen, es sei denn, du bist in der Lage, Terrorismus in einen konventionellen Konflikt zu eskalieren –Zerstörung von Industrie- und Bevölkerungszentren, dann Invasion. Du kannst nicht gewinnen ...«

»Ich habe nicht die Absicht, zu gewinnen. Wie oft muß ich es noch sagen? Ich will sie verletzen, sie wissen lassen, daß wir leben und nicht vergessen haben.«

»Und du willst unbegrenzte Zeit darin fortfahren?«

»Wer kann sagen, daß wir später nicht breitere Unterstützung finden werden?« erwiderte Gorgias.

»Ich will nicht mit dir streiten. Ich bin hier, das sollte dir genügen.«

Der alte Mann verließ die Zentrale.

Gorgias wandte sich achselzuckend dem Bildschirm zu. Der Rauch stieg in einer brodelnden, flammendurchschossenen schwarzen Säule zum Himmel auf. Es war ein Fanal. Er hatte den Weg beschritten, der zur Wiederkehr des Reiches der Herakliden führen würde. Er fühlte sich vom Willen seines Volkes getragen, als das Schiff durch den Rauch in einen tiefblauen Himmel hinaufschoß, der sich rasch dunkelpurpurn verfärbte und zu schwarzer, sternfunkelnder Leere wurde. Die nahe Sonne folgte ihm mit bösem Blick, vermochte aber nichts gegen ihn.

Gorgias gab einen Steuerbefehl, und das Schiff beschleunigte auf das Zentralgestirn zu. Langsam wuchs die Größe des Sterns, siedend von der gleichen Energie, die er in sich selbst fühlte; der Stern war sein Feind, ein Wachhund, dem es nicht gelungen war, seine Welt zu schützen.

Als das Schiff seinen Energievorrat von der Intensität des Sterns ergänzt hatte, wechselte es in den Absprungraum und gab das Universum der Farben und des Lebens abermals zugunsten des toten Raumes schwarzer Sonnen auf.

Lange saß Gorgias vor dem Bildschirm und dachte an die Zwiespältigkeit seines Vaters. Der grauweiße Absprungraum schien diesmal ein wenig verändert, als versuchten starke Lichtimpulse aus einem anderen Kontinuum durchzubrechen; vielleicht markierte irgendwo eine Lichtkaskade die Grenze zwischen den beiden Arten von Raum. Er stellte sich das Licht eines Universums vor, das überfloß und in einen Abgrund strömte, einen Kosmos, der an einer Stelle starb und anderswo wiedergeboren wurde.

Es gab jetzt nur eins: Er mußte so bald wie möglich anderswo zuschlagen, nur für den Fall, daß auf Precept niemand am Leben geblieben war, um den Angriff zu melden.

Er würde eine Invasionsstreitmacht benötigen, hatte sein Vater gesagt. Gorgias nahm sich vor, Myraa noch einmal über die Geschichte der Herakliden zu befragen, die gegen Ende des Krieges in die Kleine Magellansche Wolke geflohen waren. Er mußte in Erfahrung bringen, ob dies wirklich geschehen war und ob es sich tatsächlich um eine Armee gehandelt hatte, oder ob die ganze Geschichte bloß eine Legende war; entsprach sie der Wahrheit, so war es höchste Zeit, mit dieser Streitmacht und ihren Abkömmlingen Verbindung aufzunehmen. Es hätte längst geschehen müssen. Möglicherweise besaßen sie Schiffe und Waffen, die für seinen Feldzug von Nutzen sein konnten.

Er fuhr mit der Hand über die Programmplatte und forderte Zielvorschläge für den nächsten Angriff an.

5. Das Vermächtnis

»Es wird immer jene geben,
die ins Dunkel schauen müssen,
um zu sehen.«

– Alan McGlashan

Die Milchstraße spannte ihren weiten Bogen durch die Nacht Neuseelands und erzeugte die Illusion eines im Ozean stehenden Bogens. Rafael Kurbi saß mit Grazia auf der Terrasse ihres Hauses über dem Meer. Als die Nacht ihren Fortgang nahm, versank der Bogen allmählich im Ozean, aber auf der anderen Seite stiegen immer neue Sternbilder herauf.

Er legte den Arm um Grazia und dachte: *Ich könnte jetzt aus dem Leben gehen, und es würde mir nichts ausmachen.* Gleich darauf erschreckte ihn der Gedanke, und er fragte sich, wie er darauf hatte kommen können. Er entspannte sich. *Ich kann leben, solange ich will, aber mein Leben ist gefährdet und könnte genauso leicht nicht existiert haben.*

»Was hast du, Rafael?«

»Ach, nichts. Nur gelangweilt, nehme ich an.«

»Mit mir?«

Er blickte in ihre dunklen Augen, erfreute sich der Blässe ihrer Haut im Sternenlicht, und fragte sich, wie lange Ruhe und Zufriedenheit ertragen werden konnten. Das war ein seltsamer Gedanke, da Zufriedenheit durch ihre Natur nicht zum Überdruß führen konnte, sagte er sich. Vielleicht gab es zuviel Ordnung, zuviel Toleranz und nicht genug Konflikt.

In den planetarischen Kolonien gab es freilich genug Unordnung, und sie nahm mit der Entfernung von der Erde durch den Korridor der Föderation zu, bis man im Herkules-Sternhaufen das dunkle Zeitalter erreichte, wo die zwanzig Welten des Reiches annähernd vier Jahrhunderte nach dem Krieg noch immer von der Erde und voneinander abgeschnitten waren.

»Nun?« fragte Grazia.

»Du bist es nicht…«

Zwischen 2000 n. Chr. und 5000 n. Chr. hatte die Menschheit sich dreimal in Kriegen erschöpft und zerstört, aber jedesmal mit Hilfe der näheren Kolonien den Wiederaufstieg bewerkstelligt und die Zerstörungen beseitigt. Diese Art von Hilfe mochte nie wieder zur Verfügung stehen. Nach dem großen Krieg gegen die Herakliden hatten die Kolonien sich mehr und mehr auf sich selbst besonnen, während die Erde, unberührt von den Wirren dieses Krieges, durch Waffen- und Materiallieferungen an die Föderation zu neuem Wohlstand gelangt war und die Anstrengungen und Probleme der Kolonien mit wohlwollender Indifferenz aus der Ferne betrachtete. Aussiedelung von Industrien und Abwanderung von Bevölkerungsüberschüssen in die Kolonien förderten die Entwicklung der Erde zu einem Garten. Was immer die Zukunft bringen würde, wenigstens einstweilen blieb die Erde Heimat einer Menschheit, deren Biologie relativ unverändert war, Leuten wie ihm selbst und Grazia.

Er mußte wieder anfangen, sich für etwas anderes als Bequemlichkeit zu interessieren, sagte er sich. Seine Freunde in den umliegenden Gemeinden würden ihn auslachen, wenn er dieses Bedürfnis nach anspruchsvoller Arbeit erwähnte. Schließlich hatte er Geistes- und Naturwissenschaften studiert und die Freuden und Verrücktheiten erfahren, die seinen fünf Lebensjahrzehnten angemessen waren. Was wollte er noch?

»Ich habe bloß das Gefühl, daß ich etwas riskieren sollte, etwas bewirken«, sagte er.

»Das ist eine uralte Idee; du kannst sie unterdrücken lassen.«

»Aber ich will sie nicht unterdrückt haben«, sagte er.

Sie sah ihn an und lächelte. »Das ist eine seltsame Bemerkung – du würdest hinterher nichts mehr davon wissen.«

»Hast du dich nie gefragt«, sagte er, »warum wir keine Zivilisationen gefunden haben, die von unserer eigenen verschieden sind, ich meine, wirklich verschieden von den humanoiden Mustern, die wir kennen?«

»Eigentlich nicht.«

»Hast du dich nie gefragt, warum ihr Entwicklungsstand mehr oder weniger dem unsrigen entspricht, aber nie wesentlich fortgeschrittener war?«

»So ist es eben. Es hängt nicht viel davon ab, ob wir mehr darüber in Erfahrung bringen oder nicht.«

»Vielleicht gibt es draußen in der Galaxis eine überlegene Kultur – oder vielleicht existiert sie nur in der Hauptgruppe der Galaxien, und unsere ist provinziell. Wir sind nicht ausgezogen, nach ihnen zu suchen, weil wir uns davor fürchten. Vielleicht hat der Krieg bewirkt, daß wir unserer Neugier mißtrauen? Vielleicht führen Neugier und Ehrgeiz zu gewaltsamen Konflikten. Ich weiß es nicht. Es scheint verkehrt…«

»Was für ein Unsinn«, sagte Grazia. »Es ist genug, daß wir freundlich und gut und zivilisiert sind.«

»Sieh mal, kein Mensch denkt daran, unser Kommunikationssystem für die Suche nach fortgeschrittenen Kulturen einzusetzen, nicht einmal in unserer Galaxis, geschweige denn jenseits davon. Wir gebrauchen das System, um mit unseren eigenen Kolonien im Korridor Verbindung zu halten. Kommt dir das nicht engstirnig und wenig unternehmend vor?«

»Wir kümmern uns um unsere eigenen Angelegenheiten, Rafael.«

»Aber wir wissen nicht einmal sonderlich viel über uns selbst, was wir sind, was das Leben ist.«

»Wir sind eben die Lebensform, die dumme Fragen über sich selbst stellt«, sagte sie. »Seit Jahrtausenden haben sich Philosophen und Wissenschaftler mit diesen Problemen beschäftigt.«

»Von denen gibt es nicht mehr viele, Grazia. Du kannst dir nicht vorstellen, wie wenige es gibt.«

»Genug, würde ich sagen.«

»Ein paar hundert, ja. Natürlich gibt es eine Menge von technischen Gelehrten, die sich auf ihren Fachgebieten auskennen, aber allzu viele fragen die Antworten nur ab, ohne sie wirklich zu verstehen. Viele Wissensgebiete existieren praktisch nur in Computerprogrammen, Datenspeichern und alten Büchern. Sehr wenig davon lebt in schöpferischen Gehirnen.«

»Das Wissen ist aber da.«

»Gut, doch was ist mit neuen Arbeiten, neuen Fragestellungen?«

»Ich glaube, die künstlichen Intelligenzen können mehr leisten«, sagte sie.

»Denen liegt nur am Wissen, nicht am Tun – sie haben keinen Antrieb, kein Verlangen, in der Praxis zu verwenden, was sie gelernt haben. Sobald sie ein Wissen gespeichert haben, genügt ihnen das.«

»Ich bin froh, daß sie dieses Wissen speichern – es wäre solch eine Bürde, alles das zu lernen. Wir sind für die Sinne gemacht, Rafael, Erfahrungen zu sammeln und zu beurteilen, nicht für das Verstehen, das sowieso eine Illusion ist.«

»Dann haben vielleicht diejenigen recht, die ganze Bevölkerungen durch gentechnische Maßnahmen verändern und verbessern wollen.«

»Aber sie tun nicht, was du willst, sondern halten sich bei allem Bemühen, einzelne Züge zu fördern und andere zu unterdrücken, an das bestehende Menschenbild. Was du willst, wurde im Herkules versucht, und dabei kamen kriegerische, unausgeglichene Eroberer heraus, keine Weisen oder Gelehrten.«

»Wie sollen wir uns weiterentwickeln?« fragte er. »Wir müssen es selbst in die Hand nehmen, weil die natürliche Selektion ausgeschaltet ist.« Aber vielleicht war sie in Wirklichkeit nicht ausgeschaltet, überlegte er. Vielleicht werden nach einigen hunderttausend Jahren Langlebigkeit nur die Ehrgeizigen, die Fleißigen und die Neuerer übrig bleiben.

»Ich bin froh, daß es noch einen Ort für unveränderte Leute wie uns gibt«, sagte Grazia.

Er merkte, daß sie ihn allmählich in die Enge trieb. Aber nichts, was sie sagen konnte, würde ihm das Gefühl nehmen, daß er zu sterben begann, und daß dieser Prozeß des allmählichen Absterbens andauern würde, ganz gleich, wie oft er physiologisch erneuert wurde und wie lange er lebte.

Früh am nächsten Tag, gerade als Kurbi das Licht der Morgensonne auf seinen Augenlidern als störend zu empfinden begann, erhielt er Besuch von Julian Poincaré, der ihm sein Ebenbild vom Kontinent überspielte. Er öffnete die Augen und sah den untersetzten Mann bei der Balustrade stehen und über den Ozean hinausblicken.

»Julian?«

Poincaré wandte sich um. »Ah, du bist wach.«

»Bist du hier?« fragte Kurbi. Er stemmte sich hoch und saß aufrecht im Liegestuhl.

»Nur der Anschein, lieber Freund – keine Substanz, keine Realität, jedenfalls nicht soviel wie sonst. Du führst Selbstgespräche.«

Kurbi hielt nach Grazia Ausschau und erinnerte sich unbestimmt, daß sie bei Tagesanbruch aufgestanden war.

»Du wirst überrascht sein, zu erfahren«, sagte Poincaré, »daß ein Flüsterschiff der Herakliden die Kolonie auf Precept ausgelöscht hat. Unser Nachrichtendienst hat die Meldung eben bekommen.«

»Das muß wieder Gorgias sein«, sagte Kurbi. Er streckte die langen Beine und stand auf. »Precept? Das ist ziemlich am offenen Ende des Korridors, im Norden, nicht wahr?«

»Das stimmt – aber warum sollte es Gorgias sein? Er könnte längst tot sein – seit mehr als einem Jahrhundert haben wir nichts von ihm gehört. Warum kann es kein anderer sein?«

»Ich denke, daß er lange Zeit in Erstarrung verbracht hat. Es soll Hinweise auf wiederholtes früheres Erscheinen und Verschwinden geben, mit jahrzehntelangen Abständen dazwischen. Wenn das zutrifft, haben sie die notwendigen Einrichtungen dafür, und das bedeutet, daß ich mit meiner Ansicht, daß es einen Stützpunkt gibt, recht habe; sie müssen einen haben, um die Technologie und das Schiff zu erhalten.«

»Und du glaubst immer noch, er sei nicht allein?«

»Ich denke«, sagte Kurbi, »daß Gorgias einen Sohn oder eine Tochter haben könnte, sogar Brüder oder Verwandte, die bei ihm sind.« Er begann auf der Terrasse hin und her zu gehen. »Ein Stützpunkt könnte eine ganze Menge Leute beherbergen.«

»Du bist der Sachverständige für die Herakliden«, sagte Poincaré.

»Das Korps wird etwas zu tun haben.«

»Und du auch.«

»Was denkst du darüber?« fragte Kurbi.

»Ich mache mir Sorgen, wo das Schiff nächstesmal auftauchen wird. Es könnte bald sein.«

»Das glaube ich auch«, sagte Kurbi. Alle Schläfrigkeit war verflogen.

»Als verantwortlicher Offizier des Nachrichtendienstes werde ich Warnungen herausgeben müssen – wir können mehr Gewalt erwarten.«

»Solange es sich draußen in den Randbereichen der Föderation abspielt, werden sich die Entscheidungsträger hier nicht in Aufregung versetzen lassen«, sagte Kurbi.

»Ich werde versuchen, ihnen Angst einzujagen. Ich brauche Schiffe und Geldmittel, und ich brauche dich. Wenn sie glauben, das Schiff stelle eine Bedrohung auch der inneren Zonen dar, werden sie mir geben, was ich will.«

»Mich?« fragte Kurbi. Er hatte nie gedacht, daß sein Interesse an den Herakliden und ihrer Kultur praktisches Handeln in irgendeiner Form zur Folge haben würde. Vor allem hatte ihn das Geheimnis heraklidischer Psychologie fasziniert. Er hatte von einer Zeitreise zurück in den Krieg geträumt, nur um die Atmosphäre jener Zeiten in sich aufzunehmen, den Druck von Ziel und Notwendigkeit zu fühlen; jetzt bot sich die Chance, einen lebenden Herakliden aus jenen Zeiten kennenzulernen.

»Julian!« Grazia kam aus dem Haus. Die Markise entfaltete sich über der Terrasse, verdunkelte den Himmel und die aufsteigende Sonne. Sie setzte sich auf den Liegestuhl.

»Wie geht es dir, Grazia?«

»Gut – aber nun erzähl mir, wozu du Rafael willst.«

»Es ist an ihm.« Poincaré zuckte die Achseln, und Kurbi sah die Geistesverwandtschaft, die sie miteinander verband. Sie waren beide zahme Wölfe unter den Schafen.

»Kann mit Gewißheit davon ausgegangen werden, daß es ein Flüsterschiff war?« fragte er.

»Es soll eine Radaraufzeichnung geben, die jeden Zweifel ausschließt.«

Grazia sah ihren Mann mit einem Ausdruck an, als wollte sie ihn fragen, warum er sich Gedanken darüber mache und welche Bedeutung es für ihn habe. »Du möchtest gehen«, sagte sie. »Du möchtest dir einreden, eine Mission zu haben, dein Gleichgewicht zerstören. Und weshalb? Wegen eines alten Krieges und eines Verrückten, oder zwei. Nur zu. Mir könnte es nicht gleichgültiger sein.«

»Viele Menschen sind gestorben, Grazia«, sagte Kurbi.

»Allein deswegen würdest du nicht gehen.«

»Ich habe mich noch nicht entschlossen; wir redeten bloß.«

»Wie, wenn wir hier bedroht würden?« sagte Poincaré. »Dieses Haus, zum Beispiel. Wie, wenn dieses Schiff auf einmal im schönen blauen Morgenhimmel erscheinen würde? Wenn es Dampfsäulen aus dem Ozean reißen und dieses Haus in glühende Gesteinsschmelze verwandeln würde?«

»In solch einer Welt würde ich lieber nicht leben«, sagte Grazia. »Je eher sie mich töteten, desto besser.«

»Das ist nicht dein Ernst«, sagte Kurbi. Er tat einen Schritt auf sie zu, um sich neben sie zu setzen und sie bei der Hand zu nehmen.

»Bleib stehen, wo du bist«, sagte sie. »Seht euch beide an. Ihr hofft beide, daß schreckliche Ereignisse eintreten werden. Ihr mögt von eurem Leben gelangweilt sein, aber ich finde Langeweile und Unveränderlichkeit durchaus angenehm.«

»Versuche es so zu sehen«, sagte Kurdi. »Alles, was wir heute über den Krieg der Föderation gegen die Herakliden wissen, ist praktisch, daß wir gegen einen zähen und unversöhnlichen Feind kämpften, den nur die vollständige Niederlage zum Aufgeben zwingen konnte, Tatsächlich ist es ein großes Rätsel – es sind kaum noch Aufzeichnungen oder Zeugen übrig, zumindest nichts, was für eine unvoreingenommene Beweisaufnahme taugen kann. Hier besteht die Chance, sich mit einem Individuum oder mehreren Individuen auseinanderzusetzen, die am Krieg teilgenommen haben und noch seine Mentalität besitzen. Sie erinnern sich der Vorgänge, und sie mögen Aufzeichnungen haben.«

»Auch hier gibt es Leute, die den Krieg miterlebten.«

»Die meisten haben keinen Überblick, können nur mit persönlichen Erlebnissen und Anekdoten aufwarten, das weißt du. Und die Geschichtsschreibung der Nachkriegszeit ist unzuverlässig und einseitig voreingenommen.«

»Nun, es gibt Herakliden auf verschiedenen Welten.«

»Diese Überlebenden werden niemals den Mund aufmachen – sie haben sich verändert.«

»Die einfache Tatsache ist klar und bedarf keiner Rechtfertigung«, sagte Poincaré. »Ein Flüsterschiff ist ein ziemlich großes Ärgernis. Es könnte mehr Bürger der Föderation töten, es könnte unter bestimmten Bedingungen einen Planeten zerstören – die Erde, zum Beispiel. Ganz gleich, von welcher Art Rafaels Interesse ist, er würde uns bei der Jagd von Nutzen sein.«

»Du versuchst bloß, mir Angst einzujagen, Julian«, sagte Grazia.

»Das ist bestimmt nicht meine Absicht.«

»Es ist beängstigend, welche Motive du auch haben magst.«

»Was ich sage, könnte geschehen, Grazia.«

Sie lachte und streckte sich auf dem Liegestuhl aus.

Der Krieg hatte ihnen ein Vermächtnis hinterlassen, dachte Kurbi, das angenommen, untersucht und verstanden werden mußte; das war eine Frage der Ehrlichkeit und Loyalität zur Vergangenheit und der Wahrhaftigkeit gegenüber der Zukunft.

»Guten Tag«, sagte Julian und verschwand.

Kurbi blickte durch den Raum, wo das Bild Julians

gestanden hatte. Der Ozean war belebt von Sonnenglitzer, Wolkenschatten und den Segeln kleiner Boote. Er fragte sich, was die Herakliden an Bord ihres Schiffes denken mochten, ungezählte Parseks entfernt.

»Ich gehe schwimmen«, sagte Grazia hinter ihm.

6. Ziel

»Der Geist des Wilden vertieft sein Wissen
mit der Hilfe von imagines mundi.«

– Claude Lévi-Strauss

»Wer ist der Mann auf dem Weg?
Ein Auge, das im Schädel glüht.«

– Seccho

Sein Sohn rüttelte ihn wach.

»Wir kommen nicht heraus – das Schiff will den Übergangsraum nicht verlassen!«

Er schlug die Augen auf.

»Ich kann nicht sagen, wo es fehlt«, sagte sein Sohn. »Ich habe alles versucht.«

»Es ist nicht das Schiff«, sagte der alte Heraklide. »Das geschieht bisweilen …« Er stand auf und folgte seinem Sohn nach vorn.

Das erste, was sie beim Betreten der Zentrale sahen, war das Flimmern des Bildschirms, als ob draußen ein Sturm tobte.

»Da«, sagte sein Sohn, »die Sternanalogien – sie sehen jetzt fest aus!« Im Kontinuum des Übergangsraumes waren die schwarzen Stellen, welche die Sternpositionen im normalen Raum kennzeichneten, keine festen Objekte im Verhältnis zum Schiff. Nun aber war unmittelbar voraus eine riesige schwarze Kugel mit glänzend reflektierender Oberfläche. Das Schiff raste mit unbekannter Geschwindigkeit auf sie zu.

»Ich habe ein halbes Dutzend Male versucht, den Kurs zu ändern«, sagte sein Sohn, »aber das Schiff behält den Kurs bei, obwohl es einen anderen berechnet.«

»Wir sind nicht im gewöhnlichen Übergangsraum, sondern in einem benachbarten Parallelraum. Eine quantendynamische Ungenauigkeit im elektromagnetischen Schwingungsgenerator des Schiffes erzeugt dieses Phänomen. Ich wurde davor gewarnt. Es geschieht nicht sehr oft, läßt sich aber nicht ändern. Die alten Konstrukteure hatten nicht mehr die Zeit, das Problem zu lösen, und sie waren nicht sicher, ob es überhaupt gelöst werden kann, ohne die fundamentalen Naturgesetze zu ändern.«

»Aber du weißt, wie wir da herauskommen können?«

»Ich werde es versuchen.«

Das Objekt voraus war inzwischen doppelt so groß geworden. Innerhalb weniger Augenblicke füllte es den Bildschirm aus. Eine Spiegelung des Schiffes erschien auf der schwarzen Oberfläche, ein silbriges Abbild des frontal heranrasenden Projektils. Gefrorene Energie, der alte heraklidische Gedanke, alles was eine lebendige Sonne nicht ist. Das Kontinuum flackerte wieder, hinterließ einen langsam verblassenden Blitz in der Schwärze darunter. Plötzlich schien das Bild des Schiffes in sie einzugehen und über eine stygische Ebene dahinzuschießen. Am Horizont flammte ein falscher Sonnenaufgang, als das Kontinuum erneut flackerte. Der ältere Gorgias begann sich zu fragen, ob sie dies überleben würden. Die Vorstellung schreckte ihn nicht; er würde seinem Sohn nicht entgegentreten oder zusehen müssen, wie er seine Pläne ausführte.

Das geisterhafte Flackern kam häufiger. Der Heraklide ließ die Hand über das leuchtende Tastfeld der Programmplatte gehen.

Das Schiff wechselte über. Einen Augenblick lang schien ein mehr vertrauter Absprungraum in Sicht zu kommen, dann flackerte es wieder, und der Übergangsraum wurde wiederhergestellt. Das Schiff hatte nur seine Position darin geändert.

»Sag mir die Wahrheit – vielleicht kommen wir nie wieder heraus.«

»Das könnte sein.«

»Versuch's noch einmal.«

»Wie du meinst.«

Das Schiff schaltete, versuchte überzuwechseln und in das bekannte Universum einzutauchen, aber wieder ohne Erfolg. Es hielt auf eine weitere schwarze Kugelgestalt zu.

»Was nun?« fragte sein Sohn. In seinem Tonfall war ein Anflug von Verärgerung.

»Warte – wir versuchen es weiter, so oft wie erforderlich, um hier herauszukommen. Die Ungenauigkeit im elektromagnetischen Schwingungsfeld kann naturgemäß nicht ewig dauern.«

»Regelmäßige Wachen wie bisher?«

Der ältere Gorgias nickte. »Versuchen wir es dreimal während jeder Wache.«

»Ich werde warten, bis du es noch einmal probierst«, sagte sein Sohn. »Dann werde ich mich hinlegen und dir die Wache überlassen.«

»Dann also los!«

Das Schiff schaltete zum drittenmal.

Der Bildschirm wurde schwarz.

»Was nun?« fragte sein Sohn.

»Ich weiß nicht ...«

Die Lichter an Bord flackerten.

»Es ist, als bekämen wir nicht genug Energie«, sagte sein Sohn. »Können wir hier drinnen etwas überprüfen?«

»Nein, die Speicherzellen für die Energieaufnahme sind ein abgeschlossener Teil. Du weißt, daß wir niemals Treibstoff übernehmen müssen. Für die Leistungen, die dieses Schiff vollbringt, könnte es niemals genug Eigenenergie erzeugen oder an Bord nehmen.

Das Schiff speichert Strahlungsenergie und wandelt sie in Antriebs- und Zerstörungskraft um. Wie das geschieht, weiß ich nicht. Angewandte Kernphysik war nicht meine Stärke. Ich war bloß ein militärischer Führer.«

»Da das Schiff funktioniert, kann die Energiequelle nicht zerstört worden sein«, sagte sein Sohn.

»Die Energieaufnahme wird nicht von einer Quelle im heimatlichen Sternhaufen abhängig sein, aber wir sind in einer sternarmen Region. Das beeinträchtigt wahrscheinlich die Energieaufnahme.«

Der schwarze Bildschirm ließ kein Zeichen von Bewegung erkennen; die Realität hatte sich verfestigt, alle Bewegung eingefroren.

Dann aber wurde er heller, als ob draußen eine gewaltige Explosion stattfände. Plötzlich war das Schiff in einem weißen Raum, und die Sterne, wenn es welche waren, erschienen als winzige schwarze Punkte.

Der Heraklide führte seine Hand zum viertenmal über das Tastfeld.

Das bekannte Universum erschuf sich von neuem.

»Wir scheinen nicht weit von unserem Ausgangspunkt entfernt zu sein«, sagte sein Sohn. »Vielleicht ein Dutzend Lichtjahre von Precept.«

Wo Hunderte tot in der Asche lagen. Was hatten sie vom Krieg gewußt? Was hatten sie ihnen getan? Der alte Heraklide sagte sich, daß er den Angriff hätte verhindern sollen.

Aber seine Zweifel und seine barmherzigen Empfindungen zeugten nur von der Sentimentalität des Alters. Sie konnten weder das Reich noch seine Macht wiederherstellen. Sein Sohn würde niemals den endgültigen Untergang des Reiches akzeptieren; seine Wiederherstellung war für ihn höchstes Ziel und Endzweck aller Anstrengungen; die Wiederbelebung des Reiches war für ihn die einzig vorstellbare und zu rechtfertigende Lebensaufgabe, selbst wenn es am

Ende den Tod aller überlebenden Herakliden – auch seinen eigenen – bedeuten sollte.

Das interstellare Passagierschiff schwamm langsam über den Bildschirm; erst vor Minuten von Sagan IV gestartet, schickte es sich an, in den Absprungraum überzuwechseln. Der gleißende Lichtstrahl einer Laserkanone zuckte vom Flüsterschiff hinüber und traf den Antriebsteil des zylindrischen Rumpfes. Ein Loch öffnete sich wie eine aufblühende Blume. Gas begann auszuströmen. Der Energiestrahl tastete zum Mittelabschnitt, und eine weitere Wunde öffnete sich: Rotes Licht flammte auf, Trümmer und menschliche Gestalten wurden in den Raum hinausgestreut.

Es war der einzige Weg.

Sein Vater hatte die Zentrale einige Augenblicke vor dem Angriff verlassen. Es kam darauf an, der Föderation harte und schmerzhafte Schläge zu versetzen. Grausamkeit war davon nicht zu trennen. Der Laserstrahl tastete weiter und schnitt sein drittes Loch.

Anderthalb Millionen Kilometer hinter dem aufplatzenden Schiff schwamm die Scheibe Sagan IV; nur eine Hälfte lag im Licht des Zentralgestirns. Er vermutete, daß bald Schlepper starten würden, um das zerstörte Schiff zu bergen. Auch mit einem oder zwei Kriegsschiffen war zu rechnen, aber sie würden zu spät kommen, um sie zu bedrohen.

Den Bergungsmannschaften würde nicht viel zu retten bleiben. Das Schiff mußte jeden Augenblick explodieren, wenn der Energiestrahl den Reaktor erreichte. Er war stolz auf die Leistung der Alten; und Herkules war noch immer ein Haufen kriegerischer Sterne, trotz der Schwäche seines Vaters, trotz Myraas Gleichgültigkeit.

Das Passagierschiff zerplatzte, flog auseinander wie vom glutheißen Magma eines ausbrechenden Vulkans hinausgeschleudert. Die Trümmer breiteten sich aus, ein Durcheinander von zerfetztem Leben, geschmolzenem Metall und heißem Plasma; wahrscheinlich würden die Trümmer im Anziehungsbereich von Sagan IV bleiben und diese Welt bis ans Ende aller Tage in einem feinen, dünnen Ring umkreisen.

Das Schiff schaltete selbsttätig die teleskopische Optik ein, und der Bildschirm zeigte ein paar Kriegsschiffe, die eben ihre Liegeplätze in der Umlaufbahn verließen, zwei Abwehrkreuzer, die vom todgeweihten Schiff angefordert worden waren. Gorgias fragte sich, ob an Bord der fremden Schiffe Furcht aufkommen würde, wenn die Besatzungen auf ihren Bildschirmen das Flüsterschiff der Herakliden erkannten. Was dachten sie, wenn sie jetzt herüberstarrten und die legendäre Schiffsgestalt aus ferner Vergangenheit sahen?

Sie kamen jetzt rasch näher und wuchsen, bis der Bildschirm auf normale Optik umschaltete und sie als helle Sterne deutlich sichtbar waren, nicht weiter als ein paar hundert Kilometer entfernt.

Das Flüsterschiff beschleunigte und ließ Sagan IV zu einem blauen Punkt schrumpfen. Das Schiff wechselte in den Absprungraum über, schwärzte die Sterne und heftete sie an einen Hintergrund von trostlosem Grau. Die Verfolger waren verschwunden.

Gorgias wartete, daß zwei schwarze Punkte achteraus erschienen. Eine Minute verging, zwei Minuten; nach fünf Minuten war noch immer kein Verfolger in Sicht.

»Laufen wir davon?«

Er drehte sich mit seinem Stuhl herum und sah seinen Vater in der Zentrale stehen. Eine seltsame Mischung von Furcht und Trauer verfremdete die Züge des alten Mannes, verzog seine Muskeln, als ob er geweint hätte. Der alte Heraklide war eine Schmach für die Traditionen seines Volkes.

»Das Zielschiff ist zerstört, und wir haben die Verfolger abgehängt.«

Sein Vater schloß die Augen. »Wohin gehen wir jetzt?«

»Ich möchte, daß Myraa und die anderen davon wissen, bevor wir zum Stützpunkt zurückkehren.«

»Du meinst, es wird sie beeindrucken?«

»Es wird den anderen vielleicht Mut machen, und sie wird nicht umhin können, sich damit auseinanderzusetzen.«

»Siehst du nicht – es ist deine Art, dir Mut zu machen.«

»Das sehe ich ganz und gar nicht so.«

Sein Vater kam auf ihn zu und schlug ihm mit dem Handrücken ins Gesicht.

»Du hast kein Recht!«

Der alte Heraklide schlug wieder zu. Der Schlag warf ihn gegen die Stuhllehne zurück. »Ich werde dich schlagen, bis du nicht mehr gehen kannst, bis ich dich wie ein wildes Tier einsperren kann. Und es wird mir nichts ausmachen.«

»Feigling«, sagte Gorgias und rieb sich das Gesicht. Sein Vater warf sich auf ihn, packte ihn bei der Gurgel. Gorgias war erstaunt, wie kräftig die Hände waren, die ihm die Luft abdrückten.

Mit großer Anstrengung stand Gorgias auf, hob gleichzeitig seinen Vater mit hoch und stieß ihn von sich. Sie fielen beide zu Boden, der alte Mann lag auf dem Rücken unter ihm. Die Hände lösten sich von seiner Kehle, und Gorgias stand auf.

Er wandte sich zum Bildschirm. Zwei schwarze Punkte waren dort erschienen.

»Sieh nur – die Verfolger! Ich kann mich jetzt nicht mit dir abgeben. Geh wieder in deine Kabine.«

Er setzte sich ans Steuerpult, führte die Hand über das Tastfeld der Programmplatte und kehrte für wenige Sekunden ins bekannte Universum zurück, wechselte wieder und hielt Ausschau nach den Verfolgern.

Das Kontinuum war klar, aber er wußte, daß sie bald erscheinen würden; das Schiff hinterließ eine deutliche Spur. Nun kam es darauf an, sie rasch zu verwischen.

Er blickte über die Schulter zu seinem Vater, aber der war hinausgegangen.

7. Erwachen

»Erst wenn wir verloren sind …
– beginnen wir uns zu verstehen.«

– Henry David Thoreau

»Das Siedlungszentrum auf Precept«, sagte Poincaré, »und dann das Passagierschiff bei Sagan IV. Das sind mehr zwanzigtausend Tote, Rafael.«

Sie saßen auf der besonnten Terrasse und hatten das Frühstück vor sich. Grazia segelte mit dem Drachenflieger über der Steilküste, ein kleiner weißer Vogel im wolkenlosen blauen Himmel.

»Sie haben mir die Sache zugeschoben«, sagte Poincaré. »Was sollten wir nach deiner Meinung tun?«

»Frag unsere militärischen Antiquare.«

»Ich bin selbst einer von ihnen – du auch, in gewisser Weise.«

»Also?«

»Ich sage, wir machen uns mit einer kleinen Streitmacht auf die Suche und halten eine größere Streitmacht im Hintergrund in Bereitschaft, so daß sie rasch eingreifen kann, wenn wir den Feind gefunden haben.«

»Was ist dann dein Problem?« fragte Kurbi.

»Ich möchte dich bei mir haben. Ich dachte, das sei offensichtlich. Raf, du hast ein Gespür für die Herakliden und ihre Zivilisation. Ich möchte nicht, daß diese Aktion zum letzten Akt des Völkermordes wird. Ich glaube, du kannst mir helfen zu retten, was vielleicht noch zu retten ist.«

»Ich würde sagen, daß das eine barmherzige Betrachtungsweise ist, zieht man das Gemetzel in Betracht, das der Heraklide angerichtet hat. Habe ich eine Wahl?«

»Wenn möglich«, sagte Poincaré, »möchte ich das Flüsterschiff und seine Besatzung unversehrt fangen. Alle, die ich kenne, denken genauso. Sie sind keine Altruisten – sie sind neugierige, habgierige Männer, die das Schiff und seinen Stützpunkt wollen, um zu sehen, was es dort gibt und unter welchen Voraussetzungen ein Nachbau möglich ist. Ich persönlich hätte auch nichts dagegen, Kriegsspielzeug der Herakliden in die Hände zu bekommen.« Poincaré holte tief Luft. »Außerdem ist es sehr unterhaltsam, sich auf die Gefangennahme dieser Strolche zu konzentrieren. Wir werden sie zur Schau stellen, verhören, vor Gericht bringen und zu lebenslänglich verurteilen.«

»Das Gesicht des Feindes ist faszinierend«, sagte Kurbi, »besonders, wenn es nur noch wenige Exemplare von ihm gibt. Du möchtest, daß ich hingehe und Gorgias suche?«

»Das möchtest du doch, oder nicht?«

»Ich muß an Grazia denken – es würde gefährlich sein. Ich würde mein gegenwärtiges Leben der Reisen und des beschaulichen Nachdenkens aufgeben müssen.«

»Reisen würdest du weiterhin, und du kannst auf die Probe stellen, worüber du nachgedacht hast. Du würdest außerdem helfen, Menschenleben zu retten.«

Kurbi zuckte die Achseln. »Hat das soviel zu bedeuten, Julian, wenn viele freiwillig den Tod suchen?«

»Diejenigen, die dort draußen gestorben sind, haben es nicht freiwillig getan.«

»Das Leben scheint am kostbarsten, wenn es bedroht ist. Nimm die Gefahr weg, und eine ganze Zivilisation schläft ein.«

»Genau«, sagte Poincaré. »Wir beide wissen, daß wir einen Wecker brauchen, der laut klingelt. Dieser Terrorist tut uns am Ende noch einen Gefallen.«

»Ich glaube nicht, daß er deine Ansicht von ihm schätzen würde.«

»Du redest schon wie Grazia.«

»Manchmal frage ich mich, ob ich weiß, was ich will«, sagte Kurbi. »Das Leben scheint mit einem fundamentalen Fehler behaftet zu sein, besonders wenn du weißt, daß es enorm verlängert werden kann.«

»Welcher Fehler ist das?«

»Eine Unfähigkeit, dauernde Zufriedenheit zu finden.« Er blickte in den sonnigen Morgen hinaus und sah Grazias Drachenflieger hereinkommen. In einer oder zwei Minuten würde sie das Haus überfliegen. Plötzlich kam sie hinter den Kliffs der Steilküste außer Sicht. Aber der Aufwind würde sie rasch wieder emportragen und über das Haus einschweben lassen, wie er es so oft getan hatte.

Kurbi nahm das halbvolle Glas Traubensaft vom Tisch und trank es aus. »Komm und greif zu, da du schon in Fleisch und Blut hier bist.«

»Nein, danke, ich bin satt. Nun, was sagst du?«

»Ich kann es im Moment noch nicht sagen, Julian. Gib mir Bedenkzeit.«

»Ich will dir nichts vormachen – es könnte uns beide das Leben kosten.«

»Dessen bin ich mir bewußt«, sagte Kurbi. Er stand auf. Der Hängegleiter kam nicht herauf.

»Was gibt es?«

»Der Hängegleiter ist nicht über die Kliffs heraufgekommen.«

Auch Poincaré stand jetzt auf, und sie gingen zu den Stufen, die von der Terrasse zum Pfad hinunterführten. Kurbi begann zu laufen und rannte durch das Gras zum Abbruchrand der Kliffs in dreihundert Metern Entfernung. Poincaré holte ihn noch rechtzeitig ein, um ihn beim Arm festzuhalten, als er die Kante erreichte.

»Da«, sagte Julian und zeigte hinunter.

Der Hängegleiter lag im Wasser, ein Deltaflügel war gebrochen.

»Sie hat so oft diesen Aufwind genutzt ...«

»Wir müssen da hinunter«, sagte Julian. »Oder noch besser, ich gehe hinunter, und du rufst den Rettungsdienst.«

Kurbi drehte um und eilte hinauf zum Haus. Ihm war auf einmal, als ob sein Körper nicht ihm gehörte.

»Schnell!« rief Julian ihm nach.

Nachdem ihr Gleiter das Kliff gestreift hatte, mußte sie abgestürzt und auf die Felsen der Brandungsplatte geprallt sein. Die See hatte ihren Körper herumgeworfen und zerschlagen. Es gab keine Rettung mehr, keine Möglichkeit, die Lebensfunktionen wieder in Gang zu setzen und auf Heilung zu hoffen. Nur Klonen war möglich, und davon wollte er nichts wissen. Die Person, die ihm daraus erwachsen würde, wäre zwar identisch mit Grazia, aber doch nicht sie selbst, nur ihre Zwillingsschwester. Vielen anderen hätte das genügt, doch er hätte es als eine Verhöhnung seiner Liebe zu ihr empfunden.

Er saß allein im abgedunkelten Wohnzimmer und versuchte seinen Kummer hinunterzuwürgen, ihn zu einem Punkt zu komprimieren und diesen Punkt aus der Realität zu verdrängen. Draußen wölbte sich ein hoher Sternhimmel und sandte seinen geisterhaft matten Schein durch die Glaswand zwischen Wohnzimmer und Terrasse. In seiner Vorstellung sah er den Gleiter vor dem Kliff kreisen, und streckte unsichtbare Hände aus, um zu verhindern, daß er die Felsen berührte. Sie war abgestürzt, als er mit Julian gesprochen hatte, und er hatte sogar an die Möglichkeit gedacht; vielleicht war sie sogar noch bei Bewußtsein gewesen, als sie zwischen den Blöcken gelegen hatte und von den Brechern überspült worden war.

Es wäre besser gewesen, dachte er, wenn sie an Bord

des interstellaren Passagierschiffes gewesen wäre. Das hätte mehr Sinn ergeben; besser die explosive Dekompression des leeren Raumes als die Knochen zerschmetternden Felsen und Brandungswellen; besser Mord als sinnloser Zufall. Alles war der peinigenden Qual vorzuziehen, an die Gebrechlichkeit und das Ausgeliefertsein des Menschen an die physikalische Realität zu denken; die beabsichtigte Handlung war immer dem unbeabsichtigten Ereignis überlegen.

Dumme Gedanken, sagte er sich. Vielleicht sollte er gehen und Poincaré helfen, seinen Schmetterling zu fangen; vielleicht würde es ihm das Vergessen erleichtern. Es würde beinahe sein ... als ob er wieder Grazia suchte.

Er stand auf und ging hinaus auf die Terrasse. Unter dem gewaltigen Nachthimmel fühlte er sich klein. Er vermeinte die Denkweise der Kolonisten zu verstehen, für die das Leben bei allen Anstrengungen und Entbehrungen wertvoll und das Sterben sinnvoll war. Dort würden sie über die Umstände von Grazias Tod lachen; dort spannte sich das Leben zwischen den Grenzen der Beanspruchung und versuchte nicht mehr zu sein; dort verausgabte und verbrauchte sich das Leben so vollständig, daß an seinem Ende wenig Bedauern möglich war.

Er dachte an seinen Sohn Rik, der nicht zu Grazias Begräbnis gekommen war und sich geweigert hatte, mit ihm zu sprechen oder seinen Kummer zu teilen. Es würde nicht helfen, ihn zu suchen; er würde seinen Sohn nicht wiedererkennen, wenn er ihn sähe.

Rik hatte sich in einem neurotischen Minderwertigkeitskomplex niemals mit dem Umstand abfinden können, daß er auf die althergebrachte Art und Weise von natürlichen Eltern in die Welt gesetzt worden war, während die meisten seiner Kollegen in der künstlichen Umgebung der Satellitenwelt planmäßig zusammengesetzte kreative Mischungen aus der Genbank waren. Kurbi machte sich zum Vorwurf, daß er den Jungen zu früh aus dem Elternhaus gelassen hatte. Draußen in der Satellitenwelt war er unvorbereitet und ungefestigt unter den überwältigenden Einfluß zahlloser Modeströmungen und elitär-modernistischer Oberflächlichkeiten geraten. So war ihm das normale Leben in und mit der Natur der Erde fremd geworden.

In gewisser Weise war Rik ein typischer Fall; nur ein kleiner Teil der Menschheit lebte auf Erden, und ein noch kleinerer Teil blieb der Tradition treu, die keine gentechnische Veränderung des Erbgutes duldete. Leute wie Rik glaubten, daß die genetisch zufällige, unveränderte Form des Menschen die schöpferischen Kräfte nicht oder allzu selten zum Durchbruch kommen lasse, während der neue, genetisch geplante Mensch eine Höherzüchtung sei, der die Zukunft gehöre.

Auf einmal war Kurbi überzeugt, daß es richtig sei, sich Poincaré anzuschließen, aber das Gefühl verlor sich wieder; in Wirklichkeit, gestand er sich ein, wollte er die Welten des Föderationskorridors besuchen und sehen, wie die Menschen dort lebten, und ob sie glücklicher waren. Julian würde eine Zeit lang ohne ihn auskommen.

Grazia, dachte er. Die Milchstraße und die Sterne am Himmel verschwammen, als ihm Tränen in die Augen traten, während ein anderer Teil von ihm die Tatsache menschlicher Abhängigkeit und die Unzulänglichkeit aller Dinge verwünschte.

8. Daheim

*»Was das weitere Geschehen betraf…
wenn Männer verzweifelt sind,
kann ihnen keiner widerstehen.«*

– Xenophon

Die Stille in der Zentrale war bedrückend. Die Bewegung des Schiffes durch die graue Unendlichkeit glich einer Gefangenschaft in einem statischen Medium. Daß das Schiff sich bewegte, war etwas, das er wußte; aber sein Körper fühlte nur Beengtheit.

Sein Vater kam herein und stand hinter ihm. »Wohin gehen wir jetzt?«

»Ich glaube, wir haben die Verfolger abgeschüttelt, aber ich könnte mich täuschen und will sie nicht in die Nähe unseres Stützpunktes führen. Wir werden zur Myraa zurückkehren – von dort werden wir den Stützpunkt ansteuern und Gerät aufnehmen, das ich brauche.«

»Was hast du vor?« Sein Vater sagte es in beinahe freundlichem Ton, als ob er ein anderer wäre.

»Was kümmert es dich?«

»Es tut mir leid, daß ich deine Empfindungen nicht teilen kann.«

»Wie ist es möglich, daß dich der Tod unserer Feinde bekümmert?«

»Ich kann es nicht ändern – es ist so lange her. Was wissen diejenigen, die heute am Leben sind, von dem alten Ringen?«

»Ich werde dich im Stützpunkt zurücklassen – es sei denn, du willst noch immer helfen.«

»Sollte dir etwas zustoßen, werde ich niemals in

der Lage sein, den Stützpunkt zu verlassen. Laß mich statt dessen bei Myraa zurück.« Die Stimme seines Vaters sank zu einem Flüstern herab. *Er steckt in mir,* dachte Gorgias. *Ich werde ihn nie los.* »Ich denke, es könnte mir gefallen, mit Myraa und den anderen zu leben.«

Bestrafe ihn, gib ihm nicht, was er will. »Ich habe es mir anders überlegt – wir werden zuerst zum Stützpunkt zurückkehren. Ich brauche dich zum Verladen von zwei oder drei Gravitationswellenerzeugern. Du kennst dich mit ihnen aus, nicht wahr?«

»Ja, einverstanden«, sagte sein Vater. »Aber später mußt du mich bei Myraa zurücklassen. Das ist es, was ich jetzt möchte.«

Der jüngere Gorgias schwang mit seinem Drehsessel herum.

»Muß? Es gibt nicht viel, was ich muß. Wir werden sehen.« Der alte Mann versuchte ihn zu manipulieren.

»Ich werde achtern in der Kabine bleiben«, sagte sein Vater und verließ die Zentrale.

Gorgias sah ihm nach, bis die Tür zuglitt, und eine jähe Furcht überkam ihn, als ob er von aller Realität abgeschnitten wäre. Die Vergangenheit wich von ihm und ließ ihn allein und nackt vor einer Steinwand unendlicher Höhe und Stärke, einem Bauwerk, das er niemals würde durchdringen können. Er konnte sich nicht vorstellen, was auf der anderen Seite lag, doch wußte er, daß er es mehr als alles andere begehrte. Er wandte sich wieder dem Bildschirm zu und schloß die Augen, um die Zeitlosigkeit des Übergangraumes auszusperren; er stellte sich die Wand vor und machte eine Anstrengung, ihre Substanz zu durchbohren. Aus der Nähe sah er eine Feinstruktur aus sandigen Narben und Eintiefungen, wo Verwitterung die Arbeit der Abtragung begonnen hatte …

Er öffnete die Augen und merkte, daß er eingenickt war. Das graue Licht des Kontinuums warf seine düstere Blässe vom Bildschirm in den Raum. Er sah auf seine Hände. Die Haut schien tot und trocken, als ob das Fleisch im Begriff wäre, sich von den Knochen zu lösen. Alles im Übergangsraum war tot; alles, was ihn durcheilt, stirbt ein wenig. Er rieb die Hände aneinander, und sie fielen ihm von den Armen ...

Er richtete sich auf und begriff, daß er nur geträumt hatte, wach zu sein. Der Bildschirm zeigte sein normales Grau mit schwarzen Sternpunkten; ein Viertel des Heimfluges lag hinter ihm, und von den Verfolgern war nichts zu sehen.

Er stand auf und wanderte in der Zentrale hin und her, während er sich in Gedanken mit der Planung des nächsten Einsatzes beschäftigte.

Als das Universum wieder auf dem Bildschirm erschien, nahm der Herkules-Sternhaufen die Hälfte des Gesichtsfeldes voraus ein, eine Zusammenballung von Glühwürmchen, die sich von einem Zentrum konzentrierten Lichts nach außen hin allmählich auflöste. Innerhalb einer halben Stunde wurde der Sternhaufen das ganze Universum, als das Schiff zum Heimatstern im Innern des Haufens durchdrang.

Nach einer weiteren Stunde lag die bergende Wolke hinter dem Schiff, und die tote Welt des Stützpunktes kam in Sicht. Das Schiff ging im programmierten Landeanflug auf die zernarbte Oberfläche nieder und glitt durch die Serie funkgesteuerter Schleusenkammern in den Tunnel, der zu seinem vertrauten Liegeplatz führte.

Daheim, dachte der jüngere Gorgias mit Bitterkeit. Dies war alles, was von der Heimat geblieben war.

Früher einmal hatte das Kerngebiet des Reiches aus zwanzig Welten bestanden, die nun alle tot waren. Ihre Namen waren ihm noch immer Begriffe: Neuanatolien, das Zentrum des Reiches; Gorgias, die Heimat der Reichsgründer; Vis und Sivat, berühmt durch ihre

Universitäten; Lash und Bram, Hüter soldatischer Tradition; Indra, die Wasserwelt; Avat und Rischna, Zentren von Forschung und Industrie; Rud und Panis, wo der Schiffbau zu Hause gewesen war und wo ein paar geniale Konstrukteure die beiden bekannten Flüsterschiffe entworfen hatten, die dann noch im Krieg fertiggestellt worden waren, Konstruktionen, die ihrer Zeit weit voraus gewesen und bis in die Gegenwart unerreicht geblieben waren; Nahus und Usch, bevorzugt von Künstlern und Architekten; Ganesa und Manus, berühmt für die Fruchtbarkeit ihrer Böden und ihr mildes Klima; Yama, die Wildnis, wo junge Soldaten ihre Kampfausbildung und Überlebenstraining erfahren hatten; Jas, Ulys und Mizon, äußere Welten und Zentren von Wissenschaft und Forschung. Dies alles innerhalb eines Bereiches von fünfzig Lichtjahren. Der doppelt so große Durchmesser des Sternhaufens enthielt zehntausendmal so viele Sterne wie jedes vergleichbare Raumvolumen anderswo. Hier war Raum für Wachstum, für die Konzentration schöpferischer Energien, für die Schaffung der großartigsten Kultur in der Galaxis; kein Wunder, daß das Reich den Neid der Föderation auf sich gezogen hatte. Hier sollte, hier mußte das Reich der Herakliden wiedererstehen.

Er verließ die Zentrale und ging nach achtern zur Seitenschleuse, die bereits offen stand. Er trat hinaus in die Stille und sah sich um. Die Lichter waren an und beschienen die steinerne Halle mit den Liegeplätzen für sechs Schiffe. Er liebte den Stützpunkt; er war verläßlich und stark und erhielt sich selbst; er würde noch Jahrtausende überdauern.

»Wozu brauchst du mich?« Sein Vater kam heraus zu ihm.

»Daß du mir hilfst, zwei Gravitationswellenerzeuger und eine Schleppfähre zu verladen.«

»Jetzt gleich?«

»Ja – das ist der einzige Grund meines Kommens.«

Sie verließen die Halle der Liegeplätze durch die Stahltür und folgten dem langen Korridor in den Lageraum, durchquerten ihn zu einer weiteren Tür. Sie öffneten die Sicherungshebel, zogen die Tür auf und folgten einem abwärts geneigten Gang, der sie ins Lager führte, wo in hundert oder mehr Räumen Gerät, Versorgungsgüter und Waffen vorrätig gehalten wurden. Unter der Ebene, in der sie sich befanden, gab es ein Dutzend weiterer. Das unterste Geschoß beherbergte die lebenserhaltenden Systeme, die mit Wärmeenergie aus dem Innern des Planeten betrieben wurden. Solange diese Welt einen heißen Kern behielt und die künstliche elektronische Intelligenz über Zufuhr und Verbrauch der benötigten Energie wachte, blieb der Stützpunkt intakt und lebensfähig, erzeugten die Anlagen zur Synthetisierung mehr Luft und Nahrungsmittel, als er jemals benötigen würde. In seinem Liegeplatz wurde das Schiff mit allem Notwendigen versorgt und gewartet, wurden Einstellungen überprüft und Reparaturen der abgeschlossenen gravimetrischen Systeme vorgenommen, die Antriebsenergie aufnahmen und speicherten.

Bisweilen beunruhigte ihn, daß er so wenig vom Schiff und den Funktionsweisen des Stützpunktes verstand, aber die großen Konstrukteure, Physiker und Ingenieure waren nicht mehr, und es gab keinen, der ihn hätte belehren können. Nicht einmal auf einfache Fragen gab es eine Antwort. Wo war das andere, im Krieg fertiggestellte Flüsterschiff, wenn es noch existierte? Mit der Zeit mochte er mehr erfahren und die Hilfsquellen und Möglichkeiten des Stützpunktes besser kennenlernen; aber erst das Wachstum einer neuen Bevölkerung von Herakliden würde imstande sein, das Vermächtnis der Vergangenheit zurückzugewinnen, alles Wissen und alle Fertigkeiten aus dem gespeicherten Datenmaterial wieder nutzbar zu machen, um neuen Entwicklungen den Weg zu bereiten.

»Wo werden die Gravitationswellenerzeuger sein?« fragte Gorgias.

»Im Gerätelager«, sagte sein Vater. »Die meisten müssen noch verpackt sein.«

Sie gingen durch die sparsam beleuchteten Lagerhallen. Die grünlich gestrichenen Wände erhoben sich in eine Höhe von dreieinhalb Metern und trugen eine graue Decke. Die Luft war kühl und geruchlos. »Ich war hier, als der Stützpunkt eingerichtet wurde«, sagte der alte Heraklide. »Damals wurde alles hierhergebracht, was du siehst.« Er ging voraus, öffnete eine große Schiebetür und wies auf lange Reihen kleiner Schleppfähren und anderer Arbeitsgeräte, alle fabrikneu und in Folie eingeschweißt.

Gorgias untersuchte eine der Schleppfähren auf ihre Eignung. Sie hatte zwei Sitze, einen Antriebsteil, eine Steuerung zum Manövrieren und ein käfigartiges Tragegestell am Heck, wo Schlepplasten angebracht werden konnten. Der Umgang mit dem Gerät konnte nicht allzu schwierig sein. Die Gravitationswellenerzeuger waren massiv aussehende Blöcke ohne besondere Merkmale, ungefähr einen Meter lang und einen halben Meter hoch, mit Haken und Bolzen zum Festmachen an jeder Seite. Ein-Aus-Druckschalter waren gelb und hoben sich vom Dunkelgrün des Gerätes ab. Ob es zum Schieben, Ziehen oder Heben eingesetzt wurde, hing von der Position ab, in der man es anbrachte.

»Wieviel bewältigen diese Dinger?« fragte Gorgias.

»Ich kenne die praktische Grenze nicht«, sagte sein Vater, »vermute aber, daß sie keinen Planeten bewegen könnten. Aber alle wesentlich kleineren Körper, je nachdem, ob sie sich im freien Fall oder auf einer planetarischen Oberfläche befinden, würden kein Problem sein, nehme ich an.«

Sein Vater wirkte ruhiger, als hätte ihre gewaltsame Konfrontation ihn von seinen Befürchtungen und Zweifeln befreit. Vielleicht würde er doch wieder der Alte werden und von Nutzen sein.

»Können wir die Schleppfähre verwenden, um die Gravitationswellenerzeuger zum Schiff zu schaffen?«

»Dafür haben wir hier Transportkarren«, sagte sein Vater.

»Dann laß uns aufladen.«

Gemeinsam zogen sie eine Schleppfähre heraus und entfernten die schützende Kunststoffhülle. Gorgias steuerte einen Transportkarren heran und stapelte die Gravitationswellenerzeuger mit dem Hebearm auf die Ladefläche. Darauf luden sie die kleine Schleppfähre auf und nahmen die Sitze ein.

»Also los!« Der Transportkarren rollte schnurrend vorwärts, und Gorgias lenkte ihn zu einem der markierten Lastenaufzüge. Dieser trug sie aufwärts in einen geräumigen Tunnel, der direkt zu den Schiffsliegeplätzen führte.

Als sie durch den Korridor rollten, dachte Gorgias an die gewaltigen Mengen an Waffen und Material, die in den Lagerhallen, Regalen und Magazinen gespeichert waren. Sein Vater hatte ihm einmal erzählt, daß genug Waffen und Material vorrätig seien, um zehn Divisionen auszurüsten.

Ein letztes Tor rollte zurück und gab den Weg in die Halle der Liegeplätze frei. Gorgias steuerte den Transportkarren mit seiner Last durch die Materialschleuse an Bord des Schiffes und hielt knapp hinter der inneren Tür.

»Wir können das Zeug hier liegenlassen, nahe am Ausgang«, sagte er und machte sich daran, die Last abzuladen.

»Wozu willst du die Gravitationswellenerzeuger verwenden?« fragte ihn sein Vater, als er sah, wie Gorgias sie am Gerätehalter der Schleppfähre einhängte.

In Gorgias regte sich Argwohn. Die Frage und das veränderte Benehmen seines Vaters nährten den Verdacht, daß er vorhatte, gegen ihn zu handeln. Ob der Argwohn berechtigt war, ließ sich nur feststellen, wenn er ihm sagte, was er wissen wollte, und seine Reaktion beobachtete.

»Komm mit mir, und du wirst sehen.«

»Dann willst du mich nicht hier zurücklassen?«

»Sag mir, warum du mir das Schiff übergeben hast, wenn du so besorgt bist, wie ich davon Gebrauch machen würde?«

Sein Vater zögerte mit der Antwort. Endlich sagte er: »Es muß so sein, weil ein Teil von mir noch immer so denkt wie du. Früher fühlte und dachte ich genauso – ich lehrte es dich. Es schien keine andere ehrenhafte Art und Weise zu geben, zu leben und zu handeln, um so weniger, als wir dachten, daß eine unserer Armeen der Vernichtung entgangen sei und zurückkehren könnte. Das war uns gegen Kriegsende von der Heeresleitung versprochen worden – wir alle dachten, daß diese Armee und ihre Waffen doch noch eine Wende herbeiführen würden.«

»Das wäre vielleicht möglich gewesen, wenn die Zeit gereicht hätte zur Fertigung neuer und wirksamer Waffensysteme.«

»Ich denke«, sagte sein Vater, »daß ich gern auf Myraas Welt leben würde. Laß mich dort, vergiß mich und tu, was du willst, aber laß mich nicht hier zurück...«

»Sehr gut.« Es war am besten, ihm jetzt zuzustimmen und zu sehen, was später geschah. Er vermutete, daß sein Vater in irgendeiner Weise erschöpft und körperlich leidend war und daß dies sein Denken beeinflußte. Aber welcher Arzt aus der Föderation wußte genug, um einen Herakliden zu behandeln? Vollkommen homöostatisch, keiner medizinischen Fürsorge bedürftig, außer im Falle ernsthafter Unfälle, war die

Rasse für Ausdauer und Leistung konzipiert worden; soweit es Ruhebedürfnis, Erholung von Infektionen und allgemeine Vitalität betraf, war ein Heraklide dem traditionellen Erdgeborenen um einen Faktor von fünf zu drei überlegen.

Historisch bedingt, hatten die Erdgeborenen eine natürliche Scheu vor gentechnischer Manipulation menschlichen Erbgutes gehabt, vor allem wegen der Befürchtung, daß die Vielseitigkeit der Spezialisierung zum Opfer fallen würde, wenn die praktischen Bedürfnisse danach verlangten; aber mit dem Wachstum der Föderation kam es durch Verzweigung und Isolierung von Bevölkerungsgruppen zu kulturellen und biologischen Sonderentwicklungen, bis die ersten Siedlungen im Herkules-Sternhaufen planmäßig auf die Schaffung eines wirklich verbesserten Menschentyps hingearbeitet und schließlich die langlebigen Herakliden geschaffen hatten. Wenige waren jetzt noch übrig, dachte er traurig, er selbst und sein Vater und die Handvoll auf Myraas Welt. Von anderen Überlebenden hatte er nicht gehört. Der Völkermord war nahezu vollständig gewesen, doch indem sie ihn und ein paar andere hatten davonkommen lassen, war den Erdgeborenen ein fataler Fehler unterlaufen, den sie noch bitter bereuen sollten. Dafür wollte er sorgen.

»Dann laß uns starten«, sagte er zu seinem Vater.

Er ließ den Transportkarren auf der Laderampe zurück, schloß die Luftschleuse und ging voraus in die Zentrale. Er setzte sich und wartete auf die Bereitschaftsanzeigen der Bordsysteme. Sein Vater kam und stand zu seiner Rechten.

»Nun, was sind deine Pläne?« Er sagte es in einem verräterisch unbekümmerten, beinahe munteren Ton.

Gorgias stellte den gewünschten Sektor der Sternkartenprojektion ein und berührte das Tastfeld der Programmplatte. Der Bildschirm leuchtete auf und zeigte ein Sonnensystem mit zwölf Planeten. »Hier liegt Mars II, die vierte Welt von innen. Die Gesamtbevölkerung beträgt mehr als zwanzig Millionen. Die Welt verfügt über keine schweren Verteidigungswaffen und hat keine Ursache, uns zu erwarten...«

»Was ist deine Vorstellung?«

»Ich werde den größten Teil des Lebens auf dieser Welt auslöschen«, sagte Gorgias.

9. Der Ring

> *»Man muß irgendwie einen Weg finden, die Welt zu lieben, ohne ihr zu trauen; irgendwie muß man die Welt lieben, ohne weltlich gesinnt zu sein.«*
>
> – G. K. Chesterton

> *»… die Liebe eines Mannes zu einer Frau ist wie ein Versuch, auszuwandern, unser Selbst zu verlassen, sie weckt nomadische Züge in uns.«*
>
> – Ortega y Gasset

Er war allein, ging, wohin er wollte, und dieser Umstand machte ihn schuldbewußt.

Als er aus dem Fenster seines Hotelzimmers blickte, wurde Rafael Kurbi klar, daß er nicht wußte, was er wollte und wohin er ging. Vor seinem Fenster erhob sich ein bewaldeter Hang und verbreitete eine Stimmung von Ruhe und Frieden. Hier in den Satellitensiedlungen des Erdringes gab es eine Menge kleiner Welten, jede mit einer individuell gestalteten Umwelt, und alle lockten mit dem Versprechen von Neuartigkeit und menschlichen Kontakten; hier draußen konnte man die Umgebungen wechseln wie die Kleider.

Von innen gesehen war der Ring eine Kette glitzernder Lichtpunkte, die den Nachthimmel umspannte, ein eingefangener und aufgereihter Asteroidenschwarm, mit gewaltigem Aufwand zu menschlichen Lebens- und Erlebnisräumen umgestaltet. In der Mitte des Ringes war die Erde, die Oase der Ursprünge, ein Ort, der bewundert und sogar verehrt wurde, den die Bewohner des Ringes jedoch mieden, weil sie der irdischen Schwereverhältnisse entwöhnt waren. Diese Leute fanden es seltsam, daß er es vorgezogen hatte, dort zu leben; obwohl eine große Bevölkerung seine Vorliebe teilte, stagnierte ihre Zahl, während der Ring ein starkes Bevölkerungswachstum zu verzeichnen hatte.

Die kleine Gebirgslandschaft vor seinem Fenster – Gipfel und Nadelbäume, Felsbänke und Blöcke – war völlig ungefährlich und naturgetreu. Das Wetter konnte nach Geschmack variiert, die Bäche mit Fischen, der Wald mit ersetzbaren Wildtieren, die Luft mit Vögeln versehen werden. Wenn er nur einen Hängegleiter mit Grazia darunter bestellen könnte.

Er stand mit Blickrichtung zur Mitte der kleinen Welt. Wenn er den Hang dort draußen erstieg – bei einem Bruchteil der Erdschwere ein Kinderspiel –, konnte er fünfzig Kilometer weit bis zum anderen Ende sehen. Es gab Häuser und Straßen, und die Sonne schien in breiter Lichtbahn durch die Mitte des eiförmigen Luftraums, hereinreflektiert durch einen großen Spiegel an einem Ende der kleinen Welt; Sonnenenergie betrieb auch die Wiederaufbereitungsanlage auf der Außenseite am anderen Ende der Kleinwelt.

Weniger als zwanzig Kilometer entfernt hing eine weitere Welt im Raum, eine wassergefüllte, wo die Hotelgäste vor ihren Fenstern aquatisches menschliches Leben betrachten konnten; die Schwimmer wiederum konnten zu Sonnenfenstern schwimmen und zu den Sternen hinausschauen.

Kurbi trat auf die Terrasse hinaus und atmete tief durch. Die Luft war kühl und rein und anregend. Er fühlte wenig von der Anspannung und dem Schmerz, die in ihm waren und nur darauf warteten, wieder von ihm Besitz zu ergreifen.

»Nun, wie fühlst du dich?« fragte eine vertraute Stimme hinter ihm.

Er wandte sich um. »Hallo, Julian – bist du hier?«

Die Projektion schüttelte den Kopf. »Zeitverschwendung – wollte nur sehen, ob du es dir anders überlegt hast.«

»Nein. Neuigkeiten vom Heraklidenschiff?«

»Keine Nachricht.«

»Vielleicht ist es dann damit ausgestanden.«

»Glaube ich nicht. Ich habe Nachforschungen angestellt. Dieses Schiff ist schon des öfteren in Erscheinung getreten. Von den verstreuten Herakliden, die noch auf mehr als einem Dutzend Sternsystemen am Leben sind – außer denen auf Myraas Welt –, habe ich durch Gewährsleute erfahren, daß das Flüsterschiff sich wahrscheinlich im Besitz eines ehemaligen Heerführers namens Gorgias und seines gleichnamigen Sohnes befindet. Er ist über vierhundert Jahre alt, sein Sohn mindestens halb so alt, aber einen guten Teil dieser Zeit werden sie irgendwo im Kältetiefschlaf verbracht haben…«

Wie ein altes Virus, dachte Kurbi, oder eine Pilzspore.

»Es muß einen unentdeckten Stützpunkt geben«, fuhr Julian fort. »Wäre es nicht so, hätte das Schiff mangels Reparatureinrichtungen und Versorgungsgütern längst aufgegeben werden müssen. Es ist uns nie gelungen, ein Flüsterschiff zu erbeuten – die einzige diesbezügliche Meldung aus der Zeit nach Kriegsende berichtet, daß ein solches Schiff von der Besatzung zerstört wurde, statt sich zu ergeben. Oder sich selbst zerstörte. Eine der Legenden, die meinen Gewährsleuten von Herakliden erzählt wurden, besagt, daß das Schiff auf irgendeine Weise an die Persönlichkeit seines Kommandanten gebunden ist und sich selbst zerstört, wenn dieser stirbt. Jedenfalls ist dieses Schiff in vergangenen Jahrhunderten wiederholt beobachtet worden, und jedesmal hat es Angriffe auf Orte im Korridor geführt, um dann wieder für lange Zeit zu verschwinden.«

»Was bezwecken sie damit?«

»Vergeltung, denke ich. Einige der befragten Herakliden haben die letzten Angriffe beifällig und sogar mit Bewunderung aufgenommen. So etwas könnte sich ausbreiten.«

»Was kann schon daraus werden?«

»Ein Aufstand – womöglich die Übernahme einer Welt da oder dort.«

»Was kümmert es uns?«

»Es geht um die Aufrechterhaltung von Ruhe und Ordnung – und maßgebliche Mitglieder der Kammer dulden nicht, daß ein überlebender Heraklide Unruhe stiftet. Sie werden alles tun, ihn zur Strecke zu bringen, schon aus Stolz.«

»Dann sollen es die Einheimischen der betroffenen Regionen tun – sie lassen sich sonst auch nicht in ihre Angelegenheiten hineinreden.«

»Raf, es läuft darauf hinaus, daß wir das Schiff und den Stützpunkt wollen. Es ist eine Kombination von Neugier und dem Wunsch, eine unerledigte Angelegenheit zum Abschluß zu bringen. Es könnte weitere Angriffe auf Transporte geben, und viele Welten haben keinen Schutz gegen Angriffe aus dem Raum – sie hatten es nicht nötig, weil solche Zwischenfälle sehr selten waren.«

»Du kommst gut ohne mich aus, Julian. Sieh dir die Welten hier in unserem Umkreis an, was kümmert es sie, wie es draußen in den Grenzregionen zugeht und was altmodischen Typen wie dir und mir zustößt? Die Wirklichkeit ist eine Speisekarte, die sie jeden Morgen neu schreiben; ihre Körper sind Ton, der von einer Generation zur nächsten umgeformt wird. Die Taten dieses Terroristen sind für sie Teil eines unerfreulichen Spiels, mit dem sie nichts zu tun haben wollen, darum übergeben sie es dir oder mir. Weißt du, Julian, diese Herakliden sind dir und mir wahrscheinlich sehr ähnlich, Relikte aus einer anderen Zeit. Sie wissen, daß sie weggeblasen werden wie die letzten Blätter im Spätherbst, aber vorher führen sie sich noch einmal auf und wollen es uns allen zeigen.«

»Das ist sehr hübsch, Raf, aber sie könnten die Erde zerstören, den Ring hier, das meiste Leben im Sonnensystem, wenn sie Anhänger finden können. Wahrscheinlich sind sie sich dessen noch nicht bewußt, aber sie werden daraufkommen. Ihnen Einhalt zu gebieten, ist die Pflicht jener von uns, die wir eine Vorstellung von der potentiellen Gefahr haben.«

Kurbi antwortete nicht.

»So ernst ist die Lage, Raf.«

»Du meinst, sie haben die Mittel, so etwas zu tun?«

»Wenn sie einen Stützpunkt haben, verfügen sie vielleicht über Schlimmeres. Möglicherweise ist ihnen nicht klar, was sie haben. Das Flüsterschiff könnte allerlei Schaden anrichten, wenn es bis in unser Sonnensystem vorstoßen würde. Wie willst du den Ring schützen? Er ist nicht verteidigungsfähig.«

»Du setzt eine Menge Motivation voraus, eine Menge Haß auf ihrer Seite.«

»Raf, du weißt besser als ich, wie wir ihre ganze Zivilisation vernichteten – zwanzig Welten und ihre Bewohner ausgebrannt und dem Erdboden gleichgemacht!« Er machte eine Pause. »Es ist möglich, daß nichts davon geschehen wird, daß wir nie wieder von dem Schiff hören werden – sein Aktionsradius ist unseres Wissens nicht begrenzt, und Gorgias mag irgendwo in der Galaxis Unterschlupf finden und in Ruhe leben. Ich weiß es nicht – aber ich habe meine nachrichtendienstliche Arbeit zu tun, und ich lege meinen Stolz darein, sie gut zu tun. Du bist ein Sachverständiger, ein Kenner der Herakliden und ihres früheren Reiches. Es ist meine Pflicht, dich zu rekrutieren.«

»Ich würde dir jetzt nicht viel nützen können, Julian. Die Antwort ist immer noch nein.«

Plötzlich war Poincaré verschwunden. Kurbi war wieder allein mit der Aussicht, einer kühlen Brise und der Bürde eines Verlustes, der nicht wiedergutzumachen war. Was in aller Welt wollte er? fragte er sich und wußte dabei recht gut, daß es Engagement war, ein Lebenszusammenhang, in dem er benötigt wurde. Poincaré bot ihm genau dies, aber es war nicht genug, weil Kurbi es aus Hartnäckigkeit nicht genug sein lassen wollte.

Vielleicht kommt eine Zeit, da es genügt, gelebt zu haben, und weiteres Leben nutzlos ist, es sei denn, man wird eine andere Person. Die Person, die ich bin, muß sterben, sagte er sich, aber er war nicht sicher, ob es jemals einen Nachfolger geben würde.

Auf der Welt, die dem körperlichen Genuß gewidmet war, bezahlte er für ein Liebesabenteuer. Die Dauer war auf drei Wochen begrenzt, aber die Vollständigkeit der Illusion verschaffte ihm das Gefühl, daß mehr als ein Jahr verstrichen sei.

Sie war schön, mit braunem Haar und braunen Augen, vollbusig und schwerhüftig – ein altmodischer Frauentyp, aber nichtsdestoweniger ein begehrter. Wenn sie mit ihm war, vergaß er alles Vergangene und glaubte vollkommen. Sie sprach perfekt, lächelte einnehmend – vielleicht verstand sie sogar, was er ihr in den langen Nächten erzählte, wenn der Mond nicht unterging. Sie war eine Prostituierte, die irgendwo ihr eigenes Leben hatte, in das sie zurückkehren würde. Am Ende half sie ihm, das Gefühl von Einzigartigkeit zu zerstören, das er so schmerzlich und ausschließlich mit Grazia verbunden hatte.

Er brauchte eine Aufgabe, etwas Konstruktives. Julians Angebot interessierte ihn, doch fühlte er, daß er in seinem gegenwärtigen Zustand von nur geringem Nutzen sein würde. Fürchtete er die Todesgefahr? Wie würde es sein, einem Herakliden gegenüberzutreten, der nur einen Wunsch hatte: diejenigen zu töten, die seine Welt und sein Volk zerstört hatten? Vielleicht verstand er ihn am besten, war seine Vergangenheit doch so tot wie die des anderen. Wieder fand er, daß er mit den Herakliden sympathisierte.

Auf der Traumwelt fand und verlor er Grazia dreimal. Einhundert Kilometer lang, war der Asteroid wie die anderen schon vor vielen Jahren aus dem äußeren Sonnensystem in die Erdumlaufbahn manövriert worden. Man hatte ihn an tausend Stellen angebohrt, ausgehöhlt und wabenartig durchlöchert. So war eine große Zahl von Kammern und Rückzugsräumen für die Träumer geschaffen worden, die hier für Tage oder Wochen Ungestörtheit mieten und endlose Abfolgen künstlich induzierter Traumsequenzen durchleben konnten. Im Laufe der Zeit hatte sich daraus eine Subkultur entwickelt, deren Anhänger an die biologische Geschichte des Körpers und des Stammhirns glaubten und die übereinander lagernden Impulse, Instinkte und Bilder mit Hilfe von Halluzinogenen in heftigen, oft grausamen Phantasien an die Oberfläche ihres Traumlebens sprudeln ließen.

Grazia kam zu ihm in seine Gruft, öffnete die Schlafkrypta und fragte ihn, warum er vor allem Lebendigen fliehe. Sie nahm ihn bei der Hand, und zusammen wurden sie durch einen langen Tunnel aufwärts getragen, um schließlich in eine sonnige Landschaft von Bäumen und sanften Hügeln hinauszukommen.

Die Erde duftete nach Blumen und feuchtem Humus. Ein schwarzer Vogel mit steifen Flügeln stieß auf sie herab, packte Grazia um die Mitte, schnitt sie entzwei und trug ihre Reste in den wolkenlos blauen Himmel davon …

NEUER VERSUCH.

Sie warteten in einem Garten. Grazia blickte zum Himmel auf, wo die Sonne heiß auf sie niederbrannte.

Allmählich nahm ihr Licht an Stärke zu, erfüllte den ganzen Himmel, bis die Strahlungshitze der Nova die Atmosphäre davonblies, das Fleisch von ihren Körpern schmolz und einen Augenblick zwei Skelette stehenließ, die einander umarmten...

NEUER VERSUCH.

Er war rechtzeitig zurückgekommen, um zur Kliffkante zu laufen. Hoch über der See hielt Grazias Hängegleiter im Sinkflug auf die Wand des Kliffs zu und wurde schneller, als er sich den Aufwindströmungen über der Küste näherte. Er blieb am Rand stehen und winkte ihr, daß sie abdrehen solle, aber der Gleiter blieb auf seinem Kurs, bis der plötzliche Abwind ihn außer Kontrolle riß und gegen die Wand des Kliffs schmetterte, um ihn dann zwischen die gischtenden Brecher der Brandung und Blöcke zu schleudern. Als die Ebbe einsetzte, kamen große Taschenkrebse und Krabben aus ihren Schlupfwinkeln, und er sah, wie sie sich über Grazias Leichnam hermachten und das Fleisch von den Knochen fraßen, so daß bald nur noch das Skelett in der Sonne bleichte...

NEUER VERSUCH?

Nein, sagte er sich. Er war für diese Art von Traumerleben ungeeignet. Er würde es nie schaffen.

Sie drückten ihr Bedauern aus und ließen ihn ziehen.

10. Der neue Mars

»Der Baum der Erkenntnis ist nicht der des Lebens.«

– Byron

Als Rafael Kurbi auf Mars II eintraf, hatte er nur die Kleider, die er am Leib trug, und seine Ausweisplakette. Die Fähre war kaum in Port Daimos gelandet, da knisterte es in der Bordsprechanlage, und der Kapitän sagte ihm, er solle in seiner Kabine bleiben.

Einige Minuten später erhielt er Besuch.

»Rafael Kubi?« fragte der Mann, als die Tür sich hinter ihm schloß.

Kurbi bejahte und stand von seiner Liege auf.

»Mein Name ist Rensch, Einwanderungskommissar für Mars II. Warum kommen Sie hierher?« Der Mann sprach Föderatio, aber mit einem harten Akzent, der die Worte erschreckend ungewohnt machte. Er war von mittlerer Größe, mit kurzgeschnittenem dunklem Haar, das an den Schläfen ergraut war; seine Hände waren grobknochig und knorrig. Er musterte Kurbi mit einem Blick, der Erheiterung zu verbergen schien, vielleicht sogar Geringschätzung.

»Um hier zu leben, vielleicht«, sagte Kurbi. Auf einmal wurde ihm sein zerzauster Zustand bewußt. Er brauchte saubere Kleidung ein Bad und eine Rasur. Das Schiff war kein Luxusdampfer gewesen. Wahrscheinlich hielt Rensch ihn für abartig.

»Warum? Ein Bürger der Föderation von Ihrem Rang und Reichtum? Was sollten Sie hier wollen? Arbeiten Sie für den Nachrichtendienst? Mir ist es gleich, persönlich und amtlich, aber ich möchte es gern wissen.« Er fuhr sich mit der Hand über das derbe Haar und kratzte sich im Nacken.

»Was werden Sie schon über mich wissen?« fragte Kurbi und bedauerte gleich darauf den herausfordernden Ton. »Ich möchte eine Weile hier leben, einen Eindruck davon bekommen, wie Sie leben«, fügte er hinzu, ehe der andere antworten konnte.

»Ich weiß, daß Sie von der Erde kommen und ein relativ unveränderter Menschentyp sind, im Gegensatz zu den übermäßig zurechtgemachten Leuten aus dem Ring. Das wird Sie für unsere Bevölkerung nicht so sehr zu einer Kuriosität machen. Würden Sie offiziell Beschwerde einlegen, wenn ich Sie abwiese?«

Einen Augenblick lang blieb es still, während Kurbi in Renschs Gesicht sah und überlegte. »Haben Sie dieses Recht?« fragte er und fügte rasch hinzu: »Verzeihen Sie, Kommissar, das hätte ich nicht fragen sollen. Nein, ich werde Ihnen keine Schwierigkeiten machen, aber ich hoffe, Sie werden mich bleiben lassen.«

»Dann werden Sie hier arbeiten müssen«, erwiderte Rensch. »Wir haben an Waren und Dienstleistungen nicht viel zu verkaufen, und unser Umsatz mit der Erde ist gering. Für die Dinge, die uns einige Male im Jahr von den Frachtern gebracht werden, liefern wir meistens Naturalien. Wir sind größtenteils Selbstversorger, aber Verbesserungen im Gesundheitswesen haben uns zu einem Bevölkerungswachstum verholfen, und es wird schwieriger, autark zu bleiben. Viele unserer Leute fühlen unsere Unabhängigkeit bedroht.«

»Wie meinen Sie das?«

»Unsere Lebensart ...«

»Welche Arbeit soll ich tun?«

»Sie werden für Unterkunft und Verpflegung arbeiten müssen. Sie fangen hier im Hafen an und helfen beim Entladen der Fähre. Wenn Sie fertig sind, kommen Sie zu mir, und ich werde sehen, was ich noch für

Sie habe. Wenn ich nicht viel finden kann, werden Sie mit dem Frachter abreisen müssen.«

»Dann werde ich für Sie arbeiten?«

»Ich bin Ihr Vorgesetzter, solange Sie im Hafen sind.«

»Ich hoffe, Sie können mir helfen, denn ich möchte mehr von Ihrer Welt sehen. Übrigens, wo kann ich unterkommen?«

»Hinter meinem Büro sind ein paar Räume – dort können Sie bleiben. Kommen Sie jetzt mit mir.«

Kurbi folgte ihm aus der Kabine und den Mittelgang der Fähre hinaus zur offenen Schleuse, wo eine Rampe zur Entladebühne führte. Rensch ging vor ihm die Rampe hinunter, aber Kurbi hielt für einen Moment inne, um sich umzusehen. Der Hafen war eine weitläufige Anlage aus schwarzen Eisenträgern und silbrigen Aluminiumdächern, hingeduckt unter einem Himmel niedrig ziehender Wolken; es nieselte, und die Luft roch nach Ozon.

Am Fuß der Rampe erwartete ihn Rensch. »Dies ist der einzige Hafen, den wir haben«, sagte er. »Der Rest der Welt ist überwiegend landwirtschaftlich ausgerichtet – ungefähr zwanzig Millionen Menschen, aber weit verstreut über eine große Landoberfläche, drei Kontinente, die alle durch passierbare Landbrücken miteinander verbunden sind.«

»Sie stammen von hier?« fragte Kurbi.

»Ja – Beamte der Föderation würden wir hier nicht dulden.« Rensch führte ihn über die schlüpfrige Betonfläche zu einem kleinen Gebäude in hundert Metern Entfernung. Dort gab es eine Glastür, die man selbst aufstoßen mußte. Altmodische Leuchtstoffröhren beleuchteten das Büro; Schreibtisch und Stühle waren aus Gußeisen. Der Kommissar durchquerte den Raum und öffnete eine grüngestrichene Tür.

Kurbi folgte und schaute in den Nebenraum.

»Da ist ein Feldbett, und eine Toilette gibt es auch«, sagte Rensch.

Das Licht im Nebenraum war trübe, und es gab kein Fenster, nur eine Belüftungsöffnung. Die Toilette schien ein einfaches Spülklosett zu sein, das Wasser verbrauchte; das Feldbett war lang und schmal.

»Es wird schon gehen«, meinte Kurbi.

»Es gibt keine andere Unterkunft, die ich Ihnen jetzt zur Verfügung stellen kann.«

Rensch ging zurück an seinen Schreibtisch und setzte sich. Kurbi folgte ihm und nahm einen der gußeisernen Stühle, die dem Schreibtisch gegenüberstanden. Das schwarzgestrichene Metall fühlte sich kalt an.

»Wir sind keine reiche Welt«, sagte Rensch, »wie Sie sehen. Und wir haben nicht vor, uns dem Tourismus zu öffnen.«

»Diese Stühle sind handgemacht?«

»Ja, warum?«

»Warum importieren Sie nicht Fabrikationsanlagen, Computer und Fertigungsroboter? So könnten Sie die menschliche Arbeitsleistung verringern.«

»Sehen Sie«, sagte Rensch, »wir halten nichts von einem Leben ohne Arbeit. Damit meine ich Arbeit, die den Lebensunterhalt sichert, nicht Arbeit zum Vergnügen oder als Zeitvertreib, wie Sie es kennen; wir glauben nicht daran, daß es sinnvoll ist, uns selbst durch ausgeklügelte Verfahrenstechniken überflüssig zu machen …«

»Entschuldigen Sie, Kommissar«, sagte Kurbi, »aber Ihr harter Akzent und gelegentliche unvertraute Worte machen es mir schwer, Ihnen zu folgen. Könnten Sie langsamer sprechen?«

»Ja, natürlich – unterbrechen Sie mich, wenn ich ein einheimisches Wort gebrauche. Ja, unsere Geschichte ist vom Leben der Menschen geprägt, die hierherkamen, nachdem sie gesehen hatten, was Müßiggang und Langeweile aus den erdnäheren Welten gemacht hatten. Wir arbeiten unser Leben lang, und unser Leben ist ausgefüllt.«

»Ist das Ihre Überzeugung?«

»Ich habe schon öfters Kontakt mit Fremden von anderen Welten gehabt. Um ehrlich zu sein, sie interessieren mich, was auch der Grund ist, daß ich einwilligte, Sie dableiben zu lassen, obwohl Sie sich nicht einfügen werden...« Er verstummte.

»Wann fange ich an?« fragte Kurbi in einem Versuch, Munterkeit zu verbreiten.

»Sie werden etwas Gerät zur Verfügung haben, das Ihnen beim Heben hilft, und einige Arbeitskollegen, aber bereiten Sie sich so während der ersten paar Wochen auf Muskelkater vor. Wollen Sie so etwas wirklich tun?«

»Ich werde bleiben, solange Sie mich haben wollen«, sagte Kurbi.

Die ersten zwei Wochen arbeitete er unter dem Hafen im Kellergeschoß, wo ein Förderband Stückgut von seegehenden Schiffen wie auch von gelegentlichen Raumfähren brachte. Hier hob er mit einem kleinen Gabelstapler Kisten und Lattenverschläge vom Ende des Transportbandes und fuhr sie zu einem von mehreren Lagerhäusern am Rand des Hafens. Mit ihm waren ungefähr hundert Arbeiter im Hafen beschäftigt.

Zwei Männer arbeiteten unmittelbar mit ihm. Einer war ein langer, weißblonder Junge namens Den, der erst neunzehn war, der andere ein magerer, sonnenverbrannter Mann, dem drei Finger der linken Hand fehlten. Anfangs beschränkten sich beide darauf, Kurbi zuzulächeln; später fingen sie an, Fragen zu stellen.

»Warum gehst du hier arbeiten?« fragte Den ihn eines Morgens.

»Ich muß.«

Den zuckte die Achseln.

»Wie ist das passiert?« fragte Kurbi den mit der zweifingrigen Hand.

»Maschine«, sagte der andere und spuckte aus.

»Wie heißt du?«

»Zweifinger, wie sonst. Aber die beiden reichen mir.«

Den lachte.

Kurbi fuhr gern mit dem vollgepackten Lastenaufzug an die Oberfläche, um das Stückgut von dort zu den Lagerhäusern zu transportieren. Am dritten Tag kam die Sonne heraus, ein Doppelstern, der mehr weiß als gelb war, ihn aber angenehm durchwärmte, wenn er aus der zugigen, kalten Kellerwelt des Hafens ans Licht kam.

Am Ende jedes Arbeitstages aß er mit Rensch in dessen Büro. Das Essen wurde von einem der Köche aus der Hafenkantine gebracht; gewöhnlich bestanden die Mahlzeiten aus grünem Gemüse, einem Stück Fleisch und Kartoffeln oder Brot. Rensch bereitete selbst einen schwarzen Tee, den Kurbi bald schätzen lernte, weil er ihn an den kalten Morgen erwärmte und ermunterte.

Wenn sie beim Essen saßen, merkte Kurbi oft, daß der andere ihn beobachtete.

»Sie erwarten etwas von mir, nicht wahr?« fragte er ihn eines Tages und wartete auf eine Antwort.

»Ich habe Schwierigkeiten, Sie zu verstehen, Kurbi. Sind Sie hierhergekommen, um so weit wie möglich von Ihrem früheren Leben entfernt zu sein?«

»Sie haben mich verstanden«, sagte Kurbi und nahm einen Schluck Tee.

»Hilft es?«

»Ich denke schon – andernfalls wäre ich abgereist.«

»Darf ich fragen…«

»Ich liebte jemanden sehr – sie starb.«

»Und deshalb kamen Sie her?«

»Sie meinen, das sei als Grund nicht ausreichend, wie? Sie brauchen nicht zu antworten. Man könnte sagen, daß ich sie zuviel liebte. Aber sie hätte nicht sterben sollen. Empfinden Sie hier den Tod nicht als etwas Erschreckendes?«

Rensch trank seine Tasse leer und stellte sie auf den Tisch. »Ich weiß, daß Sie uns wegen unserer Betrachtungsweise des Todes für abergläubisch halten würden. Nein, der Tod ist ein Weg zu einem höheren Leben. Wir glauben an einen barmherzigen Gott.«

Kurbi schluckte einen Mundvoll Brot hinunter. »Ich hatte davon gehört – aber wie schaffen Sie es?«

Der Skeptizismus der Frage schien Rensch nicht zu stören. »Das Universum wäre bedeutungslos«, sagte er, »wenn es nicht das Vorspiel zu etwas anderem wäre. Die Natur ist ein Ort der Erprobung und Leistung – sogar Sie glauben an Leistung. Andernfalls wäre Leben, insbesondere ein über die natürliche Spanne hinaus verlängertes Leben, sinnlos und leer – einfach ein Existieren in einem allgemeinen vegetativen Prozeß des Werdens und Vergehens. So ungefähr sehen die meisten Menschen hier die Dinge.«

»Und Sie?«

»Ich weiß nicht. Mir ist natürlich bekannt, daß die Menschen bei Ihnen nicht jeden Tag massenhaft Selbstmord begehen – sie leben und leisten etwas, und selbst wenn sie nichts leisten, scheinen sie das Leben erträglich zu finden.«

Draußen rauschte ein jäher Regenschauer herab. Kurbi wußte die Kanne mit heißem Tee auf Renschs Arbeitstisch und die Gesellschaft eines Mannes zu schätzen, der an ernsthaften Fragen interessiert schien.

»Ich würde mir gern einmal das Land ansehen«, sagte Kurbi.

»Vielleicht kann ich Ihnen ein Fahrzeug beschaffen – nein, das taugt nicht, Sie würden es stehen lassen müssen, wenn der Treibstoff verbraucht ist. Wir raffinieren unseren Bedarf selbst, aber es gibt strenge Begrenzungen. Sehen Sie, alles Fortgeschrittene würde uns verändern. Es wäre wahrscheinlich das Beste für Sie, wenn Sie sich auf Ihre eigenen zwei Beine verlassen würden; auf die Weise sehen Sie am meisten. Sie könnten auch mit einem unserer Güterzüge fahren. Sie verkehren nicht oft, und das Schienennetz ist begrenzt, aber Sie kämen damit durch den Kontinent. Außerdem würden wir wissen, wo Sie sind, wenn Sie sich an die Strecke halten. Andernfalls könnten Sie irgendwo hängenbleiben, und kein Mensch wüßte Sie zu erreichen.«

Kurbi schenkte sich Tee ein, tat Zucker dazu und verrührte ihn. »Darf ich fragen, wie Sie mit Vornamen heißen?«

»Nikolaus – ein paar Leute nennen mich Niko, meistens wenn sie etwas wollen.«

Von draußen erklangen Stimmen; Arbeiter gingen im Regen nach Hause. Kurbi sah ihre in Regenjacken steckenden Gestalten an der Glastür vorbeigehen.

Wieder zu Rensch gewandt, fragte Kurbi: »Warum existiert dieser Hafen dann? Nach Ihren Worten ist die Industrie hier nicht, was Sie wollen.«

»Gewiß, es gibt Leute, die den Hafen am liebsten schließen würden. Sie sagen, wir könnten ohne die Annehmlichkeiten auskommen, die wir über den Hafen einführen oder hier herstellen. Aber ganz ohne Einfuhren geht es nicht, und die Frachtschiffahrt zwischen den Kontinenten und die Bahnlinie sind notwendig für den Absatz landwirtschaftlicher Überschüsse, aber auch für Hilfslieferungen in Zeiten von Mißernten oder Naturkatastrophen. Zum Glück sind wir Teil der Föderation, also können die strengen Traditionalisten ihre Vorstellungen nicht durchsetzen. Der Hafen bleibt, weil zu viele von uns abhängig sind von Einfuhren und den Erzeugnissen der hier ansässigen Industrie, und weil wir zur Bezahlung der Einfuhren Rohstoffe und landwirtschaftliche Produkte ausführen müssen. Auch ist der Hafen für die jungen Leute ein Tor zur Welt, zu anderen Lebensweisen, und er wird immer Einzelpersonen jeder Generation beeinflussen ...«

»Er scheint Sie zu beeinflussen.«

Rensch seufzte. »Wie könnte es anders sein, da ich von ihm lebe? Und bisweilen kommt man ins Sinnieren, denkt an die Zahl der Welten jenseits dieses Himmels, besonders wenn Schiffe von dort landen, die man sehen und berühren kann. Vielleicht wissen die Bewohner dieser Welten manches, was wir nicht wissen. Zum Beispiel finden wir die Vorstellung, daß anderwärts Menschen erst sterben, wenn sie es wollen, erschreckend. Es gibt hier genug Leute, die es nicht glauben.«

»Was ist hier die Lebensspanne?«

»Ziemlich niedrig – die Obergrenze dürfte bei einhundertdreißig Erdenjahren liegen, aber wo die Lebensbedingungen hart sind, kann sie bei weniger als der Hälfte liegen.«

»Und die Menschen akzeptieren das, obwohl sie wissen, daß sie länger leben könnten?«

»Ja. Sehen Sie, sie wissen nicht alles, sie hören nur, daß es möglich sei, das Leben zu verlängern. Ich glaube, daß Leute sterben wollen, nicht weil sie auf ein anderes Leben hoffen, sondern weil das Leben sie ermüdet hat.« Er holte tief Atem. »Ich kann mir gut vorstellen, daß einmal eine Zeit kommt, wo ich fort möchte.«

»Um nicht zu sterben?«

»Ich fürchte das Sterben nicht. – Ich sehe nicht, was ich mit einem längeren Leben anfangen sollte, es sei denn, ich würde so verändert, daß der Alterungsprozeß aufgehalten wird. Ich kann mir aber nicht denken, wie es sein würde.« Er brach ab und blickte Kurbi ins Auge. »Würde es schwierig sein?«

»Was?«

»Zu leben, wie Sie gelebt haben?«

»So schwierig, wie es für mich ist, hier zu sein. Es läßt sich machen.«

»Würden Sie mir helfen, wenn ich mich … verändern ließe?«

»Selbstverständlich.«

Das Rauschen des Regenschauers hörte auf. Kurbi erhob sich und schaute aus dem Bürofenster. Feine Dunstschleier zogen sich über die Straße. Während des Regens war es Abend geworden. Er reckte den Hals, um zum bedeckten Himmel aufzublicken, und ihm wurde bewußt, daß er seit seiner Ankunft noch keinen klaren Sternhimmel gesehen hatte.

11. Der Felsen

»... alles ist erlaubt.«
– Dostojewskij

Das Abgangssignalfeuer für Mars II war ein im Übergangsraum pulsierender schwarzer Punkt, der einmal in der Stunde alle Abschnitte des Kontinuums abdeckte, ein interstellares Leuchtfeuer, das von jedem Schiff gesehen werden konnte, aus welcher Richtung es auch kam. Das Flüsterschiff kam automatisch aus dem Übergangsraum und wurde wieder zu einem Objekt des Einsteinschen Raumzeitkontinuums. Eine Milliarde Kilometer unter dem Schiff schwamm das Doppelsternsystem Mars II in der feurigen Umarmung gemeinsamer Schwerefelder und Plasmawolken.

Der jüngere Gorgias wachte erst wenige Augenblicke vor dem Abgang auf. Er fühlte sich leer und unausgeschlafen, ohne die gewohnte Erinnerung an Träume. Die Ansicht auf dem Bildschirm wechselte zu einer schematischen Darstellung des Doppelsternsystems unter dem Schiff; die anorganische Intelligenz suchte gemäß ihren Anweisungen nach einem Asteroiden hinreichender Größe und geeigneter Umlaufbahn.

Gorgias wartete und beobachtete. Eine Ellipse nach der anderen erschien, sowohl innerhalb wie auch außerhalb der Mars II-Umlaufbahn, wurde berechnet und untersucht. Sobald ein geeignetes Objekt gefunden wurde, würde das Schiff seine Nachbarschaft ansteuern.

Nach Berechnung und Prüfung aller Möglichkeiten verschwanden die Ellipsen bis auf eine vom

Bildschirm. Sie schnitt die Umlaufbahn von Mars II in weniger als einer Million Kilometern Distanz vom Planeten, und der Asteroid, der auf dieser Ellipsenbahn das Doppelsternsystem umkreiste, näherte sich rasch dem Schnittpunkt. Der Bildschirm zeigte die Bahn von Mars II in Grün, die des Asteroiden in Rot. Innerhalb eines Tages würden beide Himmelskörper den Punkt maximaler Annäherung erreichen.

Die schematische Darstellung verschwand, und die Sterne erschienen wieder, als das Schiff zur Umlaufbahn von Mars II weiterflog. Das Doppelsternsystem wurde heller und füllte die Zentrale durch den Bildschirm mit grellem, gelblichweißem Licht.

Gorgias hörte die Tür hinter sich gehen und wandte sich zu seinem Vater um.

»Ich werde helfen, wenn du willst«, sagte der alte Heraklide.

Gorgias' Mißtrauen hatte sich nicht gelegt. »Du bist noch immer innerlich gespalten.«

»Ich bin noch immer Soldat«, erwiderte sein Vater, »selbst wenn dies kein Krieg ist.«

»Dies ist Krieg!« rief Gorgias. »Eine andere Art von Krieg. Das hast du nur noch nicht begriffen.«

»Ich hoffe, du hast recht.«

»Verlaß dich darauf«, sagte Gorgias in ruhigerem Ton. Er mußte den alten Mann herumkommandieren, wenn er irgendwelchen Nutzen aus ihm ziehen wollte. Jedenfalls brauchte er sich nicht um aktiven Widerstand zu sorgen. »Du wirst deinen Teil tun, solange ich dieses Schiff befehlige, und ich den meinigen. Und es wird zu unser beider Bestem sein.«

Vier Stunden später zeigte der Bildschirm eine teleskopische Aufnahme des Asteroiden: dreißig Kilometer Nickeleisen, eine unebene, von kleinen Kratern zernarbte Oberfläche, durchzogen von Rissen und tiefen

Schluchten, von gebirgiger, unregelmäßiger Gestalt unter dem Schweigen der Sterne.

Das Schiff überholte den Himmelskörper und nahm weiter voraus eine im Verhältnis zu ihm stationäre Position ein. Der Bordrechner zeichnete eine geometrische Darstellung des Asteroiden auf dem Bildschirm; kleine rote Punkte erschienen und markierten die Stellen, wo die Gravitationswellenerzeuger angebracht werden mußten, um die Flugbahn des Asteroiden zu verändern.

Die normale Ansicht wurde wiederhergestellt, als das Schiff den Himmelskörper umkreiste. Laserstrahlen schossen hinaus, um die Oberfläche zu markieren und die Vertiefungen auszuhöhlen, die zur Aufnahme der Gravitationswellenerzeuger dienen würden. Nachdem es seine Arbeit getan hatte, kehrte das Schiff in die stationäre Position vor dem Asteroiden zurück.

Gorgias ging zur seitlichen Materialschleuse und überprüfte die Schleppfähre. Er legte den leichten Raumanzug an und fühlte auf der Haut die kühle Zirkulation des Sauerstoffs. Als er sich zu seinem Vater umsah, legte dieser gerade den anderen Anzug an.

»Ich werde mit Hand anlegen«, sagte der ältere Heraklide über Sprechfunk. »Zum Beispiel könnte ich das zweite Gerät einbauen.«

Er will mich aufhalten, dachte Gorgias.

»Ich komme allein zurecht.«

»Ich begleite dich zur Unterstützung, sollte es zu einem Unfall kommen.«

»Wir haben keine Zeit, darüber zu diskutieren«, sagte Gorgias und drückte das Tastfeld der Schleuse. Die innere Tür öffnete sich, und er schaltete das Triebwerk der Schleppfähre ein und manövrierte sie langsam in die Schleusenkammer. Sein Vater nahm ungefragt den zweiten Sitz hinter ihm ein, als die innere Tür sich wieder schloß.

Nun wurde die äußere Tür geöffnet, und Gorgias

ließ die Schleppfähre aus dem Schiff schweben; in fünfzig Metern Entfernung schob er den Steuerknüppel nach rechts und sah den Asteroiden vor sich. Der aus der Nähe riesenhafte Himmelskörper trieb vor dem Hintergrund der galaktischen Zentralregion.

Mit der Annäherung der Schleppfähre wurde das Ziel rasch größer und schien erdrückend über ihnen aufzuragen; jeden Augenblick würde der Himmelskörper ihn und seinen Vater erdrücken. Die Illusion verging, als er sich mit einem Blick zurück zum Schiff orientierte. Er saß aufrecht im Pilotensitz der Schleppfähre; das Schiff war hinter ihm, nicht unter ihm; der Himmelskörper war voraus, und unten war, wo seine Füße ihren Platz hatten.

Er bog wieder nach rechts und wich der schmaleren Frontseite des kartoffelförmigen Asteroiden aus, dann folgte er der Längsseite. Nach drei Vierteln der Strecke bemerkte er die rote Glut, wo das Gestein noch vom Laserstrahl erhitzt war.

Er verlangsamte, hielt auf den Fels zu und steuerte die erste Markierung im oberen rechten Quadranten an. Die dunkle Felswand vor ihm wuchs, bis sie den ganzen Himmel verdeckte, und die erhitzte Stelle wurde ein starr blickendes Auge. Seine Phantasie stellte sich in einem schwachen Riß, der durch die unteren Quadranten ging, einen Mund vor; ein zentraler Hügel, der von einem Winkel des Quadranten zum anderen reichte, bildete die Nase. Das linke Auge war unsichtbar, weil es geschlossen war. Einen Augenblick später zerplatzte die Illusion, als die Schleppfähre noch näher herankam.

Nach nochmaliger Orientierung steuerte Gorgias das kleine Fahrzeug parallel zur Oberfläche. Voraus glühte das Gestein, daß dunkelrotes Licht aus dem Krater drang. Gorgias lenkte die Schleppfähre langsam näher, brachte sie zum Stillstand und schaltete das Triebwerk aus. Sie sank wie eine Feder auf die Oberfläche. Er stieg ab, hob einen der Gravitationswellenerzeuger aus dem Ladekäfig und trug ihn zum Rand des Kraters. Dort war die Glut inzwischen erloschen, und er stieg über den Rand und ließ sich von der minimalen Anziehungskraft des Asteroiden langsam hineingleiten.

Er erreichte den Boden der Vertiefung, kniete auf dem warmen Fels nieder und drückte den Gravitationswellenerzeuger auf den Boden, bis die Befestigungsbolzen in festem Kontakt mit der Oberfläche waren; innerhalb von wenigen Augenblicken würden die vier Bolzen sich teleskopisch in das harte Gestein bohren und expandierend für unverrückbar festen Halt sorgen.

Er sprang aus dem Loch und landete nahe beim Fahrzeug. Sein Vater stand am Rand des Kraters und blickte hinein.

»Ich brauchte dich nicht«, sagte Gorgias.

»Ich war hier für den Fall, daß du meine Hilfe brauchtest«, sagte sein Vater, ohne ihn anzusehen. Er starrte weiter in die Eintiefung.

»Weiter«, sagte Gorgias und nahm seinen Sitz ein. Sein Vater wandte sich langsam und kam herüber. Nach kurzem Zögern schwang er sich auf den Rücksitz.

Die Schleppfähre stieg tausend Meter auf, dann bog Gorgias um und steuerte die andere Seite des Asteroiden an. Mars II schwebte in zwei Millionen Kilometern Entfernung, eine braun-grün-blaue Scheibe, die langsam größer wurde.

Gorgias brachte sein Fahrzeug auf eine Ebene mit der Oberfläche und steuerte den nächsten Markierungspunkt an. Wieder stieg er ab und nahm den Gravitationswellenerzeuger aus dem Heckgestell. Sein Vater saß ruhig auf dem Rücksitz, als wollte er ihm einen stummen Vorwurf machen oder etwas bekräftigen.

Gorgias stieg in die ins Gestein geschmolzene Vertiefung, brachte das Gerät an und sprang wieder heraus.

»Siehst du, du hättest nicht mitzukommen brauchen«, sagte er zu seinem Vater.

»Ich bin für den Fall hier, daß du verletzt werden oder Hilfe brauchen solltest.«

Das sagst du, dachte Gorgias, als er sich an die Steuerung setzte.

Mars II nahm weiter an Größe zu.

Das Schiff steuerte eine neue Position hinter dem Asteroiden an, dessen Körper den Planeten verdeckte. Er würde das Schiff für Ortungsgeräte unsichtbar machen. Der Doppelstern brannte grell herab, als die Schiffsbewegung ihn in den Himmelsausschnitt des Bildschirms brachte.

»Ich sehe keine Kursveränderung«, sagte sein Vater. »Vielleicht sind die Gravitationswellenerzeuger zu schwach.«

Gorgias schwang mit seinem Stuhl herum und fixierte den alten Herakliden mit einem zornfunkelnden Blick. »Du wußtest das die ganze Zeit!«

»Da, jetzt kommt er in Bewegung!« rief sein Vater.

Gorgias wandte den Kopf und sah den Asteroiden seitwärts aus dem Bildschirm gleiten. Das Schiff hatte die Gravitationswellenerzeuger aktiviert und beschleunigte den Asteroiden. Bis er die Atmosphäre des Planeten erreichte, würde er eine Geschwindigkeit von mehr als einhundert Kilometern pro Sekunde erreicht haben und kurz darauf mit verheerender Wirkung auf die Oberfläche treffen.

Die geometrische Darstellung der vorausberechneten und tatsächlichen Bahnabweichung des Asteroiden zeigte beide in voller Übereinstimmung. Auf einer Karte der westlichen Hemisphäre von Mars II zeigte ein Lichtsignal die vorgesehene Aufschlagstelle. Sie lag in den Küstengewässern des Ozeans vor einer großen Hafenstadt.

Der Asteroid schrumpfte rasch, als das Schiff zurückblieb, und gab wieder die wachsende Scheibe des Planeten frei.

12. Weltenweide

»Oh, Ödnis des Verlustes, in den heißen Labyrinthen,
verloren unter strahlenden Sternen,
Auf diesem äußerst ermüdenden finsteren
Schlackenhaufen, verloren!«

– Wolfe

Rafael Kurbi saß in der offenen Tür des Güterwaggons und sah das flache Land vorbeiziehen. Hin und wieder war am Horizont ein einsames Gehöft auszumachen, dessen Kaminrauch in einem dünnen Faden zum Himmel aufstieg. Stolz und ein Sinn für Unabhängigkeit sprach aus diesen weit verstreuten Einzelsiedlungen, ein Selbstbewußtsein, das er bewunderte. Seidige Zirruswolken streiften den tiefblauen Himmel, soweit das Auge reichte.

Der Frühling war trocken gewesen, und wenn die Trockenheit andauerte, würden Schädigungen der jungen Saat und Ernteausfälle die Folge sein. In einer agrarisch geprägten Welt mit regelmäßigen Ernteüberschüssen bedeutete dies schmerzliche Einnahmeausfälle, aber noch keine Katastrophe. Die meisten Landwirte konnten auf eigene Vorräte zurückgreifen, und im Notfall konnten sie mit Hilfslieferungen aus Regionen rechnen, die von der Dürre nicht betroffen waren. Gleichwohl verstärkten Dürrejahre die vor allem unter jungen Leuten verbreitete Tendenz zur Abwanderung in die Städte. So vollzog sich ein allmählicher Wandlungsprozeß. Die Lebensweise, welche die Welt seit ihrer Besiedlung geprägt hatte – und weiterhin prägen würde –, sah sich einer wachsenden Konkurrenz anderer, neuerer Denkformen und Vorstellungen gegenüber.

Die einzige durchgehende Bahnlinie, die den Kontinent überquerte, hatte ihn vom Hafen mehr als viertausend Kilometer weit geführt. Neben den beiden anderen Kontinenten gab es im westlichen Ozean eine Gruppe großer Inseln; die meisten von diesen lagen unterhalb des Äquators und waren vulkanischen Ursprungs. Es war eine junge Welt, zu jung für einheimisches intelligentes Leben. Die größeren Vertreter der heimischen Tierwelt waren schon vor rund tausend Jahren ausgerottet worden, als die frühen Kolonisten mit der ersten Welle interstellarer Expansion eingetroffen waren. Das Gras auf der Ebene vor ihm stammte ursprünglich von der Erde wie auch viele andere Bestandteile der Vegetation, doch hatte man ihm erzählt, daß es auf den Inseln noch unberührte Naturwälder gebe.

Der größte Teil der Bevölkerung lebte auf den fruchtbaren Küstenebenen im Osten und Westen, die durch diese Bahnlinie miteinander verbunden waren. Der Norden des Kontinents war zu kalt, der Süden zu heiß. Die Hochebenen im Innern des Kontinents beherbergten auf einer Fläche von ungefähr hundert Millionen Quadratkilometern ein Drittel der zwanzig Millionen zählenden Gesamtbevölkerung; die restlichen zwei Drittel lebten in den Küstengebieten von Landwirtschaft und Fischerei. Die jahreszeitlichen Unterschiede waren dort weniger ausgeprägt als im kontinentalen Klima des trockenen Innern.

Wann immer der Güterzug verlangsamte, verspürte Kurbi das Verlangen, abzuspringen und zum nächsten Gehöft zu gehen; obwohl er im Verlauf seiner Reise Hunderte von Menschen in ihrem Lebensumfeld getroffen hatte, war er noch immer neugierig zu sehen, wie der nächste Familienverband lebte, wie man ihn empfangen würde. Es bedeutete, daß er bei ihnen würde leben müssen, bis der nächste Güterzug durchkäme, um ihn weiter nach Westen oder zurück zum

Hafen zu tragen, aber das machte ihm nichts aus; für einige Zeit würde er seinem früheren Leben wieder weit entrückt sein, beinahe so, als ob es nie gewesen wäre. Die Menschen hier führten ein einfaches und arbeitsames Leben, das eingebettet war in den Jahreslauf der Natur und ihre religiöse Ordnung. Er konnte an ihrem Leben teilnehmen und es jederzeit wieder verlassen. Er war sich bewußt, daß er die Welt und die Gastfreundschaft der Menschen gebrauchte, um Abstand von seiner Vergangenheit zu gewinnen und sie womöglich zu begraben, aber das kümmerte ihn nicht; daß er sich besser fühlte, war genug. War dies nicht auch eine Reise in die Vergangenheit? Im Korridor der Föderation lebte die ganze Vergangenheit in ihren vielfältigen Ausformungen, in jedem Stadium der Entwicklung, und jedes Experiment, jede Utopie kämpfte um den Fortbestand, jeder Mißerfolg trachtete zu überleben.

Als der Zug auf einer Steigungsstrecke durch welliges Hügelland langsamer wurde, warf Kurbi seinen Rucksack hinaus und sprang ins Gras der Böschung. Er stand auf, hob seinen Rucksack auf und schlug die Richtung ein, in der er kurz zuvor ein Gehöft gesehen hatte.

Es war weiter entfernt, als er gedacht hatte. Nach einer Stunde schien es noch immer fern, als wollte es ihn mit dem einladenden Bild seiner friedlichen Abgeschiedenheit zum Narren halten. Er machte halt und setzte sich an einen Feldrain, um auszuruhen. Nach einer Weile spürte er einen kalten Windstoß im Rücken, wandte den Kopf und sah dunkle Wolken von der Eisenbahnstrecke heranziehen, behangen mit grauen Regenfahnen, die sich wie ein Vorhang über das wellige Land zogen. Endlich kam der lang ersehnte Regen. Es bedurfte nicht mehr des fahlen Aufzuckens einer ersten Blitzentladung, um ihn zum Laufen zu bringen.

Der Platzregen holte ihn dreihundert Meter vor dem Gehöft ein. Blitze geisterten durch das prasselnde Grau, polternde Donnerschläge ließen die wassergesättigte Luft erzittern. Irgendwo zu seiner Rechten schlug ein armdicker Blitzstrahl zwischen die Bodenwellen. Kurbi wischte sich im Laufen das Regenwasser aus den Augen und schnappte nach Luft; Ozongeruch stieg ihm in die Nase.

Die Tür des Wohnhauses öffnete sich, als er sie erreichte, und er erschrak. Nachdem er einen Augenblick verhalten hatte, trat er ein.

Drei Frauen saßen auf hölzernen Stühlen. Ein Mann schloß die Tür und setzte sich an den Tisch.

»Sie sind willkommen«, sagte die Älteste der Frauen.

»Danke – ich vertropfe Ihnen den ganzen Fußboden mit Wasser.«

»Das läuft durch die Dielenritzen«, meinte der Mann. Kurbi betrachtete ihn eingehender. Er hatte dunkles Haar und braune Augen und saß mit aufgestützten Armen am roh gearbeiteten Tisch. Alle vier zeigten den gleichen Gesichtsausdruck, den Kurbi als nachsichtiges Interesse deutete. »Sie sind der Fremde«, fügte der Mann hinzu.

»Woher wissen Sie es?«

»Ich hörte es im nächsten Ort, von den Leuten, die bei der Bahn arbeiten. Sie sind der einzige?«

»Ich glaube schon«, sagte Kurbi. »Haben Sie noch nie einen getroffen, der nicht von hier war?«

»Haben wir nicht«, sagte der Mann, als ob er stolz darauf wäre.

Kurbi trat zögernd einen halben Schritt näher. »Mein Name ist Rafael Kurbi.«

Donner rumpelte und verlieh seiner Vorstellung ein absurdes Pathos.

»Ich lebe hier mit meiner Frau und meinen Töchtern. Wir tauschen nicht die Namen mit Fremden…

aber da Sie uns Ihren Namen genannt haben und unsere Sitten nicht kennen, mögen Sie mich Fane Weblen nennen.«

Die beiden jüngeren Frauen schienen hinter ihrem langen braunen Haar zu lächeln. Die Mutter blieb ausdruckslos. Sie hatte ein scharfgeschnittenes, sonnenverbranntes Gesicht und glatt zu einem Knoten zurückgekämmtes Haar mit grauen Strähnen.

»Bitte setzen Sie sich«, sagte sie mit einer gewissen Schärfe, als ärgere sie sich über seinen prüfenden Blick.

Kurbi setzte sich auf den Stuhl an der leeren Seite des Tisches.

»Sind Sie hungrig?« fragte sie. »Wir haben gegessen, aber es ist etwas Fleisch übrig.«

»Nein, danke, ich hatte schon im Zug gegessen«, sagte Kurbi und klopfte auf seinen Rucksack, den er auf dem Schoß hielt. »Wann kommt der nächste Zug vorbei?«

»Der nach Osten«, sagte Fane, »in ungefähr einer Woche.«

»Sie haben hier für die Eisenbahn nicht viel übrig, wie?«

»Nein.«

»Sie ist schuld daran, daß wir uns nicht mehr auf uns selbst verlassen«, sagte die ältere Frau.

»Aber ist sie nicht nützlich?«

»Wann?« fragte Fane.

»Nun, wenn jemand krank ist und ins Krankenhaus muß...«

»Wir sind nie krank«, sagte die Frau, »es sei denn, es ist Zeit zu sterben.«

»Um die Ernten zu den Märkten zu bringen, oder wenn in Zeiten der Dürre Hilfslieferungen nötig sind?«

»Nützlich zu sein, heißt nicht immer richtig zu sein«, sagte Fane.

Allmählich ließ der Gewitterregen nach. Kurbi spähte zum Fenster hinaus und sah durch das Grau, daß es heller wurde.

»Der Regen wird helfen«, sagte er.

»Er ist willkommen – aber es ist nicht genug«, sagte Fane.

»Wie alt sind Ihre Töchter?«

»Sie sind versprochen«, antwortete Fane.

»Haben Sie Söhne?«

»Sie sind gegangen.«

»Wohin?«

»In die Städte entlang der Bahn, zum Hafen – wir wissen es nicht«, sagte Fane.

Kurbi dachte an seine Arbeitskollegen im Hafen, besonders an Den, der einer Familie wie dieser entstammen mußte. Zwischen denjenigen, die eine Modernisierung nach Art der Föderation anstrebten, und den anderen, die an den Idealen der ursprünglichen Kolonisten festhielten, würde sich eines Tages ein ernster Konflikt entwickeln. Er war schon in der Art und Weise spürbar, wie Fane zu ihm sprach. Ganz offensichtlich mißbilligte er Fremde und ihren Einfluß, aber seine Neugier und ein natürliches Feingefühl hinderten ihn daran, dem Gast seine Gefühle offen zu zeigen.

»Wie alt sind Sie?« fragte die Frau.

Ihr Mann warf ihr einen schnellen überraschten und tadelnden Blick zu und schnitt ihr das Wort mit einer weiteren Frage ab: »Wie lange leben die Menschen dort, wo Sie herkommen?«

»Ich bin von der Erde«, sagte Kurbi, »und bin fünfzig Jahre alt. Das entspricht ungefähr fünfunddreißig von Ihren Jahren, die länger sind. Die Bürger der Föderation können leben, solange sie wollen, je nachdem, ob eine Verjüngungseinrichtung in der Nähe ist. Medizinische Fürsorge gehört zu den Bürgerrechten der Föderation. Auch Mars II gehört zur Föderation, aber es ist Ihre Sache, was Sie importieren.«

»Nicht jede Welt hat interstellare Transportverbindungen«, sagte Fane.

»Das ist richtig.« Kurbi schätzte Fane auf ungefähr fünfzig Erdenjahre, aber er sah älter aus.

»Nun, ich habe kein Verlangen, über meine Zeit hinaus zu leben«, meinte Fane nach einer Pause. Er faßte Kurbi ins Auge und fragte: »Hat bei Ihnen niemand den Wunsch zu sterben?«

»Manchmal – viele Leute nehmen sich das Leben, wenn es soweit ist.«

»Die natürliche Lebensspanne ist uns bestimmt«, sagte die Frau. »Der barmherzige Gott schuf die Welt, um uns für ein anderes Leben auf die Probe zu stellen, nicht daß wir glücklich darin sein sollen. Wenn wir glücklich sind, werden wir nicht lernen, was später von uns verlangt werden wird.«

»Wie lange wollen Sie leben?« fragte Fane.

»Ich weiß nicht – wenigstens ein Jahrhundert, denke ich. Meine Frau starb kürzlich bei einem Flugunfall.«

»Flug?« fragte Fane.

»Sie flog einen Hängegleiter – als Sport.«

»Ich verstehe nicht«, sagte Fane.

Die Frau schüttelte den Kopf, sagte aber nichts.

»Und deshalb reisen Sie?« fragte Fane.

Kurbi nickte. »Darf ich einen oder zwei Tage bei Ihnen bleiben? Ich habe bisher überall für Unterkunft und Essen gearbeitet. Können Sie die Hilfe gebrauchen?«

Fane bejahte. Es schien, daß die Erwähnung von Grazias Tod ihn beeindruckt hatte. Vielleicht gemahnte es ihn an die Gewißheit des eigenen Todes und des Todes seiner Frau.

»Sie können bis zum nächsten Zug bleiben, junger Mann«, sagte Fanes Frau. »Nennen Sie mich Slifa, solange Sie bei uns sind.«

»Und wie heißen Ihre Töchter?«

Slifa blickte zu ihrem Mann. Fane zuckte die Achseln.

»Sie heißen Azura und Apona«, sagte sie.

»Zwillingstöchter?«

»Ja – Gott schuf sie so, damit jede ihre Fehler in der anderen sehen sollte.«

Die beiden Mädchen nickten Kurbi feierlich zu, aber er konnte ihre Gesichter noch immer nicht ganz sehen. Er fragte sich, ob sie nur schüchtern waren oder ob von ihnen verlangt wurde, daß sie ihr Haar wie einen Schleier trugen.

»Es freut mich, euch kennenzulernen, Azura und Apona.«

»Sie dürfen nicht davon sprechen, sie zu kennen«, sagte Fane.

»Ich verstehe.«

»Sie dürfen sie nicht lange ansehen«, ergänzte Slifa, »Sie sollen sich nicht an die Blicke anderer als der gewöhnen, denen sie versprochen sind.«

»Sehr gut.«

Fane stand auf und ging zum Kamin, wo er zwei Stücke Torf in die Glut legte. »Sie werden beim Feuer schlafen«, sagte er, ohne sich umzuwenden.

Die Frauen standen schweigend auf. Azura und Apona öffneten eine Tür am Ende des Zimmers und verschwanden in einem dunklen Raum. Slifa ging zu einer anderen Tür zu Kurbis Rechter, öffnete sie und ging in den Nebenraum, ließ die Tür aber angelehnt.

Fane stocherte in der Glut.

»Warum sind Sie wirklich hier, Fremder?« fragte er, als er sich wieder setzte.

»Sicherlich interessiert es Sie, wie die Menschen anderswo leben. Ich bin aus dem gleichen Grund hier.«

Fane zog die dunklen Brauen hoch. »Was gibt es schon zu wissen? Wir wissen, daß unser Weg der rechte ist, und das ist genug.« Es schien ein unterdrückter Zorn in ihm zu sein, als ob die Existenz Andersdenkender eine Beleidigung für ihn wäre. »Ich glaube nicht, daß es so viele Welten gibt, wie manche sagen – sicherlich sind sie nicht so zahlreich wie die Sandkörner.«

Kurbi antwortete nicht, sondern suchte das Thema zu wechseln. »Ich würde mir gern Ihren Sonnenuntergang ansehen, bevor ich schlafe«, sagte er zuletzt.

Fane lächelte, anscheinend erleichtert, daß Kurbi ihm nicht in einer Sache widersprochen hatte, in der er sich unsicher fühlte. »Ja – aber der Wind wird kalt«, sagte er und stand auf. »Ich werde Sie jetzt verlassen. Gute Nacht.«

»Schlafen Sie gut«, sagte Kurbi, als der Mann hinausging und die Tür schloß. Kurbi hörte, wie er von der anderen Seite etwas gegen die Tür stellte.

Aus dem Schlafraum zu seiner Linken drang gedämpftes Kichern, als er zur Außentür ging. Er öffnete sie und trat ins Freie.

Das Gewitter war abgezogen. Zu seiner Rechten war der Himmel klar und dunkelblau, schon in Nachtschwarz übergehend. Die Zwillingssonnen standen wie Kugeln geschmolzenen Metalls am Horizont, verbunden durch glühende Plasmastreifen, deren Weißglut sich durch die dichteren Luftschichten rotgolden verfärbt hatte. Das Gewitter hatte eine merkliche Abkühlung gebracht, und von Osten her wehte ein kalter Wind, aber es roch nicht mehr nach Trockenheit und Staub.

Die Sonnen versanken hinter dem Horizont, und bald war nur noch ein rotes Nachglühen zu sehen. Der kalte Wind zerrte an Kurbis Kleidern, und er machte fröstelnd kehrt und ging wieder hinein, schloß rasch die hölzerne Tür hinter sich.

Er entrollte seinen Schlafsack beim Kamin, legte sein Proviantpaket beiseite und streckte sich neben den wärmenden Flammen aus. Eine Weile wanderte er in den Vororten des Schlafes umher und umkreiste das Zentrum der Ruhe, während Bilder seiner Reisen vor ihm auftauchten, Schauspielern gleich, die aus dem Vorhang treten und sich verneigen.

»Wenn Sie in ein paar Monaten nicht zurückkommen«, hatte Rensch gesagt, »werde ich unsere Maschine nehmen und die Bahnstrecke abfliegen, um nach Ihnen Ausschau zu halten. Also entfernen Sie sich nicht allzuweit vom Schienenstrang.«

»Ich kann selbst auf mich achtgeben.«

»Ich werde trotzdem kommen.«

»Wie Sie wollen, Nikolaus – ich habe den Verdacht, daß Sie bloß einen Vorwand suchen, um zu reisen. Oder ist es, weil Sie unsere Gespräche vermissen werden?«

»Beides.«

»Ich werde zurückkommen, keine Sorge, Warum verlassen Sie Mars II nicht, wenn Sie sich so beengt fühlen, und fangen anderswo ein neues Leben an?«

»Meine Familie ist hier – und ich bringe es nicht über mich, meine alten Eltern für immer zu verlassen und weltenweit wegzuziehen.«

»Sie haben keine Frau und Kinder.«

»Das nicht – aber einen Bruder mit Familie, und viele Freunde und Bekannte aus der Jugendzeit. Es ist für mich nicht das gleiche wie für Sie, Raf.«

»Das kann ich verstehen. Man hängt doch an der Heimat, nicht wahr?« In diesem Augenblick waren ihm die Herakliden in den Sinn gekommen, Julian und sein Angebot, und alles das schien plötzlich bedeutsamer als zuvor.

Der Torf knisterte leise im Feuer und weckte ihn aus dem Halbschlaf. Er hatte das Gefühl, beobachtet zu werden. Die Dielenbretter unter ihm knarrten, als käme jemand durch den Raum auf ihn zu. Dann ging eine leichte Erschütterung durch den Boden unter seinem Rücken, und er richtete sich auf, hellwach.

Wieder ging eine Erschütterung durch das Haus, und das Fenster auf der Ostseite zeigte hellen Schein.

Kurbi stand auf, als Fane aus seinem Schlafzimmer kam. »Gibt es hier Erdbeben?« fragte Kurbi.

Fane schüttelte den Kopf und ging ins Freie. Kurbi folgte ihm, und zusammen beobachteten sie den Osthimmel, der in einem bläulichweißen Licht brannte, das höher und höher wuchs, als ob die Welt einen Blitz zum Himmel hinaufgeschleudert hätte. Erneute Lichterscheinungen zuckten am Horizont, einmal, zweimal; wieder durchlief ein Zittern den Boden.

»Was kann es sein?« fragte Kurbi.

»Ich habe niemals so etwas gesehen«, sagte Fane.

13. Aufprall

»Ich dachte an alles, wog alles ab,
Vergebliche Mühe die Jahre voraus,
Die vergangenen Jahre nutzlos vertan –
Im Einklang mit diesem Leben, dieser Tod.«

– W. B. Yeats

Der Himmelskörper wurde zu einem Punkt und verschwand in der Atmosphäre. Ein Lichtschein erschien vor dem Blau des Ozeans, als der Asteroid mit annähernd hundert Kilometern pro Sekunde durch die Atmosphäre schoß, ein Koloß von ungezählten Milliarden Tonnen Gewicht, der in weniger als einer Minute vor Port Daimos im Ozean aufschlagen würde. Die Reibungshitze der Atmosphäre ließ seine Oberfläche weißglühend erstrahlen.

Gorgias erkannte, daß er aus dieser Entfernung nicht imstande sein würde, den Aufprall in seiner ganzen Mächtigkeit zu beobachten.

»Eine Beschreibung des Geschehens«, befahl er dem Schiff.

Der Lichtpunkt verfärbte sich violett, blitzte einmal, zweimal auf.

SUBNUKLEARE REAKTION DURCH HITZEENTWICKLUNG DES AUFPRALLS.

Die teleskopische Bildwiedergabe verengte den sichtbaren Ausschnitt, bis das Gebiet des Einschlags den ganzen Bildschirm ausfüllte.

OZEAN AN EINSCHLAGSTELLE VERDAMPFT. PENETRATION VON KRUSTE UND MANTEL. AUSBRUCH MAGMATISCHER SCHMELZE.

Dampfwolken verhüllten die Einschlagstelle, aber in der Infrarotaufnahme war deutlich die Wunde im

Meeresboden auszumachen. Das Wasser schoß von allen Seiten herein und kam mit dem austretenden Magma in Berührung. Fortwährende Dampfexplosionen waren die Folge; sie erzeugten eine Wolke, die bald den ganzen Planeten einhüllen würde.

AUSWIRKUNGEN: ERDBEBEN, OSZILLATION DER OZEANE, VERBUNDEN MIT FLUTWELLEN, STÜRME MIT HOHEN NIEDERSCHLAGSMENGEN. DAUER UNBESTIMMT.

Am Rande des Kontinents verblaßte die Hafenstadt im Infrarotbild zur Farbe des Meeres. Anscheinend war sie von der Flutwelle überrollt worden. Die Sensoren zeigten die rasche Abkühlung der Stadt durch die eingedrungenen Wassermassen. Und so mußte es allen Küstensiedlungen ergehen, als der Ozean mit dreißig Meter hohen Flutwellen weit ins Landesinnere vorstieß und die Küstenebenen überschwemmte.

KLIMAENTWICKLUNG: ABSINKENDE OBERFLÄCHENTEMPERATUREN DURCH DICHTE WOLKENDECKE. STARKE REGENFÄLLE UND ATMOSPHÄRISCHE TURBULENZEN, WIEDERHOLTE FLUTWELLEN, WIRBELSTÜRME, TROMBEN.

Alles das von der Energie freigesetzt, dachte er, die das Zusammentreffen von Wasser und glutflüssigem Magma erzeugte. Während von unten die glühende Gesteinsschmelze aus dem Höllenloch des Einschlags empordrang, ergoß sich von oben in einem gewaltigen Strudel der Ozean hinein. Bis das abkühlende Magma an der Oberfläche erstarrte und eine Kruste bildete, würde das eindringende Wasser weiterhin explosionsartig verdampfen und die Wärmeenergie über die ganze Biosphäre verteilen. Eine wirtschaftliche Waffe, dachte er, deren wiederholter Einsatz sich anbot. Aber wenn er seine Verantwortlichkeit für den Schlag bekannt gab, würde es schwierig sein, diese Form des Angriffs zu wiederholen; gleichwohl wollte er sie wissen lassen, daß er es getan hatte, nicht ein zufälliger Ausbruch sinnloser Naturgewalt.

»Sende eine Botschaft«, sagte er zum Schiff. »Sag ihnen, daß wir hier waren.«

In wenigen Augenblicken würde der Funkspruch den Sendeumwandler des Abgangssignalfeuers erreichen; innerhalb dieser Stunde würde die Föderation wissen, was geschehen war. Er verließ die Zentrale und ging nach achtern, seinen Vater zu suchen.

Den ganzen folgenden Tag fegten Wind und Regen über das wellige Land hinweg. Kurbi und die Familie Weblen saßen zusammengekauert im kleinen Keller des Wohnhauses, nachdem sie in stundenlanger Arbeit Stall und Scheune mit einem Notdach aus Planen gesichert hatten. Der Sturm hatte auch das Wohnhaus abgedeckt, es gleichfalls provisorisch zu schützen, fehlte ihnen das Material. Kurbi befürchtete, daß der Keller vollaufen würde und sie gezwungen wären, unter dem Notdach der Scheune Zuflucht zu suchen, wo von den Seiten her schneidender Wind eindrang.

Die Zwillingstöchter kauerten mit ihrer Mutter in einem Winkel des Kellers, Kurbi und Fane saßen jeder in einem anderen, den Frauen gegenüber.

»Ein Unwetter, wie wir es seit Menschengedenken nicht hatten«, sinnierte Fane im Halbdunkel. »Was mag dahinterstecken, Fremder?« Er hörte sich an, als ob er dächte, daß Kurbi irgendwie für die Katastrophe verantwortlich sein könnte.

»Ich weiß es nicht – ein Vulkanausbruch irgendwo, vielleicht ein großer Meteroiteneinschlag. Wir haben keine Möglichkeit, es festzustellen.« Er fragte sich, wie es Nikolaus Rensch ergangen sein mochte.

»Wenn es noch ein paar Tage so weiterregnet, wird es mir die Frühjahrsaussaat von den Feldern spülen und den Boden abschwemmen«, sagte Fane. »Wir werden gerichtet.«

»Das Ende ist nahe«, sagte Slifa. »Wir müssen uns

fassen.« Apona und Azura wimmerten bei ihren Worten.

»Ich … ich kann dies nicht als den Willen Gottes ansehen«, sagte Fane.

»Versündige dich nicht, Mann«, sagte Slifa.

Donner grollte, als sie die Worte sprach. Sie blickte zur Decke auf und hob jammernd die Hände zum Gebet. Ihre Töchter taten es ihr nach.

»Seid still«, rief Fane durch das Tosen des Regensturmes. »Seid still!«

»Sie können nicht anders«, sagte Kurbi. »Ich fürchte mich auch.«

»Sie fürchten sich?«

»Ja.«

»Dann sind wir verloren.«

Draußen mußte das Regenwasser einen neuen Zufluß freigespült haben, denn das über die Treppe herabrieselnde Wasser verstärkte sich plötzlich zu einem lehmigen Schwall. Innerhalb von Minuten standen sie bis über die Knie im Wasser. Einander bei den Händen haltend, stiegen sie hintereinander die überspülte Treppe hinauf ins abgedeckte Haus. Der Kamin glänzte vom nassen Ruß; die Zimmerdecken waren längst undicht geworden und hingen voll großer, langsam einwärts wandernder und unaufhörlich fallender Tropfen.

»Hierher«, sagte Kurbi. »Dieser Winkel ist noch trocken. Helfen Sie mir mit dem Tisch – wir schieben ihn gegen die Wand, dann können die Frauen sich daruntersetzen.«

So machten sie es. Die drei Frauen krochen unter den Tisch, Kurbi und Fane kauerten zu beiden Seiten. »Wenn die Decken einstürzen«, rief Fane ihm über den Tisch hinweg zu, »sind wir erledigt.«

»Solange die Wände stehen«, erwiderte Kurbi, »gibt es Hoffnung. Wenn es hier zu naß wird, versuchen wir unser Glück in der Scheune. Glauben Sie, daß der Regen andauern wird?«

»Er wird wieder aufhören«, rief Fane. »Er muß.«

Ja, dachte Kurbi, er mußte aufhören, oder die Senke zwischen den Hügeln, wo der Hof lag, würde sich mit Schlamm und Wasser füllen. Der Boden konnte nicht so viel aufnehmen.

»Wie spät ist es?« rief Fane.

Kurbis Uhr war stehengeblieben, und es gab keine Möglichkeit, Tageszeit oder Stunde festzustellen. Die dichte Wolkendecke hatte alle Unterschiede zwischen Tag und Nacht, Morgen und Nachmittag ausgelöscht. Kurbi spähte im Halbdunkel nach seinen Sachen, fand den zusammengerollten Schlafsack und kurz darauf auch den Rucksack, der hinter einem umgeworfenen Stuhl in der Nässe lag. Er barg beides, öffnete den Rucksack und nahm heraus, was er an Proviant darin hatte. Diesen reichte er den Frauen unter den Tisch.

»Essen Sie – es ist naß, aber wir haben sonst nicht viel.« Die Vorräte im Keller standen jetzt unter Wasser; dies war alles, was jetzt zur Verfügung stand. Hände griffen zu und nahmen, was er ihnen bot.

»Geben Sie auch Fane davon«, rief er.

Das letzte Stück steckte er sich selbst in den Mund, kaute und genoß den Fruchtgeschmack des synthetischen Proteins.

Allmählich dunkelte es draußen, bis er nicht mehr die Hand vor den Augen sehen konnte.

Ich bin Soldat mein Sohn ist ein Terrorist, dachte er.

Alles war jetzt vollkommen klar. Wenn dies die Bedingung des Überlebens und der Rückkehr an die Macht war, dann wollte er nichts damit zu tun haben. Eine Welt ging zugrunde, und er hatte nichts getan, um es zu verhindern. Mit dieser Last konnte er nicht leben.

Er erinnerte sich, wie Gorgias und Myraa als kleine Kinder zusammen gespielt, wie Oriona und er zugesehen hatten. Der General wäre glücklicher gestorben, hätte er noch erfahren, daß seine Tochter Myraa überlebt hatte …

Der alte Heraklide schloß die Augen und lag still, überwältigt von der Vergangenheit. Es war eine süße Brise der Erinnerung, die ihn mit Sehnsucht und Bedauern erfüllte; er hatte nicht die Kraft, dagegen anzukämpfen …

Gorgias, sein Bruder Herkon und Myraa, wie sie lachend und jauchzend im hohen Gras herumgesprungen waren. Orionas lächelndes Gesicht …

Er hätte seinen Sohn niemals zum Stützpunkt bringen oder ihn zu Unternehmungen mitnehmen sollen; er hätte ihm niemals den Gebrauch der Bordbibliothek erlauben oder die Liste der zerstörten Welten lehren sollen; er hätte niemals die Geschichten glauben sollen, daß es irgendwo noch eine heraklidische Armee gab, ungeachtet der Aussagen, daß solch eine Armee durch das halbzerstörte Tor bei Myraas Welt entkommen sei. Er hatte versagt; die Macht der Herakliden hatte zur Selbstbehauptung nicht ausgereicht. Wenn sie wiedererstehen sollte, würde es langsam und mit Umsicht und Bedacht geschehen müssen, außer Sicht ihrer Feinde, ohne noch so verständlichen Empfindungen von Haß und Rachsucht nachzugeben. Immer daran denken, nie davon reden, sollte die Devise lauten. Aber vielleicht gab es Unabänderlichkeiten, und das Reich der Herakliden würde niemals wiederkehren, außer vielleicht als etwas anderes …

Wie Myraa, Gorgias und Herkon in seine offenen Arme gelaufen waren, Kinder einer glücklicheren Zeit …

»Herkon ist tot«, hatte Oriona eines Tages gesagt. »Die anderen haben ihn überwältigt.«

Sein Vater war nicht in der Kabine. Gorgias ging wieder nach vorn in die Zentrale. »Bin ich allein?« fragte er das Schiff.

JA.

»Wann wurde die Schleuse geöffnet?«

VOR EINER HALBEN STUNDE.

»Umgebung sondieren.«

SONDIERUNG DURCHGEFÜHRT. LEBENSFORM IN SECHS KILOMETERN ENTFERNUNG.

»Ansteuern«, sagte Gorgias.

Das verhüllte Gesicht von Mars II verschwand und wurde ersetzt durch den Anblick seines Vaters und der Schleppfähre direkt voraus. Gorgias ging nach achtern, zog seinen Schutzanzug an und betrat die Schleuse. Sie öffnete sich nach außen, als das Schiff längsseits kam.

Gorgias brauchte nur noch den Arm auszustrecken und die Schleppfähre an Bord zu ziehen.

Als die Schleusenkammer geschlossen wurde und Luft einströmte, sackte die Gestalt aus dem Sitz der Fähre, herabgezogen von der künstlichen Schwere des Schiffes. Die innere Schleusentür öffnete sich, und Gorgias zog seinen Vater herein.

Als er ihm den Helm abnahm, sah er das vom fehlenden Luftdruck entstellte Gesicht mit den weit vorquellenden Augen. Gorgias sah in diese Augen, als ob er über Lichtjahre hinausblickte, und hoffte, daß weit in Ferne etwas von seinem Vater noch am Leben sein möchte, um es durch einen Willensakt zurückzurufen.

Langsam erhob er sich und legte seinen Anzug ab. Dann befreite er seinen Vater aus dem Schutzanzug und hängte beide an ihren Plätzen an der Wand auf.

Er wandte sich wieder dem Toten zu und starrte ihn lange an.

»Das hattest du lange geplant«, sagte er. »Um mir von der Vergangenheit zu nehmen, was noch geblieben war.« Er kniete nieder und schlug mit der Faust in das verfärbte Gesicht. »Feigling!« Einen Augenblick schien der Mund sich zu einem Lächeln zu verziehen, aber das Fleisch gab nach, und es wurde ein schiefes

Grinsen daraus. »Jetzt bist du nichts – immer bist du nichts gewesen. Warum sonst hättest du es dazu kommen lassen, alter Mann?«

Ein phantastischer Gedanke schoß ihm durch den Kopf. Wenn zutraf, was sie gesagt hatte, konnte Myraa seinen Vater zurückholen und ihn mit seiner Tat konfrontieren. Er hob den Toten auf, trug ihn in die Kabine und stellte die Raumtemperatur auf den niedrigsten Wert ein, um zu verhindern, daß der Leichnam in Verwesung überging.

Darauf eilte er in die Zentrale zurück und wies das Schiff an, eine Ausweichroute zu Myraas Welt und den Raum im überschaubaren Umkreis nach Verfolgern abzusuchen.

Sollte er Myraa sagen, daß sein Vater durch ein Unglück oder bei Kampfhandlungen umgekommen war, um seinen Selbstmord zu verheimlichen? Er könnte angeben, daß Patrouillenschiffe der Föderation erschienen seien, kurz nachdem er und sein Vater die Gravitationswellenerzeuger am Asteroiden angebracht hatten. Sein Vater sei von Laserfeuer getroffen worden, doch habe er ihn noch an Bord des Schiffes bringen können, bevor der alte Mann gestorben war.

KEINE VERFOLGER IN SICHT.

»Befehl bleibt unverändert – Myraas Welt.«

Als das Schiff im Absprungraum war, ging Gorgias wieder nach achtern und blickte in die Kabine, wo der Leichnam seines Vaters angeschnallt lag.

»Wenn sie uns verfolgen, werde ich sie abhängen«, sagte er. »Ich werde uns nach Hause bringen.«

Wieder in der Zentrale, ließ er die Sensoren nach Anzeichen feindlicher Objekte spüren. Das graue Kontinuum blieb klar; er war sicher.

Er schloß die Augen und versuchte die Befürchtungen zu zerstreuen, die ihn überkamen. Sein Vater war tot... ehrenhaft gefallen, sagte er sich, um die Lüge einzuüben, die er berichten mußte.

Myraa wird die Wahrheit wissen, sagte eine innere Stimme.

Myraa wird wissen, was zu tun ist, flüsterten seine Hoffnungen.

Am dritten Tag ging der Regen in ein feines Nieseln über, und etwas Licht kam in den Himmel, ein schwächliches graues Licht, das von fernen Blitzentladungen beschämt wurde. Kurbi erwachte zitternd vor Kälte und starrte hinaus zum Hellgrau des Himmels. War es ein Hoffnungszeichen?

»Meine Frau ist tot«, sagte Fane. Nun, da das endlose Prasseln und Rauschen des Regens aufgehört hatte, klang seine Stimme unnatürlich laut. »Die Kälte war zuviel für sie.« Azura und Apona weinten leise.

Als Kurbi eine halbe Stunde später mit Fane vom Stall zurückkam, wo sie ausgemistet und das Vieh gefüttert hatten, sah er am Horizont einen schwarzen Umriß erscheinen. Er blieb stehen und zog die nasse Decke um die Schultern.

»Da«, sagte er und zeigte hinaus, aber Fane beachtete ihn nicht und ging mit seinem schwerfälligen Schritt weiter, den Kopf gesenkt.

Die Maschine kam näher. »Niko«, flüsterte Kurbi und eilte weiter zum offenen Haus. Er konnte sich nicht erinnern, wann der Regensturm die Tür fortgerissen hatte.

In der Türöffnung stehend, beobachtete er die tief über den Bahnschienen fliegende Maschine, die einen starken Lichtkegel über die Geleise weiter voraus spielen ließ. Dann schwenkte sie auf das Haus zu und setzte hundert Meter entfernt sanft inmitten der von Wasserlachen durchsetzten Weide auf.

Eine einsame Gestalt stieg aus und kam auf den Hof zu. Kurbi erkannte sofort Renschs stämmige Gestalt. Er patschte ihm ein paar Schritte über den schlammigen Hof entgegen.

»Kurbi!« Rensch legte ihm die Arme um die mit der nassen Decke behängten Schultern. »Ich wußte, daß Sie wohlauf sein würden.« Kurbi umarmte ihn dankbar, und der andere faßte ihn unter, als sie zum Haus gingen.

»Was ist geschehen, Niko?«

»Etwas schlug vor der Küste in den Ozean. Als die Sturmflutwarnung kam, blieben mir nur ein paar Minuten, um wegzukommen.« Er schüttelte den Kopf. »Ich konnte niemanden retten – hätte ich es versucht, so hätten sie mir die Maschine gestürmt. Ich beschloß, Sie zu suchen und zu helfen, wo ich es ungefährdet und wirkungsvoll tun könnte. Ist hier noch jemand?«

»Ein Vater und zwei Töchter. Die Mutter starb letzte Nacht an Unterkühlung...«

»Die Maschine hat eine gute Kabine, Lebensmittel und eine Bordapotheke – bringen wir die Leute hinein, daß sie sich aufwärmen können.«

Kurbi warf die nasse Decke von den Schultern ab und führte Rensch ins abgedeckte Haus. Dort überredete er Fane, den Leichnam seiner Frau zu verlassen und mit ihm zu kommen. Unterdessen rüttelte Rensch die beiden Mädchen aus der Apathie ihres Schocks und führte sie zur Maschine.

Auf halbem Weg zum Flugzeug wollte Fane nicht mehr weiter und starrte mißtrauisch in das Licht, das aus dem Einstieg fiel. Er packte Kurbi beim Arm und sah ihn aus eingesunkenen Augen an. »Wohin wollen Sie mich bringen? Was für ein schreckliches Ding haben Sie hierhergelockt, Fremder?«

»Drinnen gibt es Essen und Wärme«, sagte Kurbi. »Wir werden in Sicherheit sein, keine Sorge. Mein Freund Nikolaus Rensch kam von der Hafenstadt und fand uns.«

»Freund? Was wissen Sie von diesem Teufel? Aus der Stadt? Wir sollten keine Hilfe annehmen, nachdem Gott uns so schwer gestraft hat. Geben Sie den

Mädchen Essen und Gelegenheit zum Aufwärmen, aber ich gehe zurück. Ich will bei meiner Frau bleiben, muß sie begraben. Und das Vieh will versorgt sein...«

Fane stapfte zurück zu seinem verwüsteten Hof, und Kurbi folgte den anderen in die Maschine.

»Wir können die Siedlungen absuchen und Überlebende bergen«, sagte Rensch, »bis der nächste Frachter von der Erde eintrifft.«

Sie saßen nebeneinander in der Pilotenkanzel. Draußen hatte der Regen wieder verstärkt eingesetzt, und die Landschaft lag in trübem Halbdunkel. Fanes Töchter waren in der Kabine, hatten etwas gegessen und erholten sich in der Wärme, die ihre Kleider trocknete.

»Gibt es eine Nachrichtenverbindung mit der Föderation?« fragte Kurbi.

»Wir hatten den Sender in Port Daimos – aber das existiert nicht mehr, wurde von der Flutwelle zerstört.«

»Wie steht es mit dem Bordfunkgerät? Stören die Gewitterstürme den Funkverkehr?«

»Bis zur Unverständlichkeit«, sagte Rensch.

»Dann müssen wir versuchen, über die Wolkendecke zu steigen«, sagte Kurbi. »Von dort können wir das Abgangssignalfeuer anfunken. Es wird eine Botschaft zum nächsten Stützpunkt der Föderation weiterleiten.«

»Wir können es versuchen, vorausgesetzt, die Wolkendecke reicht nicht zu hoch.«

»Es ist die einzige Möglichkeit, rasch Hilfe zu organisieren, Niko. Die Wolkenhülle ist sehr dicht, aber ich nehme an, daß sie nicht über zwölftausend Meter hinausreichen wird.«

»Gut, wir werden es versuchen«, sagte Rensch. »Aber vorher möchte ich Ihnen etwas zeigen.« Er beugte sich vor und drückte einige Schalter unter dem Bildschirm der Blindfluganlage.

Ein Bild erschien. »Ich machte diese Aufzeichnung, bevor ich auf Westkurs ging«, sagte Rensch. Eine flimmernde Säule bläulich weißer Luft stand über dem Ozean. An ihrer Basis war alles Dampf. »Es war riesig«, sagte Rensch, »ging durch die ganze Atmosphäre. Ein ganz großer Meteorit, wenn Sie mich fragen, Raf.«

»Aus welcher Entfernung machten Sie diese Aufzeichnung?«

»Ich sah es am Horizont. Näher heran wollte ich nicht gehen.«

14. Schwimmer im Schatten

»Gefangen in uns selbst,
den inneren Schweinehund fütternd,
in einem zu dichten Wald,
erwarten wir den Morgen.«

– Timoteusz Karpowicz

In den Polarbergen auf Myraas Welt wartete Gorgias auf einem Gletscher. Kaltes weißes Licht erfüllte die Zentrale durch den Bildschirm. Vor dem Eintritt in die Umlaufbahn hatte er den Weltraum nach Verfolgern abgesucht. Die Sensoren hatten in ihrer Reichweite nichts aufgefangen. Das Schiff war in Sicherheit; er war in Sicherheit.

Während er wartete, leistete Gorgias ein Gelübde: Vergeltung an den Erdgeborenen. Er schwur es seinem Vater, den zwanzig Sternen der Heimat und ihren toten Welten. Der älteste Heraklide war nicht von eigener Hand gestorben; die Föderation hatte ihn getötet, wie sie seine Mutter und seinen Bruder gemordet hatte.

»Wir sind sicher«, sagte er zum Schiff. »Bring uns zu Myraa.« Er fühlte sich dem Schiff wie ein Bruder verbunden, obwohl es niemals anders als durch Bildschirmtexte zu ihm sprach. Er konnte ihm befehlen, mit künstlicher Stimme zu sprechen, nun, da er immer allein sein würde. Es würde seltsam sein, ohne Angehörige zu leben, wenn alles, was in den Eltern gewesen war, nun in ihm und nirgendwo sonst bewahrt wurde. Aber auch die Intelligenz, die im künstlichen Gehirn des Schiffes gespeichert war, war heraklidisch; sie würde mit seinem Tod untergehen; sie würde leben, solange er lebte.

Das Schiff erhob sich vom geneigten Eisfeld, und über den Randbergen kam die untergehende Sonne in Sicht und schuf die Illusion eines Sonnenaufgangs.

Das Schiff ging auf Ostkurs, ließ die Gletscherzunge hinter sich zurück und erreichte bald den Ozean, über dem es im Tiefflug so rasch dahinjagte, daß ein Kielwasser weißer Schaumkronen zurückblieb.

»Er kann nicht gerettet werden«, sagte Myraa.

Der Sonnenuntergang schien die Bäume und das Gras vor dem Haus mit Blut zu übergießen; dann verwandelte die Dunkelheit das Rot allmählich in Schwarz.

»Warum nicht?« fragte Gorgias, den Blick vom Fenster wendend.

»Er kann nicht in unseren Kreis eintreten, weil er bereits nichts geworden ist. Er starb zu weit entfernt, Gorgias, in der Distanz wie im Glauben. Er bekam, was er erwartete – ewiges Nichts.« Sie hielt inne. »Ich habe viele von unseren Toten gerettet, aber für ihn kann ich nichts tun. Ich rate dir gut, Gorgias, stirb in meiner Nähe – es wird die einzige Möglichkeit sein, daß ich dich retten kann.«

»Mein Vater hatte recht, dies ist alles Unsinn – du kannst mich nicht ängstigen.«

»Ich weiß, wie er starb, Gorgias.«

»Bleib mir aus dem Sinn!«

Er wandte sich wieder zum Fenster. Vielleicht war etwas daran, daß die Frauen der Herakliden telepathisch gewesen waren, wie sein Vater ihm einmal erzählt hatte. Oder vielleicht waren sie einfach aufmerksam gewesen.

Draußen zwischen den Büschen und Bäumen und über dem Gras tanzten jetzt Tausende von Glühwürmchen, als hätten sich unsichtbare Trauergäste mit Kerzen zu einem Begräbnis versammelt. Die Masse der Lichtfunken war zwischen den Sträuchern auf der

Wiese unterhalb des Hauses konzentriert, aber eine weitere Verdichtung zog sich den Hang des benachbarten Hügels hinauf.

Gorgias trat näher ans Fenster und betrachtete das Schauspiel. Als ob ein Sternschauer auf das dunkelnde Land gefallen wäre. Er fühlte eine weiche Stimmung in sich aufkommen, beinahe wie Mitgefühl. Es drohte seine Selbstbeherrschung zu brechen; hinter Mitgefühl standen Trauer und Schuld, Rächer der Toten.

»Gorgias, Schiffe kommen«, sagte Myraa, »wenn du deine Feinde hier erwarten willst, dann gib ihnen durch kein Zeichen zu erkennen, daß ich nicht deine Gegnerin bin und daß ich Gedanken lesen kann selbst über Entfernungen hinweg.«

Er hatte weitere Vorwürfe erwartet, daß sie ihm die Schuld am Tod seines Vaters geben und ihn über die genauen Umstände ausfragen würde. Etwas in ihm hatte sogar gehofft, daß sie damit kommen würde; statt dessen erging sie sich in Prophezeiungen und Wichtigtuerei.

»Du wirst eines Tages sterben, Gorgias – aber denk daran, hier zu sterben, vergiß es nicht …«

Verärgerung und Geringschätzung kamen in ihm auf, Verachtung seiner eigenen Schwäche, und löschten Mitgefühl, Trauer und Schuld aus. »Laß mich in Ruhe!« fuhr er sie an. »Ängstliche kleine Tiere seid ihr hier, Dummköpfe und Feiglinge.«

Sie sah ihn an und sagte: »Ich brauchte dir nicht zu sagen, daß Schiffe kommen.«

»Warum hast du es dann getan? Du willst, daß ich sterbe. Du sagtest es. Wie willst du es überhaupt wissen?«

Aber er kannte ihre Antwort, bevor sie kam. »Ich spüre, daß sie dich hassen, die da in ihren Schiffen kommen«, sagte sie. »Wie viele von ihnen hast du getötet, daß sie dich so sehr hassen? So viele? Das macht ihren Haß allerdings verständlich.«

»Es ist Krieg«, sagte er.

»Was für ein Krieg?«

»Sie töteten meine – unsere Welt, unser Volk, und meinen Vater.«

»Dein Vater tötete sich selbst.«

»Hör auf!«

»Es ist wahr.«

»Sie trieben ihn in die Feigheit, sie raubten ihm seine innere Kraft und Stärke – sie brachten ihn um!«

»Wer ist der Lügner, Gorgias?«

Er warf sich auf sie und packte sie bei der Gurgel; ihre Kehle war weich und nachgiebig, als er zudrückte. Aber ihre Augen hielten ihn wie in einem Schraubstock, und mit einem Ruck, der sie zurückstieß, ließ er sie los.

»Du bist es nicht wert, daß ich dich umbringe«, sagte er und haßte sich wegen seiner Schwäche. Sie war ihm zu nahe, zu sehr ein Teil seiner Vergangenheit, um sie sterben zu lassen.

»Die Schiffe kommen näher«, sagte sie. »Du solltest lieber gehen.«

Er lief an ihr vorbei und zum Hintereingang hinaus. Das Gras am dunklen Wiesenhang war naß vom Tau. Glühwürmchen kreuzten seinen Weg; er glitt einige Male aus, bevor er die Talsenke erreichte. Er sprang in die offene Luftschleuse und lief nach vorn, während die innere Tür sich hinter ihm schloß.

»Zum Stützpunkt«, sagte er, noch bevor er seinen Platz in der Zentrale eingenommen hatte.

VERFOLGER ERSCHEINEN IN UMLAUFBAHN.

»Dann nichts wie weg von hier!«

Das Schiff hob ab und stieg senkrecht durch die Atmosphäre auf. Auf dem Bildschirm erschienen die Positionen von Kreuzern. Sie näherten sich schnell von der Tagseite her.

Das Flüsterschiff glitt in den Absprungraum.

Bald sah Gorgias Zeichen von Verfolgung.

Schwarze Striche erschienen im Grau hinter ihm, aber er war zuversichtlich, sie abzuhängen; er mußte sie abhängen, weil jeder andere Ausgang undenkbar war.

Zehn Tage nachdem Kurbi und Rensch das Notsignal ausgesendet hatten, traf Julian Poincaré mit einem Kreuzer und einem Dutzend Frachtschiffen, die mit Hilfslieferungen beladen waren, auf Mars II ein. Rensch lenkte die Fähren mit Radar zu einem improvisierten Landeplatz im Landesinnern. Stürme und starke Regenfälle suchten die gequälte Welt noch immer heim, und die Temperaturen waren durch die drastisch verminderte Sonneneinstrahlung bedrohlich zurückgegangen. Man befürchtete, daß der bevorstehende Winter in den gemäßigten Zonen Bedingungen schaffen würde, die den Überlebenden den Rest geben würden. Nikolaus Rensch flog von einer Siedlung zur nächsten, um möglichst viele Menschen zu überreden, daß sie wenigstens für den Winter in den Tropengürtel übersiedelten oder Mars II ganz verließen, um sich anderswo anzusiedeln.

»Es war das Flüsterschiff«, vertraute Julian seinem Freund in der Luxuskabine des Kreuzers an.

»Woher weißt du das?«

»Er verkündete es selbst – Hunderte von Welten fingen die Botschaft auf. Im Korridor wissen es inzwischen fast alle. Er hat einen Asteroiden auf uns geworfen, Raf.«

»Ich hätte es ahnen sollen – mein Pech.«

»Wirst du mir jetzt helfen?«

»Ich würde für eine Weile gern Niko helfen – obwohl ich mir vorstellen kann, daß ich eines Morgens aufwachen, eine Waffe nehmen und losziehen werde, um dieses Ungeheuer zu töten. Nur ...«

»Nur was?«

»Nur möchte ich ihn lebendig sehen – wer kann eine

ganze Welt zerstören und danach noch mit sich selbst leben?«

»Viele von uns konnten das, nach dem letzten Krieg. Wahrscheinlich würde er dir sagen, daß du es viel zu persönlich nimmst, weil du das Pech hattest, selbst betroffen zu sein. Wir fügten ihren Welten damals Schlimmeres zu. Sie wurden systematisch unbewohnbar gemacht, alle Einwohner ausgelöscht, verbrannt. Alte Ungerechtigkeiten sind die Antriebskraft seines oder ihres Lebens, wer immer sie sind, und mit seinen Vergeltungsschlägen wird neue Ungerechtigkeit geschaffen. Wer ist schuldig? Gibt es eine gute Antwort – oder nur Antworten, die niemandem gefallen werden?«

»Ich würde sagen, daß es keine Hoffnung für sie gibt«, sagte Kurbi. »Zuviel Vergangenheit, wie du sagst.«

Er schwieg, sah sich in der Luxuskabine um, deren Wände mit Sternkarten bedeckt waren, betrachtete den grünen Teppichboden unter seinen schmutzigen Füßen, ließ den Blick zu Poincaré wandern, der hinter dem glänzend polierten Ebenholzschreibtisch saß. Dann setzte er sich auf einen der Stühle ihm gegenüber und sagte: »Julian, nach allem, was ich hier gesehen habe, wird es, denke ich, mein Wunsch sein, Gorgias Einhalt zu gebieten.«

»Geh zuerst nach Haus. Du brauchst Erholung. Wir haben bereits Schiffe ausgesandt, die ihn suchen – sie könnten dir die Mühe ersparen. Vielleicht wirst du auch nicht die Nerven haben, um zu töten. Für den Terroristen ist zivilisierten Benehmen eine Tarnung. Er rechnet mit der Unfähigkeit seines Feindes, sich so zu benehmen, wie er es tut.«

»Du glaubst noch immer, daß er eine gute Sache für uns ist, Julian?«

»Es wäre nicht das erste Mal, daß aus Schrecken Gutes erweckst. Gorgias wird dafür sorgen, daß wir wachsam bleiben, interessiert; wenn wir ihn ignorieren, wird er oder einer seiner Nachkommen uns eines Tages die Herrschaft streitig machen.«

Kurbi fühlte sich plötzlich sehr müde. Nach Haus, dachte er, aber alles, was er dabei sah, waren sein kleines Notquartier in einer Barackensiedlung für Katastrophenflüchtlinge und die verschiedenen Häuser, wo er während seiner Wanderschaft geschlafen hatte.

»Wohin wird das Flüsterschiff gegangen sein?« fragte er, bemüht, sich zu konzentrieren.

»Ich vermute, daß er zu Myraas Welt ist – der größte Teil des Publikums für seine Taten ist dort. Überlebende Herakliden und ihre Nachkommen, heruntergekommen zu einer harmlosen Gesellschaft von Esoterikern. Aber wir werden ihn dort nicht finden. Er hat irgendwo einen Stützpunkt, wie ich schon einmal sagte. Inzwischen wird er dort sein.«

Gorgias floh in die südlichen Regionen der Galaxis und wechselte dabei Dutzende von Malen vom Übergangsraum in den Normalraum und zurück; doch wenn er den Abstand auch stetig vergrößern konnte, blieben ihm die Verfolger doch auf der Fährte, schlugen jeden Haken, imitierten jeden Sprung.

Nach einer Woche Verfolgungsjagd war auf dem Grau des Bildschirms kein Zeichen der Kreuzer auszumachen. Die höhere Geschwindigkeit des Flüsterschiffes verschaffte ihm allmählich einen halbwegs sicheren Vorsprung. Dennoch würden die schwarzen Striche jeden Augenblick auf dem Bildschirm erscheinen.

Gorgias wartete. Das Schiff war weitgehend auf sich selbst gestellt und führte, gestützt auf seine umfangreichen Programme und integrierte frühere Erfahrungen, alle Ausweichmanöver aus, die zweckmäßig waren. Gorgias war nicht mehr als ein Zuschauer mit Kontrollfunktion. Er schloß die Augen und versuchte ein wenig Ruhe zu finden.

Das Schiff wechselte in den Normalraum über. Von den Verfolgern war noch immer nichts zu sehen, aber unmittelbar voraus verströmte ein heißer weißer Stern Materie in den Raum.

DOPPELSTERN-BEGLEITER EINES SCHWARZEN LOCHES. MATERIE VERSCHWINDET AUS NORMALER RAUMZEIT.

Das Schiff raste auf den scheinbar leeren Punkt im Raum zu, wo der Strom abgezogener Sternmaterie endete. Gorgias beobachtete den deutlich sichtbaren strudelartigen Kreis von Materie, der den toten Punkt im Raum spiralig umgab. Die Akkreditionsscheibe.

In wenigen Minuten mußte das Schiff diesen Mahlstrom eingefangener Materie passieren und schien direkt auf das Schwarze Loch zuzuhalten.

»Erklärung«, sagte Gorgias. »Warum keine Kursänderung?« War das Schiff zu guter Letzt defekt geworden?

AUSWEICHMANÖVER: PASSAGE DURCH ERGOSPHÄRE DES SCHWARZEN LOCHES WIRD VERSCHWINDEN SIMULIEREN. EINE STUNDE SCHIFFSZEIT IN DER ERGOSPHÄRE KOMMT EINEM GALAKTISCHEN STANDARDMONAT GLEICH. VERFOLGERSCHIFFEN FEHLT ENERGIE, DEM EREIGNISHORIZONT DES SCHWARZEN LOCHES AUSZUWEICHEN.

Das Schiff umkreiste die tote Stelle im Raum, während Gorgias wartete. Die Hälfte des Himmels war ein schwarzer See, der sich bemühte, ihn zu verschlucken, während im hellen Universum der Sterne Stunden und Tage im Zeitraffertempo vorüberjagten. Wenn das Schiff zu lange hier verweilte, würde die ganze Geschichte des Universums an ihm vorüberziehen; Sterne würden alt und absterben, das ganze Universum in sich zusammenstürzen...

Er stand auf und ging nach achtern in die Kabine. Der Leichnam seines Vaters lag angeschnallt in der Kälte. Er stellte sich ein Gespräch zwischen ihm selbst und dem alten Herakliden vor:

»Töte sie mir zuliebe, Junge, gönne dir keine Ruhe – versprich es.«

»Ich verspreche es dir.«

»Du mußt sie so sehr hassen, wie ich es tue.«

»Verlaß dich darauf, Vater.«

»Wenn du gefangen wirst, mußt du sterben.«

»Ich werde zu sterben wissen.«

Er kniete vor dem kalten, aufgedunsenen Körper nieder und erschauerte. Ein neuer Friede überkam ihn; er hatte sein Gelübde abgelegt; sein Vater hatte es ihm endlich abgenommen, und das Gelübde war gültig.

Im Absprungraum nahm sich der Herkules-Sternhaufen wie eine Masse schwarzer Punkte aus, die aus einem massiven schwarzen Zentrum explodierten.

Gorgias schaltete den Bildschirm aus und schlief, während das Schiff den Stützpunkt ansteuerte. Nach dem Manöver um das Schwarze Loch waren die Verfolger nicht mehr aufgetaucht, und inzwischen war es zu spät für sie, um festzustellen, welche Richtung er eingeschlagen hatte; sie mochten erraten, daß sein Stützpunkt im heimatlichen Sternhaufen war, aber es würde Jahrhunderte dauern, wenn sie jeden Stern und seine Trabanten überprüfen wollten.

Als er erwachte, lag das Schiff an seinem Liegeplatz. Er stand auf, ging nach achtern und trug den Leichnam seines Vaters durch die Schleuse hinaus zum Transportkarren, der noch dort stand, wo sie ihn zurückgelassen hatten. Sein Gefühl für Pietät verbot es ihm, ihn auf die Ladefläche zu legen; er setzte ihn auf den Beifahrersitz und hielt seinen Oberkörper durch einen Gurt aufrecht, den er um die Rückenlehne zog. Dann setzte er sich neben ihn, und steuerte den Transportkarren zum Lastenaufzug und einige Ebenen tiefer durch den Korridor weiter zu den Stasiskammern. Sein Vater sackte kalt und steif seitwärts gegen ihn, als Gorgias aus dem Tunnel in einen großen kreisrunden

Raum bog, der von einer einzigen Kugellampe mit orangefarbenen Licht erhellt wurde.

Hier warteten die leeren Stasisschalen in einem Kreis vor den zugehörigen Wandfächern.

Gorgias hielt vor der erstbesten an, hob seinen Vater vom Beifahrersitz und legte ihn in die Schale, die er auf ihren Rollen ins Wandfach schob. Das Stasisfeld flackerte, als es den Körper aufnahm und in stilles Dunkel hüllte. Hier war sein Vater so gut aufgehoben wie in einem Grab, dachte er. Durch den transparenten Verschluß des Wandfaches konnte er das Gesicht des alten Mannes kaum ausmachen, so tief war die Dunkelheit, die es umgab und seine Augen zu Höhlen vertiefte, die emporstarrten. Der alte Heraklide würde in diesem Zustand verbleiben, solange der Stützpunkt sich selbst erneuerte, solange Energie die Akkumulatoren nährte, solange der Haß seines Sohnes lebte.

Als er sich selbst in die Schale zur Rechten seines Vaters legte und die Einstellung vornahm, entschied Gorgias sich für eine Dauer von zwei Jahrzehnten; er konnte die Rückkehr für viel später ansetzen, wenn er es wünschte, aber zwei Jahrzehnte würden ausreichen, um die Verfolger weiter zu verwirren; er würde für einige Zeit aus ihrer Erfahrung verschwinden, lange genug, daß sie das Interesse verlieren und in ihrer Wachsamkeit nachlassen würden. Wenn er wieder herauskäme, würde die Suche nach ihm viel von ihrer Intensität verloren haben, und er würde wieder den Überraschungseffekt auf seiner Seite haben.

Der Eintritt in die Erstarrung des Tiefschlafes und das Heraustreten zu irgendeiner Zeit in der Zukunft war immer Sache eines Augenblicks. Er seufzte. Niemals hatte er die Chance gehabt, in seiner Welt aufzuwachsen und zu leben, umgeben von Millionen anderen seines Blutes, eingebettet in die Sprache, die Traditionen und die lebendige Gegenwart seines Volkes. Niemals hatte er die Chance gehabt, zu nehmen, was sein war …

Er ging ein in eine tiefe Dunkelheit, die bald hellrot wurde.

Gelbe Blätter wuchsen an Bäumen, die sich nicht von Wasser, sondern von Blut nährten; die Wurzeln sogen es gierig ein, bis die Blätter sich scharlachrot färbten, einrollten und zu Boden fielen, jedes geäderte Blatt eine Welt für sich, die auf dem ausgedörrten Boden starb.

Eine grell strahlende Sonne tauchte die Landschaft in weißglühendes Licht, bis seine Augen in weißen Raum starrten. Ein wütender Sturmwind peitschte ihn, erfaßte seinen Körper mit eisigen Fingern und schleuderte ihn gegen unsichtbare Hindernisse. Der Haß erstarrte in ihm, versteinerte seine Gebeine und Organe; der Wind wurde heiß und sandte Feuer durch sein Herz und seinen Magen.

Er öffnete den Mund im Protest, aber nur Flüche kamen ihm über die Lippen, Worte wie Geschosse, hinausgeschleudert durch die Schießscharten der Sprache …

Er schwamm in den Schatten, wartete auf den Wiederbeginn des eisernen Spiels.

ZWEITES
BUCH

Der Omega-Punkt

1. Unsterblicher Feind

»Was würden wir tun ohne unsere Feinde?«

– Pierre Teilhard de Chardin

»In seinem Unterbewußtsein ist jeder von uns überzeugt von seiner eigenen Unsterblichkeit.«

– Freud

Drei verschmierte schwarze Striche schwammen im Grau des Bildschirms – Schiffe, die seiner Fährte durch die grenzenlose Unwirklichkeit des Übergangsraumes folgten. Er beobachtete sie und überlegte, wie er die Erdgeborenen in ihr Verderben führen könnte. Die Verfolger konnten ihn nicht einholen; er hatte mehr als genug Zeit, ihnen eine Falle zu stellen oder zu entkommen.

Plötzlich schrumpften die drei Jahrhunderte seines Lebens zu einem unmöglichen Augenblick zusammen, und es war keine Zeit, den Racheschwur seines Vaters zu erfüllen. Eine Milliarde Seelen riefen aus dem schwarzen Loch der Vergangenheit, beklagten die Vernichtung ihrer Heimatwelten. Geister umdrängten ihn, ermüdeten ihn mit schrillen Bitten und Jammergeschrei, und er sehnte sich nach der gelben Sonne von Myraas Welt, nach dem Frieden der Wiesen um das Haus auf dem Hügel, nach den warmen Farben einer lebendigen Welt als Ersatz für das sterile Innere des Flüsterschiffs und die Asche des Übergangsraumes.

Hundert Stunden waren seit seinem Angriff auf Eisen IV vergangen. Er verließ die Zentrale und ging nach achtern in das kleine Wohnquartier, wo er sich niederlegte und, bedrängt von blutigen Erinnerungen, im Schlaf Vergessen suchte. Aber der unmögliche Augenblick seines Lebens spulte sich ab in einen Faden von dreißig Jahrzehnten, und er fühlte die Anspannung eines jeden langen Jahres. Er war ein ruheloser Wanderer durch die grenzenlosen Räume der Leere, ständig bemüht, die Vorwürfe der Vergeblichkeit und Einsamkeit zum Verstummen zu bringen.

Wieder durchlebte er Jahrzehnte seiner Erstarrung in der Tiefschlafkammer unter dem Stützpunkt, ertrug wieder die nichtendenwollenden quälenden Träume, rief in die widerhallenden Schatten, erbat Verschonung von den endlosen Verletzungen der Seele …

Kaltes Sternenlicht blendete seine Augen, aber er sah die riesenhaften Umrisse von Erdgeborenen, die Sternbilder verdeckten. Die Gestalten waren über ihre Instrumente gebeugt, verfolgten ihn ruhelos mit ihrem Haß …

Die schwarze Sonne flammte jäh auf, als das Flüsterschiff ins normale Raumzeit-Kontinuum wechselte. Er hatte vorgehabt, im Schatten von Wolfe IV herauszukommen, aber die Verfolger waren so weit zurückgeblieben, daß es unwichtig war. Die Massen von Schiff und Planet würden auf konventionellen Ortungsgeräten verschmelzen, wenn er landete, und nur das sorgfältigste Absuchen der Oberfläche würde ihnen die Möglichkeit eröffnen, seinen Standort auszumachen. Andernfalls bliebe ihnen nicht einmal die Gewißheit, daß er überhaupt gelandet war. Wahrscheinlich würden die Verfolger sich in Umlaufbahnen stationieren und hoffen, ihn zu fangen, wenn er die Oberfläche verließ; aber er würde mit seiner Arbeit längst fertig sein, bevor sie mit einer gründlichen Suche beginnen konnten.

Das Schiff ging auf der Nachtseite nieder, durchstieß eine lückenhafte Wolkendecke und überflog in geringer Höhe einen dunklen Ozean. Als am Horizont der

Lichtschein von Neu-Bosporus erschien, wurden in den Lichtreflexen die Schaumkronen auf den Wellen sichtbar.

Die Hafenstadt hatte zehn Millionen Einwohner; auf der ganzen Welt gab es sechzig Millionen Menschen, teils Nachkommen früherer Einwanderer, teils in neuerer Zeit gentechnisch erzeugte Hybriden. Wasser bedeckte die Hälfte der Welt, und der größte Teil der Landfläche war noch immer Grenzgebiet. Die meisten Bürger der Föderation lebten in den Küstengebieten der beiden großen Kontinente.

Das Schiff verlangsamte zum Schwebeflug und ging auf das Wasser nieder, um darin zu versinken. In hundert Metern Tiefe bewegte es sich wieder vorwärts, bis es in Küstennähe auf dem sandigen Meeresboden zur Ruhe kam.

Gorgias schaltete den Radioempfänger ein, und sofort ertönte eine Stimme aus dem Lautsprecher. Es war eine Dokumentation, die er aufgezeichnet hatte, der Prolog zu einem Interview mit Marco Ruggiero, einem populären Komponisten von der Erde. Der wichtigtuerische Tonfall des Kommentators war erheiternd.

»... Das Reich der Herakliden hatte eine Dauer von zwölfhundert Erdenjahren – von 5000 bis 6200 n. Chr., während der es sich im Sternhaufen M13 entfaltete, der mehr als fünfzigtausend Sonnen enthält und rund vierunddreißigtausend Lichtjahre von der Erde entfernt ist. Die größte Konzentration von Sternen befindet sich im Kernbereich, der einen Durchmesser von dreißig Lichtjahren aufweist ...«

Die bewußten Verzerrungen in dem ein Jahr alten Programm waren später gekommen. Gorgias spulte die Aufzeichnungen ein Stück weiter.

»... Das Kulturvolk der Herakliden bestand aus den Nachkommen genetisch kontrollierter Kreuzungen zwischen den frühen Kolonisten der Erde und den ursprünglichen Humanoiden des Sternhaufens. Der daraus entstandene Menschentyp war zäh, widerstandsfähig und langlebig. Die Durchschnittsgröße der Männer lag zwischen einsfünfundsechzig und einssiebzig, sie waren feinknochig, aber muskulös, überwiegend dunkelhaarig. Im allgemeinen kamen sie mit einem Drittel des Schlafes aus, den wir normale Menschen benötigen ...«

Der Kommentator hatte Begleiterscheinungen der Kolonisation übersprungen, als Horden eindringender Erdenbewohner die einheimischen Bevölkerungen abgeschlachtet hatten.

»... Unter den Frauen gab es viele, die telepathische Kräfte besaßen, während die Männer, stolz und leicht erregbar, zwar Einfühlungsvermögen zeigten, aber nur selten die beständigen telepathischen Fähigkeiten der Frauen erreichten ...«

Die Frauen waren es gewesen, die vorausgesehen hatten, was die Erdenleute gegen Ende des Krieges geplant hatten, dachte Gorgias bitter, und der Schrecken dieser telepathischen Vision hatte zum Zusammenbruch beigetragen.

»... Unter den planetarischen Gesellschaften des Sternhaufens bildeten sich Unterschiede aus, doch war das zugrundeliegende Gesellschaftsmodell das eines Militärstaates, in welchem der einzelne sich dem Wohl der Gemeinschaft unterzuordnen hatte. Um 4900 einte Gorgias I. zwanzig Welten durch Gewalt und eine kluge Bündnispolitik. Hundert Jahre später hatte er die ursprünglichen Humanoiden des Sternhaufens ausgerottet und den Hybriden beherrschenden Einfluß verschafft ...«

Lügen. Gorgias I. hatte sein Leben gegeben, um die Interessen der Föderation zurückzudrängen und ihre Träger zu vertreiben.

»... Besucher von der Erde, die das Reich im Laufe der nächsten Jahrhunderte besuchten, gewannen den Eindruck, daß die Herakliden fleißige Arbeiter waren, die ihre persönlichen Ziele der Zukunft des Reiches und seiner Macht unterordneten. Viele Historiker sind der Ansicht, daß der Krieg durch ein Versehen ausgelöst wurde, aber die Repressalien, denen die Erdenbewohner seitens der Herakliden ausgesetzt waren, wurden mit solch wildem Haß durchgeführt, daß die Erdföderation, nachdem 5148 endlich der Krieg erklärt worden war, sich zu einer de facto-Ausrottungspolitik gegenüber dem Feind gezwungen sah; nichts anderes war wirksam...«

Niemand erwähnte jemals die Stützpunkte der Föderation und ihre bewaffneten, ausbeuterischen Kolonien, die sich nach der Bildung des Reiches weigerten, sein Hoheitsgebiet zu verlassen oder – nach Jahrhunderten der Existenz innerhalb der Grenzen des Reiches – die Regierung und ihre Gesetze anzuerkennen.

»... Im Kampf war es fast unmöglich, unter den Herakliden Gefangene zu machen. Die wenigen, die in Gefangenschaft gerieten, fanden gewöhnlich Mittel und Wege, sich selbst zu töten, und oft nahmen sie ihre Bewacher mit sich...«

Unerwähnt blieb die menschenunwürdige Behandlung der Gefangenen, ihre systematischen Demütigungen mit dem Ziel, sie in sinnlose Raserei und den Selbstmord zu treiben.

»... Um 6200 lag das Reich in Trümmern. Es folgten drei ruhige Perioden, die jeweils etwa fünfzig Jahre dauerten. Aber zahlreiche Splittergruppen waren der Vernichtung entgangen und setzten den Kampf als Kleinkrieg fort, plünderten und zerstörten Kolonien der Föderation...«

Gorgias war stolz auf diese tapferen Überlebenden, die in hoffnungsloser Lage nicht aufgegeben und allein den Kampf fortgesetzt hatten.

»... Zu den bekanntesten Führern dieses Kleinkrieges wurden im weiteren Verlauf Gorgias IV. und sein gleichnamiger Sohn. Der Vater war bei Kriegsende ein junger Offizier und wurde niemals gefangen. Gerüchten zufolge starb er um 6600 im Alter von nahezu fünfhundert Jahren und hinterließ die noch vorhandenen Hilfsquellen und den alten unbeugsamen Widerstandsgeist seinem Sohn, der allem Anschein nach noch immer auf freiem Fuß und im Besitz des Flüsterschiffes seines Vaters ist…«

Hörte er da einen Anflug von Bewunderung heraus?

»…Gorgias' Sohn ist zeitlebens ein Terrorist im Namen unbestimmt definierter politischer Ziele gewesen. Vor zwanzig Jahren wurde angenommen, daß sein Flüsterschiff Opfer eines Unfalls geworden sei, da seine Angriffe plötzlich aufhörten. Jagdgruppen gehen Jahr für Jahr hinaus und versuchen ihm nach jedem neuen Angriff auf die Spur zu kommen, bislang aber ohne Erfolg, obwohl die Suchaktionen mit großem Aufwand durchgeführt werden. Es scheint sicher, daß Gorgias V. der letzte und zugleich findigste der Männer ist, die den Kampf nach dem verlorenen Krieg fortsetzten. Viele bezweifeln, daß es gelingen wird, ihn zu töten oder gefangenzunehmen.

Fünftausend Herakliden überlebten den Tod ihres Reiches, immer auf der Flucht von einer ihrer Heimatwelten zur nächsten, als diese nacheinander sterilisiert wurden. Heute leben Herakliden weit verstreut über fünfzig Sternsysteme im Korridor der Föderation, wo sie als Ausgestoßene behandelt werden. Im Gegensatz zu Gorgias sind sie heute harmlos und friedfertig. Eine Gruppe hat auf Myraas Welt, benannt nach der heraklidischen Frau, die an der Spitze der Erweckungsbewegung steht, einen Kristallisationspunkt gefunden und sich einem religiösen Kult zugewandt…«

Arme Myraa, dachte er: Ein Leben zwischen Schatten und Selbsttäuschungen.

»…Legenden zufolge soll eine Armee von Herakliden in die Kleine Magellansche Wolke entkommen sein, einhundertsiebzigtausend Lichtjahre jenseits der Galaxis ...«

Eines Tages werde ich sie finden, gelobte Gorgias.

»... Sie unter all diesen entfernten Sternen ausfindig zu machen, wäre eine unmögliche Aufgabe. Doch selbst wenn die Armee existierte, wie wirksam könnte sie heute als Streitmacht sein? Würde die nachgewachsene Generation ein Verlangen haben und bereit sein, den Kampf fortzusetzen? ...«

Die Armee könnte in Stasis sein, dachte Gorgias, kampfbereit und in Erwartung eines Führers, der sie einsetzen würde.

»... In militärischen Kreisen geht man heute davon aus, daß Gorgias über einen versteckten Stützpunkt verfügt, wo er sein Schiff ausrüsten und versorgen kann. Dort könnte sich aus Kriegszeiten ein Arsenal befinden, das eine Gefahr darstellen würde, falls es Gorgias gelingt, eine Armee aufzustellen. Selbst eine kleine Streitmacht könnte großen Schaden anrichten, wenn sie mit einigen der legendären Waffen des Reiches ausgerüstet wäre ...«

Alle Waffen sind vorhanden, dachte er, und einsatzbereit.

»... Das Flüsterschiff ist eine dieser legendären alten Waffen, ein praktisch unzerstörbares Schiff, das nach dem Hörensagen mit der Persönlichkeit des Kommandanten verbunden ist und sich selbst bei seinem Tod oder wenn die Verbindung durch irgendein anderes Ereignis unterbrochen wird, mit großer Gewalt zerstört.

Es gibt keine Liste der Waffen, von denen einige in die mittlere Epoche des Reiches zurückreichen. Als Gefahr werden vor allem jene Waffen betrachtet, die gegen Ende des Krieges entwickelt wurden und Waffenkonstrukteure wie Militärhistoriker bis heute faszinieren ...«

Die entscheidende Waffe existierte, dachte Gorgias,

aber sie war zu spät gekommen, um noch mit Aussicht auf Erfolg eingesetzt zu werden. Seit dem Tod seines Vaters hatte er nach ihr gesucht, und eines Tages würde er sie finden.

»... Einer der Gründe für die völlige Zerstörung der Heimatwelten des Reiches war ihre Rüstungskapazität und der beängstigend hohe Stand der Waffenentwicklung. Die Konstrukteure und Techniker der Herakliden mußten mit ihren Fabriken vernichtet werden, um den Krieg abzukürzen und sie daran zu hindern, Waffen bereitzustellen, die den Konflikt zu ihren Gunsten hätten wenden können ...«

Es gab noch immer ein paar Orte, wo er nicht gesucht hatte. Die entscheidende Waffe *mußte* existieren.

»... Obwohl ihm mehrere Male eine Amnestie angeboten worden ist, hat Gorgias nicht darauf reagiert ...«

Und ich werde es nie tun, du Dummkopf. Die Amnestie war bloß ein durchsichtiges Manöver, um die Kontrolle über das Flüsterschiff zu gewinnen.

»... Der Kult der Herakliden auf Myraas Welt wird beherrscht von der Vorstellung dessen, was ›Persönlichkeitsverschmelzung‹ genannt wird – einem angestrebten Schritt auf dem Weg zu einem Omega-Punkt geistiger Entwicklung, dem praktischen Ende einer beobachterorientierten, integrierten Wissenschaft. Die theoretische Grundlage ist ziemlich vage, durchsetzt mit esoterisch-religiösen Vorstellungen und Erwartungen einer überpersönlichen Gesellschaft und einem Hinaustreten in eine neue Wirklichkeit, als ob man aus einem Traum in einen anderen erwachen könnte. Unnötig zu sagen, daß diese Behauptungen von der seriösen Wissenschaft nicht ernst genommen und als eine eskapistische Heilslehre betrachtet wird. Die Teilnahme am Kult ist Herakliden vorbehalten, doch gibt es auf Myraas Welt nur ein paar hundert Überlebende, woraus geschlossen werden kann, daß er selbst unter den weit verstreuten Angehörigen des eigenen Volkes nicht sehr viele Anhänger gefunden hat.

Zum Teil mag diese geringe Resonanz mit der Entlegenheit der Welt zusammenhängen, die sich weit draußen am galaktischen Rand befindet, außerhalb des Korridors der Föderation. Astronomen betrachten das System als eines von einer Kette ähnlicher Sternsysteme, die in weiten Abständen die Spiralarme unserer Galaxis mit den Magellanschen Wolken verbinden, welche als losgerissene Teile unserer Galaxis anzusehen sind. Es wurde wiederholt behauptet, daß Gorgias den Planeten gelegentlich besucht, doch konnten trotz längerer Überwachung keine Beobachtungen gemacht werden, die dies bestätigten.

Leiter und Koordinator der Suchaktionen ist seit mehreren Jahren der bekannte Psychologe und Historiker Rafael Kurbi, der mehrere Werke über das Herakliden-Problem veröffentlicht hat. Er betrachtet die meisten historischen Darstellungen des Krieges als verzerrt und ungenau und argumentiert, daß die oft als Verrücktheit apostrophierte berserkerhafte Raserei des Feindes nur scheinbar sei, vielleicht eine Funktion ihrer hohen, aber normalen Stoffwechselrate, möglicherweise aber auch ihrer Gesellschaftsstruktur, die bestimmte kriegerische Werte – unter den damaligen Umständen durchaus folgerichtig – feierte und belohnte. Da wir langsamer leben, erscheine uns das Verhalten der Herakliden zwanghaft. Ferner weist Kurbi darauf hin, daß die kriegerischen Unternehmungen der Herakliden nach Eröffnung der Feindseligkeiten nicht als artspezifisch gesehen werden können. Die Menschheitsgeschichte kenne zahlreiche dokumentierte Fälle gleicher oder ähnlicher Verhaltensweisen. Kurbi liebt es, seine Schlußfolgerungen mit Bergen von Zitaten aus alten Geschichtsquellen zu belegen, größtenteils aus den Zeiten vor dem Aufkommen der Raumfahrt. Diese Form von historischer Grundlagenforschung hat seinen Ansichten in den letzten Jahren einigen Einfluß verschafft...«

Gorgias begann Kurbi beinahe sympathisch zu finden.

»...Dennoch werden Kurbis Thesen bis heute von der Mehrzahl seiner Fachkollegen abgelehnt. Diese führen die ökologische Katastrophe auf Mars II an, der vom Einschlag eines großen Asteroiden weithin verwüstet wurde und als Folge davon jahrelang unter einem deutlichen Rückgang der durchschnittlichen Jahrestemperaturen zu leiden hatte. In der Frage, ob Gorgias diese Katastrophe herbeiführte, indem er den Asteroiden auf einen Kollisionskurs brachte, oder ob er ein Naturereignis propagandistisch für sich ausnutzte, sind die Meinungen allerdings geteilt...«

Solche Meinungsverschiedenheiten hatten die Suche nach ihm behindert und verlangsamt, also waren sie nützlich: Gorgias fragte sich, ob Kurbi erkannt hatte, daß die Föderation den großen Krieg aus Neid geführt hatte, in Sorge, daß die Welten des Sternhaufens in Wissenschaft und Kultur einen beherrschenden Einfluß auf die Welten im Korridor erringen würden. So verdient er sich mit seinen Bemühungen machte, die herrschende, einseitig verzerrte Geschichtsschreibung einer sachlichen Revision zu unterziehen, auch er wagte es nicht, die ganze Wahrheit aufzudecken. Warum unterließ er es, auf die systematische Kriegshetze der Föderation lange vor Ausbruch der Feindseligkeiten hinzuweisen? Hatte er verdrängt, daß Politiker und sogar Wissenschaftler der Föderation die Herakliden als Mißgeburten gebrandmarkt hatten, als eine Fehlentwicklung, die ausgelöscht werden müsse?

»...Vor diesem farbigen Hintergrund hat Marco Ruggiero sein neuestes Werk geschrieben, eine Perkussionskantate über ethische Themen aus dem Krieg gegen die Herakliden. Wir werden ihn unseren Hörern gleich persönlich vorstellen. Die Aufführung soll in der großen, für ihre vollkommene Akustik bekannten Stadthalle stattfinden. Die Kantate selbst ist stark beeinflußt von dem Gedanken der Völkerversöhnung, wie er von Rafael Kurbi und anderen propagiert wird. Und nun möchte ich Sie mit Marco Ruggiero bekanntmachen.

Maestro, wann erwarten Sie die Premiere Ihres neuen Projekts?«

»Ich denke, es kann in einem Jahr soweit sein.«

»Verbinden Sie mit der Aufführung des Werkes bestimmte Erwartungen?«

»Ja – ich halte es für denkbar, daß Gorgias nach der Aufführung aus dem Untergrund auftauchen und sich stellen wird.«

»Ist das nicht ein wenig optimistisch?«

»Keineswegs. Selbst die wilde Bestie wird von Schönheit bezwungen, heißt es. Im Ernst, ich glaube, er ist müde geworden.«

»Woraus schließen Sie das?«

»Mein Mitgefühl sagt es mir.«

Gorgias schaltete das Bild zu und betrachtete die beiden Männer. Ruggiero hatte das Gesicht eines Schwächlings, mit vorstehenden Vorderzähnen und buschigen Brauen – ein Mann, der versuchte, seinem mittelmäßigen Talent Ansehen zu verschaffen, indem er es mit großen Themen in Verbindung brachte. Der Interviewer stellte ein gekünsteltes Lächeln zur Schau und war offensichtlich ein wenig ermüdet vom Verlesen des Hintergrundmaterials, das man für ihn vorbereitet hatte. Sie waren alle beide Dummköpfe; aber einer war ein wichtiger Dummkopf, der sich nützlich machen würde. Gorgias schaltete die Aufzeichnung aus.

Das Jahr war um. Marco Ruggiero befand sich hier in der Stadt. Morgen abend würde er den Gipfelpunkt seiner künstlerischen Laufbahn erreichen. Nach der Vorstellung würden Exotinnen aus sechs Welten versuchen, ihn zu verführen. Alle Welt war entschlossen, das Ereignis höchst erbaulich zu finden.

Vor Monaten hatte Gorgias, als Durchreisender verkleidet, eine Eintrittskarte für das Konzert gekauft. Bei diesen kulturellen Ereignissen mußte man sich sehr frühzeitig um Karten bemühen, das hatte er gelernt.

Er schaltete den Bildschirm ein und blickte hinaus in den dunklen Ozean. Fische flohen aus dem Lichtkegel. Eine Krabbe bewegte sich seitwärts über den sandigen Boden und verbarg sich hinter einem großen Stein.

Gorgias wartete.

2. PERKUSSIONSKANTATE

»... daher dieser furchtbare Kampf, uns zu singularisieren, um in irgendeiner Weise in der Erinnerung anderer zu überleben ... dieser Kampf, tausendmal schrecklicher als der Lebenskampf ...«

– MIGUEL DE UNAMUNO

Die riesige Halle atmete mit den Stimmen vieler tausend Menschen. Das dumpfe Brausen erwartungsvoll gedämpfter Sprache umkreiste das schwarze Loch der dunklen Bühne, die bald die gesammelte Aufmerksamkeit des Publikums auf sich lenken würde.

Gorgias saß auf dem Eckplatz der letzten Reihe, gleich neben dem Ostausgang. Das kleine Bildschirmgerät auf der rechten Armlehne, wo er Nahaufnahmen der Solisten würde sehen können, war noch dunkel. Ungezählte Bürger der Föderation saßen zu Hause vor ihren Fernsehern und warteten auf den Beginn.

Er trug den einteiligen, anliegenden schwarzen Kampfanzug, den früher einmal die Soldaten des Reiches getragen hatten, komplett mit Rangabzeichen, sogar auf dem darüber getragenen schwarzen Uniformmantel. Niemand würde diese Verhöhnung unter der großen Vielfalt von Anzügen bemerken.

In den frühen Morgenstunden war er an Land geschwommen, Stiefel und Kleider in einem Bündel auf dem Rücken. Die Brecher der Brandung hatten es ihm schwergemacht und ihn mehrere Male umgeworfen, bevor er festen Boden unter den Füßen gefühlt hatte. Er war in einem billigen Hotel im Hafengebiet abgestiegen und hatte den Tag mit der Betrachtung lokaler Fernsehprogramme verbracht.

Kurz bevor er seinen Platz in der Halle eingenommen hatte, hatte er unter einer der rotierenden Linsen in der Reihe automatischer Videokameras, die in Bewegung gesetzt würden, wenn das Konzert begann, einen kleinen Schwingungsprojektor angebracht. Selbst er würde außerstande sein, vorauszusagen, aus welcher Richtung der unsichtbare Strahl zuschlagen würde.

Es war seltsam, unter so vielen Menschen zu sitzen. Er fühlte sich wie ein Eindringling, der Zeuge eines seltsamen Rituals ist. War ihm sein Unbehagen anzusehen? Er war dankbar, daß die Beleuchtung gedämpft war. Aufblickend, konnte er einen Stern durch die Reihe der in die große Kuppel eingelassenen Fenster blinzeln sehen, gerade als er von einer Wolke verdeckt wurde. Ein anderer zeigte sich, und Gorgias empfand das schwache Funkeln aus der Ferne vertraut und freundlich. Der Anblick von Sternen und des grauen Übergangsraums war ihm der vertrauteste Teil seines Lebens. Trotzdem war er von diesen Leuten ringsum nicht so sehr verschieden, daß man auf ihn aufmerksam werden mußte. Einstweilen war er ein Bürger dieser Stadt, mit Freunden, einer Stellung und Entscheidungen, die zu treffen waren.

Zwei Reihen vor ihm und etwas zur Seite wandte eine dunkelhaarige Frau den Kopf und sah zu ihm her, die Andeutung eines Lächelns um den Mund. Sie wandte sich ab, als er nicht reagierte.

Er sah auf seine Uhr. Das Licht an der Außenschleuse des untergetauchten Schiffes würde sich in anderthalb Stunden einschalten, um ihm Orientierungshilfe zu geben, wenn er vom Ufer hinausschwamm. Er versuchte sich vorzustellen, was schiefgehen könnte.

»Gebrauche deine Phantasie«, hatte sein Vater ihm immer gesagt. »Untersuche die abenteuerlichsten Ideen. Folge deinem Instinkt. Ein plötzlicher, halb geformter Argwohn kann dir das Leben retten. Aber unterschätze nie die einfache, gewöhnliche Vorgangsweise; sie könnte leichter und besser zum Ziel führen als die ausgeklügelte. Sei bald raffiniert, bald einfach und direkt – aber sei keines von beiden für längere Zeit.«

Das dumpfe Brausen des Stimmengewirrs legte sich. Die Beleuchtung verdämmerte in Dunkelheit. Ein Ring von Scheinwerfern leuchtete auf und tauchte die Bühne in taghelles Licht. Wie aus dem Boden gewachsen saß dort ein hundertköpfiges Orchester an den Instrumenten. Neben herkömmlichen Streichern und Bläsern gab es ungefüge elektronische Tonerzeuger mit übergroßen Knöpfen und Hebeln, am auffallendsten aber waren die massiven Batterien von Schlaginstrumenten. Zwei Pauken waren höher als die Männer, die sie zu bedienen hatten. Den Vordergrund der Bühne umgaben ein Celesta, Xylophone, sechs Konzertflügel, Triangel, ein Glockenspiel, hölzerne Rasseln, ein eiserner Amboß und zwei gigantische Holzblöcke mit frei an Ketten schwingenden Schlegeln. Und alle waren über Mikrophone mit Verstärkern verbunden.

Um das Maß des optischen Spektakels vollzumachen, war das Orchester so zusammengestellt, daß fünfzig männlichen Mitgliedern in einteiligen schwarzen Anzügen fünfzig weibliche in weißen gegenüberstanden.

Die Scheinwerferkegel verströmten jetzt farbiges Licht und übergossen die Musiker mit einem Kaleidoskop von Regenbogenfarben, die sich zuletzt in tiefblauem Dunst auflösten. Gorgias störte die erwartungsvolle Spannung im Publikum.

Trommelwirbel rollten durch die Stille vor der Schöpfung –stürmisches Aufbranden aus einem Abgrund durchbrach das dumpfe Rollen ...

Weißes Licht umfing Marco Ruggiero, als er eine Sängerin zum Mikrophon führte. Sie begann ein trauriges Lied in einem dünnen Sopran, kindlich aber anrührend und gefühlvoll aus der Nähe zeigte ihr Gesicht keine Anspannung.

Die Trommelwirbel verstärkten sich bedrohlich.

Gorgias ärgerte sich über die Störung um so mehr, als er die Aussage verstand. Von Anfang an würde es ein Krieg der Schönheit gegen die Häßlichkeit sein, des Guten gegen das Böse; das Thema war schon in der schwarzen und weißen Kleidung der Musiker angesprochen.

Trotz seiner Entschlossenheit, sich nicht wankend machen zu lassen, fand Gorgias, daß der Zauber des Liedes ihn gefangennahm; sein Schmerz rührte tief in seinem Inneren Saiten an, die in unvermuteten Gefühlsebenen vibrierten. Er träumte von Myraa, der Lieblichkeit ihrer Welt; er sehnte sich danach, ihr langes braunes Haar zu liebkosen. Und zugleich war es ihm eine Totenklage um sein dem Vergessen entrissenes Volk.

Das Lied ging im Dröhnen der Trommeln unter. Die riesigen Schlegel donnerten dumpf, alle Unschuld zerschmetternd, gegen ihre Holzblöcke. Amboß und Celesta klirrten wie das Klappern metallischer Zähne, Trommeln und Pauken donnerten, Xylophon und Triangel gellten, Klaviere hämmerten, die Bläser schmetterten über das Chaos, und unter allem rumorten die Bässe.

Der Lärm verausgabte sich in einer Orgie scheppernder Beckenschläge. Von unten stieg, zuerst fast unbemerkt, das von den Streichern getragene Thema einer heroischen Melodie auf und behauptete sich. Es war ein gut instrumentiertes, harmonisches Thema, durch den elektronisch verstärkten Streicherklang zu gewaltiger Tonfülle aufgeblasen …

… Plötzlich brach die Musik ab, als ob das Universum aufgehört hätte zu existieren …

… Aus der Stille stieg eine Umkehrung des heroischen Themas, schwoll zu monströsem Mißklang und verging.

Heroische Themen, Spiegelbilder, eines für jede Seite. Gorgias lächelte verächtlich über diesen Versuch zur Versöhnung. Wen wollte der Komponist damit überzeugen? Es gab nur einen Herakliden im Publikum, und niemand wußte davon. Es schien unglaublich, daß Ruggiero diese Sache ernst meinen konnte. Und doch hatte dieser naive Mensch recht gehabt – ein Heraklide war zu seinem Konzert gekommen, aus welchen Gründen auch immer …

Es folgte eine Wiederholung des ersten Themas, das sich bald dahinzuschleppen begann, verzerrt und häßlich wurde; sein Spiegelbild ließ nicht lange auf sich warten. Gorgias bemühte sich, Elemente von Ordnung herauszuhören, aber in der Umkehrung und Verzerrung fiel das Thema in Dissonanzen auseinander.

Aber dann nahmen die Streicher wieder das Thema des Liedes auf, das die Sopranistin gesungen hatte, und der Zauber nahm ihn abermals gefangen. Die einfache, traurige Weise zog ihn in den Bann ihrer zentralen Aussage. Er schloß die Augen und dachte an die ungezählten Herakliden, die in der Endphase des Krieges ermordet worden waren, verbrannt und verdampft und eingeschmolzen mit ihren Städten, ihrem Land, weil die Föderation sie als gefährlich und unbeeinflußbar eingestuft hatte, als genetische Fehlentwicklung. Sein inneres Auge sah die Verbrennung ganzer Welten, und er erinnerte sich des Gelübdes, das er vor mehr als fünfundzwanzig Jahren vor seinem Vater abgelegt hatte …

Lustlose Trommelsignale brachten das Ende dieses öden Werkes eines Komponisten plakativer Programmmusik, dem der Nachruhm nicht durch die Meisterschaft einer Komposition sicher sein würde, sondern durch die Umstände seines Todes.

Die letzten Trommelschläge verhallten, ein schwebender Streicherklang seufzte. Stille sprach in der Dunkelheit.

Die Lichter glommen auf. Gorgias drückte den Auslöser des Impulsgebers an seinem Handgelenk. Marco Ruggiero ergriff die Hand der Sängerin und begann seine Verbeugungen vor dem Publikum. Der Applaus war begeistert. Gorgias beobachtete das Gesicht des Komponisten auf dem Monitor, als die Kameras die Bühne mit ihrem unbewußten Blick erfaßten.

Der Applaus wurde lauter, dann versagte er, als Ruggiero plötzlich zusammenbrach. Die Sängerin beugte sich über ihn.

Das Publikum wurde unruhig. Schreie ertönten.

Die Lampen strahlten hell auf. Gorgias erhob sich. Andere Mitwirkende der Aufführung fielen übereinander, als sie dem Maestro Hilfe leisten wollten; auch die Sängerin brach wie in einem Operndrama über seinem Körper zusammen. Gorgias schritt durch den Gang hinaus ins Foyer. Er hatte bemerkt, daß die Waffe sich nicht ausgeschaltet hatte und ihre tödlichen Schwingungswellen weiteres Unheil anrichtete, während das Publikum entsetzt zusah.

Mit raschen Schritten durcheilte er das Voyer. Die Panik mußte jeden Augenblick losbrechen; bald würden die Ausgänge von Menschen verstopft sein. Der kurze Weg zum Hafen war menschenleer. Der Geruch von Salzwasser und Kloaken wehte ihn an, als er den Hafen erreichte und sich stadtauswärts wandte.

Der Himmel hatte sich inzwischen bezogen. Am Ende der Kaianlagen überstieg er den alten hölzernen Zaun und ging über den Strand. Gischtspritzer kühlten ihm das Gesicht, als er durch die Dunkelheit auf die geisterhaft schäumenden Fronten der anlaufenden Brecher zuhielt.

Am Rand der auslaufenden Gischt blieb er stehen und blickte zurück. Die wenigen Lichter des Hafens lagen seitab. Die Kuppel der Stadthalle erhob sich in einiger Entfernung über die Dächer niedrigerer Gebäude; aus dem Rund ihrer Fensteröffnungen strahlte helles Licht.

Er legte den Mantel ab und zog die Stiefel aus. Zusammen mit dem erschöpften Schwingungswellengenerator würden sie hinreichend beweisen, daß er hier gewesen war.

Er watete in die schwere Brandung hinaus, dann warf er sich vorwärts und durchbrach die anlaufenden Wellenkämme, zählte hundert Züge, als er auf die Position des Schiffes zuhielt.

Er tauchte. Das Licht über der Außenschleuse lag dreißig Meter unter ihm. Er zog sich mit kräftigen Bewegungen der Arme und Beine abwärts, aber es kam ihm ungewöhnlich lang vor, bis er die Hand auf das Tastfeld neben der Schleuse legen konnte. Sie öffnete sich, und er schwamm hinein. Als ein Teil des Wassers aus der Schleusenkammer gepumpt war, reckte er den Kopf über das absinkende Wasser, stieß die angehaltene Luft aus und atmete tief.

Endlich öffnete sich die innere Schleusentür. Er eilte in die Zentrale, ohne sich der nassen Kleider zu entledigen. Das Schiff hörte bereits die Meldungen des Lokalsenders ab.

Ein Kommentator beklagte gerade das tragische Ende einer großen Musikerlaufbahn; eine andere Stimme beschuldigte eine politische Partei des Mordes; ein dritter Gesprächsteilnehmer verlangte eine Untersuchung der allzu nachlässig gehandhabten Sicherheitsmaßnahmen. Auf der Polizeifrequenz jagten sich die Befehle und Meldungen.

»In tieferes Wasser«, befahl Gorgias und verspürte Befriedigung, als das Schiff rückwärts glitt. Nur ein anderes Flüsterschiff konnte ihm in solche Tiefen folgen; der Rumpf widerstand allen Waffen außer jenen, die während des Krieges von den Konstrukteuren der alten Herakliden entwickelt worden waren, und den ganz neuen, landgestützten Batterien der Föderation.

Die in einer Umlaufbahn wartenden Jäger würden bald wissen, daß er hier war; die Demütigung, die er ihnen zugefügt hatte, würde es offensichtlich machen.

3. Der Jäger

»Du bist ich, ich nur mit einem anderen Gesicht ...«

– Iwan Karamasow

Rafael Kurbi beobachtete die Vorgänge auf dem Bildschirm. Eine vieltausendköpfige Menschenmenge drängte in wogender Panik zu den Ausgängen der Stadthalle. Die Polizei hatte große Schwierigkeiten, eine Gasse freizuhalten, durch die medizinisches Personal mit Tragen zur Bühne eilte. Die leblosen Körper Ruggieros und seiner Mitopfer wurden auf die Tragen gelegt und weggebracht.

Er zweifelte keinen Augenblick daran, daß Gorgias den Komponisten ermordet hatte, obwohl schlüssige Beweise vielleicht nie gefunden werden konnten. Die Polizei suchte nach der Waffe; bekannte Verbrecher und Brandstifter wurden festgenommen und verhört; aber Kurbi wußte, daß das zu nichts führen würde.

Er beugte sich zum Mikrophon. »Achtung! Ich vermute, daß der Heraklide jetzt bald versuchen wird, Wolfe IV zu verlassen. Beobachten Sie die Nachtseite. Kapitän Milut, verständigen Sie die Behörden von unserem Verdacht, damit sie nicht irgendwelchen falschen Fährten nachjagen und Unschuldige festnehmen. Ruggiero ist tot, nicht wahr?«

Milut bejahte.

»Dieser Anschlag war seit längerem geplant.«

Kurbi schaltete um, und der Bildschirm zeigte die Weltkugel im vollen Licht ihres Zentralgestirns. Er lehnte sich zurück und versuchte sich zu entspannen. Gorgias mochte versuchen, den Planeten zu verlassen, aber es war ebensogut möglich, daß er ihre Geduld durch Warten auf die Probe stellen würde.

Nach fünfundzwanzig Jahren hatte Kurbi gelernt, daß es in Fragen, die Gorgias betrafen, keine Gewißheiten gab. Scharen von Jägern hatten enttäuscht und beschämt aufgegeben; andere hatten die Suche einfach als Beschäftigung akzeptiert und waren dann in den Ruhestand gegangen, ohne sich weiter zu sorgen. Kurbi war überzeugt, daß er den Herakliden im System Wolfe IV nicht fangen würde; es sah zu einfach aus. Irgendwie würde Gorgias sich aus der Affäre ziehen; später würden sie verstehen, was geschehen war.

Zehn Jahre Dienst in der Evakuierung und Wiederansiedlung der Überlebenden der Mars II-Katastrophe und fünf Jahre eines Medizinstudiums hatten bewirkt, daß man ihn zum Leiter der Jagd auf den Herakliden gemacht hatte, zum Koordinator der institutionalisierten Verfolgung eines Feindes, der niemals einen entscheidenden Schlag gegen die Föderation führen, gleichwohl aber eine weit verstreute Zivilisation in Angst und Schrecken versetzen konnte.

Er dämpfte die Beleuchtung, bis das reflektierte Licht des Himmelskörpers auf dem Bildschirm die meiste Helligkeit im Raum verbreitete. Er schloß die Augen, aber jede Dunkelheit beschwor die Vergangenheit herauf; immer verschaffte sie sich Geltung, wenn er auszuruhen oder zu schlafen suchte, und er hatte längst den Versuch aufgegeben, sie zu verbannen; die toten Jahre waren ein alter Freund, der lästig geworden war, nicht viel anders als sein Vorgesetzter, Julian Poincaré.

Er erinnerte sich, wie seine Einstellung zu Gorgias sich nach dem Angriff auf Mars II verändert hatte. Damals hatte er beschlossen, den Herakliden zu jagen, ihn notfalls sogar zu töten; aber Neugierde und eine tiefere Sorge waren Teil seiner Beweggründe geblieben.

»Ich kann mich sehen, wie ich eines Morgens aufstehe und hingehe, um ihn zu töten«, hatte er Julian gesagt, »außer ...«

»Was?«

»Ich möchte ihn lebend sehen«, hatte er geantwortet. »Wer kann eine Welt zerstören und danach mit sich selbst in Frieden leben?«

»Er würde wahrscheinlich sagen, daß du es viel zu persönlich nimmst. Verständlich, weil du es mitgemacht hast. Aber wir zerstörten seine Welt und töteten sein Volk. Alte Ungerechtigkeiten nähren seinen Haß, und er zahlt mit gleicher Münze heim. Wen trifft die Schuld? Gibt es eine gerechte Antwort oder nur Antworten, die niemandem gefallen?«

Fünfzehn Jahre später hatte er die entscheidenden Leute auf Erden endlich in einer Reihe von Diskussionen überzeugt, daß sie ihm die Möglichkeit geben sollten, Gorgias Bedingungen anzubieten. Die widerwillig getroffene Entscheidung war während einer Ruhepause zustandegekommen, als vermutet worden war, daß das Flüsterschiff verunglückt sei und man nie wieder von ihm hören würde.

Gorgias' Gedächtnis war zu lang, dachte Kurbi, während das ihrige zu kurz war. Die Taten des Herakliden im Laufe der letzten fünf Jahre hatten es unwahrscheinlich gemacht, daß mit ihm ein vernünftiger Friede geschlossen werden konnte, außer als ein Mittel, um ihn aus der Reserve zu locken.

»Wir haben es nicht mit einer richtiggehenden Streitmacht zu tun«, hatte Caddas gesagt, der alte Historiker, »sondern mit einem relativ schwachen Individuum, dem letzen seiner Art, so stark er uns auch erscheinen mag. Wir werden die Vergangenheit für alle Zeit falsch und verzerrt sehen, wenn wir nicht Frieden mit ihm schließen und seine Aussage hören.«

Die Kommission, vorläufig in den Dienst zurückgerufen, hatte Anweisung gegeben, daß der Heraklide lebend zu fangen sei; aber die Entscheidung war das Ergebnis eines Druckes gewesen, der von verschiedenen Seiten ausgegangen und von unterschiedlichen Interessen diktiert war. Die Historiker waren begierig, einen Überlebenden des großen Krieges zu befragen; vielleicht konnte er ihnen erhalten gebliebene Unterlagen der Herakliden geben, von sonstigen Gegenständen zu schweigen. Militärs und Rüstungsindustrie wollten das Flüsterschiff, das in ihren Augen wertvoller war als das Leben des Herakliden oder die Leben irgendwelcher Kolonisten, die er bei seinen Anschlägen noch töten mochte; ein Friedensschluß mit Gorgias eröffnete ihnen die Aussicht, seinen Stützpunkt und all das fabelhafte Kriegsspielzeug in die Hände zu bekommen, das dort vermutet wurde. Verhandeln Sie, wenn möglich, hatte man Kurbi angewiesen, aber vernichten Sie den Mann, wenn nötig. Die Mitglieder der Kommission hatten sich keine Blöße gegeben.

Ihre Arroganz hatte Kurbi früher einmal zornig gemacht; jetzt empfand er sie nur als unangenehm und lästig. Er würde tun, was er für richtig hielt; wie immer es ausgehen würde, niemand auf Erden würde in der Lage sein, etwas daran zu ändern; wenn es ihm gelänge, Gorgias gefangenzunehmen, würde ihm niemand mehr etwas anhaben können.

Jede neue Aktion des Herakliden verringerte die Wahrscheinlichkeit, daß mit ihm ein vernünftiger Friedensschluß möglich sein würde. Jede Seite war bestrebt, eine Vergangenheit zu überwinden, die nicht wiedergutzumachen war und nur zum Schweigen gebracht werden konnte. Im Gegensatz zu den Historikern und Militärs wollten die Kommissionsmitglieder keinen lebenden Gefangenen; und Gorgias wollte eine Föderation, die in Schutt und Asche lag.

Die Verfolger hatten die Fährte von Eisen IV aufgenommen, wo Gorgias allem Anschein nach das Abgangssignalfeuer zerstört hatte. Kurbi hatte sich den

Verfolgern kurz vor ihrem Eintritt in das System Wolfe angeschlossen. Er hätte die Absicht des Herakliden vielleicht erraten können, wenn er vom fehlgeleiteten Ehrgeiz des Komponisten gewußt hätte; aber in einem Korridor von hunderttausend Welten war es nicht möglich, über jeden Aspekt des kulturellen Lebens auf dem laufenden zu bleiben, mochte es noch so verarmt sein.

Die Hafenstadt Neu-Bosporus zeigte sich auf dem Bildschirm. Wolken trieben vom Ozean herein, Vorboten des Wirbelsturms, der westwärts zog.

Ein Jäger lernt seine Beute kennen, lautete ein alter Spruch, aber Kurbi fragte sich, ob Gorgias sein würde, wie er ihn sich vorstellte. Würde es möglich sein, von Mann zu Mann mit ihn zu sprechen? Oder würde der Heraklide ein verdrehtes, unerreichbares Anderssein zur Schau stellen? Kurbi hoffte auf eine Insel der Vernunft in dem Herakliden, einem Ort, der frei geblieben war von den Ängsten und Haßgefühlen einer schrecklichen Geschichte, deren blutige Flutwelle Gorgias an den fremden Strand der Gegenwart gespült hatte. Wenn er sein inneres Wesen erreichen könnte, dachte Kurbi, würden die von der Vergangenheit geprägten Verhaltensmuster vielleicht wie eine alte Maske aus sprödem Ton abfallen. Würde die zurückbleibende Persönlichkeit ein zerbrochenes Individuum sein? Würde es barmherziger sein, ihn zu töten, statt das Gewebe seiner Realität zu zerreißen? Wer konnte den so um alles gebrachten Herakliden wieder aufrichten, ihm eine andere sinnvolle Existenz bieten? Es war keine ungerechte Welt, in der sich Tatsachen und Ereignisse mit einer kleinen Prise von freiem Willen vermischten. Ohne Rechtsprechung ging es nicht; sie war wie ein flackerndes schwaches Licht, das ständig von neuem entzündet werden mußte …

Stand es Gorgias überhaupt frei, sich zu ändern? War es vernünftig, zu erwarten, daß er die Ausübung des Willens und der Macht, mit denen er aufgewachsen war, aus freien Stücken aufgeben würde? Er hatte niemals etwas anderes gekannt als die Vision seiner selbst als Rächer vergangenen Unrechts, der die Herrschaft böser und grausamer Unterdrücker brechen mußte.

Kapitän Miluts Gesicht erschien in einem Ausschnitt des linken unteren Bildschirmwinkels. »Soweit nichts«, sagte er.

»Halten Sie weiter die Augen offen«, erwiderte Kurbi. Der Ausschnitt verschwand. Milut war ein guter Offizier, aber er sprach niemals über sich selbst; seine Persönlichkeit blieb ein Buch mit sieben Siegeln.

Beim Betrachten der blaugrünen Weltkugel überlegte Kurbi, warum intelligente Menschen den Sternen nicht einfach den Rücken kehren und sich der Umwelt dieser schönen Inseln hingeben konnten, die in der Tiefe schwammen. Der Blick aus dem Raum lud wie eine Abendstimmung zu transzendentem Sinnen ein, erregte die Sehnsucht nach dem, was jenseits der Sinneshorizonte lag. Das Sternenmeer im schwarzen Nichts förderte das Interesse am Abgrund des Todes, am Sturz in die Gefahr, an dem Lockruf, der, stets doppelsinnig, von der anderen Seite der Realität herüberdrang, von welcher Art diese auch sein mochte. Er erinnerte sich der Zeilen zweier vergessener Dichter, die er sich immer zusammen gedacht hatte: »Ich kam aus der Mitternacht des neunten Mondes, und eines Tages wird der Tod ein stiller Schritt in süße, reine Dunkelheit sein ...« Aber in diesem Zeitalter gab es eine weite Spanne zwischen Geburt und Tod, eine Barriere von Langlebigkeit, die Wachstum jenseits des bekannten Lebens, wenn ein solches existierte, verhinderte ...

Es lag Trost im Spekulieren, im Hinausgreifen über die Endlichkeit des alten, ererbten Selbst ...

Außenstehende beurteilten die fast alterslose Langlebigkeit der Erdgeborenen als blasphemisch, als ein

Verstoß gegen das ewige Naturgesetz von Werden und Vergehen, ein Hindernis im endlosen Fluß der Erneuerung aus dem Prozeß natürlicher Reproduktion. Aus Lebensgier und blindem Egoismus suchten die Erdgeborenen ihre eigene Nachwelt zu werden. Man erzählte sich ungezählte Witze über die sonderbaren medizinischen Praktiken, mit denen sie ihre Virilität zu erhalten suchten, und über die öde Langeweile ihrer langfristigen Zukunftsperspektiven. Aber noch immer waren die äußeren Welten angewiesen auf die Erfindungsgabe und den Kenntnisreichtum der alten Heimat. Führende Persönlichkeiten der außenliegenden Welten betrachteten politische oder wirtschaftliche Macht als ein Mittel, durch das sie an den Segnungen irdischer Biotechnik teilhaben und ihrem natürlichen Tod entrinnen konnten. Eines Tages würde die gesamte Länge des Föderationskorridors von den Technikern, Erfindungen und Luxusgütern leben, die auf der Erde entwickelt worden waren und nun gegen Rohstofflieferungen allmählich auch ihren gierigen, aber voreingenommenen Kindern zugute kamen.

Auf den äußeren Welten gab es wenige, die Marco Ruggiero eine Träne nachweinen würden. Gorgias hatte den Stolz und das Selbstbewußtsein der Bewohner von Wolfe IV verkannt. Behörden und Polizei würden noch eine Weile nervös sein und über verbesserte Sicherheitsmaßnahmen beraten, aber sobald die Verantwortlichkeit hinlänglich zerstreut und aufgelöst wäre, würde man den Mordanschlag vergessen.

Zielscheibe des Herakliden war die Erde gewesen, wo die Gewissensbisse noch nagten und nicht so leicht überwunden werden würden. Dort würde man noch eine Weile an der Beleidigung zu kauen haben, immer in Sorge, daß Gorgias eines Tages imstande sein möchte, mehr zu tun als ihren Stolz zu verwunden.

4. Der feurige Umhang

»Weil Gott sein unerbittliches Geschick
zwischen mein trotziges Herz und sein
Verlangen setzte,
schwur ich, das eiserne Tor zu zerbrechen,
emporzusteigen und Ihn auf Seinem Thron
von Feuer zu verfluchen.«

– Rupert Brooke

Das Flüsterschiff glitt still aus dem dunklen Ozean und schwebte langsam nach oben in den Orkan, ruhig im Griff seines Antriebsfeldes. Gorgias spähte voraus; die Wolkenwand lichtete sich. Das Schiff trat in die sonnige Windstille im Zentrum des Wirbelsturns ein und wechselte in den Absprungraum.

Die Jäger würden nach einem Schiff Ausschau halten, das die Atmosphäre verließ, bevor es den Wechsel vollzog. Ein so frühzeitiges Überwechseln war im allgemeinen ein gefährliches Unterfangen, weil die Unbestimmtheit von Entfernungen im Absprungraum in Rechnung gestellt werden mußte, aber dieser Faktor lag innerhalb der konstruktiven Grenzen des Schiffes.

Verwischte Striche erschienen auf dem Bildschirm. Die Jäger hatten nicht lange gebraucht, um zu erraten, was er getan hatte.

»Zurückwechseln«, sagte er.

Das Schiff trieb im normalen Kontinuum. Er zählte bis fünf.

»Wieder zurück – minimale Geschwindigkeit.«

Das Schiff vollzog den Wechsel, und er blickte voraus. Die Ortung zeigte, daß die Jäger in ihrem Eifer über das Ziel hinausgeschossen waren. Es würde ein Weilchen dauern, bis sie ihren Fehler bemerkten.

»Kurs auf den Stern«, befahl er und erwartete Widerspruch, aber das Schiff gehorchte.

Das Manöver war ziemlich kompliziert, und er bezweifelte, daß die Jäger den Mut haben würden, ihm zu folgen; und selbst wenn sie sich dazu entschlössen, würden sie zu spät kommen. Sie würden erfahren, was er getan hatte, aber es würde ihnen nicht gelingen, seine Richtung zu fixieren, sobald er auf der anderen Seite herauskäme.

Das Manöver war mit einiger Gefahr verbunden; er mußte mit den verschiedenen Feldern des Sterns spielen, die auch im Übergangsraum als Kräfte wirksam waren, aber seine Fährte würde im Herzen eines Glutofens enden.

Eine dreidimensionale Karte erschien auf dem Bildschirm, als er sich dem Stern näherte. Bewegliche farbige Linien markierten das Schwere- und Magnetfeld des Sterns in der normalen Raumzeit und spiegelten mit ihren Verschiebungen die Realität des stellaren Gleichgewichts zwischen der nach innen gerichteten Gravitation und der nach außen gerichteten thermonuklearen Expansion. In einem Augenblick war die Darstellung eine Serie von Kreisen, im nächsten Würfel in Würfeln mit aufgesetzten Dreiecken. Die Karte war ein adäquates quantitatives Modell, ein Beispiel fließender Geometrie, wie sie für die Navigationsprogramme des Schiffes notwendig war, weil sie die wesentliche Realität des Sterns einfing.

Die Linien der schematischen Darstellung wurden rot und signalisierten, daß das Schiff in den Stern eingedrungen war. Gorgias umklammerte die Armlehnen und spannte alle Muskeln; er durchstieß einen bedeutenden Spannungspunkt der Realität, wo selbst ein Flüsterschiff auseinandergerissen werden konnte, wenn etwas schiefging.

Er beobachtete den Bildschirm und suchte nach Zeichen von Instabilität in der Transitbahn. Das Modell pulsierte, herzartig in seiner roten Abstraktion, blutlos, verglichen mit dem furchtbaren Herzen von Feuer, das im vertrauten Kontinuum existierte ...

Die Primärfarben des Modells erschienen wieder, als sich das Pulsieren verlangsamte. Das Schiff schoß auf der anderen Seite hinaus. Gorgias atmete auf; er wußte jetzt, daß er das Manöver wiederholen konnte.

»Heimwärts«, sagte er zum Schiff.

Sein Zuhause war noch immer der Stützpunkt seines Vaters, auch nach dessen Tod. Es war damals ein anderes Universum gewesen, gestern und vor fünfundzwanzig Jahren; eine andere Person hatte das Begräbnis veranstaltet; eine andere Person hatte Vergeltung gelobt, bevor sie in den gequälten Schlaf des Stasisfeldes eingegangen war. Wortlos erneuerte Gorgias den Treueid, den er der tiefen Erbitterung in seiner Brust abgelegt hatte; eines Tages würde ihre volle Energie entfesselt, und seine alten Feinde würden vor ihm fliehen.

Der Bildschirm klärte sich, und er hielt Ausschau nach den Markierungen seiner Verfolger; die graue Fläche war leer, enthüllte nur die Unwirklichkeit des Übergangsraums mit ihren schwarzen Sonnen und wechselnden Perspektiven. Während er hinsah, wurde das Kontinuum aschfahl und warf grellen Schein in die Zentrale; der Durchgang durch diesen Raum skelettierter Realität war noch immer ein langsames Sterben.

Gorgias suchte seiner Ankunft im Stützpunkt mit Optimismus entgegenzusehen. Dort konnte er der künstlichen Intelligenz des Schiffes weitere Gedächtniseinheiten hinzufügen. Er konnte seine Durchforschung des Arsenals fortsetzen und würde diesmal vielleicht die Waffe finden, die ihm Überlegenheit gegenüber den Erdgeborenen verschaffen würde. Das Arsenal enthielt Tausende von Waffen, von denen er viele Systeme noch nicht gemeistert hatte; eines Tages würde es seine Aufgabe sein, andere in ihrem Gebrauch zu unterweisen; er mußte darauf vorbereitet sein.

Wieder dachte er an die Armee und fragte sich, wie das Leben in der Kleinen Magellanschen Wolke für sie sein würde. Es war seine Pflicht, daß er sich auf die Suche nach dieser Armee machte. Sie war die Voraussetzung zu einer offensiven Strategie …

»*Wenn sie noch existiert*«, sagte seines Vaters Stimme in ihm. Die Armee befand sich wahrscheinlich in Stasis und wartete kampfbereit; mit ihrer gesamten Ausrüstung und zwanzig Divisionen Feldstärke hatte sie vermutlich eine ganze Welt besiedelt …

Gorgias stand auf und ging nach achtern, wo er der Essenausgabe eine Mahlzeit entnahm und zu Bett ging.

Eine Zeitlang schlief er tief und traumlos, aber später erschienen beunruhigende Bilder. Er stand am Rand eines Abgrundes, mit einer schweren Last auf dem Rücken, die ihn niederdrückte in den schwarzen Raum zu seinen Füßen; er war wie gelähmt in seinem Traum, unfähig aufzuwachen …

Eine Ewigkeit verging.

Er blickte über die galaktische Ebene hinaus zur leuchtenden Verdickung ihrer Nabe. Riesige Glühwürmchen umdrängten sie, die Kugelsternhaufen in ihren Umlaufbahnen; eine von diesen glitzernden Welteninseln enthielt den ausgebrannten Schlackenhaufen, der einmal seine Heimat gewesen war …

Gedanken übersprangen die Leere und suchten in ihn einzudringen; er wollte sie aufnehmen, doch gelang es ihm nicht, sie vollständig zu umfassen …

Myraa öffnete die Augen, und er blickte aus ihr heraus, fühlte ihre Gegenwart um sich, getrennt von seiner geistigen Sphäre. Plötzlich wurde er von ihren Augen zurückgeworfen, um endlos in eine Eiswüste hinabzufallen …

Julian Poincaré, inzwischen hochrangiger Leiter des Geheimen Nachrichtendienstes, erschien auf Kurbis Bildschirm. »Na, ist er euch wieder entwischt?« Seine Stimme war leiser als gewöhnlich, und vom manchmal verwirrenden Humor des Mannes war diesmal nichts zu spüren.

Kurbi erzählte ihm von Gorgias' neuem Manöver. »Es besteht so gut wie keine Aussicht, eine erkennbare Fährte zu finden. Er kann in jede Richtung davongeflogen sein.«

Das Bild wackelte und verzerrte sich für einen Moment, als ob Poincarés Ungeduld die Verbindung mit der Erde durch den Übergangsraum plötzlich gestört hätte.

»Er wird wieder auftauchen«, sagte Kurbi mit dem Wissen, daß es mehr Verluste an Menschenleben bedeuten würde. »Wir können von Glück sagen, daß wir seine Anwesenheit überhaupt bestätigt gefunden haben.«

»Wo als nächstes?«

»Myraas Welt – ich weiß nicht, wann, aber ich bin überzeugt, daß wir ihn dort früher oder später fangen können.«

Julian schüttelte den Kopf. »Das sagst du schon seit Jahrzehnten.«

»Wir haben von dort das Flüsterschiff verfolgt.«

»Nur einmal und ohne Erfolg. Ich glaube dir, aber es wird schwierig, meine Zuversicht den hohen Tieren um mich zu vermitteln.«

Das Gefühl von Dringlichkeit verstärkte sich wieder in Kurbi. Er mußte den Herakliden finden, ein Gespräch mit ihm führen und ihm verständlich machen, daß erhalten werden mußte, was an Kenntnissen über seine Kultur und sein Volk noch erhalten war. Mit Gorgias' Tod würde ein wichtiger Zugang zur Vergangenheit verschüttet sein. Es würde Schwierigkeiten bereiten, die Geschichte der Föderation richtig zu verstehen, ohne das in seinem Besitz befindliche Material mit aufzunehmen. Es war schlimm genug, daß mit dem Volk der Herakliden alle stimulierenden Unterschiede der Kultur, der Überlieferung und des Brauchtums untergegangen waren, die alle Zivilisationen zur Erneuerung ihrer Lebenskraft benötigten. Vor drei Jahrhunderten hatte die Föderation einen stolzen Feind vernichtet und den wenigen Überlebenden den Rücken gekehrt. Dieser Verlust, der Vernichtung Karthagos durch die Römer ähnlich, bedrückte Kurbi, der sich persönlich betrogen fühlte. Der Konflikt hatte schließlich nur eine Seite der heraklidischen Kultur enthüllt. Wie stand es mit den Wissenschaften, der Musik, Dichtkunst und Philosophie? Waren Werke als Aufzeichnungen erhalten geblieben? Gorgias mochte sich alles dessen, was in seinem Besitz überlebt hatte, nur unvollkommen bewußt sein. »Hättet ihr ihm nicht durch den Stern folgen können?« fragte Julian.

»Vielleicht – aber bis wir ihn passiert hätten, wäre das Flüsterschiff auf und davon gewesen und hätte uns keine Spur hinterlassen. Der Stern hätte alle Zeichen seines Durchgangs ausgelöscht. Weiter draußen könnte eine Spur aufgenommen werden, aber er wird weit entfernt sein und sich der Nachforschung durch weitere Manöver entzogen haben, bis wir sie finden.«

»In der Vergangenheit hat er mehr Zeit und Raum zwischen seine Unternehmungen gelegt«, sagte Julian.

»Du möchtest ihn tot sehen. Gib es zu.«

»Ja – wenn er so weitermacht. Du denkst selbst so. Dann wird es für uns keine andere Wahl geben.«

Kurbi dachte an die überlebenden Herakliden auf Myraas Welt. Gorgias war der Typ eines energischen und intelligenten Führers, der versuchen würde, sie aus dem Stoizismus aufzurütteln, in den sie sich nach der Niederlage geflüchtet hatten.

»Vielleicht brauchst du eine Ruhepause«, sagte Julian. »Wann sah ich dich zuletzt persönlich?«

»Ich muß diese Sache bis zum Ende weiterverfolgen.«

»Dir oder ihm zuliebe?«

»Ich werde zu Myraas Welt gehen.«

»Dabei will ich dir nicht im Wege stehen, jedenfalls nicht bis zu einem bestimmten Punkt – aber wenn du ein Schiff verlierst, oder wenn er zuschlägt, und es gibt größere Verluste an Menschenleben, wird jemand mich zum Frühstück verspeisen wollen.«

»Sie werden dich wieder ausspucken«, antwortete Kurbi. »Du würdest zu bitter schmecken.«

Poincaré schnaubte, warf die Hände hoch und unterbrach die Verbindung.

Kurbi sah sein eigenes Gesicht in der glänzenden grauen Oberfläche des Bildschirms. Im Alter von fünfundsiebzig begannen sich die Falten zu zeigen, aber sein Haar war noch dunkel; seine äußere Erscheinung würde sich bis zu seinem zweihundertsten Jahr nicht wesentlich ändern, wenn er nichts tat; mit Verjüngungsmaßnahmen würde er noch viel länger bleiben, wie er war.

Er versuchte sich sein Leben vorzustellen, wie es sein mochte, nachdem die Jagd auf den jungen Gorgias vorüber wäre. Der Heraklide war jung nur für die Verhältnisse seiner Art, doch Kurbi sah ihn gefühlsmäßig immer als einen jüngeren Mann. Er dachte an Grazia, nun schon seit drei langen Jahrzehnten tot … die zerbrechliche Grazia mit der durchsichtigen Haut, dem langen schwarzen Haar und den großen traurigen Augen, eine exotische Blume, die plötzlich aus dem Garten der Erde gerissen worden war. Er sah sie im Schwimmbecken, im Gras liegen und sich sonnen, und er erinnerte sich der unbestimmten Angst, die ihm damals in den Sinn gekommen war, vielleicht, weil die Zukunft ihren Schatten schon in eine glückliche Gegenwart geworfen hatte …

…Der Hängegleiter sank plötzlich unter den Rand des Kliffs…

Er war dankbar, daß er nicht hatte sehen müssen, wie der Gleiter gegen die Felswand geprallt war. Im Rückblick schien die Kette der zu ihrem Tod führenden Ereignisse unausweichlich, gebunden durch eine eiserne Determiniertheit; er war nicht in der Lage gewesen, etwas daran zu ändern, und selbst in einer unendlichen Zeit würde es niemals rückgängig zu machen sein.

Er erinnerte sich seiner Zeit der Wanderschaft, als er in den Ringwelten nach Frieden gesucht hatte und von einem Habitat zum anderen gezogen war; er hätte die schreckliche Erinnerung schließlich verdrängen können, doch hätte es den Verlust von zuviel anderem bedeutet; er wäre ein anderer Mensch geworden.

Die Jagd auf Gorgias hatte ihm eine nützliche Aufgabe gestellt, seinen Intellekt und sein Gefühl zur Lösung eines Problems aufgerufen, das vielleicht keine Lösung hatte. Das Gefühl von Dringlichkeit war immer gegenwärtig – Gorgias tötete Bürger der Föderation, und es war möglich, wenn auch unwahrscheinlich, daß er mit der Zeit verschiedene Randwelten überzeugen könnte, daß es sich lohnen würde, gegen die Autorität der Föderation aufzubegehren.

Die beste Lösung würde sein, daß Gorgias kapitulierte, sein Schiff und den Stützpunkt übergab und sich auf Myraas Welt zurückzog, wo er helfen könnte, den Lebenswillen der restlichen Herakliden zu stärken, daß sie sich wieder vermehrten und eines Tages vielleicht zum Herkules-Sternhaufen zurückkehren könnten, um ihre zerstörte Kultur wiederaufzubauen.

Plötzlich erkannte Kurbi, daß die Zukunft, die er Gorgias wünschte, ziemlich genau dem entsprach, was ein Mann seinen Kindern wünschen mochte, aber die Realität drohte anders zu sein: Gorgias schien so unerreichbar wie Grazia.

Kurbi konnte die Verfolgung nicht aufgeben. Sie würde auf eine konstruktive Art und Weise oder mit Gorgias' Einkerkerung oder Tod enden müssen. Diese Alternative erfüllte Kurbi mit Bekümmerung und Trauer. Der Haß des Herakliden war eine Naturgewalt, auf sich selbst bauend, gespeist aus den tiefen Quellen eines Instinkts, der sicherer war als der Intellekt, geleitet von Inspiration – bewundernswert in seiner Weise; aber Kurbi wußte, daß er nicht davor zurückschrecken würde, den Herakliden zu töten, wenn es notwendig werden sollte; er würde ihn dessentwegen töten, was er den Bewohnern von Mars II zugefügt hatte; er würde ihn töten, weil er ihn nicht ändern konnte.

Auf Erden würde man die Tat begrüßen und gleichzeitig den Verlust des Stützpunkts beklagen; und die Föderation würde achselzuckend über den Tod eines Rivalen hinweggehen. *Wenn wir ihn töten, wird es mein Versagen sein,* dachte Kurbi. Sicherlich konnte Gorgias nicht für alle Zeit der Gefangennahme durch eine so starke und bis in entfernte Regionen reichende Macht wie der Föderation entgehen. Aber er mochte Selbstmord begehen, um sich der Gefangennahme zu entziehen. Die einzige Chance, ihn zu retten, würde sich aus einer langen persönlichen Auseinandersetzung ergeben…

Der Bildschirm leuchtete auf. »Noch immer keine Spur«, sagte Milut. »Es ist eine Sackgasse…«

5. Impromptu

»Was kann dir fehlen, gewappneter Ritter,
allein und bläßlich vagierend?«

– Keats

Die bewaldeten Hügel waren ein verschwommenes Dunkelgrün; regennasse Blätter spiegelten gelbes Sonnenlicht in millionenfach blitzenden Regenbogenfarben.

Dreitausend Lichtjahre von der Erde entfernt, war Izars einzige Navigationsverbindung mit der Föderation ein altmodisches Funkfeuer – ein Leuchtturm, der Signale in den Übergangsraum abgab und die selten eintreffenden Schiffe zum Landeplatz lenkte. Izar war eine Grenzwelt im Korridor, dünn besiedelt und abseits der großen Verbindungslinie. Gorgias hatte die Signale im Übergangsraum aufgefangen: drei konzentrierte Funkstrahlen, die zum galaktischen Rand hinausgingen; sie waren stationär, anders als die Abgangssignalfeuer, die gewöhnlich für Navigationszwecke verwendet wurden; und sie kamen von einem Planeten, statt von einer Relaisstation im Raum.

Izars mögliche Verwundbarkeit hatte sein Interesse geweckt und ihm einen Vorwand geliefert, in der Gegend zu verweilen. Die verlassenen Ebenen des Stützpunktes konnten warten. Izar war von Feinden bewohnt, und das war Grund genug, um die Welt auszukundschaften und einen Schlag zu führen; niemand würde ihn hier erwarten, nicht einmal er selbst hatte eine Aktion in diesem Bereich geplant.

Die Bürde der Isolation wich von ihm, als das Schiff am Rand einer weiten Lichtung landete. Er lehnte sich zurück und träumte von Leuten, die durch das Gras der Lichtung kämen, ihn zu begrüßen, die ihn mit ihren Blicken, Worten und Gefühlen in ihren Kreis zogen.

Warme Luft zirkulierte durch das Schiff. Er stand auf und ging nach achtern zur offenen Schleuse.

Nachdem er Umschau gehalten hatte, trat er hinaus und betrachtete die großen, wächsernen Blätter an den Bäumen. Der frische Duft von Erde und Pflanzenwachstum; Sonnenschein lag wie ein Schleier auf dem Grün; ein leiser Wind strich mit weichem Rascheln durch die Zweige.

Er blickte auf und sah den alten Turm des Funkfeuers auf dem Berg stehen. Von Menschen war weit und breit keine Spur zu sehen. Tief atmete er die frische, feuchte Luft. Von Süden her zogen Wolken gegen die gelbe Sonne auf. Der Turm des Signalfeuers ließ darauf schließen, daß sich in der Nähe eine Siedlung befand, doch mußte sie so klein sein, daß er sie in einer Sekunde überflogen hatte, ohne sie zu sehen.

Er begann über die Lichtung auf den bewaldeten Berg zuzugehen, ließ seine Muskeln arbeiten, genoß das Gefühl weicher Erde unter den Stiefeln, und erfreute sich der Verschiedenartigkeit und scheinbaren Zufälligkeit der natürlichen Formen, die nach der Gefangenschaft in der vertrauten Geometrie des Schiffes so neu und erfrischend waren.

Als er den jenseitigen Rand der Lichtung erreichte, ging ein Regenschauer nieder, und er suchte Schutz unter den großen Blättern. Die Sonne war hinter Wolken verschwunden, die Schatten umlagerten ihn mit tiefem Grün. Die süße Frische der Luft verband sich mit dem Geruch von Moder und Humus. Bald rann das Regenwasser in dünnen Rinnsalen von den Stämmen und Ästen, fiel in großen Tropfen von den Blättern und ergänzte die Düfte mit dem Geruch von feuchter Rinde und würzigen Bodenkräutern. Die

Blätter mancher Sträucher fingen das Regenwasser wie Dächer auf, die ihren Inhalt wie Blätter vergossen, wenn er sie im Gehen streifte.

Er kam auf einen gut ausgetretenen Pfad, dem er aufwärts zu einer Gabelung folgte. Die linke Wegteilung schien zum Turm hinaufzuführen, die rechte umging offenbar den Berg.

Er nahm den ansteigenden Pfad und stieg mit gleichmäßigem Schritt weiter, bis er auf eine abgeflachte Gipfelfläche hinauskan. Sie war felsig und mit Gras und Gesträuch spärlich bewachsen. In der Mitte stand der Turm, ungefähr hundert Meter hoch, ein Bauwerk aus Eisenträgern und einer Wendeltreppe, die zu einer Art Käfig am oberen Ende hinaufführte.

Gorgias wandte sich und überblickte den Wald. Das Schiff ruhte am Rand der Lichtung, sein Rumpf schimmerte naß durch den Regen.

Er näherte sich dem Turm und sah eine Holzhütte unter der metallenen Wendeltreppe. Anscheinend handelte es sich um einen Unterstand. Nachdem er Umschau gehalten hatte, betrat er die offene Hütte. Der Geruch von Erde war im Innern sehr stark. Er sah einen Tisch, einen Stuhl und ein altes Sofa. Das einzige Fenster war hinter ihm neben der Tür. Die Möbelstücke standen auf der nackten Erde. Er vermutete, daß die primitive Unterkunft von Instandhaltungsarbeitern benutzt wurde, wenn sie das Leuchtfeuer aufsuchten.

Er setzte sich auf den Stuhl und wischte sich Regenwasser vom Gesicht. Der Stuhl ächzte unter ihm, als er sich zurücklehnte und überlegte, ob er die Abgangssignale so verändern könnte, daß sie ankommende Schiffe in Izars Sonne lenken würden. Das würde sehr viel origineller und unternehmender sein, als den Turm einfach zu zerstören; er konnte leicht ersetzt werden, sobald festgestellt wurde, daß die Signale ausblieben.

Er stand auf, verließ die Hütte und begann die Wendeltreppe zu ersteigen. Es dauerte eine Weile, bis er oben anlangte. Er verschnaufte und ließ sich von der wieder herausgekommenen Sonne wärmen. Der Schiffsrumpf glänzte aus der Tallichtung herauf.

Die Tür zur Funkstation war rasch aufgebrochen; Gorgias betrat den kleinen Raum. Die Instrumente standen auf einer verankerten Plattform. Er nahm die transparente Plastikhaube und kippte sie an ihren Scharnieren zurück.

Nach einigen Minuten sorgfältiger Untersuchung war ihm klar, wie er die erforderlichen Veränderungen vornehmen konnte. Der gesamte Mechanismus war so angelegt, daß er leicht auseinandergenommen werden konnte. Zuerst stellte er die Föderationskoordinaten auf Izars Sonne ein; dann nahm er die Deckplatte ab und brachte sie so wieder an, daß die Ablesung der Skala die Veränderung nicht zeigte. Er klappte das Gehäuse zu, verließ die Station und lief die Wendeltreppe wieder hinunter. Seine Stiefelsohlen klapperten auf dem Profilstahl der Stufen. Es war ziemlich einfach gewesen, aber schließlich bedurfte eine Anlage dieser Art im allgemeinen keiner Sicherheitsmaßnahmen. Wer würde glauben, daß ein Funkfeuer in Gefahr kommen könnte? Die einfache Konstruktion war nicht anfällig für Defekte. Ein paar Schiffe würden verlorengehen, bevor das Funkfeuer repariert wurde, aber das allein machte seinen Zwischenaufenthalt lohnend.

Er erreichte den Boden und ging über die Gipfelfläche zu seinem Pfad. Wo der Wald begann, erschreckte ihn das Knacken von Zweigen, und er blieb stehen, spähte und lauschte. Jemand kam den Weg herauf. Nach kurzer Überlegung machte er kehrt, ging in die Hütte unter dem Turm und spähte durch den Lumpenvorhang am Fenster.

Eine Gestalt in Grün kam auf die Gipfelfläche heraus, einen langen Wanderstock in der Hand; ein breitkrempiger Hut verbarg das Gesicht.

Gorgias trat vom Fenster zurück. Es war zu spät, um die Begegnung zu vermeiden. Die Gestalt kam heran, nicht sehr groß, aber dünn genug, um aus der Entfernung größer zu erscheinen.

In der Hüttentür nahm das Mädchen mit einem Schwung den Hut ab und spritzte Wassertropfen in Gorgias' Gesicht. Dann sah sie ihn und starrte ihn überrascht, aber ohne Angst an.

Ihr Blick ging unwillkürlich nach oben, als dächte sie an das Funkfeuer. Er sah, daß sie ihr langes braunes Haar im Nacken aufgesteckt hatte. Sie tat einen Schritt näher und hielt an, ungewiß, wie sie sich verhalten sollte; dann nickte sie ihm zu und lächelte und setzte sich auf den Stuhl. Gorgias erwiderte das Kopfnicken und entspannte sich; es war nicht anzunehmen, daß sie den Zweck seiner Anwesenheit erraten hatte.

Sie sagte etwas, aber er verstand die Sprache nicht. Ihre Stimme war musikalisch; er merkte ihr an, daß sie sich bemühte, freundlich zu sein.

»Id-della«, sagte sie und zeigte auf sich.

Gorgias nickte wieder. Er war es nicht gewohnt, so lange angestarrt zu werden; er konnte beinahe ihren Herzschlag spüren, die Wärme ihrer Haut fühlen. Wenn sie wegen des Funkfeuers mißtrauisch wurde, blieb ihm nichts übrig, als die Anlage zu zerstören. War es nicht unvermeidlich, daß die Kolonie nun, da das Mädchen ihn gesehen hatte, argwöhnisch werden und einen Anschlag auf das Funkfeuer vermuten würde?

Er murmelte etwas, schob sich an ihr vorbei zur Tür und hob grüßend die Hand, dann schritt er ein zweites Mal über die Gipfelfläche zum Pfad, der ins Tal führte. Er bewegte sich absichtlich nicht zu schnell, um sie in ihrem Verdacht nicht zu bestärken.

Nicht lange, und er hörte sie hinter sich; er wandte den Kopf und sah, daß sie ihm rasch ausschreitend folgte, den Stock in der Hand. Plötzlich kam ihm der absurde Gedanke in den Sinn, ob er sich im Zweikampf würde behaupten können; er hatte nie ohne Waffen oder das Schiff gekämpft. Das Mädchen aber war mit einem schweren Stock bewaffnet und konnte ihm den Schädel einschlagen.

Sie war noch ein Stück zurück am Hang, als er ebenen Boden erreichte; sie rief etwas, und ihre Stimme hallte durch den Wald, dann war er am Rand der Lichtung. Die Sonne blendete ihn, und er blieb im hohen Gras stehen und wandte sich um.

Sie machte in einiger Entfernung halt, als ob er ein wildes Tier wäre, dem man besser nicht zu nahe kam. Sie rief etwas, das wie eine Frage klang.

Sie ist kein Feind, sagte seines Vaters Stimme in ihm.

Er wandte sich um und eilte über die Lichtung zum Schiff.

Die Schleuse war warm um ihn, als er an Bord kam. Er blickte zurück und sah sie über die Lichtung laufen. Stimmen riefen ihr zu, und er bemerkte zwei weitere Gestalten unter den Bäumen an der Bergseite. Sie kam näher und trug ihren Stock im Laufen wie einen Speer. Sie sprang mit der Schönheit eines Tieres durch das Gras. Natürlich war sie nur neugierig und wollte sehen, was es mit ihm und dem Schiff auf sich hatte. *Feigling,* sagte er sich. Wie konnte er vor einem Mädchen davonlaufen? Er hatte einen Fehler begangen, sich wie ein Idiot benommen. Es mußte an seiner Einsamkeit liegen; er hatte so selten Kontakt mit anderen Menschen, daß er den Umgang mit ihnen verlernte.

»Schleuse schließen«, sagte er und ging nach vorn zur Zentrale, als die äußere Tür geschlossen war. Er bemühte sich, die Absurdität der Situation zu verdrängen. Ein harmloses junges Mädchen und sein übertriebenes, an Verfolgungswahn grenzendes Mißtrauen hatten seinen Plan ruiniert.

»Starten«, sagte er, als er seinen Platz eingenommen hatte.

Augenblicke später zog das Schiff langsam über schneeweißen Wolken dahin. Es beschrieb einen Kreis und näherte sich der Funkstation.

»Zerstören«, sagte er.

Strahlen erfaßten den Turm und hüllten ihn in Glut; er sank in sich zusammen, als die Träger schmolzen. Die Erde und das Gras ringsum dampften und qualmten. Gorgias bedauerte den Verlust seiner Schiffsfalle.

»Wir müssen die Stadt suchen.« Das Schiff verließ den zerstörten Turm und folgte einer sich weitenden Suchspirale.

Gorgias beugte sich spähend vorwärts, als die Siedlung in Sicht kam – eine Straße mit ein paar Dutzend Gebäuden.

»Niederbrennen.«

Das Schiff steuerte die Häuser im Tiefflug an und setzte die Dächer in Brand. Die Bewohner würden Zeit haben, sich in Sicherheit zu bringen, wenn sie sich beeilten; er hatte weder Zeit noch Lust, einzelne Personen mit einem Schiff zu jagen.

Er drehte ab und überflog wieder die Lichtung. Das Mädchen und die beiden Männer standen im Gras und starrten zum Berg hinauf, wo anstelle des geschmolzenen Turmes dünner Rauch aufstieg. Das Mädchen wandte den Kopf und blickte zum Schiff auf.

Dann war die Lichtung hinter ihm, und das Schiff stieg himmelwärts, um kurz darauf in der grauen Asche des Absprungraumes zu verschwinden.

Es gab kein Signalfeuer mehr – eine kleine Sache, aber sie würde seinen Feinden Ungelegenheiten bereiten; wenn nur das Mädchen nicht zum Turm gekommen wäre und er nicht den Kopf verloren hätte, würde er mit seiner Falle mehr Schaden angerichtet haben.

Ihr lachendes Gesicht geisterte noch lange durch seinen Sinn und erinnerte ihn an die absurde Episode.

6. Ein bitteres Heimatland

> *»Es war ein Kind, das ging jeden Tag hinaus, und das erste, was es sah, das wurde es. Und dieses Ding wurde ein Teil von ihm für den Tag oder einen bestimmten Teil des Tages, oder für viele Jahre oder sich weit erstreckende Perioden von Jahren.«*
>
> – Walt Whitman

Das Flüsterschiff wechselte aus dem Übergangsraum, und eine unterbrochene Linie wurde auf einmal durchgehend, als die Sterne des Kugelhaufens ihr Licht ringsumher in die kosmischen Gas- und Staubwolken warfen und die Myriaden Sonnen in ein schimmerndes Feld hüllten. Es waren heiße Sonnen, diese fünfzigtausend Schmuckstücke am Himmel, hell und stark sogar in den Linsen weit entfernter Welten.

Der Kernbereich des Sternhaufens, dreißig Lichtjahre im Durchmesser, enthielt die höchste Konzentration von Himmelskörpern und erweckte aus der Ferne den Anschein einer einzigen weißglühenden Masse, als hätte sich eine kosmische Schöpfergestalt daran gemacht, aus ungezählten komprimierten Sonnen einen gigantischen Stern zu schaffen.

Es hatte beinahe zweihundert Stunden unter voller Antriebskraft erfordert, um hierher zu kommen; das Schiff hatte einen windungsreichen Kurs durch die Ebene der Galaxis eingeschlagen, hatte Kreise beschrieben, war in den Übergangsraum gewechselt und wieder zurück, sogar auf Gegenkurs gegangen, um nach Verfolgern Ausschau zu halten, bevor es schließlich direkten Kurs auf den Stützpunkt genommen hatte.

Er könnte sein Leben unter diesen Sternen ausleben und nicht gefunden werden. Beim Anblick des Sternhaufens überkam ihn etwas wie Ehrfurcht, als könne er hier einen Blick auf den Beginn aller Dinge tun. Diese Sterne waren stille Wesen, welche die Galaxis von diesem Ort über dem Drehpunkt regierten. Die Sterne darunter umkreisten das Schwarze Loch im galaktischen Kern; aber der Sternhaufen schien frei in der Nacht zu schweben.

Der Bildschirm flackerte kurz auf, als das Schiff in den Absprungraum überwechselte und wieder hinauskam, um möglichen Verfolgern das Nachspüren zu erschweren. Dann verschluckte der Sternhaufen das Schiff, und die Galaxis war ausgelöscht.

Langsam drang das Schiff zum Zentrum vor, bis die kosmische Wolke, die sein Ziel verbarg, den Bildschirm ausfüllte. Da und dort durchbohrte Sternenlicht die Wolke, die Lanzen der Wachtposten, die den Funken im Innern beschützten.

Es wurde hell, als er der kleinen weißen Sonne näher kam. Gorgias beugte sich erwartungsvoll vor; der Blick, der sich gleich vor ihm auftun würde, hatte ihn schon als Kind fasziniert und bewegt. Das Schiff verließ eine dunkle Wolke, und der weiße Zwergstern stand vor ihm in einer Nische klaren Raumes zwischen den wilden, da und dort geisterhaft durchstrahlten Wolkengebilden, einer kleinen Wüste aus Dunkelheit und Licht. Hier war die Heimat, alles, was davon geblieben war, der Fuchsbau aus Kriegszeiten, den die Mordbrenner der Föderation nie gefunden hatten.

Das Schiff glitt durch den Bereich der Sonne und suchte die lichtlose Welt.

Bald nahm die öde, zerschundene Oberfläche die Hälfte des Blickfeldes ein; und etwas später erstreckten sich die Ketten der Polargebirge unter einem düster-malerischen Himmel aus sterndurchfunkelten

Gaswolken. Der Tunneleingang gähnte Gorgias entgegen wie das Rohr einer gewaltigen, in den Berg eingelassenen Kanone.

Das Schiff schwebte hinein; Schleusentore öffneten und schlossen sich, als es tief unter der Oberfläche zu seinem Liegeplatz kam.

Gorgias blieb ruhig sitzen, als das Schiff seinen vertrauten Platz einnahm und die nun nicht mehr benötigten Bordsysteme nacheinander ausschaltete. Die Heimkehr war immer eine Zeit gemischter Gefühle. Freude und Erleichterung begleiteten das Gefühl, in Sicherheit zu sein. Später aber würde er sich eingemauert fühlen, gefangen in einer verschlossenen Gruft. Bisweilen sorgte er sich dann, daß die Schleusenmechanismen versagen und ihn für alle Zeit hier gefangenhalten könnten.

Er stand auf und erstieg die Leiter zur vertikalen Luftschleuse. Die Luken öffneten sich, und er stieg hinaus auf den Schiffsrumpf um von dort auf die Schwenkbrücke der Wartungsebene überzutreten.

Sechs Liegeplätze und nur ein Flüsterschiff. Wo waren die anderen? Irgendwie war die Frage nicht so insistierend, wie sie es in der Vergangenheit gewesen war. Seine Schritte hallten, als er durch das große offene Tor in der Höhlenwand und weiter durch den langen halbdunklen Korridor zum Lageraum marschierte; die schwere Tür glitt auf, als er die Hand an das Tastfeld legte, und er betrat mit dem Aufleuchten der Lampen den Raum. Er setzte sich an den großen Lagetisch aus poliertem Metall und schnüffelte die Luft. Hier herrschte noch immer der antiseptische Geruch der unermüdlichen Lufterneuerungsanlage.

Jahrhunderte waren versunken, und der Tisch hatte nichts von seinem spiegelnden Glanz verloren. Er blickte in die Runde der leeren Stühle und stellte sich die Strategen der Herakliden vor, als sie hier beraten,

Sternkarten ausgebreitet und Pläne erarbeitet hatten...

Heimat. Alles, was davon geblieben war.

Der vom Feind unentdeckt gebliebene Stützpunkt würde noch heute in der Lage sein, sich im Falle eines Angriffs zu verteidigen, doch würde es dazu schwerlich kommen, die Heimat war ein Ort außer Reichweite, außer Gefahr, wo alle Hoffnungen gespeichert waren, so unangreifbar wie das Zentrum seines Elends.

Er schaltete den Datenanschluß neben seinem Stuhl ein und traf seine Auswahl unter den historischen Aufzeichnungen.

Die seit langem tote, enzyklopädische Stimme, ihm seit seiner Kindheit vertraut, begann in der dunklen Region über dem Tisch zu sprechen. Eine dunstige Säule d usen Lichtes entstand über der spiegelnden Tischplatte.

Gorgias war den Aufzeichnungen von der Zerstörung Neu-Anatoliens stets aus dem Weg gegangen; sein Vater hatte ihm die Ereignisse geschildert, aber immer Hemmungen gehabt, ihm zu zeigen, was geschehen war; jetzt war es an der Zeit, zu sehen, dachte Gorgias, um seinen ermattenden Willen zu stärken und zu erneuern.

»Diese Aufzeichnungen entstanden unter großen Schwierigkeiten«, sagte die Stimme von oben. »Wo sie mangelhaft sind, blieben sie unverändert, um den dokumentarischen Wert der Originalaufzeichnungen nicht durch Bearbeitungen in Frage zu stellen, denn sie sollen die geschichtliche Wahrheit gegen alle Lügen, die vom Feind verbreitet werden, bewahren und verteidigen...«

Eine grüne Welt erschien, Schützling eines Doppelsterns.

»Mehr als hundert Schiffe von der Erde«, fuhr die Stimme fort, »nur für den Zweck gebaut und ausgerüstet, einen Vernichtungsschlag gegen das Zentrum zu führen und den Willen des Reiches zu brechen. Sie kamen mit ihren schweren Lasergeschützen und Fusionsbomben aus dem Übergangsraum. Die gesamte Oberfläche der Welt war im voraus aufgeteilt worden, jede Angriffsgruppe hatte einen Sektor zur Vernichtung erhalten. Sie kamen, wie um Ungeziefer zu vernichten...«

Bruchstückhafte Sequenzen vom Vernichtungsfeldzug folgten. Fliegende Festungen, groß wie Planetoiden, äscherten Städte ein, verkohlten ganze Landstriche, schmolzen die Eiskappen im nuklearen Feuer, verursachten Erdbeben und Wirbelstürme...

Flutwellen überrollten Tiefländer, füllten Täler, als wären es Wassergräben...

»Der Boden wurde bis zu einer Tiefe von fünfzig Metern karbonisiert, die Ozeane begannen zu dampfen; Wolken verhüllten das geschwärzte Land. Eine Milliarde Menschen starb. Niemand war da, die Toten zu bestatten; städtische Ballungsräume gingen in Feuerstürmen und flächenhaften Nuklearexplosionen unter, die Körpergewebe und Knochen verdampften und wirbelten wie die Asche verbrannten Papiers in die von Glut und Rauch erfüllte Luft davon. Hier und dort überlebten einige wenige in Stollen und tiefen Kellern, aber als sie später an die Oberfläche kamen und den feinen, radioaktiven Aschenstaub und die fremd gewordene Luft atmeten, der das Höllenfeuer fast allen Sauerstoff entzogen hatte, blieben sie liegen, eingeschrumpfte, mit spröden Knochen gefüllte Säcke...«

»Genug«, sagte Gorgias, ergriffen von plötzlicher, müder Verzweiflung. Der Angriff auf das Kerngebiet ihrer Heimat hatte die Streitkräfte der Herakliden heimwärts gezogen, in die endgültige Falle.

Die Projektion erlosch, die Beleuchtung ging wieder an.

Gorgias saß still und lauschte dem feinen Summen der Stützpunktbelüftung. Er schaute in das grell gespiegelte Licht auf der Tischoberfläche; er sah seine Fingerspitzen ihre Zwillinge im Spiegelbild berühren. Er machte sich Gedanken über den Stasiszylinder, stellte sich das kleine, kristallgefüllte Gehäuse vor, das die Matrize für eine voll bewaffnete Division Herakliden enthielt.

Sein Vater erwachte in ihm. »Träumst du noch immer davon?«

»Es gab solch ein Ding, und ich werde es finden«, antworteten Gorgias' Gedanken.

»Hundert Zylinder würden nicht helfen – bestenfalls könntest du eine oder zwei Divisionen hastig und unzureichend ausgebildeter Soldaten erwarten, und du hättest keine Gewißheit erfolgreicher Wiederbelebung. Es könnten Nebenwirkungen aufgetreten sein – sie könnten alle tot oder geschädigt zum Vorschein kommen. Ich habe niemals einen Beweis für solch eine Vorrichtung gesehen …«

Gorgias erinnerte sich seiner Kopfschmerzen, als sein Vater vom Tod der Heimatwelt geträumt hatte …

Das Metall und Gestein der Stadt in glühende Schmelze verwandelt, die sich in die unteren Ebenen ergoß. Die Schmerzen Sterbender, denen das Atmen die Lungen versengte, die zerplatzten, als das in ihren Körpern gebundene Wasser verdampfte.

Eine Ebene nach der anderen, verglühend, zusammenbrechend, schmelzend … Fliehende Menschen in den Tunnels der Kanalisation … Ein Himmel aus glutrotem Staub. Und kein Ende der Energieentladungen von der Armada in der Höhe, eine für jede Stadt, eine für jeden Sektor Oberfläche. Die Atmosphäre glühte, als die Schiffe Energie in die sterbende Welt pumpten – Energie, die sie aus dem Sternhaufen selbst zogen, aus den Sonnen der Heimat.

»Genug!«

»Der Traum?« fragte sein Vater, halb im Schlaf.

»Es zersprengt mir den Kopf – es ist so furchtbar.«

»Ich werde aufwachen«, sagte sein Vater, »und wir werden einen Spaziergang machen.«

Er erinnerte sich der Spaziergänge unter den Bäumen und durch das hohe Gras von Myraas Welt, dem Exil, das er als Kind für seine Heimat gehalten hatte. Die Zeit spulte sich zur Gegenwart ab, als er seinen Vater zur Rede stellte:

»Aber ich habe das Stativ für den Zylinder!«

»Nun, vielleicht gab es einen. Wenn du ihn findest, solltest du diese Menschenleben nicht im Kampf verbrauchen. Sie können helfen, daß unser Volk wieder zahlreicher wird.«

»Dazu brauchten wir viele Frauen, nicht eine Division Männer!« Ich habe das Stativ, dachte Gorgias, und wenn ich den Zylinder anschließe, wird die ganze Energie des Schiffes in die Wiederherstellung einer Division kampfbereiter Herakliden gehen.

Er sah die Armee aus dem Nichts erscheinen und alle Erdgeborenen vom Schlachtfeld hinwegfegen, und er wußte, daß er den Zylinder finden mußte; er würde ihn aus dem endlosen Teufelskreis des Zuschlagens und Davonlaufens befreien; er würde imstande sein, den Feind offen herauszufordern.

Aber im Stützpunkt war der Zylinder nicht. In den Jahren, in welchen er sich mit dem Stützpunkt vertraut gemacht hatte, würde er ihn oder Hinweise auf ihn gefunden haben. Vielleicht hatte er niemals existiert. Vielleicht wußte Myraa mehr darüber, aber sie würde ihm nicht sagen, wo er zu suchen hatte …

Es gab noch anderes zu tun, solange er hier war. Das Schiff mußte gewartet werden, und er hatte sich vorgenommen, das Arsenal zu durchsuchen und sich mit weiteren Waffen vertraut zu machen, um andere in ihrem Gebrauch unterweisen zu können, wenn die Zeit käme.

Er verließ den Lageraum, nahm den Aufzug zum Arsenal und betrat die Eingangshalle mit dem Lageplan. Die große Kugellampe verbreitete angenehmes gelbliches Licht. Das Bodenmosaik zeigte sich frisch und ohne Risse; jeder Stein glänzte matt im Licht, und nirgendwo war eine Spur von Staub zu sehen.

Große, feuersichere Stahltore führten zu den hintereinander angeordneten Lagerhallen. Der gesamte Komplex nahm eine Fläche von mehreren Quadratkilometern ein. Es gab Lagerhallen, in denen er noch nie gewesen war; wenn er alle Winkel, Regale, Schränke, alle Kisten, Ballen, Lattenverschläge und Kunststoffbehälter durchsuchen wollte, würde er Jahre benötigen.

Er entschied sich für eine Abteilung, die er bei früheren Besuchen nicht überprüft hatte. Die Wände der ersten Lagerhalle, in die er kam, waren mit zehn Meter hohen Regalen verstellt, und die gleichen stählernen Regale nahmen auch den übrigen Raum ein, so daß gerade genug Bodenfläche frei blieb, daß Gabelstapler und Transportkarren durch die Gassen fahren konnten. Die oberen Regale waren über Leitern und elektrische Hebebühnen erreichbar.

Er ließ den suchenden Blick über die Regale wandern, die abschnittsweise jeweils gleichartige Ausrüstungsgegenstände und Waffen enthielten. Diese Einteilung, welche sich in den übersichtlichen Kennzeichnungen widerspiegelte, erleichterte ihm die Suche nach dem Gegenstand, den er zu finden hoffte: einem besonders gekennzeichneten Kasten aus Kunststoff oder Metall, vielleicht zwanzig mal zehn Zentimeter groß, der an einer oder mehreren Seiten das Hoheitszeichen des Reiches tragen würde.

Die Regale, die er sah, enthielten Tausende von Handfeuerwaffen eines einheitlichen Typs. Jede lag in ihrer transparenten Kunststoffverpackung und war mit einen großzügigen Vorrat von Ersatzmagazinen versehen. Er würde niemals genug Soldaten auf die Beine bringen, um die Vorräte dieses Arsenals zu erschöpfen, es sei denn, er fand den Zylinder und konnte mit der vermuteten Armee in der Kleinen Magellanschen Wolke Verbindung aufnehmen.

Er durchsuchte eine Lagerhalle nach der anderen, bückte sich, erstieg Leitern und ließ sich von den Hebebühnen aufwärts und abwärts tragen. Ganze Lagerhallen enthielten nichts als Uniformen, Stiefel, Helme und Kampfanzüge; andere waren vollgestopft mit Sanitätsausrüstungen, Schanzzeug und Pioniergerät. In großen Kühlräumen lagerten viele tausend eiserne Feldrationen. Jeder einzelne Artikel war in riesigen Mengen vorrätig. So hoffnungslos es schien, gerade hier eine Besonderheit wie den Stasiszylinder zu finden, war es doch nicht auszuschließen.

»Du willst, daß er dir überreicht wird«, sagte sein Vater. »Die Suche ist dir zu anstrengend.«

»Sei still!« rief Gorgias in sich hinein. In letzter Zeit wußte er immer schon, was sein Vater über dies und jenes sagen würde; das Echo des toten Mannes wurde lästig.

Nach acht Stunden systematischer Suche gab Gorgias seine Bemühungen vorläufig auf und kehrte zum Schiff zurück, beladen mit zwei Kästen Speichereinheiten in Würfelform, die er im Lager für Funkausrüstungen und Nachrichtenmaterial gefunden hatte.

Die seitliche Schleuse war offen, wie er sie verlassen hatte. Er ging durch zur Zentrale und machte sich daran, die Speichereinheiten anzuschließen. Er wußte nicht, was sie enthielten, weil er die Abkürzungen und Zahlen auf den Kästen nicht entziffern konnte, aber das Informationsmaterial mochte sich bei der Lösung operativer Probleme als nützlich erweisen.

Der Gedanke, den Zylinder nicht zu finden, nagte an ihm, während er arbeitete. Auf längere Sicht konnte sich dies sehr leicht als ein Todesurteil herausstellen, denn ohne eine große, kampfkräftige Streitmacht konnte er gegen die Föderation nicht gewinnen.

Der Gedanke erschreckte ihn; nie zuvor hatte er an Niederlage oder Tod gedacht, nicht einmal, wenn er sich als einzigen Rächer und Kämpfer gegen die Föderation gesehen hatte.

Er gestand sich ein, daß seine pessimistischen Gedanken auch von der generellen Unergiebigkeit seiner Suche herrührten. Nirgendwo hatte er einen Hinweis auf die erhoffte kriegsentscheidende Wunderwaffe gefunden, geschweige denn diese selbst. Zwar bezweifelte er nicht, daß sie entwickelt worden war, aber offenbar hatte sie während des Krieges nicht mehr eingesetzt werden können; die Zeit hatte nicht mehr gereicht. Vielleicht war sie mit ihren Konstrukteuren und Fertigungsstätten ein Opfer der allgemeinen Vernichtung geworden, eine Legende, um die sich vergebliche Hoffnungen gerankt hatten.

Seine Gedanken kehrten zurück zum Stasiszylinder. Wenn er in größerem Umfang hergestellt worden wäre, dann wäre sogar eine kleine Flotte von Aufklärungsschiffen imstande gewesen, eine Welt nach der anderen aufzusuchen, im geheimen zu landen und mit Hilfe der Zylinder überwältigende Streitkräfte für rasche Eroberungen einzusetzen. Die Idee befeuerte seine Phantasie, ließ sein Herz höher schlagen und gab seinem Haß neue Nahrung. Wieder verließ er das Schiff und setzte die Suche mit erneuter Energie fort; aber auch diesmal ohne Erfolg.

Eine solch wichtige Waffe würden sie nicht in einem Arsenal für herkömmliche Waffen versteckt haben, dachte er; sie mußte anderswo sein.

Enttäuscht und ermüdet machte er sich auf den Rückweg. Der Marsch durch die Lagerhallen und Korridore befreite ihn ein wenig von seiner inneren

Anspannung, und er beschloß den Tiefschlafkammern einen Besuch abzustatten.

Das einsame orangegelbe Licht leuchtete auf, als er den kreisrunden Raum betrat; die leeren Schalen standen aus ihren Öffnungen gezogen bereit, Schläfer aufzunehmen. Er ging zu der Wandöffnung, wo sein Vater lag, und spähte durch die transparente Abdeckung. Das im Schatten liegende Gesicht war unverändert, die eingesunkenen Augen starrten noch immer in eine gedankenleere Ewigkeit …

Gorgias sah sich selbst wieder und wieder aus dem zeitüberspringenden Tiefschlaf erwachen.

Er wandte sich um und verließ den Raum.

Wieder an Bord des Schiffes, schloß er die Schleuse und schlief.

Myraa lauschte, berührte seine Traumgedanken, streckte ihre Fühler nach ihm aus, durch das Inseluniversum, das in der zerbrechlichen Blase der Raumzeit schwamm, welche ihrerseits in einem größeren Chaos trieb und alle zwanzig oder dreißig Milliarden Jahre unter dem Druck der Dunkelheit in sich zusammenfiel, nur um sich von neuem zu entzünden und die Nacht zurückzudrängen.

»Nein!« riefen seine schwärmenden Gedanken, furchtsam vor den schwarzen Minuten am Ende.

Sie bemitleidete sein verhärtetes, festungsartiges Selbst und versuchte den Funken seines Bewußtseins zu liebkosen, aber es war nutzlos; er würde von selbst kommen müssen; eher konnte sie ihn nicht zu sich ziehen. Sie überließ ihn seinen Gespenstern …

Verrat und Furcht.

Er sah das Mädchen, das im Konzertsaal auf Wolfe IV zu ihm herübergeschaut hatte. Ihr Gesicht wurde Myraas, und sie sang ein schönes Lied; aber jeden Augenblick konnte sie aufhören und ihn mit lauten

Rufen und anklagend aufgestrecktem Finger bloßstellen.

Er sehnte sich nach ihrer Umarmung.

Sie flüsterte ihm ins Ohr, als er sie umfing, aber die Worte waren unklar und ängstlich …

Sie wurde in seinen Armen klein und weich, vollständig offen, und ein Zittern durchlief sie, als er sie entzweibrach … Ihre Augen waren schwarze Höhlen …

Fünf Flüsterschiffe lagen in den bis dahin leeren Liegeplätzen, jedes Schiff voll bemannt und ausgerüstet mit Stasiszylindern für viele Divisionen …

In Schweiß gebadet wachte er auf, erhob sich und ging hinaus, um auf dem Beton der kühlen Halle zu stehen. Er lauschte, bemüht, das schlangenhafte Zischen von Myraas Stimme zu vergessen. Die alten Beleuchtungen in der riesigen Kaverne brannten ohne das geringste Flackern. Aber ihm war, als ob sich unsichtbare Wesen durch das weitläufige Labyrinth des Stützpunktes bewegten. Die Luft schien ihm feucht zu sein.

Er stellte sich einen belebten, lärmerfüllten Stützpunkt mitten im Krieg vor. Hin und her eilende Ordonnanzen, aufgeregte Stimmen im Lageraum, ein nicht abreißender Strom von Transportkarren mit Waffen und Ausrüstungen, die zu den Schiffen gebracht wurden …

Wie sehr wünschte er, daß er damals gelebt hätte, als jeder Augenblick des Daseins voller Bedeutung und Zielbewußtsein gewesen war und die Zukunft mutigen Alternativen offengestanden hatte.

»Aber wir verloren«, flüsterte sein Vater. »Wie erklärst du das?«

Auf einmal drohte die Schwere und Verlassenheit des aufgegebenen Stützpunktes seinen Willen zu lähmen. Er wußte, daß der Stützpunkt nicht nur über umfangreiche Mannschaftsquartiere verfügte, sondern auch gut eingerichtete Offizierswohnungen hatte, wo er sein Dasein in Bequemlichkeit ausleben konnte, unterhalten von Videos und einer umfangreichen Bibliothek, Herr über einen Wachtraum.

Er machte kehrt, ging wieder an Bord und nach vorn in die Zentrale. Der Bildschirm ging an, als das Schiff sich für seinen Befehl bereit machte.

»Myraas Welt«, sagte er.

7. Ziele und Mittel

»›Was kann ich tun, sie zu retten?‹ donnerte Danko. Plötzlich riß er sich die Brust auf, nahm das Herz heraus und streckte es hoch über seinen Kopf.«

– Gorki

»Wir müssen ihn fangen«, sagte Poincaré aus dem Bildschirm. »Wenn dies noch länger so geht, werden sie mich ablösen. Leute aus den einflußreichsten Kreisen fangen an, sich persönlich einzumischen – der Heraklide hat ihren Stolz verletzt.« Er dämpfte seine Stimme. »Laß uns einen neuen Bericht zukommen. Mache ihn optimistisch. Mir gefällt mein Leben, wie es ist, Raf.«

»Wir tun hier eine ganze Menge«, sagte Kurbi.

»Es schlägt sich nicht in Resultaten nieder.«

»Wir sind im Begriff, nach Myraas Welt aufzubrechen. Ich werde in einem oder zwei Tagen, während wir unterwegs sind, eine Meldung durchgeben.«

»Gut. Haben die Behörden auf Wolfe IV noch weitere Schwierigkeiten gemacht?«

»Der Bürgermeister suchte mich auf und hielt mir einen Vortrag, daß die Bevölkerung ein Recht auf Schutz gegen Terroristen habe. Er machte deutlich, daß ihm nicht an irgendeinem zweitklassigen Komponisten liegt, der von seinen Anhängern eingeladen wird, daß er aber den Ruin seiner Karriere nicht dulden werde. Dann zählte er mir seine Verdienste und Leistungen auf, bis ich ihm das Wort abschnitt.«

»Das sieht dir nicht ähnlich.«

»Ich bin müde, und seit einiger Zeit habe ich das Gefühl, daß mir dies alles eines Tages nicht mehr viel bedeuten wird. Vielleicht kann ich die Sache hinter mich bringen, bevor das geschieht.«

»Was?«

»Ach, laß gut sein.« Er bedauerte, daß er Julian Einblick in seine Gefühle gegeben hatte. »Ich werde die Arbeit tun, solange du in der Herakliden-Kommission sitzt.«

Poincaré lächelte. »Ich weiß, was du meinst. Nun, vielleicht wird Gorgias diesen Herakliden folgen, die angeblich in die Magellanschen Wolken entkommen sind, um sie zu sammeln. Mir persönlich ist es gleich, ob sie da draußen ein weiteres Reich aufbauen, und ich glaube nicht, daß wir es jemals finden könnten, selbst wenn es einmal tausend Systeme umfaßte. Gott mit ihnen –sie haben es verdient, in Ruhe gelassen zu werden.«

»Herakliden sind immer noch Menschen«, sagte Kurbi, »und Menschen haben von jeher ein krankhaft neugieriges Interesse an ihresgleichen sowie eine Neigung, alte Konflikte zu behandeln, als ob sie erst gestern gewesen wären. Irgendwann werden sie kommen, um es uns heimzuzahlen, es sei denn, wir finden sie zuerst. Du kennst diese Art von Buchführung aus der alten Geschichte. Offene Rechnungen bleiben unvergessen, bis sie beglichen sind.«

»Ich weiß, Raf, ich weiß«, sagte Poincaré. »Ich kenne selbst ein paar Leute, die sich bis heute nicht darüber beruhigt haben, was ihnen vor fünfhundert Jahren angetan worden ist. Sie haben damals den Krieg miterlebt und sind in all den Jahrhunderten ihres Lebens nicht klüger geworden, Raf. Jetzt, da sie sich nur noch an ihrem Leben festklammern, sind sie verblüfft und erbost, daß der Heraklide in seinem Alter noch so viel riskieren kann.«

»Es ist uns nicht gelungen, den menschlichen Geist auch nur annähernd so zu entwickeln, wie wir die Lebensspanne verlängert haben«, sagte Kurbi. »Man sollte meinen, daß Langlebigkeit zwangsläufig zu einer besseren Ausnutzung des Potentials für Wissen und Kreativität führt, aber die Wirklichkeit sieht anders aus.«

»Du meinst, die Herakliden könnten in der Richtung etwas erreicht haben? Bei Gorgias merkt man jedenfalls nichts davon.«

»Vielleicht ist etwas an dem Kult auf Myraas Welt.«

»Laß dir von denen nichts vormachen – das ist bloßer Eskapismus – Flucht aus der Realität als Reaktion auf den verlorenen Krieg.«

»Wahrscheinlich hast du recht«, sagte Kurbi. »Wie sollte es auch anders sein? Wenn ich die letzten fünfundzwanzig Jahrhunderte der Menschheitsgeschichte überblicke, sehe ich außer der Verlängerung der Lebensspanne keine echten Fortschritte – keine Integration der Wissenschaften, nur kleine technische Fortschritte, größtenteils Weiterentwicklungen und Verfeinerungen von Geräten und Techniken, die wir seit tausend Jahren kennen. In den bildenden Künsten keine Stilentwicklung, über die zu reden sich lohnte. Statt dessen haben wir einen schrecklichen Synkretismus aus allen möglichen alten Formen in den geschmacklosesten Kombinationen. Der größte Krieg, der je geführt wurde, ist unsere originellste Leistung. Wie sehr wünschte ich mir, daß wir auf eine andere Art stoßen würden, genauso mächtig wie wir, die uns einen Dämpfer aufsetzen und zeigen könnte, wie wir von außen aussehen.«

»Aber wir hatten die Herakliden.«

»Ein Zufall, der sich aus der Öffnung der Galaxis für die Ausbreitung unserer Art ergab, und sie waren nicht besser als wir. Für unser Rom waren sie das Karthago.«

»Aber du bist nicht sicher, daß etwas in ihrer Kultur… verschieden gewesen sein könnte?«

»Doch. Entschuldige, Julian – du hast es nicht leicht mit mir, nicht wahr?«

»Was du sagst, hört sich alles sehr interessant an«, sagte Poincaré. »Weißt du, ich glaube zu wissen, wie wir erreichen können, daß dies alles besser aussieht. Bleib, wo du bist, auf Wolfe IV. Ich komme zu dir.«

»Du würdest meine Pläne verzögern.«

»Was sind ein paar Tage, ein paar Wochen, nach all der Zeit, die du da hineingesteckt hast? Ich werde noch ein Schiff mitbringen, ein großes, und das wird hier alle in Aufregung versetzen. Natürlich werde ich nicht sagen, wozu es ist. Außerdem soll Myraas Welt recht lieblich sein.«

»Es wird kein Ferienaufenthalt sein, wenn wir auf Gorgias stoßen.«

»Meinst du wirklich, daß es dazu kommen könnte?«

»Vielleicht – wir haben schon sehr lange auf einen Fehler von ihm gewartet. Allmählich ist einer fällig. Es muß etwas geben, das ihn zu Myraas Welt zieht, trotz der Gefahr. Der sicherste Weg ist, vor ihm dort zu sein und auf ihn zu warten, mag es noch so lange dauern. Wir haben es nie versucht.«

»Warte auf mich, Raf«, sagte Julian und unterbrach die Verbindung.

Hätte der Krieg uns bis zu dem Punkt ruiniert, dachte Kurbi, wo die Föderation und das Reich der Herakliden in isolierte Welten auseinandergefallen wären, dann hätte jede Welt eine Chance gehabt, ihren eigenen Weg zu gehen, zu wachsen und ihre eigene Kultur zu entwickeln, solange die interstellare Quarantäne andauerte. Manche würden solch eine Zeit als ein dunkles Zeitalter betrachten, aber in Wahrheit wäre es eine neue Barbarisierung der Geschichte gewesen, eine Zeit der Erneuerung, die den Gegenspielern Zeit gegeben hätte, ihren beiderseitigen Einfluß ungestört zu verdauen.

Die Föderation hatte eine befruchtende Zersplitterung dieser Art dringend nötig.

Feinde brauchten einander, dachte er, fasziniert und abgestoßen von der perversen Notwendigkeit der Idee. Eine Dunkelheit ohne Hoffnung auf den nächsten Morgen lastete auf ihm. Der Krieg schien noch immer in der Nähe zu toben; die Drohgebärden des Hasses wurden noch immer gemacht, irgendwo am Rand seines Gesichtsfeldes; wenn er den Kopf schnell genug drehte, würde er Titanengestalten sehen, in verbissenem Zweikampf ineinandergekrallt in ungezählten Infernos, die Füße auf brennende Welten gestützt, gewürgte Kehlen, die nach Luft schnappten …

Kapitän Milut kam in die Zentrale und setzte sich.

»Wir warten hier, bis Poincaré mit einem weiteren Schiff eintrifft«, sagte Kurbi.

Milut nickte. Ein sehr verschlossener Offizier, dachte Kurbi, sehr sorgfältig in der Ausführung aller Befehle, die ihn von oben erreichten.

»Woher kommen Sie, Kapitän?«

»Mars II. Ich war schon lange vor der Katastrophe fort, aber …«

»Aber was?«

»Meine Heimatwelt hatte nicht verdient, was er ihr antat, obwohl ich es dort nicht aushielt …«

»Und Ihre Familie?«

»Die Föderation bot mir einen Ausweg.«

»Ihre Verwandten waren alle dort, als es geschah?«

»Sie starben alle durch Ertrinken.«

»Bewarben Sie sich um den Dienst unter meinem Kommando?«

Milut zuckte die Achseln. »Das war das Glück der Losziehung.«

»Gibt es hier noch weitere von Mars II?«

»Ein paar, denke ich.«

Er blickte Kurbi aus blaßblauen Augen an. »Nehmen Sie mich aus von Ihrem Verdacht, Chef. Ich kann nicht für andere sprechen, aber ich lebe in der Gegenwart. Meine Versetzung in den Ruhestand und Verjüngung sind bald fällig, und dann werde ich meine Identität ändern und leben, wie es mir gefällt.«

»Was haben Sie vor?«

»Ich glaube nicht, daß es Sie interessieren würde. Mir persönlich ist es gleich, was mit dem Herakliden geschieht.« Milut wandte sich zum Bildschirn. »Ich würde es zu schätzen wissen, Chef, wenn wir auf der dienstlichen Ebene bleiben würden.«

»Wie Sie wünschen, Kapitän.«

»Noch etwas, Chef. Ich glaube nicht, daß die Feindseligkeit Ihrer Besatzung gegen den Herakliden eine große Hilfe für Sie sein wird. Sie könnte sich als ein Nachteil erweisen.«

»Ich bin mir dessen bewußt.«

Auf einmal fragte sich Kurbi, ob Julian völlig aufrichtig mit ihm gewesen sei. Kam er heraus, weil er befürchtete, sein Freund könne unter Druck zusammenbrechen? Oder hatte er Erfolg gewittert und wollte dabei sein, um am Ruhm teilzuhaben?

»Sie können gehen, Kapitän«, sagte Kurbi. »Ich werde diese Wache selbst übernehmen.« Milut nickte und verließ den Raum.

Julians trivialer Humor würde eine willkommene Abwechslung sein.

Kurbi schloß die Augen und versuchte sich zu entspannen. Er war ein Dummkopf gewesen, Grazia zu verfolgen, als sie ihn nicht gewollt hatte. Wäre sie nicht gestorben, würde er jetzt nicht hier sein. Anders wäre es gewesen, wenn er das Leben hätte auf sich zukommen lassen, statt ihm nachzujagen …

Aber wer konnte wissen, wie es dann gekommen wäre?

Er stand auf und ging hin und her. Vor dem Bildschirm blieb er zwischendurch stehen, um unter den Sternen die Position der Erde zu suchen. Ein Koordinatennetz erschien, und ein Pfeil zeigte die alte Sonne in einer Entfernung von fünfzehn Lichtjahren. Warum brauchte Julian eine Woche, um hierher zu kommen? Und was für ein Schiff wollte er mitbringen?

Kurbi setzte sich und trug den Beginn seiner Wache ins Logbuch ein. Dann lehnte er sich zurück, streckte die Beine von sich und schlief ein.

8. Myraas Welt

»Will solche Dinge tun –
was, weiß ich selbst noch nicht; doch soll'n
sie werden das Grauen der Welt.«

– König Lear

»... die Seelen, die in alten Zeiten
Erschlagen wurden, weil sie schön sie fanden;
die, mit dem Mund auf ihren Augen schlafend,
Hört' jähe Schlangen zischen durch ihr Haar.«

– Swinburne, *Laus Veneris*

Er sah Myraa und sich selbst in klarer Flüssigkeit schweben, sie unter ihm, das lange Haar in der Strömung fließend, er ein vollkommener Körper, muskulös und sehnig.

Er glitt hinab zu ihr, nahm ihren Kopf mit beiden Händen und küßte sie, als sie ihn umarmte. Wasserringe entfernten sich von den verschlungenen Körpern; der flüssige Raum füllte sich mit Licht.

Der Blick des Außenseiters ruhte auf ihnen. Er hielt eine wassergefüllte Kugel in der Hand und beobachtete die Gestalten, die sich langsam darin drehten, vor einem Hintergrund weißen Lichtes. Er öffnete die Hand, sah die Kugel fallen und zu seinen Füßen zersplittern ...

Der Laserstrahl schnitt durch die Körper am Boden. Hände reckten sich von einem Dutzend Körpern gegen ihn. Sein eigener Mund war in der Erde; er fühlte den Strahl durch sein Inneres gehen und die Erde unter seinem Bauch erhitzen.

Ertrinken, abwärts sinken, wie ein Lichtstrahl in den Meeresschlamm, wiederauftauchen in einem Schraubstock von Schmerzen …

Seine Augen weigerten sich, aus dem Innern seines Kopfes wieder herabzurollen. Er tastete mit hundert Händen in den weißen Raum, spähte angestrengt, um etwas Dunkles zu sehen. Seine Augen waren aus poliertem Marmor; Nervenenden streiften sanft ihre steinernen Oberflächen, elfenbeinerne Drähte versuchten etwas aufzufangen, um es hinter die Bühne zu senden.

Die Unfähigkeit wurde zu einem furchtbaren Klumpen in seinem Magen. Er schloß die Augenlider, bedeckte den weißen Raum mit roten Kapillargefäßen. Die Angst wurde ein Bote und verband die Fasern seines Bewußtseins miteinander, erhielt das Muster seiner Individualität, seines Nervensystems, begraben in seinem Fleisch …

Das Flüsterschiff wechselte in den Normalraum und stürzte sich wie ein Pfeil auf die Erde, erblühte in einem Blitz und ließ ihn ohne Fleisch zurück, ein Modell nackter Energie …

Er sank durch Boden und Granit in die Magmawärme der Erde, wo die Hitze seine neue Form nährte. Er bewegte sich, verschob die Erdkruste über sich und wußte, daß er die Erde mit sich selbst gefüllt hatte. An seinem äußeren Rand war ein dünnes Flüstern der Atmosphäre; er fühlte das Vorüberwandern der Gezeiten …

Er wollte aufwachen.

Die Kälte kam, als er die Energie der Welt aufgesogen hatte und nur noch das Sonnenlicht hatte, seinen Hunger zu stillen …

Auf einer tieferen Bewußtseinsebene registrierte er, daß sein Körper sich im traumschweren Schlaf herumwarf, unfähig, sich daraus zu befreien; die Dinge würden ihren Lauf nehmen müssen. Der Wachzustand schien ein unerwünschter, geringerer Zustand …

Er brachte das Schwerefeld der Erde mit seinem Willen zum Pulsieren, bewegte die Welt, runzelte ihre Haut …

… und rollte sie in den Sonnenball. Die Erde kochte und verdampfte unterwegs. Er streifte sie vollständig ab, als er ins Innere der Sonne getragen wurde.

Er füllte sie, aber ihre Energie ließ nicht nach.

Er erinnerte sich, daß er in einem Schiff existiert, nur halbwach gelebt, die Erde gehaßt hatte …

Milliarden verbrannt und verdampft, als Asche in die Luft geschleudert Gebäude zerschmolzen; die Atmosphäre durchtobt von Glutstürmen …

Er atmete heißes Plasma.

Die Sonne flackerte, unterbrach Äonen des Verströmens. Bald würde sie nicht mehr genug sein.

Zornig zog er sich in eine konzentrierte Masse zusammen, formte sie zu einem springenden Schrei von Energie, einen Funken, der das Schwarz zu einem anderen Stern überbrückte, die Sonne der Feinde seines Vaters aufgab und sie zu einem dunklen, jämmerlichen Ding zusammenfallen ließ, das rötlichschwarz glimmend seinem Ende entgegenging …

Sirius.

Die Übergangszeit war gleich Null gewesen. Er war imstande, jeden Punkt im Universum sofort zu erreichen, ohne den Druck der Zeit zu erfahren. Er badete in der Energie des Sterns, nahm seine Struktur in sich auf. Er erweiterte sich, griff hinaus …

Hier gab es niemanden wie ihn …

Er fiel durch den Boden seines Traumes in bleiernen Schlaf. Sein rationaler Verstand, still und weit entfernt, war dankbar, daß der Schwall des Größenwahns verebbt war; die wüste Machtphantasie war einstweilen zu Ende.

Ein Blitz fuhr wie ein gegabelter, mißgestalteter Finger vom fahlgrünen Himmel herab. Der Himmel dunkelte; ein riesiger Mond warf sein kaltes weißes Licht durch eine Wolkenlücke und wurde rasch von den wolligen Massen verdeckt, den rollenden Schultern vielgestaltiger nächtlicher Wanderer, die dem Morgen entgegenzogen. Die Sonne kauerte unter der Welt, ein feuriger Dämon, bereit, mit sengender Zunge zuzustoßen, aber vom Sturm zurückgehalten. Der Regen begann als ein Gewisper in der Stille und verstärkte sich zu einem Prasseln kristallener Tropfen. Die lockere, fruchtbare Erde saugte die Flut auf; rosige Regenwürmer kamen an die Oberfläche und wurden gewaschen…

Das Schiff lag wie eine faulende Gurke auf der schlammigen Ebene. Rostiges Wasser rann vom Rumpf und floß in eine tief ausgewaschene Rinne im roten Lehm. Aus der offenen Luftschleuse fiel helles Licht; der Nachthimmel war bedeckt.

Gorgias sah sich schwerfällig durch den Schlamm stapfen und an Bord gehen. Dort saß sein Vater in einem großen Terrarium. Er trug eine gehörnte Maske und Handschuhe. Die Lebewesen, mit denen er das Terrarium teilte, waren in Panik. Sie wanden sich und hüpften und huschten, blutegelartige Würmer, Eidechsen, Schlangen und große Tausendfüßler. Sein Vater ergriff mit der behandschuhten Rechten eine Schlange am Kopf, hielt sie, bis das Gift von ihren Eckzähnen tropfte, dann hielt er die Schlange an den nackten Rücken eines Mannes, der vor ihm saß, und zwang das Tier, ihn zu beißen. Als er an der Reihe war, trat Gorgias näher…

Ein Hammerschlag traf Stein und riß ihn zurück in die obere Ebene seines Traums.

Sirius verblaßte, verging.

Er griff aus zu einem weiteren Stern. Dort zog er

einen binären Gefährten in die größere Glut und nährte sich von der massierten Energie. Der Stern flammte auf, verschlang seine Kinder.

Nun zog ihn die Mitte an, das galaktische Herdfeuer. Wie ein leiser Wind strömte er zwischen den Sternen und nährte sich von der interstellaren Materie und verschlang unterwegs, was ihm an mageren Brocken und kleinsten Funken in die Quere kam.

Er eilte weiter, saugte helle Sterne aus und verleibte sie sich ein. Einem räuberischen Bettler gleich, fiel er über den Ort endloser Macht her, stieß Mülleimer um, stürmte durch die Stockwerke eines riesigen eisernen Gebäudes, vorbei an rostigen Trägern und faulendem Holz, wo sich Falltüren vor ihm öffneten …

Er raffte hundert Sterne in sein Netz, tausend, eine Million, und seine Grenze schob sich bis zum Rand der Galaxis vor. Das Rad aus Sonnen wurde seine Haut, als er es auszufüllen begann.

Die Galaxis atmete mit seinem Willen.

Gab es weitere wie ihn?

Angst beschlich ihn, als er in die intergalaktische Dunkelheit hinausblickte, zu den winzigen, verschwommenen Lichtinseln jenseits, und die hoffnungslose Kälte fühlte, die von allen Seiten auf ihn eindrang.

Er versuchte sich in die unendliche Leere auszudehnen und fiel zurück. Er begann zu pulsieren und zog alle verfügbare Materie in seine Mitte, pulsierte und atmete, pulsierte und atmete …

Das galaktische Rad drehte sich schneller und schneller, kam in Bewegung und ließ eine Spur losgerissener Sonnen zurück.

Im Nu flog er mit ungeheurer Geschwindigkeit dahin, die sich in der Rotverschiebung seines Spektrums verriet, auf seine neue Beute zu …

Er stieß seine Faust in den Himmel, und sie durchbrach die Pappe, und er war in einem weißen Raum mit weißen Wänden und präzisen Winkeln …

Das Universum kollabierte zu einer zuckenden Masse in seinen Kopf.

Er öffnete die Augen und lauschte dem Pulsschlag in seinen Schläfen. Das Grau der Schlafkammer war nach den Aufregungen seines farbigen Traumes Beruhigung und Enttäuschung zugleich. Er schloß die Augen wieder und sah die Traummasse, die Glut eines in sich zusammengestürzten Universums, das sich zu erneuerter Expansion anschickte; einen Augenblick schien es, als würde er wieder einschlafen: das Bewußtsein war nur noch ein dünner Film am Rand des Traumbildes.

Aber die Vision verging. Er lag im Halbschlaf, treibend in einer von unklaren Gedanken und flüchtigen Bildern wimmelnden Dunkelheit, die neue Träume gebar. Bilder verschlangen einander, Ängste zwangen ihn zur Erinnerung …

Rattenähnliche Tiere huschten aus der geborstenen Kanalisation, als der Regen herabrauschte und das Wasser aus Rohren zu steigen begann. Nebelbänke lagerten über den Resten der alten Stadt, und die tiefhängenden grauschwarzen Wolken öffneten ihre Schleusen. Donnerschläge hallten oben in den walddurchwachsenen Ruinenschluchten wider, und aus den Abwasserrohren sprudelte schäumend lehmigbraunes Wasser.

Gorgias stand neben seinem Vater in der feuchten und teilweise eingestürzten unterirdischen Ebene der Stadt. Die Gemeinwesen dieser Welt hatten sich vom Krieg nicht mehr erholt, und die Föderation hatte sie evakuiert. Die Wälder waren zurückgekehrt, um die ausgebrannten Städte wieder in Besitz zu nehmen, und die üppige, humusbildende Vegetation hatte bis auf die ragenden Ruinen das meiste längst überwuchert.

Die verlassene Welt gab ein gutes zeitweiliges Versteck für das Flüsterschiff ab. Das Grenzgebiet der Föderation war gesprenkelt mit solchen Welten. Sobald das Gewitter abzog, würden sie den Untergrund der Stadt verlassen und hinausgehen, wo die mächtigen Bäume mit Schlingpflanzen behangen und die Lichtungen mit gelben Blumen bedeckt waren...

Eines Morgens hatte sein Vater auf der überwachsenen Straße in der Nähe des alten Regierungssitzes drei menschliche Aaskäfer erschossen, Schatzsucher, die in den Eingeweiden der Ruinenstadt gewühlt hatten.

Hinter ihm wurden sausende Flügelschläge hörbar; bevor er auch nur den Kopf wenden konnte, schlugen sich scharfe Krallen in seinen Hals, und ein gezähnter Schnabel trank Blut aus seiner Kehle, ließ ihn in barmherzige Dunkelheit versinken...

Die schwarzen und grauen Rätsel des Übergangsraums verschwanden, und ein gelber Stern kam ins Bild. Hier, im Randbereich der Galaxis, waren die Sonnen dünn gesät; nur die Magellanschen Wolken belebten die Schwärze des intergalaktischen Himmels.

Die wasserreiche Welt funkelte, als das Schiff in die Atmosphäre eintrat. Auf halbem Weg um die nördliche Hemisphäre fand es den einzigen großen Kontinent und ging über dem östlichen Kontinentalschelf nieder. Die felsige Küste rückte näher und blieb zurück; voraus sah Gorgias welliges, grünes Land. Das Schiff bog nordwärts und folgte dem bekannten Kurs, der es zu Myraas Haus führen sollte.

Gorgias saß zurückgelehnt und wartete. Er war ruhig und zufrieden, als ob die Vergangenheit in ihm plötzlich abgestorben wäre und die Müdigkeit mitgenommen hätte, die ihn geplagt hatte. Bald kam im Hügelland der Wiesen und Wälder das Haus in Sicht, ein einsames Gebäude unter einer Baumgruppe, das seine Anhöhe beherrschte. Der vertraute Anblick schien ein wenig anders. Die Bäume, merkte er, waren höher und stärker geworden, die Äste ausladender. Das Schiff umkreiste sein Ziel einmal in weitem Abstand, während seine Sensoren nach Anzeichen von Gefahr und menschlichen Gestalten suchten. Die Fenster des Hauses blitzten in der Sonne. Das Schiff verließ seinen Kreis und ging in der Talsenke hinter dem Haus nieder.

Gorgias kam aus der seitlichen Schleuse und stieg den Hang hinauf. Als er aufblickte, stand die Sonne über dem Haus, doch als er sich der Kuppe näherte, wurde sie von den hohen Bäumen verdeckt.

Vor den Hintereingang blieb er stehen. Eine laue Brise fächelte sein Gesicht. Würde Myraa ihn wie früher willkommen heißen? Wie war es während dieser letzten Jahrzehnte für sie gewesen? Waren die anderen Herakliden noch bei ihr? Er war ein Fremder, der sich von der Vergangenheit zur Zukunft durch die Zeit gestohlen hatte; er war derselbe geblieben, aber die hier zu Haus waren, würden verändert sein. War dies auch seine Heimat? Er rang mit der Vorstellung, fand rasch einen befriedigenden Kompromiß: Heimat war jeder Ort in der Galaxis, wo andere von seiner Art noch lebten.

Er ging auf die Tür zu, und sie ließ ihn ein.

»Heute nacht hast du im Schlaf gesprochen«, sagte Myraa.

»Worüber?« Hatte sie nur sein schlaftrunkenes Murmeln gehört oder seine Gedanken belauscht?

»Etwas über den Rand der Zeit...« Er wälzte sich herum. Die Sonne stand wie eine Scheibe aus glühendem Eisen im Ostfenster. Der Himmel war von einen tieferen Blau, als er es hier je gesehen hatte. Er wandte den Kopf und schaute sie an. Das Morgenlicht rötete ihre gebräunte Haut. Er sah ihr in die Augen und lächelte.

»Was sagte ich sonst noch?«

Sie schloß die Augen, und ein fröstelnder Schauer überlief sie. »Sie kommen wieder hierher«, sagte sie.

»Sie wissen nicht, daß ich hier bin«, erwiderte er. »Du kannst mir nicht Angst machen, daß ich gehe. Sie sind früher schon gekommen und hatten keinen Erfolg.«

Er drehte sich auf die Seite zu ihr und strich ihr über die Hüfte. Ihr braunes Haar war über das Bett gebreitet; es war länger, als er es je gesehen hatte. »Ich habe dich geliebt, Myraa.«

Sie schwieg, blickte zum Oberlicht auf.

»Sie wollen das Schiff«, sagte er.

»Wenn du zu weit von mir umkommst«, sagte sie, »werde ich dich nicht retten können. Alles, was du bist, wird sich auflösen. Würdest du das für das Schiff riskieren?« Sie zog sich ein Stück von ihm zurück, um ihn besser zu sehen. »Denk darüber nach, Gorgias!«

Er betrachtete sie nachdenklich, bemüht, sich die Wahrheit ihrer Behauptungen vorzustellen: daß sie viele Persönlichkeiten in sich enthielt, darunter seine Großmutter, seinen Bruder und seine Mutter. Er suchte in ihrem Gesicht das junge Mädchen wiederzufinden, das er vor langer Zeit gekannt hatte. Er verstand, daß er sie noch liebte, denn es waren nur wenige von seiner Art übrig, die er lieben konnte; aber er brachte es nicht über sich, ihre Illusionen und Lebensweise zu akzeptieren.

Myraa glaubte noch immer, daß es zwei Arten von Überlebenden des Krieges gebe – diejenigen mit vielfach eingeschmolzenen Persönlichkeiten, wie sie selbst, und die Einzelgänger, denen es nicht gelungen war, den Blick nach innen zu richten. Sein Bruder hatte den Übergang wenige Augenblicke vor seinem Tod unter den Händen eines Verfolgertrupps vollzogen. Sie hatten ihm den Kopf mit einem Steinbrocken zerschmettert und unweit vom Haus im hohen, taunassen

Gras liegen gelassen. Seine Großmutter hatte Gorgias nie gekannt. Sie hatte als Sanitätsoffizier an Bord eines der größeren Kriegsschiffe gedient. Myraa behauptete, sie habe den überlebenden Herakliden das Wissen um die Symbiose gebracht, als sie auf dieser Welt eingetroffen waren.

Gorgias verschränkte die Hände hinter dem Kopf, schloß die Augen und versuchte sich vorzustellen, wie die Ankunft hier vor vierhundert Jahren gewesen sein mußte. Der Krieg war verloren, als Dutzende von beschädigten, kaum noch kampffähigen und schlecht abgeschirmten Schiffen mit ihren letzten Energiereserven die einzige Siedlung von Angehörigen der Föderation zerstört hatten und in der Wüstenei gelandet waren, die sie selbst geschaffen hatten und wo die korrodierten, überwachsenen Reste der Schiffe noch heute zu sehen waren. Die überlebenden Schiffsbesatzungen hatten sich mit Proviant und Ausrüstungen beladen und waren weitergezogen, um Schutz vor ihren Verfolgern zu finden. In der folgenden Zeit waren viele der Herakliden an Verwundungen gestorben, die sie bei den letzten Kämpfen erlitten hatten; andere waren in Streit geraten und hatten einander bekämpft; der Rest war von Truppen der Föderation verfolgt und zersprengt und dann von Kopfgeldjägern verschiedener Kolonialwelten zum Sport gejagt und zur Strecke gebracht worden. Diese Raubzüge hatten noch viele Jahre nach dem Ende des Krieges angedauert, so lange wie die Verfolgten gekämpft und sich zur Wehr gesetzt hatten, bis die letzten Überlebenden müde geworden waren und sich ergeben hatten.

In jenen Tagen, behauptete Myraa, sei sie eine Retterin gewesen, eine Sammlerin von Seelen. Es hörte sich sehr glaubhaft an, wenn sie von der Zahl der Geretteten sprach. Er stellte sich ein riesiges Gefängnis in ihrem Bewußtsein vor, wo illusorische Persönlichkeiten zusammengepfercht waren und sich gegenseitig ihr Leid klagten.

Er konnte an ihrer großen Selbsttäuschung nicht teilnehmen; sogar die Erdgeborenen wußten, daß sie harmlos war, und ließen ihre kleine Gruppe in Ruhe.

Sie stand auf und schaute zum Fenster hinaus. Ihr Körper verdeckte die Sonne. Gorgias fand, daß ihr Haar jetzt heller war, ihre Haut glatter. Sie reckte sich im wärmenden Sonnenschein, dann wandte sie sich zu ihm.

»Selbst wenn eine Persönlichkeitsverschmelzung wirklich möglich wäre«, sagte er, »würde ich sie nicht wollen.«

Sie musterte ihn. »Du würdest sie aus eigenem freien Willen annehmen müssen.«

»Aber es wäre eine Abwendung von der Welt, von allem.«

»Diese Welt, die du siehst, ist nur die Oberfläche eines tieferen Ozeans. Du würdest noch immer in der Lage sein, an die Oberfläche zu kommen, aber sie würde nicht alles sein.«

Hinter ihr zogen Wolken auf. Plötzlich kam ihm ihr Gesicht wie eine Maske vor, hinter der sich eine Verrückte verbarg. »Ich kann Entfernungen nicht immer beurteilen«, sagte sie, »aber ich fühle, daß die Jäger kommen!« Er sah sie einen Augenblick zögern. »Du … könntest dich stellen und kämpfen.«

Sie will, daß ich sterbe, dachte er.

»Das werde ich tun«, sagte er leise, erschrocken über das Ausmaß ihrer Selbsttäuschung, »wenn ich die Waffe finde, deretwegen ich gekommen bin. Du weißt, wo sie ist – sag es mir.« Wenn sie wirklich seinen Tod wollte, würde sie es ihm verraten – mit der Hoffnung, daß es ihn in Gefahr bringen würde. Danach würde er als eine Erinnerung in ihr weiterleben, während sie sich einbildete, daß sie ihn gerettet habe.

»Wir versteckten sie im Flaggschiff, nachdem die

Erdgeborenen die aufgegebene Flotte ausgeschlachtet hatten.«

Er richtete sich auf. »Wo?«

»Erstes Deck, dritte Abteilung.«

Er sprang vom Bett auf und fuhr in seine Uniform.

»Beeil dich!«

Ihre Wahnideen machten ihn traurig; er hätte sie gern in die Arme genommen, sie beschützt. Die Regung überraschte ihn selbst, verschaffte ihm das Bewußtsein von Schwäche, als ob das Versagen seines Vaters in ihn überginge und seine Willenskraft aufzehrte.

Er verließ das Haus, wie er hereingekommen war, durch die Hintertür. Das Schiff lag in der Senke am Fuß des Hanges. Der schimmernde Rumpf erfüllte ihn mit erneuerter Bewunderung für die alten Erbauer. Noch immer wußte er wenig über die Arbeitsweise des Schiffes, außer daß seine Energiequelle nicht an Bord war, und daß sie niemals versiegte, ungeachtet der verschiedenen äußeren Umstände. Das Schiff war schneller als die modernsten Konstruktionen der Föderation, und stark genug bewaffnet, um es mit einer kleinen Flotte aufzunehmen; seine Aufbereitungsanlage konnte beinahe jedes Rohmaterial zu eßbaren und nahrhaften Speisen synthetisieren. Selbst im Falle der Gefangennahme würde es unmöglich sein, das Schiff zu öffnen. Sollte Gorgias sterben, würde das Schiff sich selbst mit hinreichender Gewalt zerstören, um in weitem Umkreis alles zu vernichten; er würde allerdings nahe genug sein müssen, daß die Sensoren des Schiffes die gewaltsame Unterbrechung seiner Persönlichkeitsaufprägung wahrnehmen würden. Er war entschlossen, sich niemals vom Flüsterschiff zu trennen; wenn er starb, würde es mit ihm sterben.

Myraa kam zur Tür heraus und schüttelte den Kopf, als sie ihn noch dastehen sah.

»Sie sind sehr nahe – fühlst du das nicht?«

Er stand still und lauschte. In seinem Kopf war ein dumpfes Rauschen, unverständliches Gewisper schien ihn zu verspotten. Irgendwo, dachte er, saßen die Verfolger über ihre Instrumente gebeugt, suchten ihn zu orten, haßten ihn. Er stellte sich vor, wie sie seinen gefallenen Körper umstanden und mit ihren Waffen zu Asche verbrannten; der Wind nahm die Asche auf und trug sie mit sich fort …

»Du bist nicht unsterblich«, sagte sie, »nur langlebig. Du haßt sie, aber eines Tages könntest du ihre Dienst benötigen, um deinen Körper zu erneuern.«

»Was ich brauche, werde ich mir nehmen«, sagte er hart, eine steile Falte zwischen den Brauen. Er sah sie an, dann nickte er ihr zu und eilte den Hang hinunter zum Schiff.

Myraa ging ins Haus zurück und legte sich aufs Bett. Sie sah den Schatten des aufsteigenden Schiffes vorübergleiten und verschwinden. Kurz darauf verdunkelten die aufziehenden Wolken den Strahlenglanz der Morgensonne; Licht und Farben der Landschaft versanken im Schatten …

Die Verfolger kamen näher.

9. Friedhof der Titanen

»Wie Regen fließt ihr Blut um die Wurzeln der Zeit;
Sie wirft sie aus und zieht sie wieder ein;
Mit Nerven und Knochen webt und mehrt sie
aus Schmerzen den höchsten Genuß.«

– SWINBURNE, *Laus Veneris*

Als das Flüsterschiff westwärts auf die Berge zuhielt, beobachtete Gorgias den Bildschirm nach Anzeichen von Verfolgung. Die Sensoren konnten die Annäherung von Schiffen im Normalraum orten, aber es war nicht möglich, ein plötzliches Erscheinen aus dem Übergangsraum vorauszusehen. Wenn Myraa recht hatte, brauchte er bloß genug Zeit, den Zylinder zu bergen und die Flucht zu ergreifen; an eine ungefährdete Rückkehr hierher war dann in naher Zukunft nicht zu denken.

Er konnte sich die Strategie der Verfolger vorstellen. Ein großes Schiff würde hinter ihm in den Absprungraum überwechseln, sein Feldeffektnetz auswerfen und das Flüsterschiff schlucken. Natürlich würden die Verfolger gleiche Startbedingungen benötigen, wenn sie eine Chance haben wollten, ihn zu fangen, aber das konnte geschehen, wenn sie ihn überraschten.

Seine Gesichtsmuskeln spannten sich; sein Magen zog sich zusammen. Er behielt den Bildschirm im Auge, rang mit der Entscheidung, ob er das System sofort verlassen oder zuerst den Zylinder bergen sollte. Noch war kein sichtbares Zeichen von Gefahr zu erkennen, und diesmal war er seinem Ziel so nahe. Myraa wollte ihm nur Angst einjagen. Hätte er erst den Zylinder, würde es keine Rolle spielen, ob er jemals hierher zurückkäme.

Er sah die schneebedeckten Gipfel, die den Kontinent teilten. Das Schiff überstieg sie, durchstieß Gewittertürme und brach hinaus in blauen Himmel; das Schiff ging wieder herunter, und Gorgias sah Wälder und Grasland.

Das Schiff jagte im Tiefflug über weite Ebenen und sog den Horizont in den Bildschirm. Jeden Augenblick, so schien es, würde die wilde Jagd es über den Rand der Welt hinaustragen.

Hätte das Schiff nicht plötzlich verlangsamt, wäre ihm nichts aufgefallen. Die Trockensavanne mit ihrem lockeren Bestand von Bäumen und Sträuchern, da und dort durchzogen von Galeriewäldern, die Wasserläufe begleiteten, gab erst aus kurzer Entfernung den Blick auf die allmählich zerfallenden Wracks frei.

Das Schiff verlangsamte weiter und ging auf fünfzig Meter herunter. Noch vierhundert Jahre später war hier im Trockengebiet die bei der Landung verbrannte Fläche erkennbar. Der Wind hatte die verbrannte, spärliche Bodenkrume als Staub fortgetragen und den sandigen Untergrund freigelegt, der eine Wiederbesiedelung durch die heimischen Pflanzen erschwerte. Nur im Randbereich hatte die Vegetation sich wieder ausbreiten können.

Das Flüsterschiff schob sich vorwärts zwischen die noch im Zustand fortschreitender Skelettierung eindrucksvollen Schiffe, wenige Meter über dem Sand schwebend. »Weggeworfenes Spielzeug«, hatte sein Vater gesagt.

Tausende mußten hier im Kampf und beim Rückzug durch unbekanntes Land umgekommen sein, gefallen oder an Erschöpfung und Mangel an Proviant und Medikamenten zugrunde gegangen.

Die großen Schiffe versanken allmählich im Sand.

Anwehungen hatten sich in den offenen Schleusen gebildet und waren dabei, die teilskelettierten Rümpfe unter sich zu begraben, eine trockene, windbewegte See, die geduldig an den sinkenden Schiffen leckte.

Der Feind hatte den Geschlagenen und Sterbenden keine Hilfe geschickt, nur Jagdkommandos, die des Tötens noch nicht müde waren. Als sie die Überlebenden in monatelangen Kämpfen weiter dezimiert und zersprengt hatten, waren sie zurückgerufen worden. Die Reste der Herakliden hatte man den Kopfgeldjägern und dem Tod durch Erschöpfung und Entbehrung überlassen.

Die größte Konzentration von Schiffen war im Zentrum um das Flaggschiff. Hier, inmitten von dreißig oder vierzig gestrandeten Wracks, mußte der Stasiszylinder einen Funken Leben enthalten, die Macht, eine Armee aus der Heimat zu mobilisieren.

Das Flüsterschiff trieb langsam weiter, bis Gorgias in der Mitte der Ansammlung die zwei größten Schiffe sah. Eines davon mußte das Flaggschiff sein. Er landete zwischen ihnen im Sand.

Die Sonne war grell und blendend, die Luft heiß und trocken. Zu beiden Seiten ragten die von früherer Ausschlachtung und späterer Winderosion zerfressenen Rümpfe ein gutes Stück über das silbrige Flüsterschiff zwischen ihnen. Mächtige Schiffe, doch nicht so mächtig wie das Flüsterschiff.

Beim Herumstapfen im Sand stießen seine Stiefel Stücke verkohlten Holzes und geschmolzenen Glases an die Oberfläche. Die letzteren kamen in verschiedenen Farben vor: Manche waren kristallklar und enthielten kleine Spiegelbilder der Sonne, andere waren dunkelgrün und schmutzigpurpurn.

Die weitere Umgebung war hier zwischen den Wracks nicht mehr zu überblicken, und Gorgias mußte sich der unangenehmen Vorstellung erwehren, daß feindliche Abteilungen von allen Seiten gegen den Schiffsfriedhof vorgingen, um ihn hier zu überrumpeln.

Er blickte auf. Es ging gegen Mittag, und die Sonne brannte unbarmherzig herab, grell reflektiert vom sandgeschliffenen blanken Metall. Seine Füße versanken in den Sandanwehungen, und er mußte die Beine hochheben, um voranzukommen. Schon nach wenigen Schritten begann er in seiner schwarzen Uniform zu schwitzen. Die Luft roch nach Ozon. Er hielt an und spähte blinzelnd in die Runde. Sein Stiefel stieß an geschmolzenes Glas, und er hob es auf. Es war bläulich gefärbt und klar; in seinem Innern gefangen war ein Tausendfüßler, der einen kleinen Käfer in den Zangen hielt. Gorgias ließ die vor langer Zeit erstarrte Szene in den Sand fallen und stapfte weiter.

Eine Leiter führte zum Einstieg, der sich ein gutes Stück über dem Boden befand. Die Rungen waren heiß, und was vom Rumpf übrig war, strahlte sengende Hitze zurück. Schweiß brannte ihm in den Augen, und er hielt inne, um sich mit dem Ärmel das Gesicht zu wischen.

Aus der Nähe gesehen, zeigte sich, daß diese Schiffe nicht viel mehr als bewaffnete Transporter waren, gegen Ende des Krieges hastig fertiggestellt. Es mußte bereits Materialmangel geherrscht haben, sah er, als er in der offenen Schleusenkammer stand und sich umsah. Überall vereinfachte und materialsparende Konstruktionsdetails. Die Schiffe waren in einer Phase des verzweifelten Überlebenskampfes gebaut worden.

In der Schleuse und dahinter war es kühler und dämmrig. Hinter der inneren Schleuse führte eine Treppe zur zweiten Ebene hinauf, wo vermutlich die Unterkünfte gewesen waren. Er blickte zurück zum Oval der äußeren Schleuse, wo grelles Licht aus dem Feuerofen der Wüste hereindrang, dann verließ er die

Schleusenkammer und arbeitete sich im Halbdunkel durch die zerstörte erste Ebene. Sand knirschte unter seinen Stiefeln, allenthalben lagen losgerissene Teile und Trümmer.

Er stieg durch ein Querschott und sah Tageslicht: Ein metergroßes Loch gähnte im Rumpf. Die großen Türen zwischen den Abteilungen standen alle offen. Herumgeworfenes, zerbrochenes Gerät, aufgerissene Kisten und unbestimmbare Maschinenteile lagen durcheinander.

In der zweiten Abteilung fehlten Teile der Außenwand, und durch die Metallspanten war Sand hereingeweht und hatte sich vergeblich bemüht, eine Menge gebleichter Knochen von Menschen und Tieren zuzudecken. Rasch ging er weiter in die dritte Abteilung.

Sie war leer.

Konnte es sein, daß Myraa ihn belogen hatte? Er durchschritt den Raum bis zur gegenüberliegenden Wand und begann eine sorgfältige Durchsuchung des halbdunklen Raumes, indem er mit beiden Händen die Oberfläche der Metallwand abtastete.

Plötzlich verschwand seine Hand in einer Wandöffnung, und er verlor das Gleichgewicht und schlug sich die Stirn an.

Vielleicht hatte Myraa nicht gelogen. Jemand hatte dieses Fach aufgebrochen und offen gelassen. Dann war der Zylinder nicht mehr hier; jemand mußte ihn vor langer Zeit gefunden haben, als die Schiffe ausgeschlachtet worden waren. Und für jeden, der nicht damit vertraut war, mußte der Zylinder ein bedeutungsloser, bestenfalls rätselhafter Gegenstand gewesen sein. Ein kristalliner Stab mit einer Metallverkleidung, vielleicht ein Schmuckstück in einem kleinen Kasten.

Er fühlte mit beiden Händen darin herum. Auch wenn der Zylinder erst nach dem Ausschlachten der

Schiffe hier versteckt worden war, konnte er in späteren Jahren gestohlen worden sein. Seine Hände fühlten nichts als Staub und Sand.

Das Fach war tiefer, als er vermutet hatte. Er streckte die Hand aus, um die Rückwand zu erreichen, stellte aber fest, daß er würde hineinkriechen müssen, wenn er sich Gewißheit verschaffen wollte.

Er zerrte eine halb eingeschlagene Kiste aus der benachbarten Abteilung, stieg hinauf und schob sich mit Kopf und Schultern in das Wandfach. Etwas krabbelte ihm über die rechte Hand, dann fühlte er einen Stich im Daumen und zog die Hand rasch zurück. Das Insekt hatte sich am Daumen festgebissen, und Gorgias mußte es mit der linken Hand abstreifen. Es kam ihm auf einmal unangenehm groß vor. Ob es giftig war, konnte er nicht sagen.

Sein Daumen schmerzte, doch als er ihn untersuchte, sah er nur eine winzige Verletzung, wie einen doppelten Nadelstich. Er steckte den Daumen in den Mund und saugte sie aus, während er in das dunkle Fach spähte. Im linken hinteren Winkel schien ein flacher Gegenstand zu liegen. Er tastete mit ausgestrecktem Arm danach, bekam eine Ecke zu fassen und zog daran. Der Behälter schien leicht, als er ihn aus dem Fach zog und in die Hände nahm. Vielleicht war er leer.

Nachdem er sich vergewissert hatte, daß es in der Abteilung keinen weiteren Gegenstand gab, der als Behälter des Zylinders in Frage kommen konnte, nahm er den Kasten in beide Hände und kehrte zurück zum Einstieg. Das spröde Metall des alten Schiffsrumpfes dehnte sich in der zunehmenden Sonnenhitze mit tickenden und knarrenden Geräuschen aus. Als er durch die Schleusenkammer hinaustrat, schlug ihm die Hitze entgegen. Er nahm den Kasten unter den linken Arm und stieg die eiserne Leiter hinunter. Das Metall war so heiß, daß er es immer wieder loslassen mußte, um sich nicht zu verbrennen. Er sprang von der vorletzten Runge hinunter in den Sand, legte den Kasten neben sich ab und wischte sich brennenden Schweiß aus den Augen. Die Uniform klebte ihm am Körper.

Als er sich nach dem Kasten bückte, sah er, daß sich ringsherum eine Mulde im Sand bildete. Wie in einem Stundenglas schien der Sand in einen Hohlraum darunter zu rinnen.

Gorgias riß den Kasten an sich. Nachrieselnder Sand vertiefte den Trichter, dann kam die Bewegung zum Stillstand.

Er zog sich in den Schatten zurück und untersuchte den Kasten. Mit Ausnahme des Hoheitszeichens, einem orangefarbenen Stern in Lorbeerkranz, in der oberen rechten Ecke, war er völlig schwarz. Die dünne weiße Linie einer Dichtung markierte den Deckel. Er drückte und zog von verschiedenen Seiten, bis der Deckel aufging und er den Zylinder vor sich sah.

Er starrte auf das glänzende Metallgehäuse. Endlich hatte er die Mittel, die Verfolger direkt zu bekämpfen.

Er nahm den Zylinder in die Hand und untersuchte die Anschlüsse an der Bodenplatte, wo er auf die Kontakte des Stativs gesteckt werden mußte, bevor sich die Energiezufuhr einschalten ließ. Die Oberseite des Zylinders war schwarz und trug gleichfalls das Hoheitszeichen.

Er tat einen tiefen Atemzug. All diese Jahre hatte der Zylinder im sicheren Versteck auf die Zeit gewartet, da er ihn am dringendsten benötigte. Er war jetzt das Reich, versehen mit seiner großartigsten Waffe. Alle überlebenden Heraklide würden ihn als ihren Führer anerkennen müssen. Sein Blick schweifte über die traurigen, allmählich im Sand versinkenden Wracks, und er träumte von einer Zeit, wenn bessere

Schiffe als diese unter seinem Befehl stehen würden – hundert Flüsterschiffe, die aus verborgenen Stützpunkten im Herkules-Sternhaufen hervorbrechen würden.

Myraas Warnung vor den Verfolgern kam ihm in den Sinn, und er legte den Zylinder sorgsam in seinen Kasten zurück, schloß den Deckel und ging an Bord des Flüsterschiffes. Es war kurz nach Mittag.

10. Die Kleine Magellansche Wolke

»... das Schrecklichste ist, daß jeder seine eigenen guten Gründe hat.«

– Jean Renoir

Das Schiff umkreiste die Welt. Gorgias wandte den Blick nicht vom Bildschirm, aber von den Verfolgern war noch immer nichts zu sehen.

»Zurück zum Haus«, befahl er.

Das Flüsterschiff tauchte wieder ein in den Luftozean. Wolken verhüllten es, als es der Oberfläche näher kam, dann durchbrach es plötzlich die Wolkendecke, und unter ihm lag das Haus. Myraa stand draußen bei der Baumgruppe. Die Vergrößerung zeigte, daß sie zu ihm aufblickte. Gorgias spürte ihre Gegenwart an den Rändern des Bewußtseins, als ob sie es umkreiste, aber nicht einzudringen wagte.

Das Schiff kam tief herein und schwebte zu seinem Landeplatz in der Bodensenke hinter dem Haus. Gorgias kam heraus und erstieg die Anhöhe. Die Tür öffnete sich für ihn, und er schritt durch den Korridor in den Wohnraum.

Myraa erwartete ihn in dem sonnigen Raum. Er trat auf sie zu und blickte ihr fragend ins Auge.

»Sie kommen näher«, sagte sie.

»Wann ...?«

»Ich kann Entfernungen nicht beurteilen. Aber bald.«

»Es wird ihnen nicht helfen.« Er blickte durch das Oberlicht zum aufreißenden Wolkenhimmel, dann zum westlichen Fenster hinaus. Der Wind kämmte das hohe Gras.

»Bedenke, daß du mich in Gefahr bringen könntest«, sagte sie.

»Bisher bist du gut zurechtgekommen«, antwortete er, ohne sie anzusehen. »Übrigens, ich habe den Zylinder gefunden.«

Sie sah ihn zweifelnd an. »Es ist nur eine taktische Waffe«, sagte sie. »Wenn du nicht sofort gewinnst, wirst du deine zurückweichenden Streitkräfte versorgen und in Deckung bringen müssen. Wo willst du sie unterbringen? Wie willst du sie versorgen? Du hast nie eine Streitmacht befehligt.«

Sein Vater hätte so sprechen können.

»Was können sie hier gegen mich einsetzen? Sie haben keinen Grund zu der Annahme …«

Sie sah ihn mit eisiger Aufmerksamkeit an. Ihr Blick war undurchdringlich, immun gegen Einschüchterung. »Komm mit mir«, sagte sie ruhig und wandte sich zum Gehen. In der Mitte des Raums senkte sich ein kreisförmiger Ausschnitt des Bodens und glitt zur Seite. Dort führte eine Treppe hinunter. Licht ging an, und Myraa stieg die Stufen hinab. Er folgte nach kurzem Zögern.

Am Fuß der Treppe sah Gorgias einen trüb erleuchteten Gang. Myraa war rasch vorausgegangen und erwartete ihn unter einem Bogen am Ende des Gangs.

Als sie sah, daß er folgte, ging sie weiter.

Er gelangte in einen großen, kreisrunden Raum und blickte umher. Der Raum war aus dem anstehenden Fels gehauen, und Teile der Granitwände und der Decke waren dunkel und fleckig, wo Feuchtigkeit durchgesickert war.

Am Boden war eine glänzend polierte silberne Platte in einen niedrigen Betonsockel eingelassen. Gorgias trat näher und blickte neugierig in die spiegelnde Oberfläche.

Myraas Spiegelbild gesellte sich zu seinem. Die Luft war feucht und kühl.

»Sie kann dich zur Kleinen Magellanschen Wolke und zurück bringen, aber nur einmal«, sagte sie. »Auf dem Weg hinaus hinterließen sie diese Verbindung. Geh hin und sieh, was von ihnen übrig ist.«

Die Überlebenden! Das war der einzige Gedanke, der ihn beherrschte, als er auf die Platte stieg. Sie waren Realität, nicht bloß eine Legende.

»Bist du dort gewesen?« fragte er.

»Ich habe kein Bedürfnis.«

»Dann weißt du nichts! Sie könnten am Leben sein.«

»Du mußt rasch zurückkehren, bevor alle Energie verbraucht ist.«

Er hörte ihre Warnung, aber sie war weit weg, unwichtig. Wer war sie, daß sie ihm Anweisungen gab? Er dachte an die Entfernung, die er überbrücken würde: eine Viertelmillion Lichtjahre. Auch dies eine Leistung seines Volkes. Welche Entdeckungen mochte es noch für ihn geben?

Myraa verließ seine Seite und ging zur Wand, wo eine Schalttafel angebracht war. Sie wandte sich halb zu ihm zurück und drückte ihre Handfläche gegen ein kleines grünes Tastfeld.

Dunkelheit umschloß ihn, eine feste Schwärze, die ihn zu erdrücken drohte …

… die Stille war ein langer, schriller Ton, wie ein ungeheurer Todesschrei …

… Myraa hatte ihn in ein Nichts gestoßen, aus dem er niemals würde zurückkehren können …

… die Linse der Milchstraße stand riesig am Himmel, entzweigeschnitten von einem gebirgigen Horizont.

Er stand in einer Felshöhle. Zu seinen Füßen breitete sich eine öde, mit Gesteinstrümmern übersäte Ebene. Die Luft war trocken, kein Geräusch drang durch die Nacht.

Er beobachtete den Himmel. Die Welt, auf der er sich befand, war vermutlich nahe dem Rand der Wolke. Wenn es eine Rotation gab, würde er gegen Morgen das Sternenmeer der Magellanschen Wolke sehen.

Er sah auf die Platte nieder, wo er stand; sie spiegelte sein schwach erhelltes Gesicht vor dem Nachthimmel.

Er stieg von der Empfängerplatte und versuchte zu schätzen, wie lange die konventionelle Reise durch den Übergangsraum gedauert hätte. Monate, sicherlich.

Kein Weg führte von der Höhle zur Ebene hinunter; er stieg im hellen Sternenlicht den schwer begehbaren Hang hinunter zur Ebene, wo er haltmachte und zurückblickte. Der Berg war ein dunkler Umriß unter dem Sternenhimmel. Die Höhle, die den Endpunkt der Verbindung schützte, war von hier aus nur zu ahnen. War es möglich, daß über die Verbindung mehrere Endpunkte erreicht werden konnten?

Sobald er sich orientiert und den Rückweg eingeprägt hatte, wandte er seine Aufmerksamkeit der Ebene zu. Dort draußen lag eine Bodenerhebung, deren regelmäßige Form auf ein Bauwerk schließen ließ. Er ging darauf zu.

Nach wenigen Minuten schon sah er, daß es ein Schiff war, ein riesiges Wrack, das wie der Kadaver eines gestrandeten Wals auf der Seite lag.

Als er näher kam, schien es sich höher aus der dunklen Ebene zu den milchigen Nebeln der Galaxis zu erheben. Er sah, daß keine Naturgewalten das Schiff zerstört hatten; man hatte es ausgeschlachtet. Dutzende von Öffnungen waren in Bodennähe in den Rumpf geschnitten, um leichteren Zugang zum Innern zu gewähren. Ein paar von ihnen waren so groß, daß er durch den Rumpf und auf der anderen Seite über die Ebene sehen konnte.

Nicht weit vom Bug entfernt sah er die ersten Skelette liegen, die Kiefer in einer erstarrten Grimasse aufgeklappt.

Er umging den Leviathan und stieß auf eine buchstäblich mit Gebeinen übersäte Fläche. Tausende von Skeletten lagen hier ausgestreckt auf dem steinigen Boden, als hätten sie sich eines Tages alle zur Ruhe niedergelegt, um nie mehr aufzuwachen. Die Gebeine schimmerten weiß im Sternenlicht, steckten da und dort noch in den zerfallenden Resten staubiger Uniformen.

Alle außer mir sind tot, dachte er, und es wurde ihm klar, warum Myraa ihn hierhergeschickt hatte. Es war niemand mehr am Leben.

Er vergegenwärtigte sich das Ende der Soldaten, deren Überreste hier vor ihm lagen. Von Entbehrungen geschwächt, erschöpft und krank, mußten sie sich hier zum Sterben niedergelegt haben, der eine früher, der andere später. Manche mochten in die Dunkelheit davongekrochen sein, um sich das Leben zu nehmen, bevor sie verschmachteten. Sternschnuppen hatten die Todesstille des fremden Himmels durchkreuzt, während das Fleisch der Herakliden verwest und der kalte Wind durch ihre Schädel und Brustkörbe gefahren war …

So fern der Heimat zu sterben … Gorgias spähte hinaus zur fernen Galaxis, wo der Herkules-Sternhaufen sein mußte, aber dieser Teil des Sternhimmels war noch unter dem Horizont. Erbitterung wurde zu Trauer, und dann war nichts als Mitleid in ihm. Ein bitteres Schicksal hatte diese namenlosen Helden hier in öder Steinwüste ereilt. Er war der letzte kriegerische Arm eines Reiches, das ihn nicht freigab. Er sehnte sich nach Ruhe, aber sie stand ihm nicht zu, solange nicht das Blut von Erdenbewohnern um seine Knöchel floß.

Der alte Machtwille regte sich wieder in ihm, löste

Mitleid und Schwächegefühl auf. Von den Bergen her kam ein Wind auf, aber er bildete sich ein, daß er von jenseits herwehte, aus dem dunklen Bauch der Raumzeit, wo er die Galaxien wie Schneeflocken durcheinanderwirbelte. Er stand wie ein Fels in der Flut, fühlte den Zug ihrer Strömung, die ihn fortzutragen drohte, wenn er schwach wurde.

Ein erster Hauch der Morgendämmerung ging über die Berge und zeichnete ihre Konturen schärfer. Fernab zogen dunkle Wolkenfelder, der Wind nahm an Stärke zu. Er wandte sich zum Gehen. In der Nacht war den Skeletten eine Würde eigen; das kalte, klare Morgenlicht würde sie armselig und jämmerlich erscheinen lassen.

Er wanderte zurück zum Berg, den steinigen Hang hinauf zur Höhle und dem Endpunkt der Verbindung. Dort angelangt, blickte er noch einmal zurück zum Leichnam des Leviathans, der die grenzenlose Leere durchquert hatte, um hier zu sterben. Sein durchlöcherter Umriß lag im grauen Licht des Morgens auf der Ebene.

Die Besatzung dieses Schiffes hatte die Empfängerplatte eingerichtet, durch welche die auf Myraas Welt eintreffenden Soldaten entkommen waren. Sie waren alle hier; es gab keine weiteren. Nur der Zylinder blieb. Und der konnte defekt sein, oder leer.

Er blickte zum Himmel auf, wo die emporsteigende Magellansche Wolke die Pracht von einer Million Sternen entfaltete, nur um im anbrechenden Tag zu verblassen.

Er betrat die Platte …

… in den Raum unter dem Hügel, eine Welteninsel entfernt.

11. DIALOG

»Ist sein Weihrauch nicht Bitterkeit,
sein Fleisch Mord?
Und unsere Hände mühen sich,
und deine Hand zerstreut …«
– SWINBURNE

Myraa war nicht in der unterirdischen Kammer. Er atmete die feuchte, stille Luft und sah sich um. Etwas stimmte nicht.

Er sprang von der Platte, eilte durch den jetzt bereits dunklen Gang und erstieg die Treppe ins Haus.

Im Wohnzimmer lag das Licht eines trüben Tages. Myraa stand beim Ostfenster. Die Aussicht war verschwunden, der Himmel eine graue, über das Haus gestülpte Schüssel.

»Draußen sind drei Schiffe«, sagte Myraa. »Sie haben ein Hemmfeld um den Hügel gelegt. Es gibt keinen Ausweg.«

Er stürzte zur rückwärtigen Tür. Sie öffnete sich, und er trat hinaus. Das Flüsterschiff lag innerhalb des Feldes. Myraa gesellte sich zu ihm.

»Es ist noch da«, sagte er. Das Licht aus der Schleuse schien hellgelb durch das regnerische Grau. »Wir werden nicht umkommen.«

Er fühlte sich wie elektrisiert. Der plötzliche Stress spannte seine Nerven und schärfte seine Wahrnehmungen.

»Du schicktest mich zur Kleinen Magellanschen Wolke, um mich zu demoralisieren«, sagte er, »aber es wird dir nicht gelingen.«

»Sie werden draußen ein Kraftwerk errichten und es

dort lassen, daß es dieses Gefängnis für alle Zeit aufrechterhält«, sagte Myraa.

Gorgias blickte hinaus zur grauen Wand des Feldes. Es ließ nur wenig Tageslicht ein, gerade genug, um die Dunkelheit aufzulösen.

»Wenn sie das tun, werden sie nie das Schiff bekommen. Es wird ihnen nichts übrig bleiben, als das Feld aufzulösen, und ich werde bereit sein.«

»Selbst wenn du hier gewinnst, werden sie eine größere Streitmacht gegen dich aussenden. Und wenn du mit Hilfe des Zylinders die Truppen reanimierst, können sie nicht wieder in Stasis gelagert werden. Wovon werden sie leben?«

»Sobald wir den Planeten in unsere Gewalt bringen, werden wir Schiffe haben, mit denen wir entkommen können.«

»Und wenn es dir nicht gelingt?«

»Ich kann dem Flüsterschiff die Selbstzerstörung befehlen. Ich kann die ganze Welt mit mir nehmen.«

»Gib ihnen das Schiff«, sagte sie.

»Niemals.« Er folgte ihr wieder hinein, und sie gingen ins Wohnzimmer.

»Du wirst uns alle mit in den Tod nehmen«, sagte sie.

Er ging zum Ostfenster und blickte ins Grau. Sie warteten auf der anderen Seite. Er war bereit, ihnen gegenüberzutreten.

Auf einmal verschwand das Feld, und Licht durchflutete das Haus.

Zwei Männer kamen den Hügel herauf. Hinter ihnen lagen drei Schiffe im Tal, drei große, gedrungene Körper, die im Nachmittagslicht schwarze Schatten warfen. Der größere der beiden hob in einer Geste des Friedens die rechte Hand. Der Anblick der beiden machte ihn unruhig.

»Ich werde sie umbringen, sobald sie hereinkommen.«

»Nein – höre, was sie zu sagen haben«, sagte Myraa.

»Sie kommen, um zu verhandeln, weil sie nichts anderes tun können. Sie werden versuchen, sich den Anschein von Großzügigkeit zu geben.«

»Gorgias«, sagte sie ängstlich, »ihre Gedanken sind mir verschlossen. Ich kann nichts sehen!«

»Ich brauche deine Art zu sehen nicht.«

»Sie haben bisher nie versucht, mit dir zu verhandeln.«

Darin hatte sie recht. Sie zeigten ein gewisses Maß von Respekt, der nur seiner Macht gelten konnte. Er überlegte, daß er imstande sein könnte, das Schiff zu erreichen und zu starten, bevor sie ihn daran hindern konnten. Aber es war nicht auszuschließen, daß ihre Schiffsbesatzungen Befehl hatten, in diesem Fall das Feuer zu eröffnen. Und er war neugierig, was sie zu sagen hatten.

Sie kamen an die Tür. Myraa betätigte den Türöffner, aber die beiden warteten, bis Gorgias sie mit einer Handbewegung zum Eintreten aufforderte.

Der Kleinere kam zuerst herein. Die Tür glitt hinter den beiden zu.

Der Lange schien der Ältere von ihnen zu sein. Er hatte tiefschwarzes Haar und einen strengen Gesichtsausdruck. Der andere war stämmig und kräftig gebaut, mit weißen Strähnen im buschigen braunen Haar. Seine Augen waren von einem klaren Blau; seine Miene war nicht leicht zu deuten: eine Mischung von Erheiterung und Überheblichkeit schien am ehesten zuzutreffen.

»Gorgias – können wir reden?« Der lange, hagere Mann lächelte als ob er einen alten Freund begrüßte.

»Nur zu, reden Sie.« Gorgias trat einen Schritt zurück. Myraa ließ sich in einem der Sessel beim Ostfenster nieder.

»Wir wollen das Schiff«, sagte der andere. »Sie können beinahe jeden Preis haben, solange Sie alle feindseligen Handlungen einstellen.«

Der Lange schien mit dieser Form der Gesprächseröffnung nicht ganz einverstanden, aber er blieb still.

»Sie erwarten doch nicht etwa von mir, daß ich es Ihnen einfach überlasse?«

»Wir können Ihnen die Möglichkeit zu einem besseren Leben geben«, sagte der Lange.

»Ich warne Sie«, sagte Gorgias, »das Schiff kann sich ohne mich verteidigen.«

»Dies ist ein Waffenstillstand – wofür halten Sie uns?«

Für Dummköpfe.

»Julian – bitte sei still!«

»Ausrottung ist Ihre Politik gewesen«, sagte Gorgias. Er bedauerte, daß er sich beim Verlassen des Schiffes nicht mit einer Handfeuerwaffe versehen hatte.

Der Vorwurf schien den Langen nicht zu beeindrucken. »Sie wissen sehr gut, daß das seit Jahrhunderten nicht geschehen ist.«

»Wie oft muß es geschehen – wenn es richtig gemacht wird?«

Ein trauriger, geduldiger Ausdruck kam in die hageren Züge, ein Ausdruck, der Gorgias an seinen Vater gemahnte.

»Es kann keine Abkommen zwischen uns geben, niemals.«

Der Lange schien zu überlegen. »Wir sind nicht Ihre Feinde. Mein Name ist Kurbi. Mein Partner ist Julian Poincaré. Keiner von uns hatte etwas mit dem Krieg zu tun. Wir versuchen reinen Tisch zu machen, nach allem, was geschehen ist. Wir müssen es nicht tun; wir wollen es. Soweit es die Föderation betrifft, ist es alles alte Geschichte.«

»Erwarten sie, daß ich Ihre Worte ernst nehme?«

»Es mag schwierig sein, aber …«

»Geben Sie mir meine Heimatwelt zurück«, sagte Gorgias bitter und blickte dem Mann ins Auge.

»Ich würde es tun, wenn ich könnte.«

Der Lange war beeindruckend. Gorgias bemerkte das Fehlen von Rangabzeichen an seiner grünen Uniform. Wer war er? Die Begegnung verlief nicht, wie er sie sich vorgestellt hatte.

»Versuchen Sie, die Verhältnisse zu bedenken, Gorgias, ohne Ihre Gedanken von der Vergangenheit leiten zu lassen.«

»Die Vergangenheit ist in meinem Fall verläßlich.«

»Sie kann auch Ihre Zukunft zerstören, wenn Sie nicht anders entscheiden.«

»Es gibt keine Zukunft in uns«, sagte sein Vater in ihm. »Alles, was wir erhoffen können, ist ein persönliches Leben im Schatten der Föderation, es sei denn, wir machen uns auf in unbekannte Regionen. Irgendwo in dieser Galaxis oder jenseits von ihr, mag es eine neue Heimat für uns Herakliden geben, wenn wir alle Kräfte sammeln. Ich fürchte nur, wir sind zu wenige.«

»Die Tatsachen sind unleugbar«, sagte Gorgias. »Die Zerstörung unserer Heimatwelten, die Ausrottung unseres Volkes, die Jagd auf die Überlebenden nach dem Krieg, Plünderung und Versklavung ...«

»Wir stimmen Ihnen zu. Es ist wahr.«

Gorgias' Züge verhärteten sich. Der Mann war ein Meister der Irreführung. Sein Besuch war Teil eines ausgeklügelten Betrugsmanövers.

Kurbi schlug den Blick nieder. »Ihr Volk war brillant, ihre Technologie und Ihre militärische Führung waren erstaunlich. Es war eine reiche Kultur, beherrscht von einem absoluten Pragmatismus, der auf das Gemeinwohl gerichtet war. Was Sie erreichen wollten, das erreichten Sie. Sie sahen sich selbst als die stärkste, die beste soziale und politische Organisation in der Galaxis. Ganz ehrlich, die Föderation gelangte zu der Überzeugung, daß die Herakliden die Galaxis beherrschen wollten, zumindest den Teil davon, der die Föderation war. Sie verloren. Sie waren nicht die Stärksten.«

Gorgias fühlte ein Zittern in sich.

»Wer sind Sie, Kurbi?«

»Es gibt einige unter uns, die nicht wünschen, daß untergehe, was von Ihrer Kultur geblieben ist.«

»Warum sollte es Sie kümmern?«

»Aus dem gleichen Grund, daß wir in den Krieg zogen, um den Untergang der verschiedenen Kulturen der Föderation zu verhindern.«

Wieder war es nicht die erwartete Antwort. Sicherlich war dieser Mann nicht der Jäger...

Kurbi streckte in beschwörender Geste die Hände aus. »Überlegen Sie, Gorgias, daß dies Ihre letzte Chance sein mag, daß andere kommen werden, wenn ich scheitere, und daß sie nicht sprechen oder handeln werden, wie ich es tue. Überlegen Sie – schließlich stammen auch Sie von der alten Erde ab, sind auch Sie der Sohn eines der zahlreichen Völker, die auf den Kontinenten der Erde entstanden sind. Wir müssen nicht Feinde sein, nicht jetzt. Sie müssen nicht untergehen. Was von Ihrem Volk übrig ist, soll leben und wachsen. Was Sie gewußt und durchlebt haben, muß bekannt werden. Sehen Sie nicht, daß es mir ernst ist mit dem, was ich sage?«

»Was kann es in Ihrer Welt für mich geben?«

»Vernunft – Glück, vielleicht. Sie haben niemals inmitten einer ganzen Zivilisation gelebt. Ihr Volk könnte wieder zahlreich werden und sich erneut im Herkules-Sternhaufen ansiedeln. Es würde Zeit erfordern, aber es ist möglich. Wir würden helfen.«

Würden diese Dummköpfe wirklich ihren Feinden helfen? Gorgias konnte es nicht glauben. Es war nur ein Täuschungsmanöver.

Er blickte Kurbi fest ins Auge. »Entweder lügen Sie, oder Sie täuschen sich selbst.«

»Aber wir können und würden helfen«, sagte Kurbi.

Der Mann schien zu glauben, was er sagte. Vielleicht gebrauchte jemand ihn als Werkzeug. Gorgias sah den anderen an, aber dessen Gesicht war eine Maske. Er ließ seinen Blick weiterwandern zu Myraa und suchte nach einem Zeichen, daß sie die Täuschung durchschaute und ihm beipflichtete; aber sie sah mit ausdrucksloser Miene zum Fenster hinaus.

Gorgias wandte sich wieder zu Kurbi. »Mein Volk, sagen Sie –aber wo ist mein Volk? Haben Sie es in letzter Zeit gesehen? Was davon übrig ist, das sind versponnene Sektierer, die aus der Wirklichkeit geflüchtet sind. Ihr Wille ist tot.« Er wies mit einer Kopfbewegung zu Myraa.

Kurbi schwieg eine Weile. »Es gibt andere«, sagte er schließlich. »Sie und ich, wir könnten sie sammeln und hierherbringen.«

»Und was soll aus mir werden?«

»Mit der Zeit ... würde man Ihnen erlauben, hier zu leben ...«

»Erlauben! Ich bin frei – ich lasse mir nicht irgend etwas erlauben. Sie bieten mir nichts Besseres als das, was ich jetzt habe.«

»Sie haben nichts«, sagte der untersetzte Mann.

Kurbi bedeutete ihm, still zu sein. »Gorgias, was haben Sie? Endlose Wanderschaft ...«

»Sie werden sehen, was ich habe. Ich brauche nichts von den Schlächtern meines Volkes. Gehen Sie!«

Der stämmige Mann nahm Kurbi beim Arm und führte ihn langsam zur Tür. »Laß nur, es geht schon, Julian«, flüsterte der Lange. Die Tür öffnete sich, und die beiden gingen hinaus.

Gorgias folgte ihnen ins Freie.

»Narren!« rief er ihnen nach, als sie den Hang hinabgingen. Er fühlte, wie die Jahrhunderte des Hasses sich in ihm wie eine Stahlfeder entrollten, schmerzhaft in seine Eingeweide schnitten und die eiserne Entschlossenheit wiederherstellten, die allein seinen Sieg garantieren konnte.

»Ich werde euch alle zerstören!« rief er mit weithin hallender Stimme. Er stellte sich vor, wie die Toten dort unten verstreut lagen, die Schiffe ausgebrannte Ruinen, und wie er von einem zum anderen ging und die Schädel mit dem Stiefel eintrat.

»Ich kenne Ihr Spiel, Kurbi! Sie mögen es nicht wissen, aber ich durchschaue es. Ich werde Sie hier alle liegen und verfaulen lassen. Sie glauben, Sie hätten mich in der Falle. Wenn ich hier fertig bin, werde ich gegen die Erde selbst vorgehen!«

Keiner der beiden Männer blieb stehen oder blickte zurück, aber Kurbi schien einen Moment zu stolpern.

»Schwächlinge! Das ist alles, was sie gegen mich schicken!« rief Gorgias lachend.

Am Fuß des Hanges blieb Kurbi stehen und wandte sich um. »Ich gebe Ihnen eine Stunde, Gorgias! Danach kann ich nichts mehr für Sie tun. Geben Sie auf, Gorgias, es ist Ihre einzige Hoffnung.«

»Hoffnung worauf? Um vor Gericht geschleppt und zur Schau gestellt zu werden? Sehen Sie sich um und atmen Sie, soviel Sie können. Heute ist der letzte Tag Ihres Lebens!«

Gorgias schnaufte und wartete auf eine Antwort.

Die beiden Männer gingen weiter durch das Gras auf ihre Schiffe zu. Ihre Schatten lagen lang über dem im Wind wogenden Gras.

Gorgias ging ins Haus. Myraa saß noch im Sessel, aber nun hatte sie die Beine angezogen und die Arme um die Knie gelegt.

»Sie haben einen Feigling geschickt, um mir Anweisungen zu geben«, sagte er. Sie schwieg. Er haßte ihre Willensschwäche.

Ohne ein weiteres Wort verließ er sie und rannte zur

rückwärtigen Tür hinaus. Vielleicht gelang es ihm noch, das Schiff zu erreichen und zu starten, bevor sie das Hemmfeld wieder errichteten.

Endlich sollte er dem Herakliden von Angesicht zu Angesicht gegenübertreten. Kurbi beschleunigte unwillkürlich den Schritt.

»Nicht so schnell«, sagte Julian hinter ihm. »Woher willst du wissen, daß er mit uns reden wird?«

»Er hat unser Friedenszeichen gesehen. Wir sind beinahe am Ziel, und er hat nichts unternommen, uns aufzuhalten.«

Sie begannen den Hang zum Haus hinaufzusteigen.

»Wahrscheinlich ist er bloß neugierig auf die Leute, die es wagen, mit ihm zu verhandeln. Er schmeichelt sich selbst, Raf.«

»Vielleicht – aber ich muß es selbst sehen.«

Sie beendeten den Aufstieg schweigend und erreichten zusammen die Eingangstür.

Sie ging auf. Eine dunkle Gestalt bedeutete ihnen, einzutreten. Kurbi ließ Julian den Vortritt, und sie betraten das Haus.

»Gorgias?« fragte Kurbi, »können wir reden?« Der Heraklide war eine kraftvolle, athletische Erscheinung, aber kleiner, als Kurbi ihn sich vorgestellt hatte.

»Nur zu, reden Sie.« Gorgias trat zurück und musterte sie. Die Frau ging zu einem der Sessel und setzte sich, als wäre sie unbeteiligt. Kurbi war im Begriff, sich für die Störung zu entschuldigen, ließ es aber sein.

»Wir wollen das Schiff«, fiel Julian mit der Tür ins Haus. »Sie können beinahe jeden Preis dafür haben.«

Kurbi schluckte nervös. Der Dummkopf! Er hatte versprochen, sich nicht einzumischen. Kurbi bedeutete ihm, still zu sein.

»Sie erwarten nicht von mir, daß ich es Ihnen einfach überlasse.«

»Wir können Ihnen die Möglichkeit zu einem besseren Leben geben«, sagte Kurbi in einem Versuch, die Arroganz von Julians Erklärung abzumildern.

»Ich warne Sie, das Schiff kann sich ohne mich verteidigen.«

Kurbis Magen zog sich zusammen. Der Ton der Begegnung war jetzt festgelegt; nichts würde ihn so leicht ändern.

»Dies ist ein Waffenstillstand«, sagte Julian, »wofür halten Sie uns?«

Kurbi blickte Gorgias ins Auge. Der Heraklide schien ihn auszulachen.

»Julian – bitte sei still.«

Gorgias lächelte, als Poincaré einen Schritt zurücktrat.

»Ausrottung ist Ihre Politik gewesen«, sagte Gorgias. Sein Blick wich nicht von Kurbi.

»Sie wissen sehr gut, daß das seit Jahrhunderten nicht mehr geschehen ist«, sagte Kurbi, aber er fühlte, wie unzulänglich die Antwort war.

»Wie oft muß es geschehen – wenn es richtig gemacht wird?«

Es wird unmöglich sein, zu einer Einigung zu kommen, dachte Kurbi. Gorgias sah ihn seltsam an.

»Es kann kein Abkommen zwischen uns geben, niemals.«

»Wir sind nicht ihre Feinde«, erwiderte Kurbi. Die Worte kamen ohne Überzeugung aus seinem Mund. Er fuhr fort zu sprechen, aber alles, was er sich zurechtgelegt hatte, um es dem Herakliden zu sagen, schien jetzt absurd.

»Erwarten Sie, daß ich Ihre Worte ernst nehme?«

Nein. »Es mag schwierig sein«, fügte Kurbi seiner stummen Zustimmung hinzu, »aber ...«

»Geben Sie mir meine Heimatwelt zurück«, sagte Gorgias und faßte ihn scharf ins Auge. Der Wille hinter diesem Blick schien unbeugsam. Wie hatte er jemals glauben können, den Mann zu ändern?

»Ich würde es tun, wenn ich könnte«, antwortete Kurbi.

Wieder dieser forschende, suchende Blick. Was erwartete er?

»Versuchen Sie, die Verhältnisse zu bedenken, Gorgias, ohne Ihre Gedanken von der Vergangenheit leiten zu lassen.«

»Die Vergangenheit ist in meinem Fall verläßlich.«

»Sie kann auch Ihre Zukunft zerstören, wenn Sie nicht anders entscheiden.« *Er will unsere Zukunft zerstören, und es ist ihm gleich, wie er leben muß, um das zu erreichen.*

»Die Tatsachen sind unleugbar«, sagte der Heraklide. »Die Zerstörung unserer Heimatwelten, die Ausrottung meines Volkes, die Jagd auf die Überlebenden nach dem Krieg, Plünderung und Versklavung ...«

»Wir stimmen Ihnen zu. Es ist wahr«, sagte Kurbi.

Gorgias schwieg. Kurbi schlug den Blick nieder. »Ihr Volk war brillant ...« Er spürte den Zorn in sich aufsteigen, während er sprach, und er verstand, wie den Zerstörern der Heraklidenkultur zumute gewesen war – daß keine Einigung mit den Herakliden möglich war, daß ihre Überlegenheit nur gebrochen werden konnte, wenn sie vollständig vernichtet wurden.

»Wer sind Sie, Kurbi?« fragte Gorgias.

»Es gibt einige unter uns, die nicht wünschen, daß untergehe, was von Ihrer Kultur geblieben ist.« Die Worte klangen ihm selbst wie Heuchelei in den Ohren. Wie konnte er hoffen, Gorgias zu überzeugen?

»Warum sollte es sie kümmern?«

»Aus dem gleichen Grund ...«

Kurbi sprach die Worte mechanisch aus, ohne Gefühl. Er mußte eine bessere Anstrengung zuwege bringen, mußte zu dem anderen durchdringen. Er hob die Hände. »Überlegen Sie, Gorgias, daß dies Ihre letzte Chance sein mag, daß andere kommen werden, wenn ich scheitere ...« *Ich scheitere, ja, ich scheitere.* »Können Sie sehen, daß es mir ernst ist mit dem, was ich sage?« *Wie können Sie? Ich habe nichts zu sagen.*

»Was kann es in Ihrer Welt für mich geben?«

»Vernunft – Glück, vielleicht.« *Von wegen.* »Sie haben niemals inmitten einer ganzen Zivilisation gelebt.« *Das ist besser.* »Ihr Volk könnte wieder zahlreich werden und sich erneut im Herkules-Sternhaufen ansiedeln. Es würde Zeit erfordern, aber es ist möglich. Wir würden helfen.« *Ich würde helfen.*

»Entweder lügen Sie, oder Sie täuschen sich selbst.«

»Aber wir können und würden helfen«, sagte Kurbi. Es kam ihm selbst wie ein Winseln vor.

Gorgias warf der teilnahmslosen Frau im Sessel einen Blick zu, bevor er wieder antwortete.

»Mein Volk, sagen Sie – aber wo ist mein Volk? Haben Sie es in letzter Zeit gesehen? Was davon übrig ist, das sind versponnene Sektierer, die aus der Wirklichkeit geflüchtet sind. Ihr Wille ist tot.« Er machte eine Bewegung zu Myraa.

»Es gibt andere. Sie und ich, wir könnten sie sammeln und hierherbringen.«

»Und was soll aus mir werden?«

Kurbi wußte es. Er hatte es immer gewußt. Wenn Gorgias in Gefangenschaft geriete, würde er vor Gericht gestellt, vielleicht einer Bewußtseinslöschung unterzogen oder zum Tode verurteilt; das mindeste war, daß man ihn einkerkern würde. Auch auf Erden hatte man ein langes Gedächtnis, und viele würden ihre Freude daran haben, den Herakliden zu quälen. Es war ein ungelöstes Problem. Zuviel Stolz und Geschichte waren damit verbunden, zuviel Haß; niemand würde Kompromisse hinnehmen.

»Mit der Zeit ... würde man Ihnen erlauben, hier zu leben.« Ohne Schiffe oder Waffen. Er würde sich beglückwünschen können, wenn man ihn hier frei herumlaufen ließe. Und ohne medizinische Betreuung würde seine Langlebigkeit eher als vermutet enden. Er würde mit dem Wissen des nahenden Todes leben.

»Erlauben! Ich bin frei – ich lasse mir nicht irgend etwas erlauben. Sie bieten mir nichts Besseres als das, was ich jetzt habe.«

»Sie haben nichts«, sagte Julian kalt.

Kurbi wandte den Kopf und sah ihn zornig an. Dann machte er einen neuen Versuch. »Gorgias, was haben Sie? Endlose Wanderschaft …«

»Sie werden sehen, was ich habe. Ich brauche nichts von den Schlächtern meines Volkes. Gehen Sie!«

Julian nahm Kurbi beim Arm und führte ihn zur Tür. Kurbi war wie betäubt.

»Laß nur, es geht schon, Julian«, flüsterte er. Die Tür öffnete sich, und sie gingen hinaus und den Pfad hinunter.

»Narren!« rief Gorgias ihnen nach. Das Wort widerhallte Kurbi in den Ohren.

»Ich werde euch alle zerstören!« rief Gorgias. »Ich kenne Ihr Spiel, Kurbi. Sie mögen es nicht wissen, aber ich durchschaue es!«

Kurbi strauchelte und fing sich wieder.

Der Heraklide lachte. »Schwächlinge! Das ist alles, was sie gegen mich schicken.«

Am Fuß der Anhöhe wandte Kurbi sich um blickte hinauf. »Ich gebe Ihnen eine Stunde, Gorgias«, rief er. »Danach kann ich nichts mehr für Sie tun. Geben Sie auf, Gorgias, es ist Ihre einzige Hoffnung.« *Ich bin nutzlos, und die Hoffnung, die ich biete, ist keine.*

»Sehen Sie sich um und atmen Sie, soviel Sie können. Heute ist der letzte Tag Ihres Lebens!«

»Gehen wir«, sagte Julian.

»Julian«, sagte Kurbi, als sie zu ihren Schiffen zurückgingen, »könnte er nicht einen Fluchtversuch machen, solange das Feld ausgeschaltet ist?«

»Keine Sorge. Unsere Leute beobachten das Haus.

Wenn er durch den Hinterausgang verschwinden will, geht es wieder hoch. Fehlt dir was, Raf?«

»Es ist schon gut.«

»Wir sind keine Amateure, und er ist auch keiner.«

»Ich glaube, in mancher Weise ist er einer«, widersprach ihm Kurbi. »Solch einen hoffnungslosen Kampf auszufechten…«

»Alles, was er je gesehen, und alle Erfahrungen, die er je gemacht hat, sagen ihm, daß er seine Sache gut gemacht hat.«

Er hat recht, dachte Kurbi. *Ich an seiner Stelle würde nichts glauben, was mir ein Vertreter der Föderation erzählt.*

12. BEWAFFNET

> *»Die Zukunft hält sie in den Armen, ihre Lippen*
> *Halten fest das Gesicht des Kommenden …«*
>
> – SWINBURNE, *Kleopatra*

Gorgias war den Hang noch nicht hinunter, als der Belagerungsring des Hemmfeldes plötzlich wieder erschien. In der jähen, düsteren Stille kam er zum Stillstand. Zu spät! Dann sah er, daß das Schiff noch immer innerhalb des Sperrkreises war.

Er lief auf das Licht der offenen Schleuse zu, in Sorge, daß der Durchmesser des Feldes jeden Augenblick verringert würde, um ihn vom Schiff abzuschneiden.

Mit zwei Sätzen war er in der Schleuse und lief nach vorn in die Zentrale. Er nahm seinen Platz ein und untersuchte die Bilder der drei feindlichen Schiffe, die auf der anderen Seite des Hügels lagen. Die Bildwiedergabe war geisterhaft, aber sie kam durch die Barriere. Er fragte sich, ob das Hemmfeld verstärkt werden konnte, um seine Bordinstrumente unbrauchbar zu machen.

EIN VIERTES SCHIFF IN NIEDRIGER UMLAUFBAHN.

»Sind unsere Instrumente gestört?«

JA. DAS VIERTE SCHIFF STÖRT UNSERE ORTUNGSGERÄTE MIT EINIGEM ERFOLG.

Die Verfolger würden das Feld aufheben und ihn mit einer stärkeren Abteilung angreifen müssen, wenn sie ihn lebend fangen wollten. Er war überzeugt, daß sie nicht mehr als hundert Soldaten an Bord der Schiffe haben konnten. Sobald er diese drei Schiffe zerstört hätte, würde das vierte Schiff aus seiner Umlaufbahn herunterkommen und den Kampf aufnehmen oder fliehen müssen. Das würde denen auf der Erde nicht wenig Kopfzerbrechen bereiten.

»Können wir durch dieses Feld in den Absprungraum wechseln?«

ES BESTEHT EINE KLEINE ERFOLGSCHANCE, NICHT RATSAM.

Es spielte keine Rolle; endlich konnte er der Föderation offen entgegentreten. Er dachte an die Toten in der Magellanschen Wolke und an die verbrannte Schlacke der Heimatwelten. All die Asche war jetzt sein; es kam darauf an, was er daraus machte. Nach dem bevorstehenden Sieg würden ihn selbst die Zurückgezogensten unter den überlebenden Herakliden als Führer anerkennen. Aus der ganzen Galaxis würden sie hier zusammenströmen, aus jedem Versteck im Korridor der Föderation, und er würde sie willkommen heißen. Myraas Welt sollte der Sammelplatz für die Rückkehr zum Herkules-Sternhaufen werden. Er dachte an die Armeen, die er aufstellen und ausrüsten würde, die Schiffe, die gebaut würden, an die unvorstellbaren Waffen, die gegen Kriegsende entwickelt worden waren. Schon der psychologische Schock der Überraschung würde den Feind lähmen.

Und Myraa würde das esoterische Getue ablegen, von dem sie jetzt besessen war, und ihren rechtmäßigen Platz an seiner Seite einnehmen.

Kurbi hatte ihm eine Stunde gegeben, und diese Stunde sollte tödlich für ihn sein.

Gorgias ging nach achtern in die Waffenkammer. Die Frage war, wie Kurbi den Angriff führen würde ... Natürlich würden sie keine Gelegenheit zum Angriff haben, weil er es nicht so weit würde kommen lassen. Er war entschlossen, den Erdgeborenen von Anfang an die Initiative zu entreißen.

In der Waffenkammer sah er sich zwischen den alten und immer noch modernen Waffen des Reiches um; es gab hier nur Infanteriewaffen leichter bis schwerer

Art. Sie standen aufgereiht in Wandschränken und Ständern, hingen an den Wänden und lagen in Kisten verpackt.

In der Mitte des Raumes stand das Stativ; es war jetzt vollständig, mit dem schwarzen Kasten, der den Zylinder enthielt, in der Halterung unter dem Schaltbrett. Es war schwierig, sich die Realität seiner Fähigkeiten vorzustellen. Myraa mußte sich irren. Zur Einlagerung einer Division gehörten Vorräte und Ausrüstungen, Schiffe sogar – alles, was benötigt wurde, um einen militärischen Einsatz zum Erfolg zu führen.

Plötzlich überkam ihn Furcht. Wie, wenn es nach all dieser Zeit nicht funktionierte? Was konnte er dann tun? Er würde den Übergang in den Absprungraum durch die Barriere des Hemmfeldes riskieren müssen. Vielleicht hätte er den Zylinder irgendwo erproben, die Truppen im voraus bereitstellen und unterweisen sollen; aber dann wäre ihm das Überraschungselement verlorengegangen.

Wenn der Zylinder versagte, würde er fliehen müssen. Früher oder später mußten sie das Hemmfeld aufheben, und er würde eine Chance haben, zu entkommen, ohne das Feld durchbrechen zu müssen. Aber der Gedanke, wieder die Flucht zu ergreifen, schien ihm schlimmer als der Tod.

Du wirst hier sterben, sagte sein Vater in ihm. *Was verstehst du von der Führung eines größeren Verbandes?*

Er nahm die Gurte einer Kampfausrüstung vom Haken und schnallte sie an. Ein Handprojektor kam in die Brustschlaufe, vier Lichtbrechungsgranaten in den Gürtel und eine Teleskopbrille mit Restlichtverstärker auf die Stirn. Als nächstes folgte das Steuergerät für die Abschirmung – ein kleines, flaches Rechteck, das über seinem Herzen angeklemmt wurde und mit dem Energieempfänger auf dem Rücken verbunden war. Die gesamte Ausrüstung bezog ihre Energie vom Schiff und speiste seine Waffe sowie die hochdichte

Körperabschirmung, die den meisten Laserwaffen widerstand. Die Abschirmung konnte das konzentrierte Feuer größerer Kaliber nicht abwehren, aber niemand würde soviel Energie auf eine Einzelperson richten. Außerdem würde er nicht mit seinen Bodentruppen in den Kampf ziehen; die Abschirmung und seine Handfeuerwaffe waren lediglich eine Vorsichtsmaßnahme, damit er nicht verwundbar sein würde, wenn er den Zylinder aktivierte.

Du machst dich zur Schau zurecht, sagte sein Vater aus ihm.

Ich werde führen, antwortete er stumm, nahm das Stativ auf, klappte die drei Beine zusammen und trug es hinaus in den Gang. Die Tür der Waffenkammer schloß sich hinter ihm, und er ging weiter zur Zentrale, wo der Bildschirm noch immer die unscharfen, farblosen Bilder der Verfolgerschiffe zeigte. Die Verzerrungen des Hemmfeldes erweckten den Anschein, als wüte in der bleichen Außenwelt ein gewaltiger Sturmwind; jeden Augenblick mußten die Schiffe vom Sturm gegeneinander gerollt und zerschlagen werden.

Gorgias trug das Stativ zur Seitenschleuse, ging von Bord und spähte zum Haus hinauf. Es war hell beleuchtet. Die graue Barriere des Hemmfeldes war nun, da es draußen zu dämmern begann, noch dunkler geworden.

Er stieg langsam hügelan, seine Phantasie malte sich ein Versagen des Zylinders aus, und er sah zerfallende Skelette herausklappern – Schädel, Hüftknochen und Becken, ausgeschüttet von einem Füllhorn des Todes. Und Kurbi lachte ihn aus, aber mit einem Ausdruck von Bedauern in den Augen.

Er bemitleidet mich, begriff Gorgias.

Myraa saß noch immer im Wohnzimmer, als gingen sie die Ereignisse nichts an. Gorgias klappte das Stativ auf und stellte es in die Mitte des Raums.

»Sie werden nicht mit einem Angriff rechnen, wenn

sie das Hemmfeld aufheben«, bemerkte er. »Sie denken, ich werde mit dem Schiff zu fliehen versuchen. Sie halten sich bereit für eine Verfolgungsjagd, nicht für einen Kampf.«

Myraa starrte stumm in die graue Düsternis des Ostfensters. Sie wirkte geistesabwesend, wie in wortloser Zwiesprache mit jemandem oder etwas.

Er überlegte es sich anders und trug das Stativ aus dem Haus. Es hatte keinen Sinn, mit Myraa zu sprechen; nur Ergebnisse würden sie beeinflussen. Wenige Schritte vom Eingang, wo der Hang sich abwärts neigte, stellte er das Stativ auf, öffnete den schwarzen Kasten und entnahm ihm den Zylinder. Sorgfältig steckte er die Kontakte in die runde Öffnung unter der Schaltung. Er drückte den Bereitschaftsknopf, und die Kontrolleuchte ging an. Das Gerät bezog Energie vom Schiff.

Gorgias trat zurück und entließ den angehaltenen Atem. Er begann im Gras hin und her zu gehen, während er wartete, daß das Hemmfeld aufgehoben würde. Das Gras war grauschwarz im trüben Halbdunkel, und das Hemmfeld schien auf der Anhöhe zu lasten, enger zu werden. Er blieb stehen und spähte angestrengt zur grauen Wand am Fuß der Anhöhe. Konnten sie das Feld so weit verengen, daß es das Haus erfaßte und ihn und Myraa lähmte?

Er war im Begriff, wieder hineinzugehen, um auf der anderen Seite die Position des Schiffes zu überprüfen, als die Barriere von einem Augenblick zum anderen verschwand. Das Tal lag im tiefen Graugrün und Blaugrau der Dämmerung vor ihm. Die drei Schiffe waren wie die Köpfe eingegrabener Riesen, die Scheinwerfer ihre Augen, die ihn beobachteten.

Er trat zum Stativ und bereitete die Entfernungseinstellung vor. Seine Truppen sollten im höheren Hügelgelände aktiviert werden, wo sie die feindlichen

Schiffe wie auf dem Präsentierteller vor sich haben würden.

Er schaltete seine Körperabschirmung ein, und augenblicklich verstummten das Rascheln des Windes und die Geräusche der Insekten. Der Augenblick seiner Verwundbarkeit, wo der Feind ihn und den Zylinder hätte zerstören können, war vorüber, und die Leute dort unten wußten es nicht einmal.

Kurbi beobachtete das Haus auf dem Bildschirm.

»Was tut er da oben?« fragte Poincaré.

»Was kann er tun?« Kurbi verstärkte die Vergrößerung, bis Gorgias den Bildschirm ausfüllte.

»Was mag das für ein Ding sein, mit dem er hantiert?« fragte Poincaré. »Und sieh dir diese Ausrüstung an, die er trägt.«

»Ich weiß es nicht.«

»Da, schau.« Julian zeigte auf den Bildschirm. »Das Gras um ihn ist niedergedrückt – er hat eine Körperabschirmung eingeschaltet!«

»Wir müssen ihn von dem Hügel wegbringen«, meinte Kurbi.

»Er bezieht Energie vom Schiff.«

»Da!« rief Kurbi, als ein leuchtendgelber Lichtkegel vom Stativ ausgehend über sie hinfuhr. Der Bildschirm war für einen Augenblick blind. Der Lichtkegel bewegte sich von rechts nach links über den Himmel und verschwand.

»Kommandant Kurbi«, sagte eine Stimme aus der Sprechanlage, »an den Hängen hinter uns ist Bewegung.«

»Überspielen Sie uns eine Ansicht.«

Gorgias verschwand vom Bildschirm. Es wurde dunkel. Dann tasteten Scheinwerfer über das Gras und die Hänge hinauf, und Kurbi sah die Schützenlinien einer ganzen Armee – tief gestaffelte Schützenlinien, die in Angriffsformation warteten. Da und dort gab es Bewegung, wenn die Schützenketten ihre Positionen dem Gelände anpaßten und die Deckung von Gebüsch und Bodensenken ausnutzten.

»Kein Wunder, daß er so selbstbewußt war«, sagte Julian kaltblütig.

Kurbis Herzschlag raste. Er wankte hinüber an seinen Platz und setzte sich. In seinen Ohren war ein Rauschen, ein monströses Flüstern, das in Gelächter überzugehen drohte.

»Woher hat er die, Julian?«

»Ich weiß es nicht. Aber wenn wir sie nicht abhalten können, werden wir fliehen müssen, und dann werden wir es nie erfahren. Ich frage mich, wie gut sie ausgerüstet sind.«

»Hat er weitere Schiffe?« *Flüsterschiffe,* dachte Kurbi, *eine ganze Flotte. Er wird uns vollständig vernichten.*

Gorgias betätigte den Schalter und gab den Trägerstrahl frei. Der gelbe Finger tastete über das Tal hinaus, berührte die jenseitigen Höhen und glitt von links nach rechts. Er zog das Nachtsichtgerät von der Stirn über die Augen und beobachtete den breiten Lichtstrahl, wie er über die dunklen Hügel fuhr. Menschliche Gestalten erschienen wie aus dem Nichts, als Energie über die Lichtbrücke strömte und den blutlosen Schemen der alten heraklidischen Armee Leben einhauchte.

Plötzlich war es vorbei; die Division stand bereit. Der Lichtstrahl erlosch, und Dunkelheit verbarg die Bereitstellung.

Nun richteten die Schiffe ihre Scheinwerfer auf die Hügel und entdeckten die Streitmacht, zehntausend Mann stark, von Handfeuerwaffen bis zu schwerer Artillerie mit allem bewaffnet, die auf seinen Befehl wartete.

»Meldung!« rief Gorgias in das Funksprechgerät am Stativ.

Augenblicke lang war nur ein Knistern und atmosphärisches Rauschen zu hören.

»... Hier General Petro Crusus ... wo sind wir ... was sagt der Operationsbefehl?«

»Ist Ihre Truppe einsatzbereit?« fragte Gorgias.

»Meldungen der Einheiten werden gerade angefordert. Wie steht der Krieg, Oberbefehlshaber? Ich habe Ihren Namen nicht empfangen.«

»Gorgias. Es ist an uns, den Krieg zu gewinnen. Das Operationsziel sind die Schiffe vor Ihnen.«

»Ich sehe sie, Oberbefehlshaber. Aber was hindert sie daran, abzuheben? Sind sie beschädigt?«

»Greifen Sie die Schiffe an!« rief Gorgias.

»Sind es Schiffe der Föderation?«

»Natürlich, was dachten Sie? Eröffnen Sie das Feuer mit schweren Waffen. Wenn sie abheben, folgen und zerstören.«

»Zu Befehl.«

Gorgias empfand Mitgefühl. Plötzlich war der arme General wieder aktiv. Für ihn war das Reich noch immer Gegenwart und Wirklichkeit. Einen Nachtschlaf entfernt; er wußte nichts von Niederlage und Vernichtung.

Die Schützenketten begannen vorzugehen. Jeder Soldat trug einen Kampfanzug mit integriertem Keramik-Körperschutz, strahlenreflektierendem Helm, einen Tornister mit dem Energieträger für die Handfeuerwaffe und den Schwerkraftausgleich, sowie ein kleines Arsenal von Nahkampfwaffen.

Die vorderste Schützenlinie ging in Sprüngen von einigen Dutzend Metern vor. Gorgias suchte die Hügel nach Anzeichen seiner Unterstützungsschiffe ab, aber die Dunkelheit war undurchdringlich.

Aus den breiten Rücken der drei Schiffe im Talgrund hoben sich hydraulisch die flachen Kuppeln schwerer Laserkanonen.

Hinter der ersten Schützenkette ging nun auch die zweite vor.

»General Crusus – ich habe Feuerbefehl gegeben!«

»Die Batterien mußten umgruppieren, sind jetzt in Stellung.«

»Und lassen Sie Ihre Schiffe angreifen?«

»Schiffe? Die Division ist Armeereserve, und Reserven haben keine Schiffe, nur schwere Laser ...«

»Was?«

»Ich glaube nicht, daß wir mehr brauchen werden, wenn die Schiffe kampfunfähig sind.«

»Das sind sie nicht!« rief Gorgias. »Eröffnen Sie das Feuer!« Eine kalte Hand preßte ihm den Magen zusammen, als Gorgias in die Finsternis der Randhügel spähte, um die schweren Waffen auszumachen.

Endlich fuhren sechs blendende Strahlen aus dem Halbkreis ihrer erhöhten Positionen und spießten die feindlichen Schiffe am Talboden auf.

Die dritten und vierten Schützenketten gingen jetzt gleichfalls vor. Die erste Welle hatte ebenen Talboden erreicht. Die Hälfte der Division war jetzt in Bewegung, und noch immer hatten Kurbis Schiffe das Feuer nicht eröffnet. Worauf wartete er?

Die sechs Laserkanonen schossen weiße Glut in die Rümpfe und auf die Hydraulikkuppeln der Bordkanonen. Die Rümpfe mußten jeden Augenblick durchbrochen werden. Gorgias schämte sich seiner Körperabschirmung; er war sicher, geschützt sogar vor dem Lärm des bevorstehenden Gefechts.

Kurbis Laserkanonen erwiderten das Feuer und schwenkten über die vorrückende Infanterie zu den Laserkanonen an den Hängen.

Einen Augenblick später explodierte die Kanone des mittleren Schiffes in einer Wolke weißer Funken und erlosch. Die beiden verbleibenden Kanonen pumpten Energie in die Hügel, aber es waren mindestens sechs Laserkanonen über die Anhöhen verteilt;

Kurbi konnte nicht alle erreichen, geschweige denn zerstören.

Das Gras im Umkreis des beschädigten Schiffes war in Brand geraten. Schwarzer Rauch stieg auf.

»Kann der Feind Truppen gegen uns stellen?«

»Ich glaube es nicht, General«, sagte Gorgias. »Nicht genug, um unseren Streitkräften Widerstand zu leisten. Aber der Feind hat ein viertes Schiff in einer Umlaufbahn. Mit seinem Eingreifen ist zu rechnen.«

Der Kampf entwickelte sich nicht schlecht. Sollte sein sehnlichster Wunsch in Erfüllung gehen und ihm den ersten Sieg auf dem Weg zur Wiedergeburt bringen?

Er wandte den Kopf und sah Myraa, die ihn durch das Fenster beobachtete. Sie zeigte, und er fuhr herum und sah das mittlere Schiff aufsteigen.

»General Crusus! Lassen Sie die Strahlen schärfer bündeln. Diese Schiffe müssen doch zu knacken sein! Folgen Sie der Bewegung. Wir haben genug Energie, um diese Schiffe zu verdampfen!«

»Wie viele Schiffe versorgen unsere Waffen mit Energie?« fragte Crusus.

»Ein Flüsterschiff. Das ist mehr als genug.« Es bezog seine Stärke von den Sonnen der Heimat.

»Flüsterschiff... Sie haben ein Flüsterschiff?« Der General schien erleichtert. »Trotzdem werde ich die Infanterie zurücknehmen, wenn wir die Schiffe nicht am Boden fassen können. Der Energievorrat der Handfeuerwaffen reicht nicht für ein längeres Gefecht; wir müssen ihn so bald als möglich aufladen.«

»Sehen Sie zu, daß Sie die Schiffe nehmen! Gefangene werden nicht gemacht!«

Die erste Schützenkette umschwärmte die Schiffe, konnte wegen des andauernden Laserbeschusses aber nicht näher heran. Das beschädigte Kriegsschiff schwebte über seinen beiden Gefährten, die gleichfalls vom Boden abhoben. Die nachfolgenden Schützenketten erreichten Positionen hinter der vordersten Linie und warteten hilflos auf den Ausgang des Artillerieduells.

Was hatte Kurbi vor? Seine Schiffe konnten dem Beschuß nicht mehr lange standhalten; eines mußte bereits in Brand geraten sein, denn dichter Qualm quoll aus dem zerschossenen Geschützstand. Es mußte ein Fehler sein, vielleicht Uneinigkeit auf der Kommandoebene. In ein paar Minuten würde Kurbi aufgeben müssen oder zerstört werden, wenn er die Schiffe nicht rasch in Sicherheit brachte.

Gorgias war mit sich zufrieden. »Halten Sie sich bereit, wenn die Schiffe abdrehen«, sagte Gorgias.

Das dritte, zuletzt gestartete Schiff geriet an einer Stelle in Brand, konnte seine Position jedoch halten. Gorgias nickte grimmig. Wenn von den Erdgeborenen welche übrig blieben, würde er sie töten lassen, um die Kampfmoral seiner Truppen zu stärken. Das würden sie brauchen, wenn sie vom Ausgang des Krieges erfuhren.

Meine Truppen, dachte er. Die Worte beschworen eine Zukunft von Kameradschaftsgeist und Aufbauwillen. Zuerst mußte Myraas Welt gesichert werden. Wenn er hier siegte, wäre es ein Anfang, eine kleine Anzahlung auf das, was ihm von rechts wegen zustand.

Das Reich mußte wiedererstehen.

Die Wirkung der Laserkanonen ließ zu wünschen übrig. Entweder besaßen die Schiffe eine ungewöhnliche Widerstandsfähigkeit gegen Beschuß, oder die Laserstrahlen waren ungenügend konzentriert. Die Scheinwerfer der Schiffe strahlten weiter, ohne auch nur zu flackern.

Einen Augenblick später waren sie verschwunden. Gorgias starrte in das Grauschwarz des Hemmfeldes.

13. Das Feld des Todes

»Sie sieht die Hand des Todes ganz entblößt,
Das verwirrende Rätsel des Himmels,
Die einst schönen Gesichter verblichen,
Die Münder sprachlos, die weise waren,
Die hohlen Augen, das staubige Haar ...«

– Swinburne, *Kleopatra*

Ein Schwall frischer Luft drang ein, als Gorgias die Körperabschirmung abschaltete. Er holte tief Atem.

»General Crusus!« rief er ins Funksprechgerät. »Melden Sie, was vorgeht – Sichtverbindung ist unterbrochen.«

Ein donnerndes Geräusch brach aus dem Empfangsteil des Gerätes.

»Das vierte Schiff ist erschienen und hat eine zentrale Position über dem Tal eingenommen ...«

»Konzentrieren Sie Ihr Feuer darauf! Warum zeigen die Laserkanonen so wenig Wirkung? Die anderen hätten längst erledigt sein müssen.«

»Zwei haben wir beschädigt; aber ihre Rümpfe müssen durch ein neuartiges Material geschützt sein, das nur schwer zu durchdringen ist. Das neue Schiff ist wesentlich schwerer als die anderen – doppelt so groß wie sie. Unsere Laserstrahlen haben es erfaßt.«

Konnte es sein, dachte Gorgias, daß Kurbi ihn die Niederlage der Föderation nicht sehen lassen wollte?

»Das große Schiff hält seine Position«, sagte Crusus. »Ich habe nie ein Schiff wie dieses gesehen. Wie lange waren wir gelagert?«

Gorgias antwortete nicht.

»Wann lassen Sie das Flüsterschiff starten?« fragte

Crusus. »Wir werden seine Unterstützung dringend benötigen.«

»Sobald ich wieder Verbindung habe«, antwortete Gorgias.

»Das Schiff feuert auf unsere Stellungen ... Ich habe in meinem Leben noch keine solch massiven Strahlen gesehen! Sie haben zwei für jede unserer Stellungen ...« Seine Stimme verschwand plötzlich.

»General – was ist geschehen?«

»Unsere Strahlen werden schwächer. Sie bekommen keine Energie mehr. Wir sind von unserer Quelle abgeschnitten ... Da, unsere Laser sind tot, verdampft ohne ihre Abschirmungen. Die Infanterie ist jetzt ohne Feuerschutz. Ich gebe Befehl zum Rückzug. Die einzige Energie, die wir noch haben, ist in den Traglasten der Soldaten.«

»Feuern Sie auf das große Schiff!«

»Womit, Oberbefehlshaber?«

»Sie haben zehntausend Handfeuerwaffen.«

»Sie müssen verrückt sein.«

Die graue Wand verschwand. Gorgias sah die entfernten Feuer, wo seine Laserbatterien gestanden hatten. Die Infanterie zog sich bereits zurück und räumte die Talebene. Viele Soldaten feuerten ohne erkennbare Wirkung zum großen Schiff hinauf, aber die dünnen Strahlen gingen nach kurzem Dauerfeuer aus, als ihr Energievorrat erschöpft war.

»Ich ziehe die Truppen ins Hügelland zurück, wo sie in den Waldstücken Deckung finden können«, meldete der General. »Geben Sie an, wo anschließend gesammelt und Quartier bezogen werden soll. Dort muß das Aufladen der Handfeuerwaffen gewährleistet sein.«

Gorgias biß die Zähne zusammen und wünschte, er könnte mit seinem Willen hinausgreifen und das große Schiff zerschmettern. »Später«, stieß er hervor. Die Division befand sind auf dem Rückzug zu den Stellungen, in denen sie materialisiert worden war.

»Geben Sie uns den Rest der Divisionsartillerie, damit wir den Rückzug decken können«, sagte Crusus. Sein anfänglicher Respekt schien rasch zu schwinden.

»Wie meine Sie das?«

»Es sollten noch Batterien gelagert sein. Wie viele Male wurde der Zylinder aktiviert?«

Gorgias stockte der Atem. »Wieso – einmal!«

»Dann aktivieren Sie ihn wieder. Es muß mehr Gerät vorhanden sein. Ich hatte keine Zeit, Inventur zu machen...«

Gorgias betätigte den Schalter, und wieder fuhr der gelbe Strahl hinaus zu den Randhügeln. Er schob die Teleskopbrille mit dem Restlichtverstärker über die Augen und sah vier weitere schwere Laserkanonen mit Bedienungsmannschaften an den Hängen erscheinen, eine komplette Batterie mit weiten Abständen zwischen den Kanonen, bedingt durch den raschen Schwenk des Lichtstrahls.

Sie eröffneten das Feuer auf das große Schiff. Die Luft knisterte von Energie. Das Schiff feuerte zurück, und Gorgias sah, wie seine starken Laserstrahlen in die Abschirmungen der Kanonen bissen, die das Feuer jedoch unerschrocken erwiderten. Vielleicht gelang es doch noch, den Koloß zu vernichten.

Wieder ging vor seinen Augen die graue Wand des Hemmfeldes hoch.

»Wir sind wieder ohne Energie!« rief Crusus in Bestürzung. »Die Abschirmungen halten nicht mehr... Schon sind sie weg«, sagte er. »Unsere restlichen Laser sind erledigt. Schützt denn niemand unsere Energiequellen?«

Das Hemmfeld wurde wieder aufgehoben.

Das große Schiff erfaßte die zurückweichenden Truppen mit einem breiten Strahl und streckte sie wie mit einer gewaltigen Sense nieder.

Gorgias drückte den Schalter am Stativ, und der Trägerstrahl stieß hinaus in die dunklen Hügel und machte seinen Schwenk, aber die abgesengten, rauchigen Hänge blieben ohne neue Ausrüstung, als der Lichtstrahl erstarb.

Der todbringende Strahl des großen Schiffes mähte in breiter Bahn die zurückweichenden Herakliden nieder, die sich nicht schnell genug in Sicherheit bringen konnten.

»Wir sind machtlos!« rief Crusus. »Wo bleibt Ihr Schiff? Sicherlich sind wir Teil einer größeren Operation …«

Gorgias antwortete nicht. Sein Blick suchte das höhere Gelände um das Tal ab. Irgendwo zwischen den glühenden Überresten der Laserkanonen war der General noch am Leben.

Immer wieder schnitt der breit gefächerte Strahl durch die nun in regelloser Flucht zum schützenden Hügelland zurückflutende Infanterie und hinterließ rauchende Klumpen verbrannten Fleisches. Gorgias erkannte, daß das Sengen und Brennen nicht eher aufhören würde, als bis auch der letzte Heraklide in Sicht tot war. Er *spürte* den Haß, der den Strahl lenkte. Der Geruch ionisierter Luft und versengter Vegetation und verbrannten Fleisches wehte zu ihm herüber. Er schaltete seine Körperabschirmung ein und setzte sich in dumpfer Verzweiflung ins Gras. Der Versuch, das Flüsterschiff zu erreichen, würde nutzlos sein; sobald er sich von der Stelle rührte, würde das Hemmfeld wiedererrichtet.

Der breite Strahl erlosch, bevor er sein Vernichtungswerk vollendet hatte.

»Es tut mir leid, Gorgias«, sagte plötzlich Kurbis Stimme aus dem Funksprechgerät. »Ich konnte Ihre Frequenz nicht gleich finden. Der Feuerbefehl war ins Ermessen des kommandierenden Offiziers gestellt … Wenigstens haben wir ihn aufgehoben. Die Verantwortlichen werden zur Rechenschaft gezogen. Ich konnte nichts tun. Gorgias?«

»Sie sind ein Schwächling und ein Feigling, Kurbi. Man schickte Sie, um mir zu predigen, mich abzulenken.« Er unterbrach die Verbindung, das Gesicht eine starre Maske von Trauer und Schmerz.

»Er wird nicht antworten«, sagte Kurbi, den Blick prüfend auf dem Bildschirm. Die Vergrößerung zeigte Gorgias, der im Gras saß und vor sich hinstarrte. Die Körperabschirmung des Herakliden erzeugte im Restlichtverstärker seltsame Streueffekte.

Kurbi drehte seinen Sessel herum und blickte zum hinter ihm stehenden Poincaré auf. »Ich werde die gesamte Schiffsführung vors Kriegsgericht bringen. Du hast dieses Schiff hereingebracht, du hast darauf bestanden. Meine Leute waren angewiesen, sich zurückzuhalten. Wen hast du an Bord dieses Schiffes gebracht – eine besondere Todesschwadron?«

Julian schüttelte den Kopf. »Es wird dir nichts bringen, Raf, glaube mir. Du würdest öffentliche und juristische Sympathien für eine voll bewaffnete Division der Herakliden erregen müssen, und das würde dir nie gelingen.«

»Ich bezweifle, daß sie wußten, in welche Lage Gorgias sie bringen würde.«

»Das ist nicht glaubhaft, und du weißt es selbst. Wie konnten sie es nicht gewußt haben?«

Kurbi stand auf. »Dich kümmert es auch nicht.«

»Niemanden wird es kümmern – sie werden jubeln.«

»Etwas ist hier nicht in Ordnung.«

»Mir ist es nicht gleichgültig, Raf. Aber was du und ich denken, wird unwichtig sein. Er ist zu weit gegangen.«

»Ja. Wir sind zu weit gegangen!« Kurbi wandte sich wieder dem Bildschirm zu und beobachtete das rauchende Schlachtfeld. Die drei zuvor gestarteten Schiffe waren wieder gelandet. Alle Schleusen waren offen, und die Besatzungen hinausgegangen, um Gefangene zu machen und Verwundete zu versorgen. Das große Schiff war nicht mehr in Sicht.

»Wieviel Erbarmen, meinst du, hätte er uns gezeigt?« fragte Poincaré.

»Wir wissen beide, daß er nicht hätte gewinnen können«, sagte Kurbi durch zusammengebissene Zähne. *Natürlich hätte er kein Erbarmen gezeigt,* flüsterte ihm eine innere Stimme zu. *Und er hätte auch wenig Anlaß dazu gehabt.*

»Im Rückblick ist das leicht gesagt – bist du nicht überrascht davon, was er gegen uns aufbot? Wenn ich nicht das große Schiff gebracht hätte…«

»Ihre Waffen schienen archaisch…« Kurbi wandte sich wieder zu Poincaré um. »Ich habe noch immer die Befehlsgewalt. Ich wünsche, daß der Kommandant dieses Schiffes sich unverzüglich bei mir meldet.«

Julian schwieg einen Moment lang. Dann sagte er: »Wie du willst, aber es wird dir jetzt nicht nützen.«

Ich bin getäuscht worden, dachte Kurbi. *Ich war nur ihr Lockvogel. Gorgias hatte recht.*

Er brachte abermals den Hügel ins Bild. Gorgias saß noch immer an seinem Platz. Poincaré trat näher und schaltete das Hemmfeld wieder ein. Der Hügel verschwand unter der übergestülpten grauen Schale.

»Nur daß wir ihn und sein Schiff nicht durch die ganze Galaxis jagen müssen«, sagte er.

»Es könnte besser sein, sich jetzt zu ergeben«, sagte Kurbi ins Funksprechgerät.

Es blieb eine Weile still, dann antwortete der Heraklide ruhig: »Noch haben Sie mich nicht.«

Und in diesem Augenblick hoffte Kurbi, daß sie ihn niemals fangen würden.

Kapitän Orin Kik von der *Heimatstern* kam herein und nahm Haltung an.

Kurbi stand auf und trat auf ihn zu, faßte den Mann scharf ins Auge.

»Warum das Massaker?«

»Das war nicht mein Eindruck.«

»Sie mißachteten den Feuereinstellungsbefehl!«

»Wir erhielten keinen solchen Befehl. Die während der Aktion auf der Brücke meines Schiffes anwesenden Offiziere werden es bestätigen – alle sechs.«

»Der Befehl wurde klar und deutlich übermittelt!«

»Der Befehl, nach eigenem Ermessen das Feuer zu eröffnen, war der letzte, den wir erhielten.«

»Hatten Sie die Herrschaft über Ihre Leute?«

»Jawohl, selbstverständlich.«

»Sicherlich konnten Sie sehen, daß die Lage der Herakliden nach der Vernichtung ihrer schweren Artillerie aussichtslos war, daß es mithin sinnlose Grausamkeit war, das Feuer aufrechtzuerhalten. Sie hätten von den Bodentruppen ablassen und in Bereitschaft halten können.«

»Es war eine große Streitmacht – niemand konnte wissen, was sie noch gegen uns aufbieten würden. Es war vernünftig anzunehmen, daß so starke Bodentruppen gut unterstützt sein würden.«

Übermittlungsfehler, dachte Kurbi. Als solcher würde es in die Protokolle eingehen, ganz gleich, wie die Wahrheit aussah. Niemand hatte dem Kapitän gesagt, daß Gorgias' Division unzulänglich unterstützt war. Es wäre unvernünftig von ihm gewesen, so etwas anzunehmen.

»Haben Sie eine Vorstellung, Kapitän Kik, wer sie waren?«

»Heraklidische Briganten, Kommandant. Jeder wußte das, bevor wir hier herauskamen, Sie verdienten, was sie bekamen.«

»Es war reguläre heraklidische Infanterie! Soldaten wie Sie selbst.«

»Wie ist das möglich?«

»Kapitän, Sie sind unter Arrest.«

Das jugendliche, dünnlippige Gesicht zeigte keine Überraschung. »Ich erhielt keinen Feuereinstellungsbefehl«, wiederholte er. »Ich tat, was unter dem zuvor ergangenen Befehl, nach eigenem Ermessen das Feuer zu eröffnen, notwendig schien, und zwar in Erwartung einer plötzlichen Eskalation der Feindseligkeiten von Seiten des Gegners. Die besonderen Umstände, auf die Sie anspielen, wurden weder mir noch einem meiner Offiziere klargemacht.«

Ich hätte nicht zustimmen sollen, daß Julian das Schiff bringt.

»Es ist Ihr Auftrag, Befehle zu hören.«

»Ich hörte alle Befehle.«

Es war zwecklos, das Gespräch fortzusetzen.

»Unter Arrest, abtreten.«

Als der Kapitän gegangen war, setzte sich Kurbi wieder. Poincaré kam herein, und Kurbi schwenkte den Sessel herum. »Ich weiß, daß ich mit diesem Arrest nur ein wirkungsloses Zeichen setze, Julian, aber, verdammt noch mal, warum hast du dieses Schiff gebracht?«

Poincaré schwieg.

»Nun, Julian?«

»Stell dir vor, es wäre uns nicht gelungen, ihre schwere Artillerie auszuschalten. Sie hätten unsere Schiffe zerstören können, weißt du? Zwei wurden immerhin beschädigt. Wir hatten nicht die Truppen, um gegen eine ganze Division zu kämpfen.«

Kurbi sah ihm ins Gesicht. Natürlich hatte er recht, bis zu einem bestimmten Punkt. Kurbi verspürte eine gewisse Erleichterung. Ein Teil von ihm suchte nach einem Ausweg vor den Selbstvorwürfen, und Poincarés Argument schien überzeugend.

Gorgias hatte seine Körperabschirmung ausgeschaltet und lauschte in die Stille, mit der das Hemmfeld ihn umschloß. Er stand auf und versetzte dem nutzlos gewordenen Stativ einen Fußtritt. Das Projektorgerät mit dem Zylinder fiel, sich überschlagend, ein Stück den Hang hinunter und blieb im Gras liegen. Gorgias machte kehrt und ging zurück ins Haus.

Myraa erwartete ihn im Wohnzimmer.

»Zehntausend Menschenleben, hingeopfert durch deine Unüberlegtheit. Die letzte Chance verspielt.«

»Ohne mich«, entgegnete er, »würden sie nie wieder zum Leben erwacht sein.«

»Sie hatten keine Chance«, sagte sie. »Ich höre sie dort draußen in der Dunkelheit sterben, wie ich sie einst in der Magellanschen Wolke sterben hörte.«

»Dann rette sie«, sagte er. »Du willst sowieso, daß wir alle sterben. Sie fielen im Kampf.« Er wandte sich von ihr. »Wenn ich nur das Schiff herausbekommen hätte, um sie zu unterstützen!« Seine Stimme hallte im Raum wider.

»Es ist kein Krieg«, sagte Myraa. »Es gibt keine Heimatwelten zu verteidigen, kein Reich. Du hättest sie schonen sollen, sie vorbereiten, statt sie nutzlos ins Verderben zu führen. Du taugst nicht zum militärischen Führer. Wo hättest du es auch lernen sollen? Nun ist mit den Soldaten die Hoffnung auf ein Wiedererstehen des Reiches gestorben.«

»*Ich* bin das Reich!« rief er, aber es war ein verzweifelter Aufschrei, kein Auftrumpfen. Ihr Blick wurde weich und fürsorglich, und sie kam auf ihn zu, und plötzlich schien es ihm, daß sie alles wiederherstellen könne, was er verloren hatte.

»Wir müssen das Hemmfeld aufheben und ihn herauslocken«, sagte Poincaré, »bevor er auf weitere Ideen kommt.«

»Er kann uns nicht mehr überrumpeln«, sagte

Kurbi. »Entweder ergibt er sich, oder es kommt zum Kampf.«

»Wir werden zwanzig Mann gegen ihn schicken«, sagte Poincaré.

»Ich möchte nicht, daß er getötet wird. Wir haben bis jetzt keinerlei Verluste gehabt.«

»Wenn er dich hören könnte, Raf, würde er dir ins Gesicht lachen. Denk daran, wie viele von seinen eigenen Leuten er heute in den Tod geführt hat. Ich frage mich, wie er sie auf dieser Welt versteckt hatte.«

Kurbi blickte zum Bildschirm auf. Das Hemmfeld schien im grellen Scheinwerferlicht beinahe metallisch. Er hatte die Illusion, in einem großen Innenraum zu sein, einem riesigen Auditorium unter einer schwarzen Decke.

»Er denkt noch immer, daß er uns treffen kann«, sagte Poincaré. »Er wird nicht herauskommen, wenn wir das Feld aufheben. Vielleicht müssen wir hinein und ihn holen. Vielleicht können wir ihn reizen, daß er sich zu Unüberlegtheiten hinreißen läßt ...«

»Wir beide werden die Soldaten führen«, sagte Kurbi. »Ich will nicht, daß die Frau verletzt wird. Vielleicht können wir ihm eine Falle stellen.«

»Beruhige dich.«

»Ich werde jeden niederschießen, der einen Befehl nicht befolgt! Sag es ihnen, Julian, sag es ihnen allen klipp und klar.«

»Sag du es ihnen. Du hast immer noch den Befehl.«

Kurbi wußte, daß Kapitän Kik nach wie vor auf freiem Fuß war. Die Konfrontation und die Erinnerung an seinen vergeblichen Zorn machten ihm seinen offensichtlichen Autoritätsverlust in schmerzlicher Weise bewußt. In Wirklichkeit war er nur eine Galionsfigur, eine bessere Marionette. Er wußte auch, daß die Offiziere ihn bemitleideten.

»Du glaubst nicht daran, daß wir ihn lebend fangen können, nicht wahr, Julian?«

»Ist das wichtig? Es wird geschehen, wie es will. Ich kenne deine Gefühle, Raf, aber wir haben beide ein Leben zu führen, zu anderen Dingen zurückzukehren.« Poincaré stand auf. »Wir werden deinen Wunsch nach Möglichkeit berücksichtigen. Nun laß uns gehen. Ich spüre beinahe, wie er da oben sitzt und Pläne schmiedet.«

»Nun gut, Julian«, sagte Kurbi, aber das Gefühl von Hoffnungslosigkeit blieb. Er sprach die Worte und versuchte seine Miene aufzuhellen; ein Lächeln wäre unvorstellbar gewesen.

14. Zweikampf

»Wir rennen achtlos auf den Abgrund zu, nachdem wir uns etwas vorgestellt haben, das uns daran hindert, ihn zu sehen.«

– Pascal, *Pensées*

»Wenn du es nicht erwartest, wirst du das Unerwartete nicht finden, denn es ist mühsam und schwierig zu finden.«

– Heraklit

Er kam in ihren Körper auf der Suche nach Frieden. Er war stark, aber einige Male zitterte er und mußte innehalten. Sie küßte ihn und schlang die Arme fester um ihn, und sie trieben in einer zeitlosen See.

Sie öffnete ihr Bewußtsein und fühlte den Schmerz, den sie um ihn empfand. Es war auch sein eigener, und er beeilte sich, daran teilzuhaben. Sie wußte, daß sie in seinen Geist eingedrungen war, um ihm dieses doppelte Bewußtsein zu geben, aber es war unwichtig neben dem Geschenk.

Er schmolz in sie, seine Befangenheit schwand. Plötzlich befürchtete er, daß er sich auflösen und in sie absorbiert würde. Sein Nervensystem war wie aus Glas; jeden Augenblick konnte es zu feinem Staub zerspringen und vom Wind fortgetragen werden ...

Er fühlte sich emporgehoben, brach durch, und ihr Genuß war sein eigener.

Myraa zog die Toten in sich, lockte und bat sie zu kommen, bevor die Dunkelheit sie beanspruchte. Sie strömten vom Schlachtfeld herein, fanden Ruhe im Kraftzentrum ihres Willens ...

Die Sterne schienen durch das Oberlicht. Gorgias lag auf dem Rücken neben Myraa, ihr langes Haar bedeckte seine Brust, seine hilflose Erbitterung überlagert von Betäubung.

»Gorgias – die Sperre ist fort!«

Er wälzte sich vom Bett und griff zu seiner Uniform. Im Nu war er hineingefahren, legte die Gurte der Kampfausrüstung an, prüfte die Handfeuerwaffe und steckte sie wieder ein. Er stürzte zum Ostfenster. Das große Kriegsschiff war tausend Meter hinter den drei kleineren Schiffen gelandet. Seine Scheinwerfer tasteten in einem nervösen Rhythmus den mit Toten übersäten Talboden ab, als fürchteten die Insassen, daß die Toten wiederauferstehen und weiterkämpfen könnten.

Von Überlebenden war nichts zu sehen. Mochten sich auch einige in die Hügel gerettet haben, sie hatten die Division so gut wie aufgerieben. Mit der Erkenntnis erneuerte sich der Zorn in ihm, stärkte seine Entschlossenheit und machte ihn bereit.

Zwanzig Bewaffnete kamen die Rampe vom großen Schiff herunter, bildeten eine Halbmondformation mit vorgezogenen Flügeln und gingen langsam gegen die Anhöhe vor. Mit ihren großen Kugelhelmen, den Traglasten und Lasergewehren sahen sie dick, unbeholfen und roboterhaft aus. Er konnte nicht erkennen, ob Kurbi die Truppe anführte.

Gorgias überlegte flüchtig, ob Crusus noch am Leben sein mochte. Wahrscheinlich würde es besser sein, ihn zu töten, als ihn mit der Nachricht umzubringen, daß der Krieg seit langem verloren und das Reich vernichtet war.

Der kleine Trupp hielt auf den Hügel zu. Anscheinend wollten sie ihn hier fangen oder ausräuchern. Die Vorstellung, daß er Crusus würde gegenübertreten und ihm die Zusammenhänge erklären müssen, drängte sich in seine fieberhaften Überlegungen und brachte ihn in Rage; das war ein Gedanke von der Art, wie Myraa sie ihm in den Kopf setzen würde.

Er lief zur rückwärtigen Tür und den Hang hinunter zum Schiff, sprang in die offene Schleuse und rannte in die Zentrale.

Der Bildschirm zeigte, daß das Hemmfeld wieder errichtet war. Fluchend warf er sich in den Sessel.

»In den Absprungraum!«

UNTER DIESEN BEDINGUNGEN NICHT RATSAM.

»Versuch's! Bring uns hier hinaus!«

Während er noch überlegte, ob das Schiff ihm gehorchen würde, verschwamm die Welt draußen.

Er hatte das Gefühl, zu fallen. Der Rumpf wurde transparent, und er sah aus allen Richtungen helle Sterne auf sich zurasen. Er hörte einen Schrei. Im nächsten Augenblick würden die heißen Sterne ihn verschlingen, zerschmettern.

Flammende Sonnen durchdrangen das Schiff, blendeten ihn.

Ein fauliger Gestank drang ihm in die Nase.

Er konnte wieder sehen, wandte sich um und sah einen zersetzten Leichnam am Boden. Er kroch darauf zu.

Er sah sich selbst.

Während er ihn anstarrte, verblich der Leichnam. Er richtete sich auf, wankte zurück zu seinem Sessel. Das Schiff war eingeschlossen in eine massiv aussehende graue Substanz.

»Zurück!« befahl er.

Die Anhöhe mit dem Haus kam wieder zum Vorschein.

Er verließ das Schiff und stieg den Hügel hinauf zum Haus. Er rannte durch die Räume und trat zur Eingangstür hinaus.

Der Trupp seiner Häscher war den Hügel schon halb herauf. Er schaltete seine Körperabschirmung ein, zog die Waffe und ging ihnen entgegen. Sein Zorn begann im Gleichklang mit seinem Herzschlag zu pulsieren. Er konnte nicht zulassen, daß sie das Haus erreichten, und beschleunigte den Schritt.

Die graue Wand ging hinter ihm hoch. Sie versuchten ihn darin zu fangen. Er zielte sorgfältig und feuerte auf einen Mann in der Mitte der vorrückenden Kette. Der tödliche Strahl traf die Abschirmung und verausgabte seine Energie in einem harmlosen Aufleuchten.

Der Anblick ihres zuversichtlichen Vormarsches erbitterte ihn. Er feuerte vor ihnen in den Hang, daß Gras und Erde in einer Explosion emporgerissen wurden. Die Gruppe blieb stehen und schien zu warten.

Er konnte sich zum Schiff zurückziehen; nichts und niemand würde jemals in der Lage sein, ihn dort herauszuholen.

Seine eigene Abschirmung flammte auf, als vier Laserstrahlen gleichzeitig auf ihn gefeuert wurden.

Er erwiderte das Feuer nicht; sie warteten auf den Augenblick, wenn seine Abschirmung versagte oder ausgeschaltet werden mußte.

Die Schützenkette rückte wieder hangaufwärts gegen ihn vor. Er zog sich eine paar Schritte zurück und hielt. Die anderen kamen näher.

Er feuerte und ging auf sie zu. Drei Laser trafen seine Abschirmung, und er fühlte, wie die Luft in seinem Gesicht wärmer wurde. Er wählte die höchste Einstellung der Energiezufuhr, um die Abschirmung zu stärken, wartete und feuerte.

Ein Soldat brach zusammen und rollte den Hang hinab. Gorgias schwenkte seinen Feuerstrahl von links nach rechts und setzte alle Energie ein, um die beengten Räume innerhalb der feindlichen Abschirmungen zu erhitzen.

Als sein Feuerstoß beendet war, gingen sie von neuem gegen ihn vor und konzentrierten ihre Laserstrahlen. Er hielt stand, durch neunzehn weißglühenden Arterien mit ihnen verbunden. Seine Abschirmung sprühte wie ein grelles Feuerwerk und hielt. Er wartete, obwohl er innerlich raste.

Ihre Strahlen erloschen, und er feuerte. Ein zweiter Soldat fiel hintenüber, überschlug sich und verschwand in der Dunkelheit jenseits der Reichweite der Lichter des Hauses.

Die Angreifer zogen sich zum Fuß des Hanges zurück. Ihre Laserstrahlen flackerten; anscheinend war ihr Energievorrat bald erschöpft. Gorgias rückte gegen sie vor.

Die Schützenkette zog sich zum Rand des Hemmfeldes zurück.

Sie sind dumm, dachte er. *Wenn sie so weitermachen, kann ich sie einzeln abschießen.*

»Gorgias!« brach eine Stimme aus seinem Funksprechgerät. »Hier ist General Crusus.«

»Sind Sie in Freiheit oder ein Gefangener?«

»Sie hätten uns am Leben lassen und eine Chance geben können, in die Heimat zu gehen und wiederaufzubauen.«

»Nichts ist dort übrig geblieben ...«

»Sie sind unfähig!«

»Sie verstehen nicht, General ...«

»Soviel Zeit ist vergangen. Sie halfen mir nicht, zu verstehen ... Eine Division ohne Unterstützung gegen Schiffe, die das Dreifache unserer Zahl hätten vernichten können.«

»Der Feind redet Ihnen diese Dinge ein, um mich abzulenken. Ich kämpfe allein!«

»Haben sie gelogen?«

Das Hemmfeld verschwand, und die Soldaten zogen sich weiter zurück. Laser trafen seine Abschirmung und erloschen. Gorgias schritt den Hang hinunter. Vielleicht konnte er noch ein paar von ihnen unschädlich machen, bevor sie die Schiffe erreichten.

Eine innere Stimme sagte ihm, er solle sich zum

Schiff zurückziehen, weil seine Abschirmung einer Laserkanone nicht standhalten konnte.

»Feigling«, flüsterte die Stimme seines Vaters. »Du hast verloren und weißt nicht zu sterben.«

Im grellen Scheinwerferlicht lag das Gras grau und wie entfärbt. Er erreichte ebenen Boden und feuerte auf die zurückgehenden Soldaten. Sie blieben stehen und warteten, die Waffen im Anschlag.

»Gorgias ...«, sagte Crusus.

»Seien Sie still, General! Der Feind macht Sie zu seinem Werkzeug.« Er rückte weiter vor, zornig, daß die Soldaten kehrtgemacht hatten und ihn daran hinderten, ohne Gesichtsverlust den Rückzug anzutreten.

Von einem der Schiffe stach plötzlich ein Laserstrahl über ihn hinweg, Gorgias wandte den Kopf und sah einen Baum neben dem Haus Feuer fangen. Einen Augenblick später sprühte seine Abschirmung grellweiß auf. Sie gaben ihm zu verstehen, daß sie das Haus zerstören konnten.

Gorgias feuerte zweimal auf die zentralen Gestalten, doch ohne Wirkung. Wieder glühte seine Abschirmung auf, aber er hielt sich zurück, wartete auf den richtigen Augenblick.

Er führte die Hand an das Feld über seinem Herzen, und in der Abschirmung öffnete sich ein kleines Fenster. Es ließ frische Luft ein, und er konnte drei Lichtbrechungsbomben hinauswerfen, bevor er die Öffnung schloß. Die Bomben rollten durch das Gras und explodierten. Schwarzer Rauch verschleierte den Halbmond der Soldaten. Dann erschienen geisterhafte Doppelgänger seiner selbst, zwanzig Zwillingsbrüder, die jede seiner Bewegungen wie im Spiegel mitvollziehen würden. Gorgias marschierte durch den Rauch und wartete, daß seine Doppelgänger das Feuer auf sich lenken würden.

Schon stachen die Laser nach ihnen. Gorgias feuerte und schwenkte den Strahl von links nach rechts, hoffte eine fehlerhafte oder ausgeschaltete Abschirmung zu finden.

Zur Rechten blitzte es auf, und ein Soldat fiel in der zerflatternden Rauchwolke aufs Gesicht. Gorgias wartete, daß die Feinde seine illusorische Schützenkette unter Feuer nehmen würden. Richtig, die Strahlen schnitten durch den Rauch, zogen von einer Seite zur anderen. Seine Abschirmung glühte auf, und sie schwenkten weiter. Wieder feuerte er und wartete.

Der Rauch verzog sich. Links und rechts verblaßte seine Streitmacht von Trugbildern. Eines war jetzt nur noch ein schwebender Rumpf; einem anderen fehlte ein Kopf, ein dritter hatte keine Arme. *Du hast es mit ihnen nicht besser gemacht als mit deiner wirklichen Streitmacht,* sagte sein Vater in ihm. Gorgias zuckte die Achseln. Er hatte seine Position getarnt, hatte drei Feinde erledigt und den Gegner gezwungen, Energie zu verschwenden. Der Kampf war noch nicht zu Ende, sagte er sich und ging gegen die Angreifer vor.

Seine Abschirmung leuchtete ohne Unterlaß auf. Der letzte Rauch verzog sich. Alle verbliebenen Laserstrahlen konzentrierten sich auf ihn. Seine Abschirmung begann zu glühen, erhöhte ihre Widerstandskraft, und er hielt stand.

Er war jetzt nahe genug heran, um Gesichter zu erkennen. Schlimmstenfalls, sagte er sich, konnte er zum Schiff zurück. Dort konnten sie ihm nichts anhaben. Selbst ihre Laserkanonen waren nicht stark genug, seine Abwehr zu durchdringen, die soviel Energie heranziehen konnte, wie sie benötigte, um selbst einer ständig verstärkten Feuerkonzentration standzuhalten.

Dann hob die Gestalt in der Mitte die Hand und signalisierte den anderen, das Feuer einzustellen.

Kurbi. Die Feinde standen wartend. Das Scheinwerferlicht warf ihre langen Schatten bis vor seine Füße. Kurbi hob den Arm und zeigte zum Haus.

Gorgias blickte zurück.

Die graue Wand verhüllte wieder den Hügel.

Ein flaues Gefühl breitete sich, vom Magen ausgehend, in ihm aus, als er die Bedeutung erkannte. Er war von seinem Schiff getrennt, im Hemmfeld gefangen. Die Luft in seiner Körperabschirmung mußte bald verbraucht sein, es sei denn, er schaltete sie für Augenblicke aus, um frische Luft einzulassen. Sie brauchten nur darauf zu warten und ihre Waffen bereitzuhalten. Er sah sich schon bewußtlos in der Abschirmung, weil er nicht wagen konnte, sie zu öffnen. Er würde entweder in Gefangenschaft geraten oder sterben und die Selbstzerstörung des Schiffes auslösen.

Er hob die Waffe und feuerte von links nach rechts auf die Reihe ihm gegenüber.

Worauf warteten sie? Warum eröffneten sie nicht das Feuer?

Frische Luft strömte ein, kühlte ihm das Gesicht. Seine Abschirmung war zusammengebrochen! Die Schatten seiner Feinde waren wie Speere, die sich anschickten, ihn zu durchbohren.

Sein Wille erlahmte; das Bewußtsein von Schwäche und Hilflosigkeit überwältigte ihn. Sie hatten die Aufladung des Hemmfeldes verstärkt, um ihn von seiner Energiezufuhr abzuschneiden.

Um es zu erproben, brachte er seine Waffe in Anschlag und feuerte; sie funkte und erstarb. Er wußte, daß das Schiff versuchte, ihn mit Energie zu versorgen. Er stand still und lauschte dem leisen Seufzen des Nachtwindes. Der Geruch von verbranntem Fleisch war noch immer in der Luft. Wenn seine Gegner zu lange zögerten, würde seine Abschirmung vielleicht wieder Energie aufnehmen.

Die Soldaten gingen zögernd ein paar Schritte auf ihn zu und machten wieder halt. Er zielte auf sie und feuerte, um sie zu provozieren und ein Ende zu machen, und seine Waffe feuerte, aber die Abschirmung blieb aus.

Er feuerte ein weiteres Mal, und nach einem kurzen Feuerstoß erlosch der Laser. Er zog sich langsam zurück, blickte über die Schulter; in wenigen Augenblicken würde er mit dem Rücken an der grauen Wand des Hemmfeldes stehen. Die Soldaten rückten ihm nach. Er zielte auf Kurbi, und der Strahl leckte schwächlich an der Abschirmung seines Gegners. Gorgias begriff, daß sie ihn lebend haben wollten, aber das sollte ihnen nicht gelingen. Er würde sich nicht durch ihre elenden Gefängnisse schleifen lassen.

Er öffnete den Mund, um ihnen seine Herausforderung in die starren Gesichter zu schreien, aber seine Kehle war so trocken, daß sie keinen Ton hervorbrachte. Bevor sie ihn fingen, würde er sich selbst das Leben und sie alle mit sich nehmen.

Seine Beine waren wie Stein; ein Schauer durchlief seinen Körper. Wieder feuerte er, und der Strahl erlosch. Er ließ die Waffe fallen.

Kurbi kam allein auf ihn zu.

Gorgias riß die letzte Wurfgranate aus dem Gürtel, zog ab und warf sich mit einem Schrei auf den Feind, die Wurfgranate in der erhobenen Hand.

Feuer stieß ihm in die Augen, und in seinem Kopf explodierte die Sonne.

15. Der geschlossene Kreis

»... der Mensch besteht aus einer Vielheit von Seelen, von zahlreichen Selbsten ... Ich lebte nur ein bißchen von mir selbst ...«

– Hermann Hesse

Die Soldaten umstanden den gefallenen Herakliden im Kreis; ihre Schatten bildeten die Speichen eines schwarzen Rades. *Es ist alles vorbei,* dachte Rafael Kurbi, als er neben dem verkohlten Leichnam niederkniete. *Ich werde frei für ein anderes Leben sein.* Ein Gefühl von Erleichterung wollte aufkommen, aber er unterdrückte es. Nur unklar war ihm bewußt, daß Poincaré herausgekommen war und zu seiner Linken stand.

Er berührte den geschwärzten Körper, der noch warm war. Jeden Augenblick, so schien es Kurbi, würde das verbrannte Fleisch wie eine Kruste abfallen, und der Heraklide würde aufstehen und die Asche so mühelos abschütteln, wie er in der Vergangenheit seine Verfolger abgeschüttelt hatte. Der Tod würde nur eine kleine Unbequemlichkeit für ihn sein.

»Er ist tot«, sagte Poincaré. »Es hat keinen Zweck ...«

»Sei still!« Kurbi richtete sich auf und ließ den Blick über die Runde der Soldaten schweifen. Er wußte nicht, welcher von ihnen den tödlichen Feuerstoß abgegeben hatte. Die Helme und Uniformen machten es fast unmöglich, die Männer voneinander zu unterscheiden. *Sie waren alle schuldig,* dachte er, *auch er selbst.*

»Sein Schiff hat sich nicht zerstört«, sagte Poincaré. »Die Explosion, die er ankündigte, hätte das Hemmfeld auseinandergerissen.«

Kurbi stand auf. »Vielleicht wären wir mit ihm in die Luft geflogen, vielleicht die ganze Welt. Der Dummkopf, der den letzten Feuerstoß abgab, riskierte alles.«

»Du glaubtest der Drohung?«

»Es blieb uns nichts übrig.« Kurbi blickte zum Hügel auf. Die umgestülpte Schüssel des Hemmfeldes ragte über ihnen auf wie der kahle Gipfel eines vergrabenen Berges.

»Nehmen wir das Hemmfeld weg«, sagte Kurbi.

Julian nickte. »Er hatte offensichtlich gelogen. Er ist tot, und wir sind noch da.«

»Halt«, sagte Kurbi plötzlich. »Wir dürfen das Hemmfeld nicht aufheben.«

»In Bereitschaft«, sagte eine entfernte Stimme in sein Ohr.

»Was hindert dich daran?« fragte Julian.

»Wenn es eine Verbindung zwischen Gorgias und dem Schiff gibt, dann haben wir vielleicht das Signal zur Selbstzerstörung abgeschirmt, als wir ihn von seiner Energiequelle abschnitten. Wenn wir das Hemmfeld aufheben, fliegt die ganze Welt auseinander.«

»Aber an diesem Toten gibt es nichts mehr, was funktioniert, Raf.«

»Es könnte im Schiff eine Verzögerung in der Wahrnehmung seines Todes geben. Vielleicht trägt er zu diesem Zweck ein Implantat im Körper. Oder das Schiff ist mit einer Totmannschaltung ausgerüstet, und die Selbstzerstörung wird ausgelöst, wenn er sich innerhalb einer bestimmten Zeit nicht meldet.«

»Ich glaube, du traust ihm zuviel Schlauheit zu. Seit wir hier sind, beging er einen Fehler nach dem anderen. Auch zuletzt, als wir ihn vom Haus fortlockten und fingen. Folgerichtiges Denken schien seine Stärke nicht zu sein.«

»Wahrscheinlich hast du recht«, sagte Kurbi. »Man stelle sich vor, eine so große Streitmacht durch Unüberlegtheit zu verlieren!« Und er dachte daran, wie das Leben für die Davongekommenen sein würde.

»Heben wir das Hemmfeld auf oder nicht?«

»Was meinst du?«

»Du hast immer noch den Befehl, aber ich würde es befürworten.«

Die ganze Welt wird in Stücke gehen, dachte Kurbi. *Gorgias wird doch noch gewinnen.* Er erschrak bei der Erkenntnis, daß er es beinahe erhoffte.

»Wir können nicht fortgehen und alles so zurücklassen«, sagte Poincaré.

Warum nicht? Fortgehen und nie zurückkommen. »Aus Sicherheitsgründen«, sagte Kurbi, »werden wir starten und das Hemmfeld aus der Entfernung der Umlaufbahn aufheben. Eine andere Möglichkeit sehe ich nicht. Zu viele Menschenleben stehen auf dem Spiel.«

»Ich werde ein paar Leute mit einer Bahre schicken«, sagte Julian. »Wir nehmen den Toten mit.«

»Wir sind weit genug draußen«, sagte Poincaré. »Du kannst jetzt das Feld ausschalten.« Kurbi tat es, lehnte sich zurück und wartete, den Blick auf dem Bildschirm.

»Nichts«, sagte Poincaré nach einer Weile.

»Lassen wir die anderen Schiffe hier«, meinte Kurbi. »Wir landen mit diesem.«

»Du hattest recht, vorsichtig zu sein. Wir könnten diesmal ein Shuttle nehmen.«

»Vielleicht benötigen wir die medizinischen Möglichkeiten. Wie geht es den Gefangenen?«

Die Nachtseite füllte den Bildschirm, als das Schiff in die äußere Atmosphäre eintauchte.

»Nicht schlecht – Crusus ist in guter Verfassung.«

Kurbi beobachtete den Bildschirm.

»Darf ich dir etwas sagen, Raf?«

Kurbi wandte den Kopf und sah Julian an. »Gewiß. Was ist es?«

»Kann ich offen sein?«

»Klar, nur zu …«

»Du machst es einem Freund nicht leicht.«

Kurbi fragte sich, ob sie wirklich Freunde waren, suchte nach seiner aufrichtigen Empfindung.

»Was hast du auf dem Herzen?«

»Es sind verschiedene Dinge, Raf, alle in dir vermischt.«

»Und?«

»Warum, meinst du, hast du Jagd auf den Herakliden gemacht?«

»Was fragst du mich? Du wirst mir deine Antwort sagen.«

»Ich meine, Grazias Tod hat es in dir ausgelöst. Dann erlebtest du die Katastrophe auf Mars II. Gorgias zu fangen, wurde dir genauso wichtig wie Leben zu retten …«

»Das besagt nichts, Julian. Gorgias brachte eine Menge Menschen um, und ihm mußte das Handwerk gelegt werden.«

»Laß mich den Gedanken zu Ende führen, so offensichtlich meinte ich es nicht. Gorgias wurde ein Ersatz für Grazia, gleichsam ihr Double. Du wirfst dir vor, sie nicht gerettet zu haben. Du stelltest dir die Aufgabe, bei der Wiederbelebung einer toten Zivilisation zu helfen – aber weder du noch Gorgias hätte das allein schaffen können …«

»Wenn er mit mir zusammengearbeitet hätte …«

»Deine guten und schätzenswerten Motive wurden mit deiner persönlichen Tragödie vermischt. Gorgias wurde für dich ein verlorener Sohn …«

»Das Problem hatte auch seine Vorzüge. Außerdem drängtest du mich in die Suche hinein.«

»Das ist wahr.«

»Jedenfalls wäre es besser gewesen, ihn zu retten.«

»Möglicherweise.«

»Für mich wird es jetzt andere Inhalte geben.«

»Ich bin froh, dich das sagen zu hören.«

Das Schiff setzte auf dem dunklen Schlachtfeld auf. Die Lichter des Hauses sahen beinahe einladend aus.

»Ich werde ein paar Leute mitnehmen und mich umsehen«, sagte Poincaré.

Kurbi ging auf und ab, als der Bildschirm aufleuchtete.

»Das Schiff ist noch hier«, sagte Poincaré. Der Hintergrund verriet, daß er im Haus war. »Auch die Frau ist da, diese Myraa.«

Kurbi nickte. Julian saß im Wohnzimmer, anscheinend allein.

»Eines ist allerdings seltsam.«

»Was?« fragte Kurbi.

»Hat wahrscheinlich nichts zu sagen. Unser Cybernetiker befragt die Künstliche Intelligenz des Flüsterschiffes, um zu sehen, ob in seine Selbstzerstörungssequenz eine verborgene Verzögerung eingebaut ist. Der Selbstzerstörungsmechanismus ist nicht ausgelöst worden. Das Schiff verhält sich, als ob Gorgias noch am Leben wäre.«

»Also war die Technologie der Herakliden nicht unfehlbar.«

»Das, oder es war nicht Gorgias, der vor unseren Augen starb.«

Es ist noch nicht vorbei. Die Worte wiederholten sich in Kurbis Sinn. Mit plötzlich aufkeimender Hoffnung kam die Erkenntnis, daß Julians Einschätzung seiner selbst richtig war, oder zumindest so annähernd richtig, wie Worte die Wirklichkeit ausdrücken konnten.

»Das Schiff läßt keinerlei Anzeichen von Fehlfunktionen erkennen«, sagte Poincaré. »Es ist, als ob es warte ...«

»Das Schiff ist sehr alt«, sagte Kurbi.

»Also glaubst du, daß er tot ist?«

»Ja – aber laß Suchtrupps die Umgebung durchkämmen. Er würde zu Fuß sein müssen ...«

»Und das Schiff?«

»Wir werden es im Laderaum unseres großen Schiffes verstauen und mitnehmen«, sagte Kurbi.

»Was soll mit der Frau geschehen?«

»Wir überlassen sie sich selbst. Sie hatte augenscheinlich nichts mit der ganzen Sache zu tun. Wir würden unsere Übereinkunft mit den Herakliden dieser Welt verletzen, wenn wir Gefangene machten. Hat sie dir etwas gesagt?«

»Zu Hause wird man uns feiern«, sagte Poincaré.

»Aber ich weiß, daß meine Mission gescheitert ist.«

»Wenn wir mehr erfahren, werde ich dich das wissen lassen. Wir halten die Verbindung offen.«

Kurbi nickte und ging zur Tür. Ein Wachoffizier kam herein, seinen Platz einzunehmen. Kurbi schritt in den offenen Aufzug und fuhr hinunter zu den Schleusen.

Er trat in einen kühlen Morgen hinaus. Die Sonne kroch gerade hinter den Bergen hervor. Lange, leuchtende Wolkenbänke streiften den Himmel. Die weithin verstreuten Gefallenen lenkten seine Gedanken auf die Armee, die hier zugrunde gegangen war. Vielleicht hatten Myraas Leute mit Gorgias zusammengearbeitet, um die Streitmacht hierherzubringen? Aber woher war sie gekommen? Myraa schien im Mittelpunkt von etwas zu stehen.

Poincaré kam mit einem auf ein Stativ montierten Gerät auf der Schulter herein. Er klappte die drei Beine auseinander und stellte es auf.

»Was soll das sein?« fragte Kurbi.

»Die Truppen waren in diesem Zylinder gespeichert, in der kristallinen Struktur des Materials.«

Kurbi nahm den Zylinder und untersuchte ihn.

»Wir wußten, daß sie gegen Kriegsende an verschiedenen bahnbrechenden Entwicklungen arbeiteten«, sagte Poincaré, »aber dies – das schlägt alles!«

»Also war es alles Gorgias' Werk«, sagte Kurbi.

»Wir haben das Gerät genau untersucht«, sagte Julian, »das wirklich Interessante daran ist, daß es mit einer geringfügigen Modifikation dieselbe Division immer wieder hätte materialisieren können, indem es die vorgegebenen Muster gebrauchte, um eine unbegrenzte Zahl von Duplikaten zu produzieren, solange Energie zugeführt wurde. Gorgias wußte das überhaupt nicht.«

»Was konntest du von Myraa erfahren?«

»Crusus half uns, dem Geheimnis des Stativzylinders auf die Spur zu kommen. Er wußte einiges darüber. Er ist ein trauriger Mensch, Raf, voll von Zweifeln und Selbstvorwürfen.«

»Noch etwas?«

»Es gibt einen Stützpunkt. Wir glauben, daß das Schiff uns hinführen kann. Myraa zeigte mir außerdem etwas, das nach ihrer Aussage eine Teleportverbindung mit der Kleinen Magellanschen Wolke ist, jetzt aber nicht mehr benutzbar.«

»Wird das Schiff unsere Befehle befolgen?«

»Mit der Zeit, meint sie, könne das möglich sein.«

Kurbi hörte nur halb hin, als Poincaré seinen Bericht beendete. Trotz Julians Deutung seines Verhältnisses zu Gorgias schien die Zukunft leer ohne die Hoffnung, zu dem Herakliden durchzudringen und eine Verständigung mit ihm zu erreichen.

»... und dann, Raf, nahm ihr Gesicht einen seltsamen und verzerrten Ausdruck an, und sie sah alt aus, als sähe sie in eine andere Welt. Raf?«

Kurbi rieb sich die Augen. »Ist das alles?«

»Nein – du mußt schlafen.«

»Red nur aus, was du sagen wolltest«, sagte Kurbi.

»Sie wollte kein weiteres Wort zu mir sagen. Nun – es war nicht alles vergebens. Wir haben das Schiff, und mit der Zeit werden wir vielleicht den Stützpunkt haben. Stell dir vor, was wir dort finden könnten – denk an die Archive, die dort lagern mögen!«

Kurbi sagte nichts. Selbst wenn Julian in der Beurteilung seiner verstrickten Motive recht hatte, würde es lange dauern, bis er ein weiteres, halb so bedeutungsvolles Netz knüpfen könnte. Es blieb nichts übrig als leere Möglichkeit, in keiner persönlichen Art und Weise mit ihm verbunden. Er war im Begriff, jemand anders zu werden, für den nichts von alledem von Interesse sein würde.

»Du kannst nicht so weitermachen«, sagte Julian.

»Bring die Dinge in Schwung«, sagte Kurbi. »Mir ist dieser Ort verleidet.«

Poincaré seufzte.

Kurbi nahm den Zylinder, steckte ihn vorsichtig in die Kontakte des Stativs und bewunderte die Genialität der alten Konstrukteure. Mit diesem Ding hatte Gorgias die Vergangenheit zu Hilfe gerufen, aber sie hatte all ihre Defekte mitgebracht. Die Persönlichkeitsstrukturen von Männern, die seit langem tot waren, waren in Fleisch und Blut wiederhergestellt und dann zu Asche verbrannt worden. Als er die Jagd auf Gorgias begonnen hatte, war das Leben des Herakliden bereits ein bloßes Echo gewesen, ein Leben, das irgendwo mit tastenden Bewegungen angefangen, mehrere Stadien einer deformierten Entwicklung erreicht hatte und schließlich in eine unberechenbare Spirale übergegangen war, die sich aus einer ruinierten Vergangenheit in eine leere Zukunft gewunden hatte. Er dachte an den Korridor der Föderation, der sich in Windungen und Schlangenlinien entwickelt und verlängert hatte, bis er zum Herkules-Sternhaufen gekommen war, um dort das Samenkorn in den Boden zu legen, aus dem das Volk der Herakliden emporwachsen sollte. Es war, als sei der Heraklide die Marionette eines größeren Willens gewesen, der mit jedem Fehlschlag verzweifelter wurde.

Julian sprach zu ihm, aber Kurbi konnte nicht auf

ihn hören. Ein kalter Schmerz wuchs in ihm und beengte seine Brust. Er marschierte mit Gorgias durch eine unfruchtbare Ödnis, einem Morgengrauen zu, das niemals kommen konnte. Er haßte sich selbst.

Ich hätte ihn retten können, sagte er sich selbst, und jedes Wort war wie ein Licht, angezündet in einer schrecklichen Dunkelheit.

16. Galaxis der Seelen

»Jedes Bewußtsein sucht es selbst und alle anderen Bewußtseine zu sein, ohne aufzuhören, es selbst zu sein: es sucht Gott zu sein.«

– Miguel de Unamuno

»Das Ego besteht nur fort, indem es immer mehr es selbst wird, in dem Maße wie es sich alles andere anverwandelt ... indem es von Lebensalter zu Lebensalter Wesen und Gesamtheit eines in ihm liegenden Universums herausarbeitet ...«

»Das einzige Universum, welches imstande ist, die Person in sich einzuschließen, ist ein unwiderruflich ›personalisiertes‹ Universum ...«

»... so groß der in Zeit und Raum gezogene Radius auch sein mag, umfaßt der Kreis jemals etwas anderes als das Vergängliche?«

»Um die höchsten Anforderungen unseres Unternehmens zu befriedigen, muß Omega unabhängig vom Zusammenbruch der Kräfte sein, mit denen die Evolution gewebt ist.«

»Auf die Weise entgeht etwas im Kosmos der Entropie, und zwar in zunehmendem Maße. Es entkommt, indem es zu Omega zurückkehrt ...«

– Pierre Teilhard de Chardin, *Das Phänomen Mensch*

»Unter diesen ihren schwer verhangenen Lidern
Birgt sie die Geschichte aller Epochen;
Die alten Zeiten mit dem dunklen Klang
Die ihren Reim hinterlassen in den Ohren der Welt.«

– Swinburne, *Kleopatra*

Gorgias bemühte sich, die Augen zu öffnen.

»Du mußt versuchen, zu verstehen.« Myraas Stimme war überall um ihn, weich und zärtlich.

»Wo bist du?«

»Hier, bei dir. Du bist in Sicherheit. Sie können dich jetzt nicht verletzen. Bald wirst du alles wissen.«

Er wollte die Arme bewegen, aber es fühlte sich an … als ob er keine hätte.

Er erinnerte sich des blendenden Blitzes. Seine Abschirmung war unwirksam gewesen, und er war getroffen worden. Nichts konnte einen direkten Treffer aus einer Waffe dieser Art überleben; aber er lebte.

Das Schiff. Myraa und er waren in der Sicherheit des Schiffes, flohen zurück zum Stützpunkt. Oder vielleicht war das Schiff noch auf ihrer Welt und wartete auf den Augenblick, wenn das Hemmfeld aufgehoben würde. Der Schmerz würde sich einstellen, sobald die Wirkung der Drogen nachließ. Er stellte sich vor, daß er in einem Gelbad lag und warten mußte, bis die schützende Masse seine Verbrennungen heilte.

»Nein«, sagte Myraa, sie schien aus seinem Innern zu sprechen.

Myraa blockierte den Schmerz in seiner Seele.

»Myraa! Was ist geschehen?« Auf einmal merkte er, daß er nicht sprach; es gab kein Gefühl von Bewegung in seinem Gesicht. »Du hast versprochen, niemals in meinen Geist einzudringen!«

»Es gibt jetzt keinen anderen Weg.«

»Was soll das heißen? Sag es mir!«

Er wollte in der Dunkelheit umherblicken, aber seine Augenhöhlen waren leer. Schatten füllten sie …

Plötzlich konnte er sehen.

Er war im Schlafzimmer des Hauses, wie es schien. Er fühlte, wie er gegen seinen Willen aufstand und zum Fenster ging. Dann sah er, daß es nicht dasselbe Haus war. Unter ihm war der weiße Strand. Vom warmen, grünen Ozean zogen schaumgekrönte Wellen zum Strand; langbeinige Vögel jagten einander über den nassen Sand.

Etwas Schwarzes drängte in den Rand seines Gesichtsfeldes. Sein Blick ging nach links und dort zum Boden, wo in der hellen Nachmittagssonne ein verkohlter, unkenntlicher Körper lag. Er ging hin und bückte sich, ihn zu berühren, aber seine Hand ging bis zum kalten Fußboden hindurch.

»Ich zeige dir ein Bild«, sagte sie von innen. »Sie nahmen den Leichnam mit.«

»Was redest du da, Myraa?«

Er blickte auf seine rechte Hand.

Es war Myraas.

»Ich konnte dich nicht sterben lassen wie deinen Vater.« Ihre Stimme war quälend nahe. Ihre Finger berührten sein Herz, hielten es, sie streifte es mit dem warmen Atem ihrer Worte. »Ich konnte nicht zulassen, daß du dich auflöstest...«

Er dachte an das Schiff.

»Sie nahmen das Schiff mit, das sich nicht selbst zerstören konnte, solange dein Bewußtsein ganz war.«

Er sah sich durch ihre Augen im Raum um. Das geisterhafte Bild seines verbrannten Leichnams war verschwunden. Die Sonne schien strahlend herein. Er blickte durch das Oberlicht zum blauen Himmel auf. Alles war lebhaft und klar, als ob er es zum erstenmal sähe.

Ich bin tot, dachte er, *und sie trägt mich in sich.*

Er wollte schreien, den Schrei aus ihrer Kehle zwingen, aber es war nur ein Gedanke. Ihr Wille war nicht sein eigener.

»Du hast zugelassen, daß sie meinen Körper mitnahmen, um ihn als Trophäe auszustellen!«

Er glitt in Dunkelheit. Myraas Gedanken waren überall, beschwichtigten seine Befürchtungen, seinen

Zorn, flüsterten wie Fliegengesumm. »Ich konnte sie nicht daran hindern, und es war nicht wichtig.«

»Verräterin!« Die Vorstellung, in einem anderen Körper gefangen zu sein, verursachte ihm plötzlich Übelkeit. Er dachte an seine eigenen Arme, Beine, an seine Ganzheit. Was war von ihm übrig geblieben?

»Die alten Träume sind tot«, sagte sie. »Ich weiß, wie sie auf jener Welt in der Magellanschen Wolke starben. Lange nachdem sie von der Seuche befallen worden waren, hörte ich noch ihre Stimmen aus jenem dunklen Ort rufen, aus der schrecklichen Kälte, als sie gegeneinander kämpften. Sie zerstörten ihre Schiffe und sich selbst, bis sie alle starben. Nur wenige hatten die Kraft, mich zu erreichen. Ich rettete sie, aber sie sind noch immer nicht ganz.«

»*Ich* bin nicht mehr ganz!« Er schleuderte die Worte aus sich heraus, beseelt von dem Wunsch zu sterben. Er wollte sie von innen verletzen, die Worte herausreißen, die sie in ihm niederlegte. Wenn er sich nur wieder in sein eigenes Fleisch hüllen könnte. Ihre Besänftigung verletzte ihn, und er haßte sie dafür. Wie sollte er in der Lage sein, eine Ewigkeit ihrer Herrschaft zu ertragen? Er würde niemals imstande sein, sie zu lieben, oder Söhne zu haben.

Wie konnte er sie töten? Er war nur ein Gedanke in ihr, eine Erinnerung. Wie, wenn sie beschloß, ihn zu vergessen? Das Chaos würde aufnehmen, was von ihm übrig war, und er würde ein zweites Mal sterben. Konnte sie ihn für einige Zeit vergessen und ihn dann zurückrufen? Er würde sich an den Rändern ihres Bewußtseins herumdrücken, sich selbst ein Geheimnis, ein matter Funke, der sich abmühte, heller zu werden.

Irgendwie war sie in seinen Armen. Er hielt sie fest umfangen.

»Lügnerin!« rief er.

»Du hast eine Lüge gelebt. Ich bin noch immer bei dir.«

»Ich will dich nicht – ich brauche dich nicht! Gib mich frei!«

»Es gibt viel mehr als dies.«

»Nein!«

Die Dunkelheit drückte von allen Seiten herein, eine unendliche Dichte, die ihn bewegungsunfähig machte.

»Wenn du uns akzeptierst«, sagte sie, »wirst du alles haben.«

Zeitalter vergingen, und sie sprach nicht zu ihm. Die schwarze, sonnenlose Dichte war eine ständige Demütigung; jeden Augenblick konnte sie ihn zu nichts zermalmen.

Die Zerstörung seines Körpers quälte ihn. Er war zornig und traurig, aber die Empfindungen schienen seltsam, Echos ihrer früheren Intensität; seine Schreie drangen aus keiner Kehle, sein Zorn stieg ihm nicht in den Kopf, und ein Teil von ihm verachtete seinen Haß. Der Körper fehlte, seine Gedanken und Empfindungen zu unterstreichen; was er fühlte, begann zu verblassen. Vielleicht konnte er diese Inversion der Realität abschütteln, durch einen Willensakt die Augen in seinem Leichnam öffnen, wo immer er sein mochte, seinen Körper in einem Willensakt neu schaffen …

Ein Leuchten umhüllte sein Bewußtsein … beinahe so, als ob er wieder Gliedmaßen hätte. Wärme nahm zu, und er fühlte seine verkohlte Haut und wußte, daß seine Nerven dem Gehirn Schmerz und Entsetzen signalisierten. Er fühlte das Sterben seines Körpers, starrte durch die Blindheit seiner Augen, fühlte den beginnenden Zerfall seines Innern. Eine ferne Trauer wehte ihn an, aber er konnte sie sich nicht zu eigen machen. Sein Körper starb; er fühlte seine

Gliedmaßen nicht mehr. Sein Selbst zog sich zu einem Punkt zusammen, der im Leeren schwebte. Jeder konnte jetzt durch ihn hindurchgehen und seine persönlichsten Gedanken wie ein Straßenschild lesen.

Fremde Seelen beobachteten ihn mit kalter Neugier. Wie konnte Myraa sich mit ihnen vereinigt haben? Sie waren dagewesen, erkannte er, als er mit Myraa geschlafen hatte; dennoch war er dankbar für die Aufmerksamkeit, die sie ihm in der Dunkelheit schenkten.

Sie waren uralt, älter als das Reich, älter als alle, die er kannte; sie hatten in dieser Weise überlebt und würden weiterleben, bis alle Sonnen im Weltraum starben und das Universum in sich zusammenfiel, um von vorn anzufangen. Diese Geister waren Teil einer größeren Gemeinschaft, die nicht in der endgültigen Singularität sterben würde; sie würde wie ein großer Falter aus dem Kokon des Kontinuums schlüpfen, neugeboren in den Himmel eines größeren Bereichs fliegen; und wie sie in dem ihm bekannten Universum überlebt hatte, so würde diese Gemeinschaft, dieses Wesen weiterhin von Bereich zu Bereich wandern, ein ewiger Reisender auf einem ansteigenden Pfad vom unendlich Kleinen zum Unendlichen …

Die Vision beschäftigte ihn, und er machte sich Gedanken darüber. Was gab es in den oberen Wirklichkeiten zu finden?

»Wer beherrscht diesen Geist?« fragte er, als er die Kraft dazu fand. Wo war Myraa? Sie war immerhin jemand, der er vertraute. Er wollte nicht von Fremden zu unbekannten Zwecken mit sich spielen lassen. Vielleicht war auch Myraa eine Gefangene hier, die auf der Suche nach ihm umherwanderte und in der Dunkelheit auf ihn wartete.

»Wer herrscht hier?« rief er in die Leere, und er gab

den Worten alle Macht, die er sich vorstellen konnte, aber wiederum blieb er ohne Antwort.

Die Dunkelheit wurde eine flüssige Masse, die ihn dahintrug, er fühlte ihre Unbestimmtheit in seinem eigenen Wesen. Schmerzliche Empfindungen stießen aus diesem Chaos nach ihm, Empfindungen, die mit keiner spezifischen Erinnerung verbunden waren.

Das Gesicht eines Jungen erschien. Es war seines Bruders Gesicht. Gorgias stand am Ufer, und der Junge war gerade dem smaragdgrünen Wasser entstiegen. Klare Tropfen glänzten auf seiner Haut. Die Luft war frisch von den Gischtspritzern der Brandung.

»He, Gorgias«, sagte der Junge und umarmte seine Mitte mit nassen Armen. »Du siehst so müde aus«, sagte er aufblickend. »Sag mir, wo du gewesen bist. Du wirst jetzt bleiben, nicht wahr? Komm und setz dich zu mir.«

Der Junge lächelte und führte ihn vom Wasser fort. Gorgias setzte sich neben ihn in den weißen Sand. *Wie wirklich er scheint,* dachte er, als er ins strahlende Gesicht seines Bruders blickte. *Ich hatte fast vergessen, wie er aussah.*

Dann war nur das Gesicht des Jungen in der Dunkelheit, und es lächelte ihm zu, als ob ihr Gespräch bereits stattgefunden hätte. »Du wirst glücklich bei uns sein, Gorgias. Wir haben solch eine lange Reise vor uns und werden dich brauchen. Du hättest eher kommen sollen. Es ist schade, daß Vater nicht hier sein kann ...«

»Ich bedaure es auch«, sagte Gorgias. »Ich tötete ihn.«

»Oriona wird dich später sprechen.«

Die Dunkelheit kehrte zurück, und wieder fühlte er die wachsame Gegenwart Fremder. Sein Interesse wuchs zu einer Neugierde, die seiner Furcht gleichkam. Was hatte Myraa und seinen Bruder so verändert?

Gorgias mußte daran denken, wie sein Vater ihn das zweite Mal zu Myraas Welt gebracht hatte. Sie war über die Wiese auf ihn zugelaufen, und sie hatten sich unter der warmen gelben Sonne geliebt. Später waren sie im Haus auf dem Hügel beisammen gewesen, und sein Vater hatte ihnen gesagt, daß sie vom Schicksal füreinander bestimmt seien und daß die Wiedergeburt des Reiches nur stattfinden würde, wenn sie und andere wie sie den festen Willen dazu hätten. Vor Herkons Tod war Myraa ein fröhliches, zu Scherzen aufgelegtes Mädchen gewesen, das sich immer über den Ernst seines Vaters beklagt hatte. Was war sie jetzt, fragte er sich? Wie war es geschehen?

Er hörte Lachen im Dunkel, und als er sich umwandte, sah er sie über die Wiese zu ihm kommen, hell im Sonnenlicht. Die Wiese war mit Tausenden von gelben Blumen gesprenkelt, die kühle Brise voll von Duft. Sie legte die Arme um seine Mitte. »In meiner Welt«, flüsterte sie ihm ins Ohr, »ist nichts jemals verloren.« Ihr warmer Atem sandte ihm einen Schauer über den Rücken. »Du trägst noch immer deines Vaters ernstes Gesicht. Liebst du mich nicht mehr?« Er hob die Arme, um sie an sich zu ziehen, aber sie lachte und verschwand, und seine Arme griffen ins Leere.

Eine weitere Ewigkeit verging, bevor sie wieder zu ihm sprach. Durch blinzelnde Lider sah er Myraas Spiegelbild im dunklen Fenster – sein Spiegelbild. Es war still im Raum. Er vermißte das Geräusch der Brandung, die an die Küste schlug, vermißte den Nachtwind auf der Haut, die den ganzen Tag an der Sonne gewesen war, die Frische des Regens.

»Hallo, Gorgias«, sagte sein/ihr Spiegelbild vom

Fenster. Das Haus schien am Rand eines dunklen Abgrunds zu stehen.

»Wie lang ist es her?« fragte er, über ihre Grausamkeit mehr verwundert als zornig.

»Ein Jahr, seit Kurbi fort ist.« Sie saß bewegungslos im Glas. »Was hier geschah, hatte ihn tief verletzt.«

»Haben sich keine anderen gegen die Föderation erhoben?«

»Du warst der Letzte.«

Ihre Haut war milchig im schwarzen Fenster; ihre Brüste zeichneten sich spitz ab durch den dünnen Stoff ihres Gewandes; das lange Haar war unsichtbar, verschmolz mit der Nacht. Sie saß auf der Bettkante, die gefalteten Hände im Schoß.

»Wie kannst du von mir erwarten, daß ich dies akzeptiere?« fragte er.

»Du lebst – einen anderen Weg gab es nicht. Nun mußt du verstehen lernen, daß du von einer geringeren Lebensebene kamst.«

»Einer geringeren?«

»Kann ein Kind verstehen, was es einmal sein wird?«

»Ich bin kein Kind.«

»Du bist noch nicht reif, um zu wissen.«

»Sag es mir jetzt!« rief er in ihr.

»Denk an alle die Lebewesen, die sterben und für die es nichts gibt – kleine Tiere mit geringer Intelligenz, die in Feld und Wald ihr Auskommen suchen und sich fortpflanzen, damit jene, die nach ihnen kommen, das gleiche tun können. Denk an diese Lebewesen, die nur undeutlich verstehen, was geschieht. Die Intelligenz in ihnen ist vorhanden und reicht für ihre Lebensbedürfnisse, aber sie wächst nicht und stirbt mit ihrem Tod. Alles Gute, was sie je erfahren, alle Mühen und Ängste, mit denen sie sich durchs Leben schlagen, müssen vor dem Hintergrund ihres endgültigen Erlöschens gesehen werden. Denk an alles Leben, Milliarden von Funken, die aus einem Feuer in die Luft wirbeln. Die Natur geht mit ihnen ebenso großzügig wie achtlos um.«

»Aber was hat das mit mir zu tun?« fragte er.

»Dieser Kreislauf eifrig bemühten Strebens und ständiger Wiederholung kann durchbrochen werden. Du kannst die Isolation und Unordnung, die du gekannt hast, beiseitetun.«

Er verspürte plötzlich eine wohltuende Ruhe. »Du wirst die Macht erwerben, hinaus und durch alle Dinge zu blicken«, fuhr sie fort. »Geheimnisse aufzudecken, in einer ungeheuren Weite der Wärme und des Wissens zu schwimmen. Ich kann dir helfen, die Fesseln zu zerbrechen, die dich halten.«

Er lag auf weißem Sand; eine friedliche warme Sonne schien auf ihn herab, und er räkelte sich träge, dann richtete er sich auf und blickte zum Meer hinaus. Myraa, das lange dunkle Haar auf ihrem Rücken, platschte im Wasser. Ein Junge bespritzte sie. Gorgias ließ sich zurücksinken und von der Wärme des Sandes durchdringen. Dies war seine Welt; er verwahrte sie tief in seinem Innern, ein gezähmtes Chaos, das seine Ordnung nur ihm offenbarte.

Er war wieder ein Kind, stand auf einer Anhöhe und überblickte eine Lichtung. Das hohe Gras mit seinen Blumen und Blütenstauden leuchtete im gelben Licht des Spätnachmittags. Die Schatten des Waldes wurden dunkler, schärfer ausgeprägt. Die kristallene Klarheit der Landschaft gab ihm das Gefühl, die unübersehbare Vielfalt der Erscheinungen zu erkennen, die Struktur jedes Grashalmes, jeder Baumrinde, jedes Steins und Erdbrockens; jedes Insekt war eine Welt für sich, doch mit jeder anderen Welt eng verbunden. Alles ging in alles über. Die Unendlichkeit der Organisationsschichten des Lebens schien um ihn her von innen heraus zu leuchten. Die Durchsichtigkeit der Wirklichkeit lud zum Wissen ein. Die Welt war im Begriff, sich ihm mit ihren Wundern zu enthüllen …

Er hielt den Augenblick fest.

Etwas hob ihn plötzlich mit unwiderstehlicher Macht empor. Er wurde in einen weiten hellen Raum gestoßen, so unendlich wie der Sternhimmel, den er gekannt hatte. Er warf sich herum, versuchte die dunkle Welt wiederzufinden, die er zurückgelassen hatte, irgend etwas, das ihm ein Gefühl von Entfernung geben konnte …

Es gab kein Gefühl von Raum oder Zeit, und er begriff, daß er vielleicht in einer neuen Art und Weise existierte und wahrnahm. Er dachte an seine Wanderungen, seinen Haß auf die Feinde. Die Erinnerungen drohten ihn zurückzuziehen.

Er hatte ein erwartungsvolles Gefühl.

»Du bist nicht reif«, sagte Myraa. Ihre Worte bedeuteten ihm nichts.

Er blickte in sich selbst und sah die Dunkelheit zwischen den Sonnen; er zog die Sterne zu einem dichten Riesenstern zusammen, an dem er seinen Haß und das Bewußtsein des Verlustes wieder entzünden konnte.

Myraa suchte ihn zu beruhigen, streichelte ihn mit ihren Gedanken. »Die Ausbreitung der Menschheit von der Erde«, sagte sie, »führte zu Zerstreuung, als sie eine Welt um die andere für sich eroberte und sich selbst fremd wurde. Nur indem sie sich nach innen wendet, kann eine Art oder ein einzelner durch die wachsende Komplexität der Involution Macht konzentrieren.«

»Was für eine Macht?«

»Um weiterzuleben, um in verschiedener Weise zu sein – wir wissen nicht alles«, sagte sie.

Er war mißtrauisch, fürchtete ihre Macht über ihn. Was würde sie tun, wenn er sich ihr und ihrer Methode verweigerte? Er steckte in ihr. Sie konnte ihm alles zeigen und es ihm als eine Art Realität darstellen; er würde nicht in der Lage sein, den Unterschied zu erkennen.

»Ich will deine Täuschungen nicht«, sagte er.

Wieder zeigte sie ihm die Sonne am klaren Himmel, Bäume und Wiesen, den endlosen Sommer, den sie in sich zu tragen schien. Er spürte ihr Erneuerungsversprechen, die Verlockung mit einem ganzen Universum von Illusionen oder Phantasielandschaften, von Wünschen erzeugt. Oder war es mehr?

»Schau, was ich sehe«, sagte sie.

Er hörte das Leben der Welt und fühlte das Wirken der Natur, entfaltend, ausgreifend, sich vervielfältigend, absterbend. Stimmen riefen durcheinander, ungezählte Lebewesen mühten sich zu einer Selbsterfüllung, die kein Mensch jemals erfahren würde. Lebensform um Lebensform erhob sich aus dem unbewußten Untergrund der Zeit, verlangte Unsterblichkeit. Sonnen strahlten auf und starben. Reiche stiegen auf, kämpften und gingen unter, um in einzelnen Sporen weiterzuleben, die einen neuen Anfang versuchten. Länder und Völker blühten auf ...

Myraa zog ihn weiter in sich hinein.

»Illusionen!« rief er, machtlos, sein Sinken zu verhindern.

Er spürte die Gegenwart anderer. Seine Zweifel vergingen, als die große Menge der Seelen ihn umdrängte. Es schien, daß Myraa sie alle enthielt, und daß die vielen wiederum andere enthielten, eine Unendlichkeit von ineinandergreifenden Identitäten in Identitäten in Myraa ...

Da waren Herakliden, sein Bruder, seine Mutter, seine Großmutter; Bewußtseine aus alter Zeit, die den Zusammenbruch des Krieges überlebt hatten, die aus früheren, halb vergessenen Zeiten kamen, uralte Wesenheiten vom Anbeginn der Zeit, die fremdartige Freudengesänge anstimmten ...

Myraas Gedanken waren strahlend in den seinigen; sie schien wieder sie selbst zu sein, begehrenswerter denn je.

»Wir sind das Universum«, sagte sie. »Die ineinandergreifende Matrize der geistigen Individualitäten ist deckungsgleich mit der ganzen Natur, die unser äußeres Gesicht ist, in jedem Stein, in jedem Grashalm. Wir sammeln jene, die durch Tod zu uns zurückkehren. Ihre Seelen gehen in unsere Matrize ein, in die organische innere Struktur sichtbarer Wirklichkeit. Der materielle Kosmos ist die äußere Manifestation einer unendlich komplexen Innerlichkeit, einer denkenden göttlichen Einheit, zusammengesetzt aus Seelen in Seelen, deren Reichweite sich vom unendlich Kleinen bis zum unendlich Großen erstreckt. Alle physikalischen Universen sind Emanationen dieser Seelen oder Geister, die auch eine Einheit bilden und alles das träumen, was in den Augen geringerer Wesen schön und gut, häßlich und böse ist. Ihre Schöpfungen erheben sich wie Felsen aus dem Ozean, um die gegenständliche Welt zu bilden. Unsere strahlende Energie ist von Dauer, die innerliche Kraft aller Natur, welche die tangentiale Energie der Entropie unterstützt, die eine vorübergehende Erscheinung ist, nützlich nur für die äußerlichen Funktionen einer fließenden Realität. Diese Realität ist vergleichbar einer Kinderstube oder Pflanzstätte, einem Ort zur Erprobung neuer Geister.«

»Ich muß zweifeln«, sagte Gorgias. »Ich bin dein Gefangener. Du kannst mich sehen und fühlen lassen, was du willst.«

»Wir können überallhin sehen«, sagte sie.

In einem kleinen beleuchteten Raum sah er Kurbi und hörte über die Lichtjahre hinweg seine Gedanken … Anwandlungen von Verzweiflung … Beurteilungen von Fehlern … Vorwürfe. War dies der Mann, der ihn gejagt hatte?

»Sein Wissensdurst mag ihn hierher zurückführen«, sagte Myraa.

Ein neuer Verdacht kam Gorgias in den Sinn. Myraa verstand diesen neuen Bereich nicht völlig. Ihre Gruppierung mochte bloß ein lokaler Zusammenschluß sein.

Plötzlich war er in Bewegung. Etwas zog ihn in einer geraden Linie, wie es schien, von Myraa fort. Ihr Komplex von Seelen oder Identitäten wurde zur Nabe eines Rades, und er entfernte sich von ihr entlang einer der Speichen.

Er spähte voraus. Die Speiche schien zu einem größeren Zentrum zu führen. Er ahnte das Vorhandensein weiterer Linien zu seiner Linken und Rechten, die zu irgendeinem Punkt voraus zusammenliefen.

Er wurde langsamer, gebremst vom Gefühl immenser Energie. Er kam zum Stillstand. Wogende Wolken verbargen den Ort voraus. Dann und wann schossen Lichtstrahlen durch das Gewölk. Er fühlte ein tiefes Geräusch, einen rollenden Baß; es durchdrang ihn, flößte ihm Furcht ein. Er mochte in der Lage sein, auf der Linie zurückzukehren, die von Myraas Ort herausführte, aber die zusammenströmende Masse, das Zentrum der Zentren vor ihm würde ihn blenden, um den Verstand bringen.

Er kroch vorwärts. Etwas konzentrierte sich auf ihn und öffnete sein Bewußtsein über die bisherigen Grenzen hinaus. Auf einmal spürte er, daß er sich im Näherkommen selbst vergessen und in etwas Größeres auflösen würde …

Er begann sich zu wehren, dem titanischen Willen, der ihn zu besitzen trachtete, Widerstand zu leisten. Langsam und mit großer Anstrengung zog er sich von dem vibrierenden Machtzentrum zurück. Während des Rückzuges spürte er etwas wie Verwandtschaft mit dem Zentrum. Es war blind, aber es gab dem Bewußtsein seinen ganzen Antrieb.

Vor langer Zeit, dachte er, hatten intelligente Wesen geglaubt, daß die Welt nicht genug sei, später dann, daß sie genug sei. Wenn das materielle Universum alle Wirklichkeit umfaßte und nichts außerhalb davon war, dann mußte die Intelligenz ein Fremdling sein, eine komplexe Wesenheit, die durch Zufall geronnen war, ein Schattengesicht, das in einen kalten, dunklen Spiegel blickte. Der Verlust des Lebens innerhalb solch einer Realität war gleichzeitig unumkehrbar und sinnlos; aber wenn keine Illusion war, was er gesehen hatte, dann konnte Intelligenz durch eine spiegelnde Grenzschicht in eine Weite innerhalb des Kosmos und unterhalb des Lebens der Galaxien vordringen, in einen Bereich des Willens und Geistes, der mit dem Universum deckungsgleich war.

Gorgias sah etwas Kleines in der Nähe hängen, wie eine in einem dunklen Raum hängende Verzierung. Er kam näher heran und sah, wie es sich in Spiralnebel aus einzelnen Sternen auflöste. Der ganze Kosmos war eingehüllt in ein schimmerndes Kraftfeld, das von innen her leuchtete, ätherisch und lebendig.

Er fühlte ihn in seinem Zyklus von Werden und Vergehen pulsieren; er fühlte seine Expansion und sein Zusammenstürzen, weil er ein Teil davon war.

Ich bin überall, dachte er. *Myraa hat nicht gelogen.*

Sein Wille dehnte sich mit der Gewalt einer Explosion aus, strahlte durch alle Dinge, eine sphärische Welle, welche die Macht des Werdens und allen Strebens war, in Quantenräume und tiefe Abgründe, in das Große und Kleine. Er schaute aus einer Milliarde Augen, fühlte das Gewicht von Steinen, Blättern und Bäumen; eine Galaxis lag auf seinen Schultern, deren Zentrum sich selbst verschlang. Sein Bewußtsein flackerte durch die Raumzeit, die er gekannt hatte …

Himmel, stürmisch, blau und flammend rot.

Sternenfelder und eine in sich zusammengerollte Schlange.

Stille und eine blutrote Sonne.

Eine Metallader im Gestein, glattgeschliffen vom strömenden Wasser, rissig von den Kräften der Verwitterung.

Ein Vogel, seinem Schatten entgegenstoßend.

Ein in Bernstein gefangenes Insekt.

Rafael Kurbi.

Ich hätte ihn töten können.

Ich hätte ihn töten sollen.

Es muß noch immer einen Weg geben.

... die Unterseite der Realität war angefüllt mit Spiegeln, die sich in jeden Ort und Zeitpunkt öffneten ...

Gorgias sank zurück in friedliche Dunkelheit. Die Anstrengung würde ihn jetzt zerstören, aber er wurde stärker. Er würde in der Lage sein, aus dieser Höhle der Toten wieder zuzuschlagen. Myraa und die anderen schenkten der anderen Seite der Welt keine Beachtung; für sie war es nur eine Vorbereitung, eine mögliche Quelle neuer Seelengeister.

»Wir sind frei vom Rad des Willens«, sagte sie. »Wir sind in Frieden, außerhalb seiner blinden Tyrannei.« Sie schien weit entfernt.

»Du würdest tot besser daran sein«, sagte er. »Du tust nichts mit der Macht, die hier ist. Dieser Wille ist blind, aber wir könnten imstande sein, ihn zu lenken.«

»Wir sind nicht weise genug.«

»Mit deiner Art würdest du mich einkerkern. Welche Weisheit habt ihr? Überhaupt keine! Was gibt es hier für euch?«

»Wir warten.«

»Worauf?«

»Auf das, was kommt.«

»Und was ist das?«

»Wir wissen es nicht – außer daß es kommt.«

»Dummköpfe! Umkreisen einen blinden Willen wie Insekten das Licht. Glaubt ihr, er wird sprechen?«

Sie antwortete nicht.

Myraa saß auf dem Bett und betrachtete ihr Spiegelbild im nächtlich dunklen Fenster. Sie verschränkte die Arme vor der Brust. Bald, so hoffte sie, würde Gorgias bereit sein, neue Seelengeister zu nähren, die vor dem evolutionären Kessel der Schöpfung flohen...

Gorgias sah zwei blaue Kreise. Er erkannte Myraas Augen, näherte sich aber nicht, um aus ihnen in den Raum hinauszublicken. Er wußte, daß sie seine wachsende Stärke in sich fühlte. Langsam streckte er sich, sammelte Kräfte. Die Energie wand und drehte sich in ihm wie eine Schlange, die den eigenen Schwanz zu verschlingen sucht, und er verstand, daß er lernte, einen Willen zu beherrschen, der niemals sterben würde.

»Myraa!« rief er, stand in ihr auf und blickte durch die Augen zu ihrem Spiegelbild im dunklen Fenster. »Du wirst mich nicht mehr lange niederhalten können.«

Ihr Spiegelbild lächelte ihn an.

Die Gewalt ihrer Zurückweisung schleuderte ihn zurück.

»Ich werde dich nicht brauchen«, rief er ihr zu. »Wie kann ich dich jetzt noch lieben?«

Ihre Antwort schien warm und freundlich. »Ich habe dich immer geliebt, Gorgias. Ich bin stärker als du.«

Ihre Worte gingen in ihn ein; einen Augenblick lang hatte er das Gefühl, daß sie seine eigenen Gedanken seien; dann aber spürte er die Rückkehr seiner Kräfte und spannte sich, um ihre Selbstbeherrschung zu treffen.

»Ich werde zurückgehen!« rief er.

»Niemals«, sagte sie.

»Manche Dinge haben nie ein Ende!«

Er begann das Ringen um ihren Körper.

Sein Wille drang in ihre Nervenbahnen ein, bewegte ihre Gliedmaßen, machte sie zu seinen eigenen. Sie lähmte seine Impulse und sammelte Kräfte, um ihn auszustoßen. *Das Böse, das zurückkehrt,* dachte sie. *Wir haben es früher besiegt, und wir werden es wieder tun.*

Er schwamm durch ihr Blut und lauerte in den Schatten ihres Herzens, lauschte seinem langsamen, alterslosen Schlag, während der Rest von ihm sich um ihre Knochen zog und wartete, daß sie schwächer würde.

Ihr Herz zerbarst zu einer Sonne, schleuderte ihn hinaus in die Dunkelheit...

Plötzlich waren seine Kräfte geschwunden.

»Ich bin alle meine Vorfahren«, flüsterte er, sich überschlagend, »und alle meine Abkömmlinge... Ich bin das Reich...«

»Du wirst vergessen, was du warst«, sagte Myraa.

DRITTES BUCH

Seelenspiegel

1. Wiedergeboren zu sein

»Daß ich deine Adern als Wein trinken könnte,
Und essen deine Brüste wie Honig!
Daß dein Körper von Kopf bis Fuß verzehrt wäre,
Und in meinem Fleisch das deinige begraben!«

– Swinburne, *Anactoria*

»Diese zwei Dinge, das Geistige und das Materielle, sind, wenn wir ihnen auch verschiedene Namen geben, in ihrem Ursprung ein und dasselbe.«

– Laotse

Gorgias trieb dahin. Plötzlich schwemmte der Strom eines schlammigen Universums kalte Dunkelheit in seine Augen. Schlüpfrige Massen glitten in alle Öffnungen, Sonden zapften seinen Willen an, zerstreuten seine Stärke und sammelten seine Gedanken.

Er schluckte die feuchte Schwärze und sehnte sich nach einer trockenen Lichtung in der unendlichen Substanz, nach einer warmen Brise, die ihn überzeugen könnte, daß er noch eine Haut hatte. Er träumte von einer feurigen Explosion, die Myraas eisernen Kerker aufsprengen würde.

Flüchtige Bilder durchkreuzten sein Gesichtsfeld. Das Geisteslabyrinth war überall um ihn, bildete Gruben und öffnete sich zu Durchgängen; der Raum verbog und faltete sich in sich selbst. Augenblicke des Schmerzes und der Freude durchstreiften ihn wie hungriges Ungeziefer und hielten seinen Willen in Schach.

Wieder träumte er davon, sich in ihren Körper zu

stoßen und von ihr Besitz zu ergreifen. Ihre Augen würden seine Augen sein, ihr Atem der seinige, und er wäre wieder eins mit dem Universum seiner Geburt; aber es schien aus dem Gefängnis in ihr keinen Ausweg zu geben.

Er sehnte sich danach, aus der Dunkelheit gezogen zu werden wie ein Neugeborenes aus dem Mutterleib; aber Myraa würde ihm die Wiedergeburt niemals gestatten.

Er träumte von Licht.

Er stand auf einem dunklen Spiegel. Gestalten stiegen durch die Oberfläche empor, wie Meerestiere, die zum Luftholen heraufkommen. Gesichter sahen ihn im Näherkommen neugierig an und huschten davon.

Die schwarze Oberfläche wurde weich und gab nach. Er glitt in einen Abgrund. Weiche Finsternis umschloß ihn, hüllte ihn in Vergessen …

Er zappelte, wartete und zappelte wieder …

Er spähte umher, fröstelnd in einer Kathedrale aus Eis. Blasse Lichtstrahlen fielen durch wolkige Fenster, erhellten eine leere Fläche am Boden weit unter ihm.

Sein Leben war ein Traum gewesen; er war nur ein Alptraum, der glaubte, daß es wirklich gewesen sei, daß er einmal einen Körper gehabt hatte, ein Ziel; die Illusion von Selbst und Vergangenheit, von verlorener Macht, würde bald mit der Hoffnung auf Neues verblassen.

»Warum wurde mir dies gegeben?« fragte er, formte den Gedanken und stieß ihn hinaus.

Er sauste davon, hallte aus weiter Ferne wider. Dann wurde er zu einem grotesken, vogelähnlichen Ding, das sich schreiend auf seine Augen stürzte. Im nächsten Augenblick war es in seinen Geist eingedrungen und zerriß sein Inneres.

Seine Kehle mühte sich, Schreie der Wut und Angst

Sie wurde sichtbar. Sie blutete an der Schulter.

»Es ist mir gleich!« rief er, und er erkannte, daß er sie mit Freuden in Stücke reißen würde, wenn er könnte.

Sie stieß ihm die Erinnerung an seinen Tod ins Bewußtsein. Schmerz brannte in seinem verlorenen Körper, als die Strahlwaffe ihn blendete und sein Fleisch verkohlte.

»Ich nahm dich auf«, sagte sie.

»Nur um mich einzukerkern.«

»Um dich zu retten.«

»Wozu?« fragte er. Ihr Mitleid war eine Waffe, mit der sie zuschlug, wenn seine Wachsamkeit nachließ.

Plötzlich kam ihm die Erleuchtung, und der Gegenstoß ihrer schreckhaften Angst war die Bestätigung. Sie gebrauchte die Dunkelheit, um zu verhüten, daß er lernte, wie er in diesem Bereich zu handeln hatte.

»Ich werde sein, was ich war!« rief er.

Aber ohne die schwächenden Sympathien und besorgten Gefühle seines früheren Selbst; der Tod hatte alles das von ihm genommen und ihm eine neue Kraft geschenkt, die es zu erforschen galt.

2. Dunkler Spiegel

»Deine Jagd diente dem Vergessen;
Deine Kriege brachten nichts zustande;
Deine Geliebten waren alle untreu.
Es ist gut, daß ein Zeitalter endet,
Und Zeit, ein neues zu beginnen.«

– Dryden

Rafael Kurbi verspürte Unbehagen, als er an der Balustrade seiner Terrasse stand, die Hände aufgestützt, und über den Ozean hinausblickte; nichts war mehr, wie es gewesen. Er wünschte, daß die Vergangenheit ihn bei der Hand nehmen und in bessere Zeiten zurückführen würde. Welche besseren Zeiten? Die Vergangenheit war bewohnt von unglücklichen, weit zurückliegenden Ereignissen und verlorenen Kämpfen. Seine sentimentalen Empfindungen narrten ihn. Was würde er sein, wenn er die Jahrhundertmarke überquerte? Er suhlte sich in Nostalgie. Eines nicht zu fernen Tages würde er anfangen müssen, bestimmte schwächende Erinnerungen auszulöschen.

In der Angelegenheit des Herakliden hatte er versagt. Gorgias' Tod hatte ihm unbeantwortete Fragen, vage Einsichten und quälende Vermutungen hinterlassen. Noch immer sah er die eindrucksvollen Schwarmlinien der heraklidischen Infanterie im Scheinwerferlicht vorgehen. Die Tatsache, daß Gorgias den Speicherzylinder mehr als einmal hätte einsetzen können, um so viele identische Divisionen zu materialisieren, wie er benötigt hätte, verursachte Kurbi noch immer Magendrücken. Der Ausgang der Entscheidungsschlacht war weit weniger sicher gewesen, als man zuzugeben bereit war.

Fünf Jahre.

Doch es schien ihm, daß er die verbrannten Leichen erst vor ein paar Tagen gesehen hatte. Noch immer plagte ihn die Vorstellung, daß er Gorgias' Tod hätte abwenden können. Der Soldat, der ihn getötet hatte, war eigenmächtig vorgegangen, ohne Befehl.

»Bist du eine Statue geworden?« fragte eine bekannte Stimme.

Kurbi wandte sich um. »Was machst du hier?«

Julian Poincarés Projektion zuckte die Achseln. »Kann ich nicht zu Besuch kommen?«

Kurbi ging durch ihn hindurch und setzte sich. Julian ignorierte die Beleidigung. »Gut, Raf, vielleicht sind wir nicht mehr die Freunde, die wir waren, aber wir haben wichtige Angelegenheiten zu besprechen. Wirst du mich anhören?«

»Habe ich eine Wahl?«

»Ich bin hier, um dir einen Gefallen zu erweisen.«

»Komm zur Sache.«

»Wir möchten, daß du Myraas Welt aufsuchst, Umschau hältst und dir ein Bild von den Vorgängen machst.«

Kurbis Muskeln spannten sich unwillkürlich, als hätte man ihn gerade aus der Dunkelheit in grelles Licht gezerrt. »Wozu, um alles in der Welt?«

»Gewisse Untersuchungen legen die Vermutung nahe, daß ihre geistigen Fähigkeiten eine Gefahr für uns darstellen können. Es mag einen Aspekt geben, der ihren Einsatz als Waffe erlaubt.« Julian hielt inne und beobachtete ihn. »Das sagen jedenfalls unsere Gelehrten, nachdem sie die Behauptungen der Sekte eingehender untersucht haben. Etwas mag dort vorgehen. Ich will offen mit dir sein. Die Leute, mit denen ich arbeite, trauen den überlebenden Herakliden einfach nicht.«

Kurbi lachte. »Schlechtes Gewissen, wie? Ihr habt

Angst, daß Gorgias seine Geister schicken wird, um euch heimzusuchen.«

»Ich nicht. Ich erhielt Anweisung, mit dir zu reden und dich zu fragen, welches deine Gedanken dazu sind.«

»Ich habe bloß meine üblichen Zweifel und Gewissensbisse.« Es steckte mehr dahinter, als Julian ihm bis jetzt verraten hatte, soviel konnte Kurbi sehen. »Als nächstes wirst du mir erzählen, daß deine Leute daran denken, die verbliebenen Herakliden zusammenzutreiben und umzubringen, oder die Welt zu zerstören.«

»Deshalb möchte ich, daß du hingehst und die Situation prüfst. Wenn tatsächlich irgendeine Gefahr besteht, wirst du es feststellen. Du giltst als vertrauenswürdig, und wir werden uns auf dich verlassen. Raf, ich habe hart dafür gekämpft.«

»Also ist es wahr. Sie wollen sich alles vom Hals schaffen, was übrig ist.«

»Wenn dir am Überleben der Restgruppe liegt, dann geh hin und sieh dich um. Andernfalls wirst du übergangen.«

»Und wenn ich mich weigere?«

»Wie ich sagte, dann werden andere gehen, die nicht so mitfühlend sind.«

»Was für einen Zweck soll das haben?«

»Raf, die Wissenschaftler sind fest davon überzeugt. Wenn du an den Untersuchungen der letzten fünf Jahre teilgenommen hättest, würdest du jetzt vielleicht anders denken.«

»Glaubst du es?«

»Wenn man dir einiges davon gesagt hätte, was man mir sagte, würdest du lange und angestrengt darüber nachdenken, ob es nicht besser wäre, Myraas Welt zu zerstören, solange du noch eine Chance hast.«

»Was haben sie dir gesagt?«

Poincaré setzte sich auf einen unsichtbaren Stuhl. »Sie können ... interstellare Entfernungen geistig überbrücken und wissen, was du denkst. Es ist möglich, daß sie im kosmischen Maßstab Objekte gegen uns bewegen und Irrationalitäten in unseren Verstand projizieren können. Es bedürfte nur einiger weniger solcher Übermenschen, um entscheidenden Schaden anzurichten.«

»Und welche Beweise für diese Behauptungen hast du gesehen?«

»Keine. Aber es ist alles in Philosophie des Omega-Kultes impliziert. Gut, ich gebe zu, daß unsere Furcht vor den Herakliden sehr tief sitzt. Vielleicht auch unsere Schuldgefühle. Aber wir müssen wissen, was es damit auf sich hat. Es steht zuviel auf dem Spiel, um so etwas mit einer Handbewegung abzutun, Beweise hin oder her.« Er kratzte sich eine buschige Augenbraue. »Erlösungslehren, die ein Überleben nach dem Tode versprechen, haben immer etwas Gefährliches, früher oder später.«

»Siehst du nicht, was du mir zumutest?« fragte Kurbi. »Sie planen Völkermord... nein, die Vollendung von Völkermord, bloß damit sie Gewißheit haben und nachts ruhig schlafen können. Und du kommst hierher, um mich mit der illusorischen Hoffnung zu erpressen, daß ich die Herakliden retten könne!«

»Sag es, wie du willst, Raf. Ich muß dich dorthin bringen, solange du noch Gutes tun kannst. Das ist alles, was ich tun kann, und ich tue es.«

»An mir liegt dir in Wirklichkeit gar nichts.«

»Auch dein Wohlergehen liegt mir am Herzen. Laß es mich anders ausdrücken. Die alten Herren haben Angst. Sie haben lange gelebt, die Erde ist wohlhabend und hat viel zu verlieren. Sie haben es satt, immer mit diesem Damoklesschwert zu leben, das über ihnen hängt. Einige der Ältesten erinnern sich noch gut an den Krieg – sie waren schon damals nicht mehr die Jüngsten.«

Langes Leben züchtet Feiglinge, dachte Kurbi.

»Sie wollen Gewißheit«, fuhr Julian fort, »bevor die Herakliden stark werden und es zu spät ist.«

»Ein paar tausend Leute?«

»Etwas geht vor, davon bin ich überzeugt.«

»Aber es ist wahrscheinlich nichts Bedrohliches. Wer sind diese Wissenschaftler überhaupt, die solchen Aberglauben verbreiten?«

»Dann widerlege die Vermutungen und Behauptungen, und mache ihren Forderungen nach Eindämmung der Gefahr ein Ende. Übrigens gibt es einen Beweis.«

»Ach, und der ist?«

»Alle weithin verstreuten überlebenden Herakliden sind jetzt auf Myraas Welt. Sie sind in den letzten Jahren von überallher in einem gleichmäßigen Strom dorthin gezogen.«

»Das soll ein Beweis sein? Geh, Julian, laß mich in Ruhe.«

»Es hätte vielleicht mehr zur Beruhigung beigetragen«, fuhr Poincaré fort, »wenn es uns gelungen wäre, in das Flüsterschiff zu kommen, wenn es uns zum Stützpunkt der Herakliden geführt hätte. Aber heute herrscht die Ansicht vor, daß Myraa in vielen Punkten die Unwahrheit gesagt hat. Einige glauben, daß das Schiff jederzeit aktiviert und uns weggenommen werden könne.«

Kurbi schüttelte den Kopf. »Ihr seid alle verrückt geworden!«

Julian lächelte. »Raf, wir haben einigen Anlaß zu unserem Mißtrauen.«

»Dann sag, was es ist, beziehe dich nicht bloß darauf!«

»Wir alle verspüren Unbehagen, auch du.«

»Du hast recht, aber das ist kein Beweis für das, wovon du redest.«

Poincaré schwieg eine Weile. »Nun, was hast du gemacht?« fragte er dann.

Kurbi hob die Schultern und ließ sich in einem der Sessel nieder. »Ich habe nachgedacht, gelesen, ein tägliches Einerlei gelebt. Es ist leicht, die Zeit zu vergessen. Ich werde es öfter versuchen. Ich mag den Rückstand nicht, den sie zurückläßt.«

»Vergiß, erneuere dich!«

»Ich bin noch nicht bereit, von gewissen Dingen zu lassen. Zu viele Erinnerungen scheinen wesentlich, wenn auch schmerzlich.«

Julian stand auf. »Du bist ein hoffnungsloser Fall! Das Universum ist eben ein bißchen irrational. Das überrascht mich nicht, da es das Chaos als Grundlage hat. Und wenn wir nicht allein vom Intellekt des Großhirns gesteuert werden, ist das noch kein Grund, in dein instinkthaftes, grüblerisches Brüten zu verfallen. Du mußt deine Freude daran haben.«

»Wer ist instinkthaft, mit diesem paranoiden Mißtrauen?« fragte Kurbi. »Übrigens, wo ist das Flüsterschiff jetzt?«

»Centauri, in der Ausrüstungswerft. Angekettet, wie es heißt.«

»Was genau soll ich auf Myraas Welt tun?«

»Bloß mit ihr reden, sie ausfragen, einige Zeit verbringen, Eindrücke sammeln. Weiter nichts.«

»Und bis zu meiner Rückkehr wird keine Aktion irgendwelcher Art unternommen?«

»Das kann ich garantieren.«

»Sag mir, Julian, warum gelte ich als vertrauenswürdig? Ich wurde als ein Sympathisant der Herakliden betrachtet.«

»Viele Leute brachten den Herakliden Mitgefühl entgegen, aber das bedeutet nicht, daß sie die Sache der Herakliden nicht als hoffnungslos falsch gesehen hätten. Du bist vertrauenswürdig, weil ich deinem Bericht vertrauen werde.«

»Ah, ich verstehe.«

»Laß diesen Unterton, Raf. Ich habe mit dir gearbeitet. Wir kennen einander seit vielen Jahren. Du bist kein Einfaltspinsel. Du bist ein interessierter, sorgfältiger Beobachter, abgesehen von deinen abenteuerlicheren Neigungen – und du brauchst Arbeit, du mußt für das zweite Jahrhundert deines Lebens planen. Wir verlieren um die Jahrhundertmarke zu viele Leute durch selbstzerstörerisches Verhalten. Es scheint mir wahrscheinlich, daß du eine Kontinuität mit deinem früheren Selbst zurückgewinnen wirst, und das wird dir nützen und macht dich für uns wertvoll.«

»Damit ich meinen Platz unter den herrschenden alten Herren einnehmen kann?«

Julian hielt die Hände hoch. »Ich möchte, daß diese Herakliden-Geschichte ein für allemal zur Ruhe kommt, um deinet- und um unseretwillen.«

»So oder so. Glaubst du all diesen Spekulationen oder nicht?«

»Ich weiß es wirklich nicht. Auf Grund der Beweise, nein. Aber das Gefühl ist so durchdringend ...«

»Das sind auch die Gefühle eines Pöbelhaufens.«

Poincaré biß die Zähne zusammen.

»Ich werde gehen«, sagte Kurbi. »Was ist vorbereitet?«

»Du wirst dein eigenes Schiff befehligen«, sagte Poincaré. Er rieb sich nervös das Kinn.

Kurbi stand auf. »Ich kann mich des Gefühls nicht erwehren, daß du mich als eine Art Deckmantel gebrauchst. Reg dich nicht auf, wir sprechen von Gefühlen.«

Julians Gesicht wurde starr. »Wir wollen in dieser Sache keine Mißverständnisse aufkommen lassen.«

»Natürlich nicht.«

»Warum stichelst du dann? Geh hin und sieh dich selbst um. Ich werde deinem Bericht vertrauen.«

Seine Projektion verschwand.

Kurbi ging wieder an die Balustrade. Die Sonne schien auf den Ozean und durchleuchtete das smaragdgrüne Wasser vor der Küste, als wollte sie den Schwimmern eine Freude machen. Über den Höhen des Inlands standen Schönwetterwolken.

Die Erinnerung an die Herakliden war ein dunkler Spiegel, dachte er. Jedesmal, wenn einer von der Föderation hineinschaut, verliert er vor Angst den Verstand.

3. Das verborgene Gesicht

»Laß deinen größten Schrecken den der eigenen Seele sein:
Dort, in der Menge eiliger Begierden,
Hintrampelnd über die Toten, ihre Beute zu ergreifen,
Lauert Vergeltung, haltlos, unwiderstehlich,
Wie Ausdünstungen, mit schleichendem Tod beladen … «

– George Elliot

»Im Kern der romantischen Seelenqual liegt die monströse Erkenntnis der hoffnungslosen Unzulänglichkeit des Lebens.«

– Anonym

Myraa stand steif und unbeweglich am Fenster. Das Schiff von der Erde war ein silbernes Ei im Wiesental zu Füßen des Hügels.

Gorgias zuckte und wand sich in ihr, stach in ihre Arme und Beine, brannte in ihrem Leib, bemüht, ihren Willen in jedem Nervenzentrum ihres Körpers zu verdrängen.

»Er ist hier!«

»Ja«, sagte sie, ihrerseits bemüht, ihm die Sicht durch ihre Augen zu verweigern.

Heißes Blut schoß ihr durch das Herz, als ihr Versuch mißlang. Gorgias kam in ihr hoch und schaute hinaus.

»Ich sehe ihn!« rief er.

Eine einsame, hochgewachsene Gestalt kam durch die Wiese auf die Anhöhe zu, einen schwarzen Schatten im Gefolge.

Gorgias überblickte das Tal hinter dem Schiff, wo

seine Division von Herakliden den Tod gefunden hatte. Das Schiff war gerade an der Stelle gelandet, wo sein eigener Körper bis zur Unkenntlichkeit verbrannt worden war. Der Mann schritt über das alte Schlachtfeld, als ob nichts geschehen wäre.

Am Fuß des Hügels blieb er kurz stehen und blickte zurück zum Schiff, dann stieg er den Pfad herauf. Die Schleuse des Schiffes schloß sich hinter ihm wie ein Zyklopenauge.

Kurbi beugte sich angestrengt vor, während er den Hang heraufkam.

»Laß ihn ein!« befahl Gorgias.

Myraa wollte nicht. Sie versuchte ihre Furcht zu verbergen, aber er sah sofort, daß sie um Kurbis Leben fürchtete.

Auf halber Höhe blieb der Mann abermals stehen, überblickte die Höhen und beschirmte das Gesicht mit einer Hand gegen die heiße Nachmittagssonne. Darauf wandte er sich wieder dem Haus zu und setzte seinen Aufstieg fort.

»Warum ist er so langsam?« fragte Gorgias, während er mit Myraa rang. Endlich langte die Gestalt vor dem Haus an, und Gorgias stieß Myraa durch die Diele zur Tür. Diese glitt zurück, und Kurbi trat ein. Er sah unverändert aus, war noch immer der große, dunkelhaarige Mann, den Gorgias hier auf Myraas Welt das erste Mal getroffen hatte. In seinen Augen war derselbe Ausdruck von Mitleid.

Myraa blickte zu dem Besucher auf, unfähig, etwas zu sagen. Gorgias schwoll in ihr auf, erfüllt von Haß auf seinen Zerstörer. Dies war der Mann, der ihm alles genommen und als einen dimensionslosen Punkt im Geist einer anderen zurückgelassen hatte.

»Darf ich ein paar Fragen stellen?« sagte Kurbi und blickte zum Wohnzimmer, wo die leeren Sessel vor den Fenstern standen. »Können wir uns setzen?«

Myraa nickte.

Kurbi setzte sich. Sie nahm einen Sessel ihm gegenüber und legte die Hände im Schoß zusammen.

»Sind Sie wohlauf?« fragte er.

»Ja«, sagte sie mit leiser Stimme. Sie ließ ihn nicht aus den Augen. »Warum sind Sie hier?«

»Ich könnte Ihnen eine Hilfe sein.« Er verstummte, schien zu überlegen. »Warum ich gekommen bin? Ich will ganz offen zu Ihnen sein – ich möchte einigen Verdacht zerstreuen, der bei manchen Leuten aufgekommen ist.«

»Er weiß Bescheid«, sagte Gorgias in ihr. »Aber wie kann er?«

»Was wollen Sie damit sagen?« fragte sie.

»Auf Erden ist man sehr nervös, insbesondere weil es nicht gelungen ist, das Flüsterschiff zu öffnen oder seinen Stützpunkt ausfindig zu machen.«

Myraas Lippen bewegten sich, aber zuerst kam kein Ton heraus. »Wir leben in Frieden«, brachte sie schließlich hervor. »Was können diese Befürchtungen mit uns hier zu schaffen haben?«

»Ich denke genauso. Vielleicht könnten Sie für einige Zeit mit mir zur Erde zurückkehren. Als Anführerin der Überlebenden könnten Sie diesen Verdacht ausräumen.«

»Er muß etwas wissen!«

Myraa errichtete Wände um Gorgias, aber er zerbrach sie. »Ich werde ihm nichts tun, aber laß mich sehen.«

Kurbis Gesicht hatte sich nicht verändert. Es hatte noch immer diesen herablassenden Blick, und diesen Ausdruck mitleidiger Blindheit.

»Sag ihm, daß du gehen wirst.«

Sie widerstrebte.

»Sag es ihm!«

»Sie brauchten weiter nichts zu tun«, sagte Kurbi, »als vor eine Gruppe von Leuten hinzutreten und zu wiederholen, was Sie mir gesagt haben – daß Ihr Volk in Ruhe gelassen sein möchte. Danach werde ich Sie persönlich zurückbringen.«

Am liebsten wäre Gorgias ihm an die Kehle gesprungen, aber er hielt sich zurück; es würde bessere Gelegenheiten geben.

Myraa fühlte, wie ihre Hände sich ohne ihr Zutun zu Fäusten ballten und wieder öffneten.

»Sag es ihm!«

»Wenn Sie nicht kommen«, fuhr Kurbi fort, »wird ihr Mißtrauen sich verstärken, und ich werde verlieren, was ich an Einfluß habe. Ihre Politik könnte diese Welt in Gefahr bringen.« Er legte eine Pause ein, um die Bedeutung seiner Worte einsinken zu lassen. »Ich bedaure, daß ich Ihnen dies sagen muß. Bitte stimmen Sie zu, mit mir zu kommen.« Er blickte auf seine Füße.

»Einverstanden«, sagte Myraa aus freien Stücken.

Kurbi stand sofort auf. »Kommen Sie hinunter zum Schiff, wenn Sie bereit sind.« Er drehte um und schritt zur Tür.

Die Dunkelheit verfestigte sich um Gorgias, drängte einwärts, um seine Wahrnehmung einzuschränken. Zu spät erkannte er, daß Myraa Hilfe herbeigerufen hatte.

Ein kaltes Morgenlicht begann die Nacht zu verdrängen. Er erkannte das Schlachtfeld auf Myraas Welt. Herakliden, Soldaten kamen aus der Dämmerung und umstanden ihn. Überall sah er schwarzverbrannte Leichen.

Die Soldaten drängten näher. Die Gesichter in ihren Helmen waren verbrannt, aber es war kein Haß in ihren Augen, nur Vorwurf.

»Wir kamen durch die Zeit«, sagte einer, »gaben die Verteidigung unserer Heimat auf, um uns in Bereitschaft zu halten, wenn die Not noch größer sein würde, und Sie verschwendeten sinnlos unsere Kräfte.«

»Besser wäre es gewesen, wenn Sie den Zylinder

zerstört hätten«, fügte ein anderer hinzu. »Dann hätten wir nicht gelitten.«

Gorgias starrte sie an. Was sie sagten, kümmerte ihn nicht. Sie gehörten jetzt Myraa und hätten keinen Grund haben sollen, sich zu beklagen; schließlich waren sie am Leben. Wäre er nicht gewesen, so hätten sie für alle Zeit Informationen in einem Kristall bleiben müssen.

Sie zogen ihre Waffen. Laserstrahlen blitzten.

Gorgias fühlte den brennenden Schnitt durch sein Fleisch und sah seinen rechten Arm abfallen. Der Schmerz war wie von ferne spürbar, aber kein Blut floß.

Die Beine wurden ihm an den Knien abgeschnitten. Schmerz flutete in sein Gehirn. Diesmal hatte er es erwartet, also war es intensiver, er fiel zu Boden. Sie feuerten wieder, und sein linker Arm schmolz qualmend zu einer verkohlten schwarzen Wurzel.

Die Soldaten standen über ihm. Sie wußten, daß er nicht getötet werden konnte, aber sie hoben lange Metallspieße über seinen hilflosen Körper.

Ein Spieß durchbohrte seinen Kopf, und er stellte sich vor, wie das kalte Metall durch sein Gehirn fuhr. Ein zweiter Spieß glitt durch sein Herz und nagelte ihn auf den schwarzen Boden; Blut aus der zerrissenen Pumpe strömte in seinen Brustkorb. Der dritte Stoß ging durch seine Eingeweide und zersplitterte sein Rückgrat; und die beiden letzten durchstießen seine Schultern.

Er tat sein Möglichstes, die lebhaften Eindrücke abzuschütteln, aber die Soldaten hielten ihm mit ihren Spießen nieder, als er sich aufzurichten suchte.

»Wir sind hier«, sagten sie. »Nichts kann das ändern.«

Der Himmel flackerte, und Donner grollte. Regen machte den Boden schlammig. Er wandte den Kopf und sah verkohlte Körper vom Schlachtfeld auferstehen.

Die Stürme in ihr waren zur Ruhe gekommen, als sie zum Schiff hinunterging. Das Äußere war alles: sonnig, grün, ihre Welt trug keine Maske. Das Schiff war ein Fremdkörper hier, das gefährliche Ei, gelegt von einem fernen Reptil, und niemand wußte, was ausschlüpfen würde. Der Himmel war blau, die Brise spielte mit ihrem langen Haar, und ihr wurde warm in ihrem einteiligen Anzug.

Sie erreichte den Talboden und schritt auf das Schiff zu. Kurbi schaute aus der Schleuse, als sie den Schatten des Schiffes erreichte und die Rampe hinaufstieg.

»Ihre Kabine ist bereit«, sagte er, als sie eintrat.

Ein Abgrund öffnete sich in ihr; sie fiel hinein und trieb über einer schlammigen Ebene. Pfützen wurden Spiegel, als eine weiße Sonne herauskam. Gesichter drängten sich darin und blickten zu ihr heraus.

»Bitte folgen Sie mir«, sagte Kurbi und ging voraus. Die Stille in ihr kehrte zurück. Die Gesichter in den Pfützen kamen in Schatten und vergingen, und sie wußte, daß Gorgias noch unter Kontrolle war.

»Da sind wir.« Kurbi wandte sich um und sah sie an. »Alles in Ordnung?«

Sie nickte und betrat die Kabine. »Danke«, murmelte sie.

»Wir werden in wenigen Minuten starten«, sagte er, schloß die Tür hinter ihr und ließ sie allein.

Sowie die Tür geschlossen war, ging in der Kabine das Licht an. Die leicht gebogene Außenwand der Kabine trug eine Darstellung der Erde und des Mondes mit dem Planetoidenring. Darunter stand ein schmales Feldbett. Das Bad war eine kleine Duschkabine zur Rechten. Am Fuß des Bettes befand sich ein Wandschrank. Sie begann sich zu fragen, ob Gorgias durch ihre Augen sehen konnte, ohne daß sie es wußte.

»Kommen Sie, General«, sagte Kurbi.

Crusus tat ein paar Schritte in die Mitte der Luxuskabine. »Bitte setzen Sie sich«, fügte er mit einer einladenden Geste hinzu.

Der stämmige Heraklide setzte sich und sah ihn halb mißtrauisch, halb erwartungsvoll an.

»Ich würde Sie gern nach Ihren Eindrücken von der Situation dieser Welt fragen«, begann Kurbi.

»Was hoffen Sie zu erfahren?«

»Warum haben Sie sich nach Ihrer Freilassung nicht entschieden, hier ansässig zu werden?«

Crusus holte tief Luft. »Dies alles bin ich schon früher gefragt worden, aber ich werde es Ihnen noch einmal sagen. Ich bin nicht religiös. Mit der Vergangenheit habe ich abgeschlossen. Mehr gibt es nicht zu sagen.«

»Ist das wirklich alles, was Sie sagen können?«

»Was wollen Sie von mir hören? Daß ich mich selbst überlebt habe? Es ist wahr, ich bedaure, daß ich nicht wie so viele andere im Krieg für meine Heimat gefallen bin. Jetzt ist die Vergangenheit tot – es gibt nur ein paar fehlgeleitete Individuen.«

»Ich verstehe. Aber ich muß diese Fragen stellen. Glauben Sie an die Möglichkeit irgendeines neuen Aufstandes hier?«

Crusus war nahe daran, zu lächeln: »Von wem? Es gibt keine nennenswerte Streitmacht, keine Waffen.«

»Wie steht es mit Stasiszylindern?«

»Meines Wissens gab es davon sehr wenige, vielleicht nur einen. Ich wußte von keinen anderen, als ich gespeichert wurde.«

»Aber Sie verstehen, daß nur einer nötig sein würde, um dieselben Waffen und dieselben Kampftruppen immer wieder zu materialisieren? Sie selbst könnten wiederholt aufgerufen werden, und jedesmal würden Sie nichts davon ahnen, was Sie jetzt wissen.«

»Ich sage Ihnen, es war ein glücklicher Zufall. Sie haben den einzigen Zylinder. Wenn es weitere gibt, hat kein lebender Heraklide die Mittel, sie zu finden!«

Kurbi dachte darüber nach. »Ich neige dazu, Ihnen zuzustimmen. Aber, nun … auf Erden herrscht Besorgnis.«

»Ich weiß. Man möchte die Angelegenheit ein für allemal bereinigen, indem man Myraas Welt und alle Bewohner vernichtet. Die Idee hat eine gewisse Eleganz, nicht wahr, wenn sie auch nicht neu ist. Sie mutet mehr wie ein Rückgriff an, meinen Sie nicht?«

»Sie verstehen die Position, in der ich bin«, sagte Kurbi.

Crusus seufzte. »Natürlich. Sie müssen beweisen, daß es nicht geschehen kann, daß wir Herakliden uns niemals wieder erheben werden, und das können Sie nicht beweisen. Niemand kann es. Nicht zur Befriedigung der Mißtrauischen.« Er lachte kurz und rauh. »Sie vergeuden Ihre Zeit, Kurbi.«

»Aber mir ist nicht gleichgültig, was geschieht.«

»Wirklich nicht? Wie kann das sein, wenn es sogar mir gleichgültig ist?«

»Wie denken die anderen Überlebenden?«

»Sie haben sich Myraas Kult angeschlossen, noch mehr als die anderen. Stellen Sie sich vor, Sie seien Armeereserve, werden aus dem Speicher genommen und in ein Gemetzel hineingeworfen. Und dann erfahren Sie, daß der Krieg seit Jahrhunderten vorbei ist. Was erwarten Sie? Mußten Sie fast alle von ihnen töten?«

»Wir haben früher schon gesprochen, General, also wissen Sie, daß Sie in mir den mitfühlendsten Zuhörer haben, den Sie sich denken können. Es ist besser, ich erfahre, was vorgeht, als irgendein anderer.«

Crusus hob die Brauen. »Erpressung?«

»Ich habe keine derartige Absicht.«

»Freilich nicht. Die Umstände erpressen uns beide.«

Kurbi seufzte. »Was würden Sie an meiner Stelle tun?«

»Aber es gibt nichts aufzudecken.«

»Es ist eine Unterströmung. Ich fühlte es auf Erden, und ich fühle es hier.«

»Ist das nicht zu erwarten?«

»Dann fühlen Sie es auch? Was halten Sie davon? Bitte – seien Sie so ausführlich, wie Sie wollen. Niemand wird Ihnen Ihre Ansichten zum Vorwurf machen.«

Crusus lächelte traurig. »Es hat nichts zu bedeuten, und es kann keinen Argwohn stützen, überhaupt nichts. Wir sprechen über feindselige Empfindungen, die sehr hartnäckig sein können.«

»Ich würde gern hören, ob Sie einen Argwohn haben, mag er auch unbegründet sein.«

»Es ist nichts Spezifisches, nur ein Gefühl im Hintergrund meines Bewußtsein, daß es noch nicht zu Ende ist, dies alles, daß es nicht zu Ende sein kann. Ich habe dafür nicht den geringsten Beweis. Wie ich sagte, es ist bloß eine Nachwirkung, ein Rückstand des Krieges. Sie fühlen genauso. Argwohn, unbestimmte Befürchtungen. Das wird mit der Zeit verschwinden. Auch die Zukunftsangst.«

»Wie meinen Sie das?«

»Das sollte Ihnen klar sein. Wenn die Zahl der Herakliden wieder zunimmt, ist es unvermeidlich, daß einige von ihnen nicht bereit sein werden, zu vergessen, was ihrem Volk in der Vergangenheit zugefügt wurde. Es scheint mir fast unglaublich, daß es jetzt Herakliden gibt, die sich von alledem abgewandt haben. Es ist nur als bewußtes Verdrängen zu erklären. Wie soll eine Gruppe solch einen zerstörerischen Konflikt kurzerhand vergessen und dem Feind, der diesen Vernichtungskrieg geführt hat, die Hand reichen, besonders wenn es noch Leute gibt, die Zeugen jener Ereignisse waren? Erst die Zukunft könnte die Vergangenheit als etwas abtun, was vor langer Zeit von anderen getan wurde.«

»Schlimme Ereignisse scheinen nicht mehr ganz

so schlimm, wenn man sie alt werden und sterben läßt.«

Crusus schwieg eine Weile. »Gorgias«, sagte er dann. »Wie war er, Kurbi?«

»Er haßte mich. Er haßte die Föderation und alles, was für sie stand. Ich spüre diese Feindschaft noch jetzt. Eine Weile glaubte ich, daß ich eine Übereinkunft mit ihm erreichen könnte. Aber für ihn war der Krieg nie zu Ende gegangen. Solange Atem in ihm war, kämpfte er ihn weiter. Er glaubte unbedingt. Und als er seine Erfolge hatte, waren sie fürchterlich wirkungsvoll. Das hat man auf Erden nicht vergessen.«

»Es fällt mir schwer, das zu glauben, denn die Führerschaft, die ich erlebte, war sprunghaft und dilettantisch.«

»Er lebte und kämpfte immer allein; er hatte nie Gelegenheit, einen Truppenverband zu führen. Übrigens verlieren sogar großartige Generäle Schlachten und Kriege«, sagte Kurbi und stand auf. »Nun, ich danke Ihnen für Ihre Bereitwilligkeit, General. Was werden Sie tun, sobald wir die Erde erreichen?«

Auch Crusus stand auf. »Ich werde mir irgendwo einen ruhigen Flecken suchen und ein einfacheres Leben anfangen, so weit wie möglich von der Vergangenheit entfernt.«

»Ich wünsche Ihnen Glück,« Kurbi erinnerte sich seiner Wanderungen auf den Grenzwelten des Korridors. »Werden Sie Erinnerungen entfernen lassen?«

Crusus sah ihn erstaunt an. »Ich glaube nicht … Ich weiß nicht. Danke, daß Sie mich mitgenommen haben.«

Es ist noch nicht zu Ende, dachte Kurbi, als Crusus sich zum Gehen wandte.

Bei der Tür machte der General noch einmal halt. »Glauben Sie, daß man mich auf Erden aus irgendeinem Grund inhaftieren wird?«

»Ich glaube es nicht, aber ich kann es nicht versprechen. Myraa wird die Leute dort beruhigen. Sie werden mißtrauisch sein, aber damit mag es sein Bewenden haben. Es steht Ihnen frei, während der Reise mit Myraa zu sprechen.«

»Danke. Ich bin allerdings nicht sicher, daß ich es möchte; ich habe bereits vernommen, was sie zu bieten hat. Wünschen sie, daß ich Myraa befrage? Ich kann auch nicht mehr in Erfahrung bringen als Sie, vorausgesetzt, daß es irgend etwas in Erfahrung zu bringen gibt, aber ich bin Myraas Landsmann und genieße dadurch einen Vertrauensvorschuß.«

»Es ist an Ihnen, General, ob Sie das tun wollen.«

Auch für Crusus war es offensichtlich noch nicht zu Ende, dachte Kurbi, als der Heraklide gegangen war. Es bedeutete ihm etwas, seine Erinnerungen zu bewahren, auch wenn er es sich selbst nicht eingestehen wollte.

4. Das Herz des Feuers

»… Auf jeder Seite, Räume,
Der Fledermausflügel des Wahnsinns!
Über, unter mir, nur Tiefen und Sandbänke,
Die Stille! Und der rechte Arm des Herrn
Entwirft seinen Alptraum, ruhelos, vielgestaltig
Ich liebkose die fühllose leere Luft
Und fürchte den Schlaf wie man ein gewaltiges
Loch fürchtet
Mein Geist, verfolgt von seinem Schwindel,
Sieht das Unendliche in jedem Fenster …«

– Baudelaire, *Der Abgrund*

Er schaukelte die Dunkelheit vor und zurück, um in der Starrheit von Myraas Willen allmählich einen Raum für sich zu öffnen; aber seine Bemühungen erzeugten nur eine schmerzhafte Vibration.

Er stieß tiefer nach innen vor in den Bereich aufweichender Determinismen, zusammenfallender Längen und flüssiger Energien.

Wieder schien das Herz des Feuers unvorstellbar fern, aber er wußte, daß er seiner brennenden Bestimmtheit verwandt war – ein individueller Puls, geformt von den Kategorien der Raumzeit. Wenn der durch Myraas Körper hinaus verschlossen war, dann würde er nach innen vordringen.

Er bewegte sich näher, schwächer werdend vor dem unerreichbaren Kraftzentrum des Willens.

»Kannst du mir antworten?« fragte er. »Kennst du mich?«

Es gab keine Antwort, und er begriff, daß es blind war, unwissend, der Ursprung aller Motive, aber ohne die Macht der Entscheidung.

Die Dummköpfe!

Sie verehrten es, bezogen ihr Leben von seinem Ausströmen, seiner Verschwendung.

Aber er würde lernen, seine unendliche Kraft zu gebrauchen. Sein transzendentes Herz würde sein eigenes werden.

Wenn Myraa ihn nicht hinauslassen wollte, würde er alles durchdringen, was innen lag, und es beherrschen. Dann konnte er Myraas Herrschaft zerschlagen und durch sie in das Universum der Entscheidung ausgreifen, wo alles eine Fassade war, der maskierte Wille zur Beharrung, welcher der Welt Dauer gab.

Er näherte sich in endlos kreisenden Spiralen dem Kraftzentrum und bot äußerste Willensanstrengung auf, um ihm näher zu kommen. Er fühlte seine Abstoßung; es drängte ihn immer wieder um ein Geringes zurück und nahm ihm von seinem Raumgewinn.

Er warf sich mit seinem ganzen Verlangen aus der endlosen Nacht einwärts. Er stellte sich vor, daß das Flüsterschiff um ihn sei und ihn zum Feuer trage. Er schrumpfte zu einem Punkt, konzentrierte seine Kraft auf die Spitze eines Speeres voll sehnsüchtigen Verlangens, seinen Funken mit dem großen Brand im Herzen aller Dinge zu vereinigen.

Plötzlich stieß ein Puls in ihm und erfüllte seinen Willen bis zum Kern. Er wurde fortgeschleudert, aufwärts, wuchs unglaublich schnell, raste am Rand eines expandierenden Universums hinaus.

Augenblicklich füllte er Myraa aus, ließ ihr keine Chance, ihm zu widerstehen.

Sie öffnete die Augen, und er blickte in der Kabine umher.

»Darf ich zu Ihnen kommen?« fragte General Crusus über die Sprechanlage.

»Bitte sehr«, sagte Myraa.

Kurz darauf betrat Crusus ihre Kabine.

Myraa sprang ihn an. Sie schlang ihre Beine um seine Mitte, und ihre Hände schlossen sich um seine Kehle.

»Verräter!« rief Gorgias und bohrte ihm die Daumen in die Luftröhre.

Crusus sperrte den Mund auf. Die Augen traten ihm aus den Höhlen, seine Hände krallten Myraas Rücken, aber es gab nichts zu packen, um sie abzuwehren.

Gorgias fühlte den Kehlkopf knacken. Crusus fiel rücklings zu Boden. Ein gurgelndes Geräusch drang aus seiner Kehle, das Gesicht verfärbte sich blau. Seine Augen wurden stier, die Hände fielen herunter, er zuckte noch einmal, dann lag er leblos unter Myraa.

Gorgias starrte ihm ins Gesicht, als Myraa die Hände zitternd zurückzog.

»Was hast du getan?« fragte ihre schwache Stimme.

»Er hat den Tod verdient«, sagte Gorgias durch denselben Mund. Er blickte zur Duschkabine. »Wenn ich mit ihm fertig bin, wird er in die Abfallöffnung passen.«

»Warte!«

Er stieß sie fort, erstickte ihre Einwände im Wirbel seiner Gedanken.

»Laß mich gehen …«, rief Myraa matt.

Kurbi war hier an Bord. Er sollte als nächster sterben.

Myraa sammelte ihre Kräfte.

Er hatte ihre entfernten Aktivitäten gespürt, während er Crusus in Stücke geschnitten und diese in die runde Abfallöffnung gesteckt hatte. Sie lauerte am Horizont seines Geistes und zog die anderen in einem Kreis um ihn.

Er steckte die letzten Stücke vom Leichnam des Generals in die Aufarbeitungsanlage und konzentrierte sich auf die Abwehr des Angriffs.

Energiebündel krochen über den Horizont und vereinigten sich zu einer Linie blendendweißen Lichtes. Er verteilte seine Aufmerksamkeit, beobachtete alle Richtungen gleichzeitig. Der Kreis zog sich um ihn zusammen, berührte ihn, öffnete sich wieder, als er zurückstieß. Der weiße Streifen floh zum Horizont und verschwand in der Dunkelheit.

Gorgias pulsierte, bereit, die nächste Einengung abzuwehren.

Lichtstrahlen schossen über den Horizont herein und machten ihn zur Nabe eines unvollständigen Rades. Er konzentrierte sich und brachte die Lichtspeichen auf halbem Weg zum Stillstand.

Langsam drehte sich das Rad um ihn und wartete, daß er eine Schwäche zeige, aber er hielt die Strahlen zurück. Das Rad brannte, strebte nach Vervollständigung; die Speichen waren darauf aus, sich in sein Herz zu bohren. Er öffnete seinen Willen und warf sie zurück in die Schwärze.

Er blickte umher und sah Myraas Augen von innen; er kam näher zu ihnen und schaute hinaus in die Stille der Kabine.

Kurbi verhielt vor der Tür zu Myraas Kabine.

»Rafael Kurbi«, sagte er über die Sprechanlage. »Darf ich eintreten?«

Die Tür ging auf.

Kaum war er eingetreten, da schlossen sich Hände um seinen Hals und drückten zu, zogen ihn nieder.

»Jetzt bist du an der Reihe, du Hund!« stieß Myraa hervor.

Kurbi umfaßte ihre Handgelenke, um die klammernden Finger von seinem Hals zu reißen, aber sie hielten wie Stahlklammern. Es gelang ihm, auf den Beinen zu bleiben und nach Luft zu schnappen, aber in seinem Schädel begannen Sterne zu explodieren.

»Wa … wa …?« machte er und starrte entsetzt in ihre

Augen. Ein Ausdruck wilder Freude war in ihnen. Er ließ sich vornüber auf sie fallen und hielt sie nieder, aber sie ließ nicht locker und drückte, daß er keine Luft mehr bekam. Ihre Beine schlossen sich um seine Mitte; endlich gelang es ihm, die Hände an ihr Gesicht zu bringen, und er drückte ihr die Daumen in die Augen.

Myraas Schmerz durchbohrte Gorgias; sie stieß ihn von ihren Augen zurück, er glitt aus ihren Gliedmaßen und trieb im Raum. Das Rad erschien wieder um ihn.

»Nein!« schrie er, als die Lichtspeichen ihn durchstießen. Das vollständige Rad pulsierte, verstärkte seine Kraft, um ihn in der Nabe gefangenzuhalten.

Myraas Finger lösten sich von Kurbis Hals. Er ächzte und schnaufte, rollte von Myraas erschlaffter Gestalt. Als er wieder zu Atem gekommen war, sah er sie in der Nähe knien und ihn beobachten, bereit, bei seiner ersten Bewegung aufzuspringen.

»Warum?« krächzte er.

Sie berührte seine Schulter und schüttelte den Kopf; dann schloß sie die Augen und atmete tief auf.

»Ich kann es Ihnen jetzt sagen«, sagte sie nach einer kleinen Weile und öffnete die Augen. »Wir sind einstweilen sicher.«

Die Strahlen brannten.

Es gab keine Linderung, keine Bewußtlosigkeit. Wäre er noch aus Fleisch und Blut gewesen, so hätte der Schmerz seinen Körper an seine natürlichen Grenzen gedrängt und ihn freigegeben. Hier war es ein Schmerz ohne körperlichen Schaden, endlose Qual ohne rettendes Morphium. Die Strahlen schienen bewegungslos in ihrer Durchdringung, doch gab es keinen Körper, den er wahrnehmen konnte – keine Hand, um sie vor die Augen zu heben, keine Füße, keinen Leib. Er war ein Punkt in einem besonderen Raum, aber der Schmerz war nichtsdestoweniger wirklich, eine Folge von Stichen und anhaltendem Brennen, die durch sein Innerstes ging. Berge von Fleisch wurden verbrannt, Knochen und Zähne gebrochen, Lungen und Organe zerrissen; die Blasen der Erinnerung wurden aufgeschnitten und entleert.

Das Rad drehte sich langsam, und die Speichen wurden scharfe Messer. Wie lange konnten Myraas Scharen diesen Zustand aufrechterhalten? Auch in diesen Regionen mußte es Gesetze und Grenzen geben, und einen Weg, um sie zu seinem Nutzen zu wenden.

Kurbi schüttelte den Kopf. Wie konnte er glauben, was Myraa ihm gerade erzählt hatte?

»Sie werden mich in Gewahrsam halten müssen«, fügte sie hinzu.

Ihr Angriff war durch die soeben geschilderte Situation erklärt, aber wie sollte er ihre Geschichte überprüfen?

»Er wird wieder versuchen, Sie zu töten«, sagte sie.

»Aber wenn dies wahr ist, werde ich Sie auf unbegrenzte Zeit in Gewahrsam nehmen müssen.«

»Wenigstens bis er dauerhaft geschwächt werden kann. Wir sahen nicht voraus, wieviel Stärke sein Haß mobilisieren würde, und sein Wille, zu erforschen und zu lernen. Er hat Sachverhalte entdeckt, die wir nur ahnten.«

Kurbi sah ihr in die Augen. »Ist alles das wahr? Kann es wahr sein?«

»Was würde ich durch Lügen gewinnen?« Ihre linke Hand zitterte.

»Sie versuchten mich zu töten. Vielleicht ist dies eine Art Selbsttäuschung, eine Form von Schizophrenie. Vielleicht sind Sie sehr krank.«

»Sie dürfen nicht an mir zweifeln.«

»Würde es ihn aufhalten, wenn Sie getötet würden?«

»Ich weiß es nicht. Wenn jemand anders mich aufnähme, würde Gorgias überdauern. Vielleicht braucht er mich nicht mehr. Aber wenn ich sterbe, ist niemand in der Nähe, um mich aufzunehmen.«

»Wie ist es mit Crusus?«

»Ich nahm ihn rasch in mich auf, bevor Gorgias es bemerkte. Crusus wird Zeit brauchen, um sich von dem Schock zu erholen. Ich habe ihn versteckt.«

Kurbi musterte sie in stummem Zweifel.

»Sie glauben mir nicht«, sagte sie.

»Es ist nicht einfach.«

Sie begegnete seinem Blick. »Schließen Sie mich in dieser Kabine ein.«

Vielleicht hatte Gorgias' Tod Myraa tiefer getroffen, als sie zugeben konnte, dachte Kurbi, als er in das Grau des Übergangsraums auf den Bildschirm starrte. Es war alles Selbsttäuschung, eine Verblendung, sagte er sich; die Ereignisse um Gorgias' Tod hatten die zuvor schon geistig labile Frau in die Wahnwelt schizophrener Zwangsvorstellungen getrieben. Aber wie sollte er auf Erden das Verschwinden des Generals erklären? Die Situation war merkwürdig, ob Myraa nun die Wahrheit sagte oder nicht. Und wenn sie die Wahrheit gesagt hatte, war es viel schlimmer; zu Hause würde man alle Befürchtungen bestätigt finden. Myraas Welt würde der Zerstörung anheimfallen.

Selbsterforschung führte Kurbi zu der Erkenntnis, daß er im Grunde glaubte, was sie ihm gesagt hatte, weil es auch seine eigenen unwissenden Befürchtungen bestätigte. Unter dem äußeren Anschein spielte sich ein erbittertes Ringen ab.

Das Rad flackerte und erlosch.

Wieder frei, suchte Gorgias nach Myraas Augen. Sie

öffneten sich plötzlich, als er in ihre Glieder schlüpfte und in die Kabine hinausblickte.

»Die Tür ist zugesperrt«, sagte sie, im Bett liegend. »Er weiß alles.«

»Es wird ihm nicht helfen«, sagte Gorgias, und er zog sich in die Dunkelheit zurück.

5. Der Lauschende

»… der Mittag naht
Und hält sich fest in Düsternis. Was bringt
Solche Trauer in die Luft, – eine Macht, eine Kälte,
Wie von ausgelöschter Flamme? Ist es von Seuche oder Krieg,
Blut, das zum Himmel schreit? Nein, das junge Leben
Von Jahrhunderten ist droben dahingestürmt
Und lebt noch fort, besiegt und wird nicht alt,
Der Jugend eigensinnige, unreife, unbegrabene Tote.«

– ›Michael Field‹ (1908)

Er würde nicht melden, was Myraa ihm gesagt hatte, entschied Kurbi, als das Schiff aus dem Übergangsraum wechselte.

Voraus lag die Erde, ein leuchtendes Juwel im feinen Ring der eingefangenen Asteroiden. Die jüngeren Welten, jede ein Habitat für sich, funkelten, aber vor der ehrfurchtgebietenden Größe und Schönheit der Erde glichen sie billigem Jahrmarktsflitter. Ihr Luftmeer barg Rätsel; ihre Ozeane enthielten alle Geheimnisse des Ursprungs. Das Land trug den Schutt und die Ruinen ungezählter Kulturen, alle unvollkommen verstanden oder verloren. Die Erde war Ursprung und Schauplatz der Menschheitsgeschichte mit ihrer unfaßbaren, aus ferner Vorzeit heraufdämmernden Vielfalt. Die kleinen Welten des Ringes waren von geschichtsloser Künstlichkeit, vielleicht bewußter und verstandesmäßiger orientiert, separat, aber nicht frei vom Ursprungsort …

Was konnte er melden? Es gab keinen greifbaren Beweis, daß Myraa den General getötet hatte. Es würde einfacher sein, zu folgern, daß Crusus niemals an Bord gewesen war. Ihre Geschichte über Gorgias würde mit Argwohn aufgenommen werden, aber viele mußten zu der Schlußfolgerung gelangen, daß es sich um die krankhafte Selbsttäuschung einer Frau handle, die den rebellischen Herakliden geliebt hatte; es war nicht ungewöhnlich, daß ganz normale Leute glaubten, sie könnten zu ihren verstorbenen Angehörigen sprechen. In Myraas Fall hatte dieser harmlose Wahn krankhafte Form angenommen, das war alles. Myraas Welt, Heimat nahezu aller übriggebliebenen Herakliden, mochte verloren sein, wenn die Befürchtungen maßgebender Persönlichkeiten unnötig genährt würden. Warum das Problem mit nicht nachprüfbaren Geschichten verschärfen?

Die Existenz von Myraas Welt kam an erster Stelle, sagte er sich, als das Schiff zur Landung ansetzte.

»Sie haben mir eine seltsame Geschichte erzählt«, sagte er zu Myraa in ihrer Kabine. »Warum sollte jemand sie glauben? Ob ich sie glaube, zählt nicht. Wenn die Kommission akzeptiert, was Sie sagen, wird es nur Aufregung verursachen und Ihre Welt in Gefahr bringen.«

»Aber Crusus ist tot.«

»Ich werde sagen, daß er nie an Bord gekommen ist. Beantworten Sie nur allgemeine Fragen, so ruhig wie möglich.«

»Aber es kann Gefahr bestehen«, beharrte sie.

»Was für eine Gefahr?«

Sie sah ihn an. »Wenn er die Herrschaft über mich gewinnt …«

»Was können wir tun? Sie werden unter Bewachung stehen.«

»Eine Zelle, Fesseln, Bewußtlosigkeit. Vielleicht werden Sie mich töten müssen!«

»Wie könnte ich akzeptieren, was Sie sagen? Selbst wenn es zutreffen sollte, was kann er tun? Er würde Ihren Körper gebrauchen, wie Sie es tun würden. Er kann damit nicht durch Wände gehen oder davonfliegen. Sie sind nicht bewaffnet. Ihre Körperkräfte sind begrenzt. Sehen Sie nicht? Was Sie sagen, kann darüber entscheiden, ob Ihre Welt weiterexistieren wird. Nichts ist so wichtig wie das.«

Der große ovale Raum lag in hellem Tageslicht, aber Kurbi bemerkte, daß Myraa nicht blinzelte, als sie eintrat und auf den halbmondförmigen Tisch zuging. Poincaré, der Jüngste der sechs Mitglieder zählenden Kriegsverfügungskommission, saß am linken Ende des Tisches.

»Was haben Sie uns mitzuteilen?« fragte Eliade Aren.

Die Vorsitzende der Kommission war eine magere, silberhaarige Frau. Erst ein Jahrhundert alt, war sie viel zu jung, um sich an den Krieg zu erinnern, aber Quellenstudium und Gedächtnisübertragungen hatten sie den vier Mitgliedern angeglichen, die den Krieg mit den Herakliden erlebt hatten. Kurbi vermutete, daß sie ihren früheren Gedächtnisübertragungen noch weitere hinzufügen würde, wenn die anderen Mitglieder sich längst einer Persönlichkeitserneuerung unterzogen hätten und andere Leute geworden wären, Das war eine Falle, die den Gedächtnisbibliothekaren wohlbekannt war, dachte Kurbi. Er selbst war auch gefährdet.

Myraa blickte zur Vorsitzenden auf. »Wir, die überlebt haben führen unser ruhiges Leben.«

»Und Sie leben in Frieden?«

»So ist es.«

»Aber Sie sind beunruhigt?«

»Das ist unsere Sorge.«

Kurbi spannte sich unwillkürlich.

»Wenn ein alter Feind beunruhigt ist«, sagte Aren, »muß der Sieger den Sieg bekräftigen.«

»Sie haben nichts zu fürchten.«

Aren lächelte. »Wir werden mehr brauchen als Ihre Zusicherung.«

Kurbi trat an Myraas Seite. »Ich kann weiteren Aufschluß geben, nachdem ich den Zufluchtsort der Herakliden gerade besucht habe. Es gibt dort nichts, was uns jetzt oder in Zukunft schaden könnte.«

»Und woher wissen *Sie* das? Sind wir verpflichtet, auch Ihr Wort zu akzeptieren? Sie – der Sympathisant?«

»Historiker, um genau zu sein«, erwiderte Kurbi.

Julian rückte auf seinem Platz.

»Sie haben geschrieben«, fuhr sie fort, »daß unsere Ausrottung der Herakliden, wie Sie es ausdrücken, weniger vollständig hätte ausfallen sollen.«

»Wir hätten wahrscheinlich mehr gewonnen, wenn ein größerer Teil ihrer Zivilisation überlebt hätte. Unsere Kriegsanstrengungen brachten uns keine Beute, darauf haben außer mir schon viele hingewiesen.«

»Welche Beweise haben Sie gebracht?« fragte sie. Kurbi merkte, daß sie nicht erwartete, überzeugt zu werden. Er blickte zu Poincaré, dessen Gesicht ausdruckslos blieb.

»Muß ich die Vorsitzende daran erinnern«, sagte Poincaré unerwartet, »daß Rafael Kurbi den rebellischen Herakliden verfolgte und zur Strecke brachte, und so die Bedrohung von uns nahm? Er widmete dieser Aufgabe viele Jahre, wofür er unseren Respekt und unsere Dankbarkeit verdient.«

»Er tat es widerwillig«, sagte Aren, ohne den Blick von Kurbi zu wenden.

Er starrte zurück. »Auf die Gefahr hin, mich zu wiederholen, muß ich bemerken, daß von einem toten Feind nicht soviel zu gewinnen war wie von einem lebendigen. Der Tod dieses Mannes brachte uns um die

Kenntnis seines Schiffes und seines Stützpunktes. Ein hoher Preis für einen Leichnam.«

Aren beugte sich näher. »Ich habe diese verschiedenen Behauptungen kultureller und technisch-wissenschaftlicher Bereicherung durch die Kultur der Herakliden untersucht. Ich finde sie nicht überzeugend, weder auf der kulturellen noch auf der technischen Ebene.«

»Was erwarten Sie dann von dieser Anhörung?« fragte Julian. »Nichts, wenn Sie glauben, daß ihre Kultur in allen Bereichen so unfruchtbar gewesen sei. Sie widersprechen sich selbst, Vorsitzende!«

Aren schien momentan verunsichert, faßte sich aber rasch. »Ich sagte nicht, daß absolut nichts für uns darin gewesen wäre. Ich sagte, daß in allem, was uns vorgelegt wurde, nichts von Bedeutung gewesen ist. Ich möchte aufdecken, was vor uns verborgen wird.«

Poincaré machte eine ungeduldige Handbewegung. »Dann fahren Sie nur fort und seien Sie zufrieden, wenn Sie außer Ihrem eigenen Spiegelbild nichts finden. Andernfalls wird die Sache nie ein Ende haben.«

Aren blickte stirnrunzelnd zu ihm hin, aber er achtete nicht darauf. »Wir wollen fortfahren«, sagte sie, wieder zu Kurbi und Myraa gewandt. »Bitte erzählen Sie uns etwas über Ihre Lebensweise.«

»Wir errichten unsere Häuser selbst und bauen unseren Bedarf an Nahrungsmitteln an.«

»Gibt es Kinder?«

Kurbi spannte sich wieder an.

»Sehr wenige.«

Aren machte ein Gesicht, als sei soeben ein Verdacht bestätigt worden. »Nun erzählen Sie uns etwas über Ihren … Glauben.«

Kurbi beobachtete die Gesichter der anderen Kommissionsmitglieder. Sie wirkten gelangweilt. Anscheinend teilten sie Arens Mißtrauen und ihre Befürchtungen nur zum Teil, wenn überhaupt, und schienen sich im wesentlichen nur vergewissern zu wollen, daß Arens Besorgnisse unbegründet waren, bevor sie sich ihren Kriegserinnerungen zuwandten. Ona Aren teilte die Ansichten ihrer Schwester, aber das war nicht überraschend; sie waren beide eng verbündet mit den Ältesten, von denen viele niemals gelernt hatten, durch Beschränkung auf das Wesentliche einen klaren Kopf zu bewahren.

»Wir schauen nach innen«, sagte Myraa, »zum Mittelpunkt allen Lebens…«

Aren winkte ab. »Einzelheiten sind nicht erforderlich. Wir sind mit vielen der Behauptungen Ihres Kults hinreichend vertraut. Ich möchte etwas Bestimmtes wissen. Hat diese Insichgekehrtheit der Herakliden eine praktische Grundlage, wie behauptet wird, die einen Gebrauch als Waffe nicht ausschließt? Was sagen Sie dazu?«

»Übertreibungen«, sagte Poincaré und blickte zur Decke.

Myraa schwieg.

Aren richtete den Blick auf Kurbi. »Und was sagen Sie?«

In ihrem Haß hatte sie sich eingeredet, daß es wahr sein mußte, dachte er. Sie brauchte diese Wahrheit, damit sie gegen Myraas Welt vorgehen konnte.

»Niemand hat Gewißheit«, sagte Aren. »Sie teilen meinen Verdacht.«

»Wovon reden Sie?« fragte Julian.

»Sie weiß Bescheid!« sagte Aren mit erhobener Stimme und zeigte auf Myraa. »Die überlebenden Herakliden beabsichtigen eine neuartige Waffe gegen uns einzusetzen, die mit Kräften zu tun hat, welche durch eine geistige Wissenschaft gelenkt werden. Diese haben sie seit Jahrhunderten entwickelt.«

Poincaré lachte.

»Ihr Planet muß zerstört werden, solange wir noch dazu imstande sind.«

»Wahnsinn«, sagte Kurbi.

»Dann zerstreuen Sie meine Befürchtungen.«

»Wie könnte jemand es wissen? Sie haben sich entschieden. Beweisen Sie uns, daß diese vermeintliche Waffe existiert, aber bürden Sie uns nicht die Umkehrung der Beweislast auf, die von uns verlangen würde, daß wir einen bloßen Verdacht durch Beweise entkräften.«

»Wenn wir Myraas Welt zerstören«, fuhr Julian fort, »werden wir nichts beweisen, weder so noch so.«

»Es wird sicherer sein«, sagten Aren. »Die Konsequenzen aus einer ungestörten Entwicklung des Omega-Kultes mögen zu gefährlich sein, als daß wir uns leisten könnten, ein Risiko einzugehen. Das Abwägen von Zweifeln könnte tödlich sein.«

Gorgias lauschte.

Das Geflüster mußte Lichtjahre aus Blei durchdringen, aber es erreichte ihn, und seine Bedeutung verlieh ihm neue Kraft. Der letzte Zufluchtsort der Herakliden, die einzige Hoffnung auf eine Wiederbelebung des Volkes und seiner Kultur, würde der Vernichtung anheimfallen, wenn er nicht handelte.

Er umging den Panzer von Myraas bewußter Anstrengung, strömte in ihre Muskulatur ein und blickte aus ihren Augen in den ovalen Sitzungssaal. Sie versuchte sich zu wehren, aber er hielt sie starr und steif.

»Wir laufen Gefahr, alles zu verlieren«, sagte Aren.

Gorgias wandte sich zur Seite und versetzte Kurbi einen Haken gegen die Herzspitze. Der Mann brach grunzend in die Knie.

»Ja!« knurrte Gorgias durch Myraas Kehle. »Aber es ist zu spät!«

Er griff in sein Arsenal und zog heraus, was er brauchte.

Aren erhob sich, plötzlich erblaßt.

Gorgias hob sie mit unsichtbaren Fingern auf und

brach ihr das Rückgrat, bevor er sie vor dem halbmondförmigen Tisch auf den Boden schmetterte.

Die übrigen Kommissionsmitglieder sprangen auf. Gorgias blickte zu Kurbi. Der lag noch auf den Knien, eine Hand an die linke Brustseite gedrückt, und stierte benommen auf Arens Leichnam.

Gorgias flog herum. Bewaffnete Wächter zielten auf ihn, aber ehe er sie wie Ungeziefer zerdrücken konnte, hatte Kurbi sich gegen seine Beine geworfen und brachte ihn zu Fall. Das Hemmfeld schloß sie ein, als Myraas Körper am Boden aufschlug.

»Zu spät!« rief Gorgias in das Grau der Glocke. Die Wächter hatten nicht schnell genug gehandelt, um die Kommissionsvorsitzende zu retten.

Kurbi rang mit Myraas Körper und versuchte sie niederzuhalten. Gorgias blickte ihm in die Augen, dann stemmte er den Mann hoch und preßte ihn gegen das Feld.

»Ich habe darauf gewartet«, sagte er, als er aufstand. »Wissen Sie, was ich tun werde? Ich werde Ihnen Arme, Beine und Genitalien ausreißen. Und dann die Augen!«

Kurbi hing stumm über ihm.

Gorgias konzentrierte sich auf den rechten Arm und riß ihn nach hinten.

»Myraa!« brüllte Kurbi.

Das Hemmfeld verschwand, und Kurbi fiel auf ihn. Gorgias, momentan benommen, konzentrierte seinen Willen, aber Kurbi wurde von ihm gehoben, und das Feld erschien wieder. Er holte tief Atem und stand auf. Einerlei, das nächste Mal würde er sie alle erledigen.

Er blickte in der kleinen düsteren Umgebung des Feldes umher und überlegte, ob er seine Kräfte durch das Hemmfeld projizieren könne.

»Bist du verletzt?« fragte Julian.

Kurbi stand wankend vor ihm und blickte in Angst und Verwirrung umher. »Ja«, murmelte er.

Die Wächter justierten die Feldstärke am tragbaren Projektor. Eliade Aren wurde hinausgefahren.

»Das war's, Raf. Jetzt ist Myraas Welt nicht mehr zu retten.« Er blickte zu den vier anderen Kommissionsmitgliedern, die beim Ausgang standen und diskutierten. »Meine eine Stimme wird nichts bewirken können.« Kurbi fing Ona Arens Blick auf, aber sie wandte sich ab. »Ich nehme an, du hast eine Erklärung?«

Kurbi war unfähig zu sprechen. Alles was Myraa gesagt hatte, war wahr.

»Ich weiß, was geschah«, brachte er endlich hervor.

Poincaré nickte den Wächtern zu. »Ist das Feld stabil?«

Der Anführer nickte.

»Bringen Sie die Kommissionsmitglieder hinaus.«

Als sie allein waren, sagte Julian: »Es wird uns nicht gelingen, den Schaden zu begrenzen. Zu viele haben es gesehen.« Sein Blick fand den Blutfleck am Boden. »Was weißt du, Raf?«

»Bis jetzt war ich nicht sicher, ob es stimmt.« Kurbi sagte ihm, was er von Myraa erfahren hatte.

Nachdem er geendet hatte, blieb Poincaré eine Weile still. Dann seufzte er und sagte: »Es war kriminell von dir, mir nichts davon zu sagen, obwohl ich verstehe, warum du skeptisch warst. Ich hätte es auch nicht geglaubt. Trotzdem, vielleicht hätten wir Aren vor diesem Schicksal bewahren können, mochte sie auch ein Ungeheuer gewesen sein.« Er schüttelte den Kopf. »Als mein Freund hättest du mich unterrichten müssen, in jedem Fall.«

Kurbi begann auf und ab zu gehen. Die abenteuerlichsten Gedanken schossen ihm durch den Kopf. Gorgias hätte die gesamte Kommission töten sollen. Dann würde niemand gewußt haben, was sich hier zugetragen hatte, und Myraas Welt könnte gerettet werden.

»Ich bin nicht imstande, mehr darüber nachzudenken, Julian. Schlimmer noch, ich will gar nicht daran denken. Warum mußtest du mich wieder in dies alles hineinziehen?«

»Weil du noch immer mehr weißt als jeder andere.«

»Das hat nicht viel geholfen, nicht wahr? Und was tun wir jetzt?«

»Wir reden mit der Person, die in ihr steckt, wer sie auch ist.« Er trat an den Projektor und veränderte die Einstellung. Das Hemmfeld schimmerte und wurde durchscheinend, als sei es im Begriff, sich aufzulösen. Myraas Gestalt wurde sichtbar, aber sie erschien verzerrt, mit riesigem Kopf und Rumpf und dünnen, kleinen Beinen. Sie schnappte nach Luft wie ein Fisch auf dem Trockenen.

»Myraa?« fragte Kurbi. Er trat an die Feldgrenze und spähte hinein.

»Ja«, sagte sie. »Ich bin hier.«

»Wir können nichts riskieren«, sagte Julian.

»Sie dürfen mich nicht freilassen«, warnte sie. »Ich habe ihn zurückgeworfen, bin aber zu schwach, es noch einmal zu tun.«

»Sie muß es sein«, sagte Kurbi.

»Warum sollte er sich verraten?«

»Die Zerstörung meiner Welt«, sagte Myraa, »wird Gorgias nicht aufhalten.«

»Vielleicht müssen wir sie töten«, sagte Poincaré zu Kurbi.

»Es könnte zu spät sein«, flüsterte Myraa. »Inzwischen könnte er in der Lage sein, ohne mich zu überleben.«

»Was sollten wir tun?« fragte Kurbi.

»Ich kann Ihnen nicht mehr raten. Wahrscheinlich würden Sie gut daran tun, mich in der Hoffnung zu töten, daß er nicht erfahren genug sein wird, um sich selbst zu erhalten. Er könnte seine Kräfte überschätzen...«

»Wir werden Sie im Feld lassen«, sagte Julian, »aber zusätzlich in einer Zelle, wo wir Sie durch Zuleitungen mit dem Lebenswichtigen versorgen können. Wir können nicht riskieren, ihm einen Ausweg zu lassen.«

Kurbi nickte.

»Ich verstehe«, sagte Myraa.

»Leiden Sie Schmerzen?« fragte Julian.

»Ich bin nicht in Gefahr.«

Kurbi sah sich um. Er ist hier, dachte er, schlüpft durch den Unterbau der Realität, regeneriert seine Kräfte, arbeitet sich mit einem unbeugsamen Maß, einer unerschütterlichen Entschlossenheit auf mich zu.

»Lassen Sie meine Welt leben«, bat Myraa.

»Wenn wir ihn irgendwie fangen könnten«, sagte Julian, »dann wäre es wohl möglich, die Zerstörung Ihrer Welt zu verhindern. Aber was gibt es zu fangen? Einen Geist, flüchtiger als Neutrinos. Und wir haben nicht einmal die Gewißheit, daß Ihr Tod auch sein Ende bedeuten würde. Sein eigener Tod hat ihn jedenfalls nicht aufgehalten. Wenn dies alles wahr ist.«

»Alles, was von ihm übriggeblieben ist, ist sein Haß«, sagte Myraa.

Zum erstenmal, seit Kurbi sie kannte, sah er Myraa weinen. Große, schwere Tränen tropften ihr von den Wimpern und rannen über die Wangen herab.

6. Festung Selbst

»Wen das Glück über richtiges Maß bezaubert,
den schmettert nieder der Umschwung.«

– Horaz

Gorgias streckte auf der Suche nach dem Flüsterschiff seine Fühler aus. Er vergegenwärtigte sich das Schiff und stellte sich vor, daß er in seiner Nähe sei und es mit einer Botschaft erreichen könne.

Die wahre Natur der Raumzeit war nicht das Kontinuum vorwärts fließender, relativer Zeit; er lernte jetzt eine tiefer liegende Einheit kennen; nur angepaßte geistige Strukturen machten Unterscheidungen und ließen die Erfahrung separater Räume und Abläufe zu; aber diese scheinbar äußerlichen Einstellungen waren bloße Aspekte, vom Beobachter definierte Inseln, die in einer Quantensee trieben.

Übergänge in der Raumzeit waren Reisen durch geistige Bereiche, nicht mehr, wenn der Wille stark und mutig genug war, aus seinen vorgegebenen Kategorien auszubrechen.

Er machte das Flüsterschiff an seinem Liegeplatz im System Centauri aus. Energien strömten, als die künstliche Intelligenz des Schiffes zu voller Wachsamkeit gelangte.

Gorgias sammelte Kräfte für den Quantentransfer, sprang – aber das Schiff vermochte ihn nicht in seine Struktur zu integrieren.

Er fiel zurück in Myraas Gefängnis.

Er sammelte seine Kräfte zu einem zweiten Versuch ...

... und fiel erschöpft zurück.

Er erkannte, daß Myraas Labyrinthe ihn für immer festhalten würden, wenn er nicht die Geduld lernte, die notwendig war, um die Intensität seines bewußten Willens hinreichend zu konzentrieren, um von einem Energiezustand in einen höheren überzugehen.

»Ich bin in Gefahr«, flüsterte er, während er wartete, »komm zu mir.«

Das Schiff wechselte in den Absprungraum.

Weit entfernt, aber auch tief in ihm.

Einen Augenblick pulsierte das Universum in seinem Zentrum, und er wußte um die Möglichkeit, ganze Galaxien zu umschließen, am Herzen jeder Sonne zu atmen, die Strahlung kollabierender Sterne zu trinken, die Kerne implodierender Galaxien zu verzehren.

Im Bereich der Einheit gab es eine direkte Möglichkeit, etwas zu bewerkstelligen. Myraa hatte versucht, ihn in einem Labyrinth gefangenzuhalten, aber zum Erfolg brauchte sie seine Kooperation. Er mußte sich zwingen, anders zu denken.

»Dann vergiß die Vergangenheit«, sagte sie. »Laß dich nicht von ihr zurückziehen.«

»Du hättest mich sterben lassen sollen!« antwortete er. »Hier kann ich nicht sterben, und darum werde ich herrschen!«

Sie erwiderte nichts, aber er fühlte ihre Angst in sich selbst.

Und er fühlte, wie das Schiff sich von seinem Ankerplatz losriß und die Freiheit des Raumes wiedergewann. Es kam schnell, schluckte die vier Lichtjahre zwischen Centauri und Erde; es kam durch das unendliche innere Grau geistiger Substanz, Übergangsraum genannt, das anderswo zu der Fassade eines äußerlichen Universums geworden war.

Kurbi spähte ins Feld. Myraa war seit drei Stunden bewegungslos gewesen, aber nun öffnete sie plötzlich die

Augen. »Das Schiff hat sich losgerissen. Es kommt her!«

»Es geht los«, sagte Kurbi.

»Wahrscheinlich können wir es abwehren«, sagte Julian.

»Ich bin nicht so zuversichtlich. Es kommt, sie zu holen und die Erde zu vernichten.«

»Dann werden wir sofort nach Myraas Welt abreisen müssen«, sagte Julian, »und sei es nur, um das Schiff abzuziehen.«

Kurbi nickte. Er wußte, daß es geschehen würde. »Wie viele Schiffe sind in Angriffsweite von Myraas Welt?«

»Genug, um sie zu sterilisieren. Wie sich herausstellt, hatten wir recht. Wir können Myraa jetzt nicht töten. Wir brauchen sie, um das Flüsterschiff von der Erde abzuziehen.«

»Aber sie *ist* das Schiff. Gorgias ist in ihr und steuert es.«

»Das ist nicht gewiß, Raf. Sie sagte es uns selbst. Es gibt keine Gewißheit, daß wir den Schiffskommandanten vernichten, indem wir sie töten. Im übrigen mag das Schiff bereits genug neue Anweisungen haben, um selbständig zu operieren. Wir können bei diesem Stand der Dinge nicht unsere einzige Geisel töten.« Er kam herüber zu Kurbi und spähte mit ihm durch das halbtransparente Hemmfeld. »Ich rechne jeden Augenblick mit dem Befehl, Myraas Welt zu zerstören«, fuhr er fort, »insbesondere dann, wenn sich herausstellt, daß Arens Gehirn hoffnungslos geschädigt ist und nicht gerettet werden kann.«

Soldaten kamen in den ovalen Raum. Kurbi und Poincaré traten zurück, während das Hemmfeld verkleinert und in den Korridor hinausbugsiert wurde.

»Wir müssen in den nächsten paar Minuten an Bord gehen, Raf. Kommst du mit?«

Kurbi seufzte. »Bleibt mir etwas anderes übrig?«

Myraas Welt war eine ozeanblaue Kugel, eingehüllt in eine klare Atmosphäre. Die gelbe Sonne hielt in der Nähe Wache, verstrahlte blindlings ihren enormen Energievorrat. Sterne sind Lebensspender, dachte Kurbi, sie ziehen sich zusammen, damit sie ausstrahlen können; und so treiben sie die Evolution auf ihren Welten über unvorstellbare Zeiträume an, entfalten Möglichkeiten und schaffen Bedingungen, um zuletzt Wertes und Unwertes in gleicher Weise zu vernichten. Sonnen sind verrückte Eltern.

Was damals hätte geschehen sollen, war zu schwierig, dachte er bei sich, während er wartete. Die Herakliden zu pulverisieren, war damals schon die einfachere Lösung, und jetzt ist sie es wieder. *Gorgias, wo bist du?* rief Kurbi in sich hinein. *Komm und rette deine Welt!*

Einhundert Schiffe erwarteten ihn in einer polaren Umlaufbahn.

»Die Sensoren haben ihn geortet«, sagte Julian, der neben Kurbi auf der Brücke Wache hielt. Der Bildschirm wurde grau. Das Flüsterschiff war ein schwarzer, verschmierter Strich in der weiten Unwirklichkeit des Übergangsraums.

»Er muß jeden Augenblick herauskommen«, sagte Julian.

Der Bildschirm schaltete auf normale Sicht um. Die entfernten Sterne schienen zu warten. Kurbi spürte die alte Neugier und Überraschung, er selbst und nicht jemand anders zu sein, in seinem eigenen Schädel zu stecken. Etwas Ozeanisches, Allgemeines wurde spezifisch und der eigenen Individualität bewußt, wenn es auf den Punkt des Selbst im Raum beschränkt war.

Das Flüsterschiff leuchtete wie eine kleine Nova im gelben Sonnenlicht auf.

Strahlen schossen aus der versammelten Flotte und tasteten nach ihm.

Das Schiff verschwand.

»Was macht er?« fragte Kurbi, als der sensorgesteuerte Bildschirm den Absprungraum absuchte.

Der schwarze, verschwommene Fleck kam auf sie zu und schien zu explodieren, als er in den Bildschirm raste und verschwand.

»Ich dachte nicht ...«, murmelte Poincaré verblüfft.

»Was gibt es?«

»Ich hielt es nicht für möglich ...«

»Was ist passiert?« Gespannt blickte Kurbi zu den schwarzen Sternen im grauen Bildschirm.

»Sein Schiff ist *in* unserem! Da, die Ablesungen! Und wir können nichts dagegen tun.«

Das Licht außerhalb des Hemmfeldes flackerte. Verzerrungen erschienen, warfen Schatten in Myraas Gefängnis. Ängstlich spähte sie hinaus. Die Wände des rechteckigen Raumes, in dem sie untergebracht war, lagen in einem sehr schnell pulsierenden Licht.

Sie sah die Tür aufgehen. Ein Wächter trat ein, riß die Hände hoch und zerplatzte.

Das Flackern verlor sich, als die Kammer außerhalb des Feldes in weißem Licht explodierte.

Die grelle Helligkeit verblaßte, und Myraa sah, daß sie in der Zentrale des Flüsterschiffes war. Es hatte das Schiff der Erde durchdrungen und sich für den Augenblick materialisiert, der benötigt wurde, um sie und das Hemmfeld aus dem Gewahrsamsraum zu reißen.

»Zu spät!« rief Poincaré.

Der Bildschirm zeigte die normale Sicht. Laserstrahlen zuckten blindlings durch den Raum, wo das Schiff der Herakliden verschwunden war.

»Er dreht uns eine lange Nase«, sagte Poincaré. »Es gibt keinen anderen Grund für ihn, aus dem Absprungraum herauszukommen.«

Das Flüsterschiff verschwand. Gleich darauf wechselte der Bildschirm das Kontinuum, aber der dunkle Fleck war vor dem schwarzen Kreis der Sonne bereits unsichtbar.

»Verfolgen!« rief Poincaré.

»Er wird seine Spur durch die Sonne verstreuen«, sagte Kurbi, »und einen Vorsprung erzielen, den wir nicht einholen können.«

»Macht nichts. Wir wissen, wohin er will.«

Komm nicht zurück, dachte Kurbi. *Verschwinde für immer. Dort draußen gibt es genug Galaxis, daß du einen sicheren Zufluchtsort finden kannst. Laß uns in Ruhe.*

Gorgias wechselte durch den Stern und legte einen scheinbar willkürlichen Kurs durch den Übergangsraum fest. Er wußte, warum das Schiff ihn vollständig akzeptiert hatte: Myraas Gegenwart war jetzt identisch mit seiner eigenen, und das gab ihm die Möglichkeit, durch die Künstliche Intelligenz zu fließen, ohne ihren Körper zu verlassen. Indem es Myraa gerettet hatte, hatte das Schiff auch das Problem gelöst, ihn in sich selbst zu integrieren.

Gorgias blickte in die Zentrale. Myraa war noch im Hemmfeld und schien bewußtlos, Er schaltete es durch das Schiff aus. Bald flatterten ihre Augenlider, und sie versuchte aufzustehen. Er ergriff ihren Körper, bevor sie fallen konnte, bewegte sie zum Drehsessel und setzte sie hinein. Das Schiff würde noch ein paar Stunden die programmierten Täuschungsmanöver fliegen und dann zum Korridor zurückkehren.

Kurbi beobachtete den Bildschirm.

»Da«, sagte Julian und zeigte hin. »Er ist wieder im Korridor, unterwegs zur Erde.«

»Er zeigt erneuerte Zuversicht«, sagte Kurbi.

»Das würdest du auch tun, nach diesem Manöver. Wir werden alle Mühe haben, nicht zurückzufallen.«

»Glaubst du, die Erde hat genug Feuerkraft, um ihn zu vernichten?«

»Gewiß – wenn das Schiff lange genug in den Zielgeräten gehalten werden kann, um eine Sonnenenergie hineinzupumpen. Wir müssen uns etwas einfallen lassen.«

Kurbi sah sich im Brückenraum um. Ein paar Offiziere starrten von ihren Plätzen zu ihm her. Ihre Mienen waren teils besorgt, teils skeptisch; einer schien Mühe zu haben, seine Furcht zu beherrschen. Sie alle wußten, daß Gorgias tot war, aber er und Julian, die das ganze Unternehmen befehligten, redeten wie zwei Verrückte, als ob der Heraklide von den Toten auferstanden wäre ...

Myraa öffnete die Augen.

»Ich bin frei von dir«, sagte Gorgias über die Bordsprechanlage.

Sie durchsuchte sich und fand nur entfernte Echos. Gorgias war noch immer in ihr verankert, aber er floß auch durch das Schiff. Sie war zu schwach, um ihn zurückzuziehen.

»Du wirst sie alle sterben sehen«, sagte er lachend.

»Wenn er antwortet«, sagte Poincaré, »werden wir eine weitere Bestätigung haben, daß diese verrückte Geschichte wahr ist.« Er nickte dem Nachrichtenoffizier zu.

Signalimpulse jagten dem Flüsterschiff nach.

Kurbi beobachtete den grauen Bildschirm.

Nach einer Weile zeigten sich wellenförmige Verzerrungen, die in Myraas Gesicht zusammenflossen.

Kurbi erwartete, daß Gorgias durch sie sprechen würde, aber eine andere Stimme erklang in der Zentrale des Flüsterschiffes. »Sie konnten mich nicht töten, Kurbi! Jetzt werden Sie sehen, was ich aus der Erde machen werde!«

»Er … ist auch an Bord«, brachte Myraa hervor.

Eine lange Pause trat ein. Myraas Gesicht wurde zur Maske.

»Jetzt beherrscht er sie und das Schiff«, flüsterte Kurbi.

»Machen Sie kehrt«, sagte Julian, »oder wir werden Myraas Welt vernichten.«

Die körperlose Stimme knurrte unverständlich und unterbrach die Verbindung.

Kurbi schoß Poincaré einen mißbilligenden Blick zu. »Was können wir tun, Raf? Ich hoffe, es wird bei der Drohung bleiben können.«

»Die Art und Weise, wie er Myraa an sich gebracht hat, legt den Gedanken nahe, daß er mehr in Reserve haben mag, als wir uns denken können.«

»Es war ein eindrucksvolles Manöver, aber wir haben hundert Schiffe.«

Kurbi schüttelte den Kopf. »Es geschieht mehr, als wir sehen können.«

»Du meinst, er könnte wiederkommen und uns beide entführen?«

»Warum nicht?«

»Wir *können* ihn vernichten. Es ist nicht unmöglich.«

»Vorausgesetzt, du kannst das Schiff lange genug in den Zielgeräten halten, um Schaden anzurichten. Die Zerstörung von Myraas Welt würde ihn auch nicht aufhalten. Sie würde ihn nur von einer Verpflichtung befreien und in seinem Haß und seiner Entschlossenheit bestärken.«

»Er muß glauben, daß wir sie zerstören *werden*.«

»Er wird unseren Bluff durchschauen, Julian. Wir haben es mit einem erfahrenen Terroristen zu tun.«

»Dann werden wir diese Welt zerstören und ihn verfolgen. Was sonst können wir tun?«

»Da er nicht hier ist, können wir Myraas Welt nicht als Geisel betrachten. Die Leute dort sind unschuldig, also solltest du sie in Ruhe lassen.«

»Wenn ich es nicht tue, wird man vielleicht einen anderen schicken.«

Kurbi funkelte ihn an. »Dann laß sie es tun und belaste nicht dein Gewissen. Die Situation kann sich rasch ändern, warum also etwas überstürzen?«

»Raf, wir können ihm nicht einen Zufluchtsort lassen, den er immer wieder aufsuchen kann.«

»Er hat ihn nicht nötig! Er kann immer zu seinem Stützpunkt zurück. Das weißt du.«

Poincaré sah sich zu den Offizieren auf der Brücke um. »Volle Alarmbereitschaft! Er kann jeden Augenblick erscheinen.«

Die Offiziere blieben still und beobachteten nervös ihre Instrumente.

Kurbi lehnte sich im Stuhl zurück und starrte wie gebannt auf den Bildschirm.

7. DIE WAFFE

»Wir selbst hinter uns selbst, verborgen ... «

– EMILY DICKINSON

Die Flotte wartete in hoher Umlaufbahn über Myraas Welt.

Kurbi beobachtete die Sonne. »Er wird aus dem Stern kommen«, sagte er. Und er dachte: *Ich kam ihm zu nahe. Er hat mir nie vergeben, daß ich ihn bemitleidete.*

»Wir werden ihn so lange wie möglich im Kreuzfeuer halten«, sagte Poincaré, als die Flotte ihre Positionen einnahm. »Was wird er in dieser Situation tun?«

»Er kommt nicht, um zu kapitulieren«, sagte Kurbi.

Jemand hinter ihm lachte. Kurbi wandte den Kopf, und Birkut, der Navigationsoffizier, grinste verlegen zurück. Kurbi nickte ihm zu, und der Mann wandte seine Aufmerksamkeit wieder dem dreidimensionalen Raumbild in der Mitte der Brücke zu.

»Gorgias weiß, daß alle überlebenden Herakliden auf Myraas Welt sind«, fuhr Kurbi fort. »Ohne sie besteht keine Hoffnung auf eine Zukunft. Also müssen wir annehmen, daß er sich zum Kampf stellen wird, wenn ihr Leben bedroht ist.«

»Von einer direkten Konfrontation kann er nicht mehr als eine Verzögerung erhoffen. Wir haben ihn jetzt. Es bleibt ihm keine andere Wahl, als zu kämpfen.«

Möglich, dachte Kurbi. *Vielleicht hat Gorgias beschlossen, den Untergang im Endkampf zu suchen, statt ohne Macht über die Menschen, die das neue Heraklidenreich errichten sollten, in Myraas Körper weiterzuleben ...*

»Er ist es wirklich, nicht?« fragte Julian.

»Ich bin davon überzeugt.«

»Das Schiff ist eine Bedrohung, ob es von Myraa befehligt wird oder von irgendeinem Programm, das Gorgias zurückgelassen hat.«

Das Alarmsignal winselte.

»An alle Schiffe!« rief Poincaré ins Mikrophon. »Volle Kampfbereitschaft!«

Die Optik filterte das grelle Licht der gelben Sonne, daß die Bildschirme auf der Brücke dunkel wurden. Das Flüsterschiff war ein schwarzer Punkt auf der hellen Scheibe.

»Da kommt er«, sagte Poincaré.

Kurbi saß angespannt in seinem Sessel. Ein Verdacht kam in ihm auf.

»Sieh dir das an!« sagte Julian.

Das Schiff glühte weiß auf, flammte und schien zu explodieren.

»Absprung!« rief Poincaré, als der Explosionsblitz expandierend durch die Flotte raste. Kurbi fühlte einen Stoß in den Magen.

Die Bildschirme verblaßten, aber die Farbe war nicht ganz grau. Die Blässe des Absprungraums war rot eingefärbt, als ob jenseits der aschgrauen Schleier ein Feuer brannte.

Kurbi hielt die Armlehnen umklammert und wartete.

Nach und nach erreichten andere entkommene Schiffe die Sicherheit des Absprungraums. Sie erschienen langsam und hatten offensichtlich Schwierigkeiten beim Überwechseln.

»Wie viele?« fragte Poincaré nach einer Weile.

»Dreiundzwanzig!« rief einer der Offiziere.

Poincaré starrte auf den Bildschirm. »Kommt schon, noch ein paar«, flüsterte er, aber keine weiteren schwarzen Umrisse kamen in Sicht. »Sie sind zerstört worden«, gab er endlich zu. Seine Stimme bebte. »Den Normalraum nach Überlebenden absuchen!«

Die Sterne und Myraas Welt nahmen wieder Farben an.

Es gab keine Trümmer, keine Rettungszellen, kaum eine Reststrahlung im Kontinuun.

»Jetzt wird er sich die Erde vornehmen«, sagte Julian, zu Kurbi gewandt. »Hast du die Geschwindigkeit der Expansion gesehen? Wir konnten nicht schnell genug reagieren. Vor einer Waffe dieser Art wird keine Welt bestehen.« Er begann zu schwitzen.

Also hatte Gorgias sie gefunden, dachte Kurbi. *Seine äußerste Vergeltungswaffe.*

»Alarmieren Sie alle Welten im Korridor!« befahl Poincaré. Er versuchte, sich nichts anmerken zu lassen, aber die Anspannung zeigte sich in den gebeugten Schultern und dem verbissenen Gesichtsausdruck. »Ich hätte sie töten sollen, als sie uns zuerst davon erzählte«, sagte er kopfschüttelnd. »Wir warteten zu lange, Raf.« Er blickte auf. »Wir folgen ihm in sicherer Entfernung«, befahl er, »wenn es so etwas gibt.« Er ließ sich in seinen Sessel zurückfallen und nickte. »Zu lange«, wiederholte er.

Die Bildschirme leuchteten im normalen Grauweiß, als die restlichen Schiffe in den Absprungraum wechselten.

»Wir hätten die Welt vernichten sollen«, sagte Poincaré, als Myraas Sonne sich hinter ihnen schwärzte. »Sie war keine siebenundsiebzig Schiffe wert …«

»Warum haben Sie es nicht getan?« fragte eine Stimme.

Kurbi wandte den Kopf. Es war Birkut, der Navigationsoffizier. Die gesamte achtköpfige Brückenmannschaft schien mit ihm auf eine Antwort zu warten. Sie hatten viele Freunde an Bord der anderen Schiffe verloren.

Poincaré blieb ihnen die Antwort schuldig.

Er würde alle Welten auf dem Weg zur Erde verbrennen. Tausend würden keine große Anstrengung bedeuten. Bis er das Sonnensystem erreichte, würde er über genug Energie verfügen, um das ganze System zu verdampfen. Die Größe der vernichtenden Wolke aus Fusionsenergie, die er erzeugen konnte, schien keiner Begrenzung zu unterliegen.

Das Kraftzentrum durchströmte ihn, während das Schiff im Übergangsraum dem Korridor entgegenjagte. Es gab keine Ermüdungserscheinung, als er den Energieball um das Schiff probeweise auseinanderschießen ließ. Die sphärische Energieentladung flog mit der wütenden Gewalt seines Willens auseinander, ob er im normalen Raum war oder nicht. Er würde den Untergang jeder Welt des Reiches hundertfach rächen.

Die Erde konnte er bis zuletzt aufsparen, um ihren überlebenden Schiffen Zeit zur Rückkehr zu geben, bevor sie in einem demütigenden letzten Aufgebot untergingen.

Und wenn die bewohnten Welten des Korridors nur noch ionisierter kosmischer Staub und Reststrahlung wären, würde er zu Myraas Welt zurückkehren, Myraas Willen brechen und ihren Körper in Besitz nehmen. Mochte sie dann endlos in den Kerkern seines Geistes leiden, wie er es in ihrem getan hatte; mit der Zeit würde sie verblassen und aus seiner Erinnerung verschwinden.

Er hatte die Vision eines Universums ohne Feinde, von der Erde bis zum Herkules-Sternhaufen, reingefegt von der Dekadenz der Föderation. Für sein Volk würde ein neuer Abschnitt der Geschichte beginnen, und niemand würde ihm aus Neid und Furcht den Weg versperren.

»Aber die Erde wird in uns weiterleben«, sagte Myraa. »Wir sind ihre Abkömmlinge.«

Überrascht, daß sie sich in seine Überlegungen einmischte, versuchte er sie auszusperren, aber ihre Gedanken schossen wie ein Insektenschwarm in ihn und verbreiteten sich bis in seine geheimsten Winkel.

Er zog ihre Eingeweide zusammen, bis der Schmerz sie zwang sich die Hände blutig zu beißen. Sie schrie und wand sich auf ihrem Platz. Ihre Insektengedanken starben in ihm, und er gab sie frei.

»Du wirst deine Feinde brauchen«, gellte sie und schleuderte ihre Schmerzen in ihn.

Er wich lachend aus.

»Ohne ihre Angst bist du nichts.«

Das Flüsterschiff wechselte aus dem Übergangsraum und schwamm wieder an der Oberfläche der Raumzeit.

Mars II lag voraus.

Im Näherkommen hörte Gorgias die Frequenzen ab. Sie schrillten von Warnungen und Protesten. Jemand hatte Alarm gegeben. Er erinnerte sich der kleinen Anstrengung, die er einst zur Zerstörung dieser Welt unternommen hatte; jetzt konnte er reinen Tisch machen.

Er hielt nach Anzeichen von Widerstand Ausschau. Sie kamen im letzten Augenblick, ein paar Laserstrahlen vom Abgangssignalfeuer, als der äußere Rand seines expandierenden Fusionsenergiefeldes bereits die Atmosphäre verglühen ließ.

Sonnenglut ließ die Kruste schmelzen, die Ozeane verdampfen. Die Weltkugel glühte auf und explodierte.

Gorgias schoß durch die Trümmer und heißen Gase. Er blickte aus dem Absprungraum zurück.

Das Zentralgestirn war allein, schwarz im aschgrauen Himmel.

»Es ist nichts da«, sagte Julian, als sie die Position erreichten, wo Mars II gewesen war. »Sogar das Abgangssignalfeuer ist verschwunden.«

Rensch ist tot, dachte Kurbi.

Der Navigationsoffizier fluchte und schluchzte durcheinander. Kurbi erinnerte sich, daß er auf dieser Welt zu Hause gewesen war.

»Wie konnten wir es so weit kommen lassen?« fragte der jüngste Offizier.

»Ruhe!« befahl der Erste Offizier.

Poincaré starrte mit bleichem Gesicht auf den Bildschirm. »Jetzt wird eine Welt nach der anderen an die Reihe kommen.«

Siebenundsiebzig Schiffe und eine Welt für meine Fehler. Kurbi blickte verstohlen zu Julian. Der Sicherheitschef saß zusammengesunken an seinem Platz und bemühte sich, seine Niedergeschlagenheit mit Zynismus zu tarnen.

»Die alten Paranoiker auf Erden spürten es irgendwie«, sagte er. »Sie wußten es!«

»Es tut mir leid, Julian, obwohl es nichts ändert.«

»Lassen Sie umkehren und Myraas Welt vernichten!« rief eine Stimme.

»Dummköpfe!« fiel eine zweite ein.

Poincaré schwenkte seinen Drehstuhl herum, um den Sprechern ins Gesicht zu sehen, aber sein Zorn verging so rasch, wie er aufgeflammt war, und er zuckte die Achseln. »Um dies vorauszusehen, hätte es eines Gottes bedurft. Sagen Sie meinetwegen, was Sie wollen, es wird nicht gegen Sie verwendet werden, aber ich verlange Ordnung und Disziplin in diesem Schiff ...«

Kurbi fragte sich, wie er mit sich leben wollte, wenn die Erde nicht mehr wäre. Es würde niemanden geben, der ihn von der Erinnerung befreien konnte.

»Vielleicht kann Myraa noch etwas tun«, sagte Poincaré. »Wenn sie noch am Leben ist.«

Der Navigationsoffizier lachte hart. »Feine Aussichten! Sie ist mit ihnen.«

»Gorgias wird uns bis zuletzt aufsparen«, sagte Kurbi.

Poincaré nickte. »Wir müssen ihm folgen. Er wird auf ein Publikum wert legen, bevor er uns erledigt.«

Ich werde zur Stelle sein, dachte Kurbi.

8. Geistesnetz

»Welchen Wert kann ein Geschöpf haben, das sich durch nichts von Millionen seiner Art unterscheidet? Millionen sage ich? Nein, einer Unendlichkeit von Geschöpfen, welche die Natur Jahrhundert um Jahrhundert in niemals endendem Fluß aus ihren unerschöpflichen Quellen aussprudeln läßt; so großzügig mit ihnen wie der Schmied mit den nutzlosen Funken, die um seinen Amboß fliegen.«

– Schopenhauer

»Die Unfähigkeit der meisten Menschen, den Schmerz anderer zu empfinden, als ob er ihr eigener wäre, ist es, was das Böse möglich macht.«

– Andrej Amalrik

Gorgias strömte durch das Schiff. Er nahm seine Funktionen in sich auf, durchdrang Systemstrukturen und stand vor den Massen gespeicherter Kenntnisse und Erinnerungen. Überall in diesem Leviathan der Erinnerung, des Urteilens und Folgerns schossen Quanteneinheiten hin und her. Kühl und abstrakt, war das begrenzte, aber unüberschaubare Universum der künstlichen Intelligenz frei von Zeit und Willen; diese, begriff Gorgias, kamen von außen und leiteten die Fähigkeiten des Schiffes zu zielbewußtem Handeln.

Das Schiff hatte seine Verbindung mit dem Kraftzentrum frühzeitig beobachtet, Energie durch ihn kanalisiert und die destruktive Energiesphäre geformt. Es hatte ihn als einen Bestandteil seiner selbst behandelt. Seine Fähigkeiten waren nun ein integraler Bestandteil des Schiffes – Zeit und Wille eingegliedert in ein Universum, das nach Funktion verlangte. Das Schiff war sein Diener, aber es ersparte ihm Einzelheiten; er war seine höchste Funktion.

Besser dieses Universum mit seinen Bindungen an die Existenz, die er gekannt hatte, als die Erniedrigung der Gefangenschaft in Myraas dunklem Kerker.

Gorgias formte ein Bild seiner selbst auf dem Bildschirm und blickte in die Zentrale. Myraa starrte ihn an, unbeeindruckt.

Er hörte ein entferntes Sieden.

Ein unwiderstehlicher Wind warf ihn vom Bildschirm zurück.

Er fiel. Andere Seelen drangen auf ihn ein, nagten an seinem Willen. Gewisper schnitt wie mit Messern in ihn, erstickte seine Gedanken.

»... laß los, laß gehen ...«

»... was verloren ist, kann nicht zurückgewonnen werden ...«

»... die Unendlichkeit ruft ...«

»... und doch strebst du nach dem Bereich der Vorbereitung, um wieder in ihn einzutreten ...«

»... folge uns ...«

»... blicke nicht zurück ...«

»... blicke voraus, wo dich Erkenntnis und Seligkeit erwarten ...«

»Nein!« rief Gorgias. Wieder hatte er Myraa unterschätzt. Und er war auf die Anerkennung durch die letzten Herakliden angewiesen; nur mit ihrer Hilfe konnte das Reich wieder errichtet, konnten Jahrhunderte der Demütigung gutgemacht werden. Es gab keinen anderen Weg. Wenn nötig, hatte er die Macht, sie zu zwingen, aber er wünschte ihre freiwillige Gefolgschaft. »Ich bin noch nicht fertig! Habt ihr die zerstörten Welten vergessen, die Millionen Toten, die nach Vergeltung schreien?« Die Föderation mußte für ihre Verbrechen bezahlen. Jahrhunderte der Schwäche und des Versagens mußten wiedergutgemacht werden.

»Du wirst nur dich selbst zerstören«, sagte Myraa, als die Leere sich um ihn zusammenzog.

»Das ist nicht mehr möglich.«

»Ich habe dich nie belogen.«

»Laß mich frei!« Er bemühte sich, Kräfte zu sammeln.

»Kommt in mir zusammen!« befahl Myraa.

Das Gewisper bildete ein Netz um ihn, aber er durchbrach es und floh vor ihrem betäubenden Gezischel.

Licht zerschnitt die Dunkelheit und schuf einen Horizont.

Er strömte darauf zu, erfüllt von Furcht über die neuerliche Möglichkeit einer Niederlage. Frische Luft wehte ihn an, Wind kämmte sein Haar, ein kalter Nieselregen begann ihm das Gesicht zu nässen. Er blickte zurück und sah Schattengestalten hinter sich über die öde Ebene heraneilen. Sie brachten ihm Schmerzen, dehnbare Qualen, die endloser Verstärkung fähig waren.

Ein Schrei brach aus seiner Kehle, als er den brennenden Horizont zu erreichen suchte, wo er wieder in das Herz des Feuers blicken und seine Kräfte erneuern konnte.

Die Schattengestalten kreisten ihn ein, während er noch lief, schnitten ihn von der Morgenröte ab, blieben jedoch auf Distanz. Das Herz des Feuers winkte, aber die Decke der Nacht war zu groß, und er würde nicht mehr zeitig genug unter ihr hinauskommen.

Der Kreis der Schattengestalten zog sich enger um ihn. Lange, dünne Klingen blinkten im Licht, als sie zustießen und ihn durchbohrten, um ein Rad mit seinem Herzen als der Nabe zu machen.

»Etwas muß passiert sein«, sagte Poincaré. »Das Schiff treibt.«

»Könnte eine Falle sein«, meinte Kurbi. »Wenn wir näher kommen, macht er kehrt und zerstört ein paar weitere Schiffe.«

»Oder es ist unsere Chance! Myraa könnte seine Aufmerksamkeit abgelenkt haben.«

»Darauf würde ich mich nicht verlassen«, sagte Kurbi. »Welche Welt hat er jetzt vor sich?«

Die dreidimensionale Sternkarte wartete mit einer Ausschnittvergrößerung auf. »Er drang an diesem Punkt in den Korridor ein«, sagte Poincaré, »also muß das nächste System Izar sein. Eine überwiegend ländlich geprägte Welt, religiöse Siedler wie Mars II.«

Kurbi wandte den Kopf weg und schloß die Augen.

Gorgias war angestrengt bemüht, das Rad zu zerbrechen.

Die Klingen brannten in sein Herz. Der Wind heulte über die Ebene, und der Horizont schien unerreichbar.

Irgendwo trieb das Schiff und wartete auf seinen Angriffsbefehl, verwundbar für einen zeitlich geschickt koordinierten Angriff.

Das Rad widerstand seinem Willen. Schmerz strömte durch die Klingen. Er ignorierte den Schmerz, ergriff das Rad und stieß es mit einer äußersten Kraftanstrengung von sich. Es rollte zum Horizont und flog über den Rand.

Die Klingen zogen sich zurück, als das Kraftzentrum ihn durchdrang, seine Furcht auslöschte und die Kräfte erneuerte. Die geordnete Geisteslandschaft der Künstlichen Intelligenz des Schiffes erschien wieder um ihn.

Er suchte den Übergangsraum im Umkreis ab und sah, daß die feindlichen Schiffe auf Distanz blieben. Er wechselte in den normalen Raum und ließ seinen Willen aufflammen. Das Energiefeld erschien und expandierte weißglühend. Er machte es größer, nur um zu sehen, wie groß es werden konnte. Es schoß explosionsartig nach außen, ohne an Intensität zu verlieren.

Bei einem Durchmesser von hunderttausend Kilometern hielt er die Expansion an. Das Schiff befand sich noch immer im Zentrum. Er fühlte die tödliche Blase um sich, als ob sie eine eigene Haut wäre.

Er blickte in die Zentrale. Myraa war bewußtlos, lag vornübergesackt im Drehsessel, erschöpft von der Anstrengung.

Izar war unmittelbar voraus. Er berührte die Welt mit dem Feld weißglühender Fusionsenergie, beraubte sie der Atmosphäre, brachte die Ozeane zum Kochen, verbrannte das Land und schmolz die Kontinente. Er ließ die volle Intensität des Feldes einwirken und verwandelte den Himmelskörper in glühendes Gas und radioaktiven Staub.

Es war zu einfach. Er hätte gern die Gesichter der Alten auf Erden gesehen, wenn sie erfuhren, daß ihre Zukunft zu Ende ging, daß die Zeit der Vergeltung angebrochen war. Aber sie sollten wissen, was ihnen bevorstand. Er mußte seine Aktionen so durchführen, daß dafür gesorgt war.

Seine eigene Zukunft war ihm genommen worden, als er noch nicht geboren war. Er war der einzige unter den Überlebenden, der nein zur Föderation gesagt hatte, der fortfuhr, nein zu sagen und bald das endgültige Nein sagen würde; das bedeutete mehr als alles. Sein kleines Selbst war jetzt einzigartig, die stärkste Militärmacht in der Geschichte; nicht einmal seine körperliche Zerstörung hatte ihn daran hindern können, diesen neuen Zustand zu erreichen.

Triumphierend würde er Einzug in das Sonnensystem halten; jeder Planet sollte verbrennen. Er würde den Alten auf Erden, die sich unsterblich wähnten, die Ewigkeit verwehren; sie hatten schon zu lange mit der

Überzeugung gelebt, daß sie Herren über Zeit und Raum seien.

»Und was dann?« fragte Myraa.

Er lachte. Anscheinend hatten seine Überlegungen sie aufgemuntert. »Selbst deine Weisesten ahnten nicht, daß ich vollbringen könnte, was ich vollbracht habe.«

»Du wirst uns alle zerstören.«

»Nur, wenn du mir in den Arm fällst. Jedenfalls werde ich meine Feinde nicht verehren und mich vor ihnen auf den Knien erniedrigen, wie du es tust!«

»Er wird bald ungeduldig werden«, meinte Kurbi. »Es wird lange dauern, bis er alle Welten im Korridor einzeln vernichtet hat, also wird er jetzt bald zur Erde vorstoßen.«

Poincaré seufzte. »Richtig. Für die anderen wird er später genug Zeit haben.« Er stand auf und blickte auf den Bildschirm. »Ich neige dazu, alles, was wir haben, gegen ihn ins Gefecht zu werfen, ungeachtet der Kosten, nur um etwas zu tun. Bald wird er in Reichweite der nächsten Welt sein.«

»Ich weiß, wie dir zumute ist.«

»Wir werden ihn umgehen und die Erde ansteuern. Dort müssen Verteidigungsmittel bereitgestellt werden. Vielleicht können wir schwerer bewaffnete Schiffe gegen ihn aussenden. Hoffen wir, daß er seiner Schlächterei nicht zu früh überdrüssig wird.«

Ich muß dort sein, wenn die Erde stirbt, dachte Kurbi. Ein Gefühl schrecklicher Unruhe und Dringlichkeit kam in ihm auf.

»Ein Selbstmordkommando mit einem Schiff könnte ihn aufhalten«, sagte der Navigationsoffizier. Dann zuckte er die Achseln. »Wenn sich genug Freiwillige finden.«

»Es könnte anders sein«, sagte seines Vaters Stimme, *»wenn er ein Rebell mit einem Volk hinter sich wäre, das mäßigend auf ihn einwirken und ihn auf einen vernünftigen Mittelweg bringen würde. Aber so, allein, enttäuscht und verbittert, wird er dazu getrieben, vor einem unversöhnlichen Feind das Unmögliche zu versuchen.«*

Das Flüsterschiff hatte die Worte in seinem Gedächtnis gespeichert, und Gorgias hatte sie zufällig aktiviert; nun waren sie wie eine Schlange aus einem dunklen Loch herausgeschnellt.

Gorgias lachte. »Das Unmögliche? Ich habe bereits getan, was den größten Herakliden und ihren Generälen nicht gelang!«

Die Worte seines Vaters waren das übliche nörglerische und pessimistische Gerede, das er zur Genüge kannte. Er bedauerte, daß er seinen Vater nicht mehr sagen konnte, was er erreicht hatte. Beinahe wünschte er, daß es Myraa gelungen wäre, den alten Mann in sich aufzunehmen, so daß er sehen könnte, was sein Sohn erreichte.

»Habe ich diese Information abgerufen?« fragte Gorgias.

JA, antwortete das Schiff.

Etwas in ihm hatte nach seinem Vater und dessen Meinung verlangt; ein Teil von ihm war ein Verräter.

»Ignoriere solche Anfragen in Zukunft.«

VERMERKT.

Gorgias griff über die graue See des Übergangsraums aus und untersuchte die bewohnte Welt des Systems. Er liebkoste sie mit Garben forschender Partikel, erspürte die zuckenden Lebensformen auf der obsidianschwarzen Oberfläche. Das öde graue Pendant der Welt im normalen Raum gemahnte bereits an den knochentrockenen Tod. Früher einmal war die Passage durch den Übergangsraum ihm wie ein langsames Sterben vorgekommen, aber nun erinnerte die sterile Wüste dieses anderen Kontinuums ihn an seinen Sieg über den Tod. Nichts konnte ihn jetzt noch umbringen, nicht einmal, wenn er es wünschte.

Mit Vergnügen dachte er an den Tod der Kommissionsvorsitzenden Aren zurück. Das physikalische Universum mit seinen Naturgesetzen hatte seinem Willen gehorcht. Gewiß, er brauchte Myraa, und er brauchte das Schiff, aber diese waren bloße Werkzeuge seines Willens im Universum seines Ursprungs. Mit der Zeit, wenn er lernte, in jedes Lebewesen einzudringen und jede denkende Einheit zu beherrschen, würde er ihrer nicht mehr bedürfen. Einstweilen mußte er auf Myraa achtgeben, die jede Schwäche von ihm nutzen würde, um ihn wieder in ihre Gewalt zu bringen.

Die Städte der Welt waren Inseln von Lichtergefunkel, als das Schiff aus dem Übergangsraum wechselte. Die polaren Eiskappen schimmerten im gelben Licht des Doppelsterns auf der Tagseite.

Gorgias stieß die weißglühende Wolke des Energiefelds aus. Sie expandierte mit rasender Geschwindigkeit und erfaßte die Welt. Wieder wurde die Atmosphäre erhitzt und fortgerissen; die Ozeane kochten, die Kontinente verkohlten und schmolzen, entließen inneres Feuer …

Er zog das Feld zurück.

Diesmal wollte er das Auseinanderbrechen genauer sehen; ein zu rasches Ende verkürzte das Schauspiel.

Er beobachtete die brennende Welt. So ähnlich mußte es damals gewesen sein, als die Schiffe der Föderation das Reich vernichtet hatten, nur war es dort noch langsamer geschehen, qualvoller für die Sterbenden. Hier konnte sich niemand am verlorenen Leben festklammern, da die Atmosphäre verschwunden war. Aber auch hier war es Tod, ein Massensterben von Millionen, ohne Aussicht auf ein Weiterleben auf der anderen Seite. Das Universum war zu großzügig mit dem Leben, aber was konnte man von einem vernunftlosen Kraftzentrum erwarten?

Dies war nichts, verglichen mit dem bevorstehenden Untergang der Erde, sagte er sich; das sollte ein wahres Fest der Vergeltung werden. Kurbi und die Überreste seiner jämmerlichen Flotte würden dort sein, in hilfloser Verzweiflung zusehen und warten, bis sie an die Reihe kämen.

Myraa sammelte die Toten. Sie pflückte individuelle Funken und leitete sie durch sich in die Wiege der Innerlichkeit. Von Gorgias ungesehen, wurde das Rinnsal wieder ein Sturzbach.

Aber sie konnte nicht alle retten; dafür hätte sie Zehntausende von Schülern und Helfern benötigt. Das Blut der Welten floß zu rasch, und sie mußte sich beeilen; wenn Gorgias ihr Tun bemerkte, würde er ihre Gestalt zerstören und ihr die Möglichkeit zum Sammeln nehmen; andere Adepten waren zu weit entfernt, um von Nutzen zu sein.

Die Seelen der Toten schrien auf, wenn sie in den Sog ihres rettenden Stroms gerieten. Manche waren wahnsinnig, als sie aufgenommen wurden; alle waren voll Angst und Jammer. Viel Zeit würde vergehen, bevor sie aus der Dunkelheit in ihnen selbst heraustreten konnten.

Sie fühlte Gorgias' triumphierenden Haß, als er den Untergang der Welt beobachtete, aber sie bemühte sich, nicht auf ihn zu achten, während sie arbeitete; jetzt war keine Zeit, sich gegen ihn zu stellen.

9. Die Alten

> *»Jeder von uns besteht darauf, um jeden Preis unschuldig zu sein, selbst wenn er die ganze menschliche Rasse und selbst den Himmel anklagen muß… Dann erkannte ich, nachdem ich mein Gedächtnis ergründet hatte, daß Bescheidenheit mir half, zu glänzen, Demut, zu besiegen, und Tugend, zu bedrücken… Ich habe die Doppelzüngigkeit akzeptiert statt darüber aufgeregt zu sein…«*
>
> – Albert Camus

All diese Jahrtausende der Menschheit, dachte Kurbi, als er von seiner Terrasse über den Ozean hinausblickte. So wenige innere Veränderungen. Fortschritt in Technik, in Regierungsformen und Lebensbedingungen, ein ungeheures Potential biologischer Veränderungen, doch der Mensch behält seine Trägheit, klammert sich an seine Identität, weigert sich, seine von der Evolution auferlegte Form aufzugeben und etwas Besseres zu werden. Erweiterte Lebensspannen, aber der Verstand ist der gleiche und füllt sich allzu langsam mit Informationen, die schließlich gelöscht werden müssen, um der Langlebigkeit nicht im Weg zu sein. Das Vergessen war ein ebenso realer Tod wie in früheren Zeiten, und die Wiedergeburt eine ebenso reale Möglichkeit, die Zukunft zu ergreifen, wie die Fortpflanzung.

Die Herakliden sind unsere Schande, dachte er, als sein Blick zum Himmel ging. Die Leute des Sternhaufens waren unsere Kinder, unser Versuch, etwas Besseres aus uns zu machen, aber wir vernichteten sie. Nun haben sie ein einzelnes Individuum zurückgeschickt, um unser Herrschaftssystem zu stürzen. Er fühlte sich wie ein Dieb, weil er zur Erde zurückgekehrt war, um ihre letzten Tage für sich selbst zu stehlen. Seine Gedanken gingen zu den ungezählten Menschen, die einst der Erde den Rücken gekehrt hatten, um die Welten des Korridors zu besiedeln, und die nun nach Jahrhunderten des Aufbaus dem Tod entgegensahen. Die Föderation hatte versäumt, die Zukunft zu sichern.

Bis er und Poincaré zur Erde zurückgekehrt waren, hatte Gorgias ein Dutzend Systeme ausgelöscht; weitere wurden vernichtet, während er hier stand. Er dachte an seinen Aufenthalt auf Mars II, an die Bauernfamilie und an Rensch, als ob sie alle noch lebten. Und wieder kam ihm die schreckliche Erkenntnis zu Bewußtsein, daß Gorgias, oder was immer er jetzt war, nicht nach Eroberung trachtete; er wünschte die Zerstörung aller Welten der Föderation; nichts Geringeres würde ihn zufriedenstellen. Und es war nicht länger der bloße Wunsch blinder Wut und Rachsucht; er tat es, weil er es tun konnte.

Und ich half ihm, dachte Kurbi, und er krümmte sich unter dem Selbstvorwurf. Meine Wünsche, meine Gefühle, meine Neugier trugen dazu bei, daß er seine größte Kraftentfaltung erreichte. Myraas Forschungen, zuerst eine Reaktion auf die Vereinzelung und Sinnentleerung des Lebens nach dem Untergang des Heraklidenreiches, hatten jener untergegangen geglaubten Vergangenheit in die Hände gespielt und ihr neue Kraft eingeflößt. Wie einfältig, dachte Kurbi, ihre Gruppe als eine bloße Sekte religiöser Spinner zu betrachten.

Etwas regte sich am Rande seines Gesichtsfeldes. Er wandte ruckartig den Kopf, wie aus einem Traum erwacht.

Dunkle Gestalten warteten um ihn. Projektionen der alten Unsterblichen. Er zählte sechs.

»Können Sie etwas tun?« fragte eine tiefe, knurrende Stimme.

»Sie wissen mehr als jeder andere«, sagte ein anderer. »Dies alles wird untergehen!« Seine ausgreifende Geste umfaßte den ganzen Erdkreis und den Ring besiedelter Satelliten, der sich mattglitzernd aus dem dunklen Ozean erhob.

Der erste pflichtete ihm grunzend bei.

Kurbi schüttelte den Kopf. »Nichts. Das Wissen hinter seiner Waffe liegt jenseits unserer Kenntnisse. Auch das Heraklidenreich verfügte nicht darüber. Aber nun ist es in den Händen eines Mannes, der es anzuwenden weiß.«

Die dunklen Gestalten schienen zu zittern.

»Wir dürfen nicht untergehen!« rief eine hohe Stimme. »Es darf nicht geschehen. Überlegen Sie! Warum warten Sie? Warum sind Sie nicht dort draußen?«

»Würden Sie es für zweckmäßig halten, daß wir unsere gesamten verbliebenen Streitkräfte ins Feuer werfen?« erwiderte Kurbi. Er wußte, daß das Schicksal der Koloniewelten sie nicht kümmerte. Sie würden sofort den ganzen Korridor opfern, um die Erde zu retten. Was bedeutete ihnen das Leben? Ein in die Länge gezogenes Ausharren in künstlicher Schmerzfreiheit, mit arrangierten Erinnerungen und einer blinden Beharrlichkeit, die sich ihr eigenes Ende nicht vorstellen konnte. Wo war die größere Kreativität menschlicher Intelligenz, wo waren Weisheit, Glück und Zufriedenheit? Ein langes Leben mochte all diese Dinge im Laufe der Zeit einmal gebraucht haben, sagte er sich, um das Flüstern zu übertönen, das darauf bestand, daß nie etwas anderes als die bloße Verlängerung einer mehr oder weniger sinnentleerten Existenz möglich gewesen war, daß dies alles war.

Eine der Gestalten rückte ihre Projektion näher heran. Das matte Sternenlicht zeigte ihm ein dünnes Gesicht mit großen Augen und dunkler Haut. Langfingrige Hände tasteten nach ihm und griffen durch Kurbis Arm.

Sie sind infantil geworden, diese Alten, dachte er, als er den suchenden Blick auf sich fühlte. Kinder, die sich vor dem unverstandenen Übel fürchten.

»Rafael Kurbi«, sagten die dünnen Lippen, »retten Sie uns. Sie sind der einzige, der …«

»Ich weiß nicht, wie.«

»Sie wissen es, aber Sie haben Ihre Aufmerksamkeit nicht darauf konzentriert. Ein Teil von Ihnen hält sich zurück.«

»Wenn Sie Vorschläge machen können …«

Die anderen Gestalten glitten näher und umdrängten ihn.

»Ja«, sagte der Knurrer, »konzentrieren Sie Ihre Aufmerksamkeit und entdecken Sie, was zu tun ist.«

»Wünsche werden uns nicht helfen«, antwortete Kurbi, mußte sich aber eingestehen, daß Gorgias aus seinen Machtphantasien eine wirkliche Bedrohung gemacht hatte. Er ist da draußen, dachte Kurbi, verlangsamt nur durch seinen Wunsch, gründliche Arbeit zu leisten.

»Entdecken Sie!« schrillte die Alte mit dem pergamentenen Gesicht. »Sie müssen!«

Wir verdienen nicht zu überleben, dachte Kurbi, als er in ihre aufgerissenen, stieren Augen blickte. Ihre Hände zitterten, als hätten sie alle die Schüttellähmung.

»Lassen Sie mich in Ruhe, ich kann nichts tun. Fliehen Sie in Ihren Schiffen. Außerhalb des Korridors gibt es Tausende von Welten.«

Die dunklen Gesichter schienen zu überlegen. »Ja«, sagte die hohe Stimme schließlich, »das würde möglich sein. Werden Sie uns führen?«

»Aber unsere Erde«, wandte der Knurrer ein. »Unsere Erde wird zugrunde gehen.«

»Lassen Sie sich anderswo nieder und löschen Sie Ihr Gedächtnis«, sagte Kurbi ungeduldig.

»Löschen … die Erde?« fragte der Knurrer.

Kurbi zuckte die Achseln. »Warum nicht? Löschen Sie sie aus Ihrem Gedächtnis, bevor es in der Realität geschieht. Es wird Ihnen den Schmerz ersparen.« Dann fiel ihm ein, daß Gorgias jene, die flohen, verfolgen würde. Er würde ihre Gedanken jagen und ihre Amnesie sondieren. Ihr ängstliches Geflüster würde in der großen Glocke der Raumzeit widerhallen; es würde einfacher sein, die Quasare zu verstecken.

Die Alten begannen in einem kranken, verzerrten Winseln zu jammern, überwältigt von Verzweiflung; ihr aus bloßer Beharrlichkeit gewachsener Stolz war zerbrochen.

Die sechs ungeladenen Gäste ließen ihre Projektionen erlöschen.

Julian erschien.

»Wo bist du?« fragte Kurbi.

»Sicherheitszone Süd. Ich bin im Begriff, zum Ring 24 zu fliegen. Kommst du mit?«

»Ich nehme an, wir sollten persönlich erscheinen.«

»Eine Maschine ist unterwegs zu dir. Was haben sie gesagt?«

»Sie werden nicht damit fertig, Julian.«

»Ich habe ähnliche Gespräche geführt. Auf einmal ist ihnen klar geworden, daß sie nicht alles beherrschen, geschweige denn die Welt regieren. Wir konsultieren sie, überreden sie, dem zuzustimmen, was getan werden muß, aber der kreative Anstoß kommt nicht von ihnen. Sie sind dankbar für die Kontinuität.«

»Sie sind völlig erstarrt in Routine, Selbstsucht und einem langen, selektiven Gedächtnis. Wir hätten inzwischen etwas anderes sein sollen, Julian. Unsere Spezies ist versteinert.«

Ring 24 war ein hantelähnliches Gebilde von der Form zweier Pyramiden, die an den Spitzen zusammenstießen.

Kurbi lauschte den Sendungen aus dem Korridor.

»Welche Informationen haben Sie?« fragte ein Gesicht.

»Welche Art von Gefahr«, fragte ein anderes.

»Izar ist verschwunden, Schiffe werden vermißt. Ist dies eine neue Heraklideninvasion? Bitte sagen Sie uns, ob wir uns auf die Verteidigung durch Streitkräfte der Föderation verlassen können.«

»Bitte bestätigen Sie …«

»… zwölf Frachtschiffe werden vermißt …«

»Von Mars II ist nichts übrig geblieben …«

»Precept ist vernichtet!«

»… raten Sie uns, welche Vorbereitungen zu treffen sind …«

»Sagan IV antwortet nicht …«

Aus dem Übergangsraum kam endloses Geschnatter. Bildschirme flimmerten, ein Gesicht verdrängte das andere. Tiefliegende Augen, fleischige Lippen, blasse Gesichter, Kahlköpfe, stille Gesichter, aufgeregte Gesichter – schimpfend, fordernd, bittend; Köpfe, die unfähig waren, mit einer überwältigenden Tatsache fertig zu werden.

»Die Relaisstationen senden die Botschaften durch den ganzen Korridor«, bemerkte Julian neben ihm, »also muß er sie auffangen.«

»Warum sollte er sich damit abgeben?« fragte Kurbi.

»Ich hoffe, daß er mit dir sprechen wird.«

Was kann ich sagen? fragte sich Kurbi. Soll ich ihn um Gnade bitten?

»Ich bin hier, Kurbi«, sagte eine metallische Stimme durch das Geplapper der Bildschirme.

Poincaré hob die Hand, und alle anderen Verbindungen wurden unterbrochen.

Myraa erschien auf dem Bildschirm. Ihre Augen waren offen, aber sie schaute nach innen.

Gorgias' Stimme kam aus dem Raum, nicht aus ihrem Mund. »Sie sind gekommen, um zu bitten. Ersparen Sie sich die Demütigung. Ich werde Sie mit Ihrer Welt zerstören.«

»Würden Sie es nicht vorziehen, mich zum Gefangenen zu machen?« fragte Kurbi.

Gorgias lachte. Es klang wie langsamer Trommelschlag auf Metall.

»Was könnte Sie umstimmen?« fragte Kurbi.

»Nichts. Sie wissen das.«

»Es muß etwas geben, das wir Ihnen überlassen könnten. Nennen Sie es.«

Gorgias lachte wieder. »Aber Sie sind im Begriff, mir alles zu geben!«

»Welchen Gewinn haben Sie davon?« fragte Poincaré.

»Die Befriedigung, in einem Universum ohne Sie und Ihresgleichen zu existieren.«

»Wir hätten Myraas Welt zerstören sollen«, flüsterte Julian.

Gorgias hörte ihn. »Aber Sie taten es nicht, und nun ist es zu spät, mir zu drohen. Sie zögerten, weil Sie Gewinne und Verluste abwägen. Sie können niemals die schöne Einfachheit absoluter Macht verstehen, die keine Vorteile abwägen muß.«

»Man braucht kein Gehirn, um ein Fresser zu sein«, sagte Poincaré.

Myraa schloß die Augen.

Gorgias lachte leise. »Was hoffen Sie zu gewinnen, indem Sie mich provozieren? Ich bin stärker als ein Schwarzes Loch oder ein Quasar. Tausend von beiden könnten mich nicht aufhalten. Lassen Sie sich erinnern, daß ich noch nicht so viele von Ihren Welten zerstört habe wie Sie einst von meinen. Die mir alles nahmen, werden mit allem dafür bezahlen! Haben Sie die Würde, tapfer zu sterben.«

Er unterbrach die Verbindung. Die Rufe und das Gejammer aus dem Korridor fluteten wieder herein.

Gorgias lauschte.

Jemand ging in seinem Geist herum. Er löste sich aus der Geisteslandschaft des Schiffes und schaute in sich. Zwei Gestalten kamen aus weiter Ferne auf ihn zu: seine Mutter, Oriona, und sein Bruder, Herkon.

»Verschwindet!« rief er ihnen zu.

Aber sie kamen näher.

»Ihr habt mir nichts zu sagen!« schrie er.

Oriona schoß auf ihn zu, drang in sein Zentrum ein, brachte schmerzliche Erinnerungen zum Vorschein.

»Du warst grausam zu deinem Vater«, verkündete sie, »und zu Myraa. Du verbranntest die Wohnungen Unschuldiger und nun zerstörst du ganze Welten. Dir liegt nicht mehr an Gerechtigkeit, du wünschst nur Vergeltung, die außer Befriedigung der Selbstsucht kein Ziel hat.« Sie wickelte sich um seine Gewissensbisse und drückte, um ihm Schmerzen zu bereiten.

»Das macht mir nichts aus«, sagte er. »Der Schmerz ist ein alter Freund.«

Seelengeister aller Art erschienen in ihm, zahlreich wie Sterne. Er fühlte ihre Beobachtung, ihre Geringschätzung.

»Ihr seid allesamt Dummköpfe!« rief er. »So dankbar für eure Existenz! Ihr verehrt eine kochende Blindheit, und für die Welt, von der ihr kamt, seid ihr kein Verlust. Ich habe mehr gelernt als mir am Machtzentrum die große Zehe zu wärmen. Packt euch davon, oder ich werde Mittel und Wege finden, euch alle zu vernichten!«

»Gorgias«, rief Herkon, »was hast du?«

»Die Stärke meines Hasses, das Wissen, daß er immer gerechtfertigt war, und nun werde ich die Befriedigung haben, jene zu vernichten, die unser Volk ermordeten.«

»Aber kein Glück, Gorgias.«

»Glück ist vage und allgemein. Befriedigung ist spezifisch. Ich werde haben, wofür ich gearbeitet habe!«

»Und dann?« fragte Oriona, und es klang zärtlich.

»Ich werde Welten wiederherstellen, Städte neu bevölkern. Ich werde das Herz des wiedergeborenen Reiches sein.«

»In einem zugrunde gehenden Universum?« erwiderte sie. »Es wurde nicht für endloses Leben gemacht, oder für das Wissen. Es ist ein Spielzeug für junge Geister, die in größere Bereiche hineinwachsen.«

»Leeres Gerede! Mir wurde nicht gegeben, was ich hätte haben sollen«, beharrte Gorgias. »Ich bin hier noch nicht fertig. Aber was kümmerte es euch? Wenn wahr ist, was du sagst, dann laß mich tun, was ich für richtig und notwendig halte.«

»Wende dich ab, mein Sohn, wende dich ab!«

»Wenn du so sicher bist, zeig mir, wovon du redest!«

Aber die Galaxis der Seelengeister war still und überzeugte ihn, daß sie nichts zu bieten hatte; sie lebten auch in einer mehr oder weniger mißlichen Existenz. Vielleicht brauchten sie ihn, um einen Lebenszweck zu haben?

Myraa erschien neben Oriona.

»Wende dich ab, Gorgias«, sagte sie. »Folge uns.«

»Verschwindet«, wiederholte er.

Plötzlich umringte ihn ein Schwarm von Seelengeistern und drängte ihn zum Nichts.

Das Kraftzentrum strömte in ihn ein und half ihm, dem Zusammenbruch zu widerstehen. Er behauptete sich, glich den Druck aus, konnte ihn aber nicht zurückwerfen.

Plötzlich war er in einer Schwarmlinie von Soldaten auf einem Schlachtfeld und ging gegen ein Haus auf einem Hügel vor. In seinem Helm bellte eine Stimme Befehle. Dunkle Schiffe schwebten am Himmel und mähten die Soldaten mit massiven Laserstrahen nieder. Schreie gellten in seinen Ohren, fallende Körper begruben ihn unter sich.

Das Haus auf der Anhöhe war hinter einem Hemmfeld verborgen. Er war dort und sah seine Armee untergehen; und er war hier und sah einen breiten Laserstrahl zischend über den Boden fahren. Er erreichte ihn, und er roch Verbranntes in seinem Helm. Die Glut durchschnitt seine Schutzkleidung und durchdrang seinen Körper, schmolz sein Herz, seine Eingeweide, erfüllte ihn für die Ewigkeit, die er zum Sterben brauchte, mit Qualen ...

»Aber ich starb nicht«, flüsterte er, die Schreie seiner Soldaten im Ohr.

»Ich bin hier«, sagte Crusus.

Also hatte Myraa ihn doch noch gerettet.

Crusus drang mit Messern der Rache in ihn ein, stieß zu und schnitt und drehte die Klingen in den Wunden. »Fühlen Sie, was ich fühlte! Ich gab Ihnen alles. Sie mißbrauchten mich! Wir warteten Jahrhunderte in Bereitschaft, nur um niedergemetzelt zu werden!«

Oriona schwebte nahebei. »Er ist wie du, sagte sie. Wie gefällt er dir?«

Crusus schnitt ihm den Kopf ab. Gorgias fühlte seinen Körper zucken. Seine Mutter hob seinen Kopf auf, als er die Augen öffnete. Crusus wütete mit seinen Messern noch immer über dem Körper.

»Du kannst mich nicht verletzen!« rief Gorgias. Sein Kopf hing am Haar von Orionas Hand.

»Hör auf, Gorgias«, bat Herkon.

Crusus verwandelte sich in eine gräßliche fremdartige Gestalt. Kiefer klappten auf und zermalmten den kopflosen Leichnam. Blut rann in die Dunkelheit.

»Ich bin jenseits der Furcht«, sagte Gorgias, als Oriona seinen Kopf in die Höhe hob und ihm in die Augen blickte. »Ihr alle seid wie Bettler in dieses Reich gekommen, aber ich werde sein Herr sein.«

Sie blickte ihn lange und fragend an, und einen Augenblick ging ihr Zweifel auf ihn über; dann schleuderte sie seinen Kopf ins Leere.

Er sprang und kollerte dahin, und dabei lachte er triumphierend, denn er wußte, daß sein Wille mit dem blinden Machtzentrun vereint wurde. Schon erhob es sich hinter der Nacht. Er wurde in eine enge Umlaufbahn gezogen und fand neue Nahrung. Seine Augen brannten, sein Haar flammte; das Fleisch schmolz von seinem Schädel, aber er verspürte keinen Schmerz.

Die sanftmütigen Lämmer konnten sich nicht vorstellen, was er wagen würde.

10. Jenseits der Nacht

»Jenseits der Nacht … irgendwo weit entfernt ein weißer, schrecklicher Tagesanbruch.«

– Rupert Brooke

»Als Nero den Tod seines Lehrers Seneca befahl, ging der alte Stoiker in sein Bad und öffnete sich die Adern; aber das anregende Gespräch seiner Freunde beruhigte ihn und weckte seine Beredsamkeit so sehr, daß er seine Wunden verschloß, um dem philosophischen Gespräch eine Zeitlang beizuwohnen. Er diktierte sogar eine Abhandlung, bevor er seine gemessene Annäherung an den Tod wiederaufnahm.«

– Römische Überlieferung

Der Ring wurde ausgedünnt. Kurbi sah eine Gruppe der kleinen Satellitenwelten die Formation verlassen und in den Absprungraum wechseln. Andere installierten Antriebsmittel, um sich aus dem Umkreis der Erde zu entfernen. Der plötzliche Drang nach Mobilität konnte kurzfristig Leben retten, doch war Kurbi überzeugt, daß Gorgias die Flüchtlinge früher oder später zur Strecke bringen würde.

So ging der Mittelpunkt der Föderation und ihre verbindende Klammer dem Untergang entgegen, zugrunde gerichtet durch einen Krieg, den sie vor Jahrhunderten gewonnen hatte. Der Todesstoß würde von einem körperlosen Gott kommen, der seinen Willen von jenseits des Grabes durchsetzte.

Keine vordringenden Barbarenhorden rissen die Tore der Zivilisation nieder. Kein wirtschaftlicher Niedergang führte zum Auseinanderbrechen und Verschwinden der Föderation. Kurbis Historikerverstand, geübt im Aufspüren verborgener Ursachen wie im Durchleuchten komplexer Zusammenhänge, mußte sich mit der Erklärung zufriedengeben, daß die Erde gewöhnlichem Haß und unerbittlicher Rachsucht zum Opfer fallen und damit den Preis bezahlen würde, den sie einst den Herakliden abverlangt hatte.

Was von der Flotte übrig war, ging hinaus in den Korridor, um das Flüsterschiff, wenn möglich, durch einen Überraschungsangriff zu vernichten. Offiziere und Mannschaften bestanden aus Freiwilligen, die daran glaubten, daß eine erfolgreiche Verteidigung auf diese oder eine andere Weise noch immer möglich sei.

Rik war irgendwo dort draußen und floh mit den Satellitenwelten des Ringes aus dem erdnahen Raum. Zum Zeitpunkt von Grazias Tod hatte sein Sohn bereits einen großen Teil seiner Erinnerungen löschen lassen und war zu sehr eine andere Persönlichkeit geworden, um von der Nachricht betroffen zu sein. *Ich hätte ihn eher aufsuchen sollen,* dachte Kurbi, *als er mich noch kannte.* Rik hatte kaum noch eine Vergangenheit in sich, aber das würde ihn nicht retten, wenn Gorgias die fliehenden Satellitenwelten einholte.

»Du bist noch immer zum Bleiben entschlossen?« sagte Julian.

Kurbi sah das Projektionsbild aus dem Augenwinkel, erhob sich aber nicht von seinem Liegestuhl auf der Terrasse und wandte nicht einmal den Kopf. »Ich gehöre hierher.«

»Wir werden zusammen abreisen, Raf.«

»Um uns seiner Verfolgung auszusetzen?«

Poincaré ballte die Fäuste. »Ich kann nicht glauben, daß du so rasch aufgegeben hast!«

»Es gibt sowieso nicht mehr viel, wofür zu leben sich lohnt. Laß ihn reinen Tisch machen.«

»Du bist nie ganz frei von dieser Denkweise gewesen«, sagte Poincaré. Kurbi machte zitternde Anspannung in seiner Stimme aus. »Immer bereit, den Spieltisch umzustoßen und einen raschen Abgang zu machen.«

»Spiel ist richtig. Warum sollte ich mich seiner nicht entledigen? Es stößt uns zu oft gegen unsere Grenzen als menschliche Wesen. Ist dies alles, was daran ist? Wir erschrecken über die Frage, wenn wir sie stellen.«

Julian schüttelte den Kopf. »Ich weiß nicht ...«

Kurbi setzte sich aufrecht. »Siehst du nicht? Gorgias hat seine Grenzen mehr als einmal durchbrochen. Was er wünschte und verkündete, hat er beinahe erreicht. Auf Wegen, die uns unbekannt und verschlossen sind, hat er alle Mittel gefunden, um sich und seine Machtträume zu verwirklichen, und vielleicht noch mehr ...«

»Was? Er ist ein überanstrengter, gequälter Fetzen von einer Persönlichkeit, wenn du ihn noch eine Person nennen kannst.«

»Er hat uns gezeigt, daß das Universum mehr ist als die Fesseln, die wir gekannt haben«, fuhr Kurbi fort. »Der Mythos unserer Menschheitsgeschichte läßt uns eine Kette nach der anderen zerbrechen, aber wir haben uns dabei nur von echten Möglichkeiten entfernt. Gorgias ist in einen Bereich eingetreten, der aus tief in der Realität verankerten Wurzeln gewachsen ist. Diese Wurzeln haben ihren Ursprung wahrscheinlich in tieferen Regionen, als wir uns vorstellen können. Die wichtige Tatsache aber ist, daß sie anderswo aufblühen, jenseits des kümmerlichen Bereiches unserer Fähigkeiten. Die Herakliden haben den Weg gefunden, und wir haben ihre Entdeckung als eine Art Sektenkult abgetan.«

Julian sah ungeduldig und ärgerlich aus. Das blasse Mondlicht, in welches er projiziert wurde, betonte die Unruhe in seinen Zügen.

»Verstehst du nicht?« fuhr Kurbi fort. »Es ist wichtig für unsere Seelenruhe, zu *verstehen,* was geschieht, selbst wenn wir nichts tun können.«

»Das kann nicht dein Ernst sein.«

»Das ist die Art, wie ich mein Leben gelebt habe.«

Julian schien sich in der Luft niederzusetzen. »Fein! Und du möchtest bis zum Schluß dir selbst treu bleiben. Tut mir leid, aber es ist bloß eine Art und Weise, dich selbst zu beruhigen, bevor der tödliche Schlag fällt. So sehe ich es.«

»Verstehen ist der einzige Sieg, der mir geblieben ist«, sagte Kurbi und ließ sich in den Liegestuhl zurücksinken.

Poincaré schnaufte auf. »Gut, Raf. Ich möchte hören, wie klar du mir dies alles machen kannst. Nicht sehr, fürchte ich.«

»Du bist nicht wirklich interessiert.«

»Nur zu«, sagte Poincaré.

»Das Universum der Materie ist nur ein Aspekt jugendlichen Bewußtseins«, erläuterte Kurbi, »aber unter bestimmten Bedingungen kann das Bewußtsein sich weiterentwickeln. Unser Kosmos ist wahrscheinlich nur einer von vielen, die bewußte Intelligenz aus den Geometrien kleinerer, vielleicht winziger Bereiche organisieren, und aufgegeben werden, wenn diese Intelligenz reift und eine leere Schale verbrauchter Energien zurückläßt. Manchmal mißlingt der Intelligenz dieser Aufstieg, und sie geht in der faulenden Frucht zugrunde.«

»Und wir sind ein gescheitertes Universum.«

»Wir können dazu werden, wenn Gorgias nicht aufgehalten wird.«

»Ich verstehe nicht.«

»Sein Interesse ist rückwärts gerichtet, statt auf die Entwicklung nach außen. Er macht unmittelbaren Gebrauch von der Kraft, die allen Dingen zugrundeliegt.«

»Um alte Rechnungen zu begleichen. Vielleicht gibt es für ihn nichts anderes, dort draußen.«

»Er kann aus einem bestimmten Grund nicht sehen, was es dort für ihn geben mag«, fuhr Kurbi fort. »Er ist nicht bereit, von seinen alten Bindungen zu lassen.« Er beobachtete Poincaré. Der Sicherheitschef biß sich auf die Unterlippe und wich dem Blick aus. »Vielleicht waren es die Umstände seines Todes«, sagte Kurbi. »Jedenfalls hat ihn das beharrliche Fortbestehen seines Hasses geblendet. Er hat jetzt soviel Macht, daß er nicht besonders schlau sein muß; es muß schwierig sein, einen Fehler zu machen, wenn du es dir leisten kannst, unbegrenzte Mittel einzusetzen, um Fliegen zu töten. Er kann sich seinen Wünschen hingeben.«

»Ich bin nicht sicher, daß er sich jeden Fehler erlauben kann. Denk an Myraas Gruppe. Kann sie ihm nicht die Macht entreißen?«

»Offenbar ist es ihr nicht gelungen, ihn im Zaum zu halten oder von der Richtigkeit ihres Weges zu überzeugen. Vielleicht hat sie ihm nicht viel zu bieten. Aber ich glaube bestimmt, daß sie seit einiger Zeit dazugelernt hat.«

Julian gestikulierte mit der Hand. »Warum sollte es dich kümmern? Was hast du davon?«

»Es ärgert mich, daß wir keine Chance haben werden, zu wachsen und zu sehen, was sie gesehen haben, bevor er uns zerstört. Es wird kein Überleben geben, nur Tod.«

»Es könnte sein, daß dir nicht gefallen würde, was sie gesehen haben.«

Kurbi seufzte. »Das ist möglich. Ich habe mir gern vorgestellt, daß irgend etwas im Geflecht der Ewigkeit die Vernichtung denkender Wesen abscheulich findet, so daß es bestrebt ist, sie zu erhalten und auf der Stufenleiter der Entwicklung weiter nach oben zu führen zu einer … Gemeinschaft mit ihm selbst.«

Poincaré schwieg eine Weile. »Nun«, sagte er schließlich, »das läßt keinen Raum für das Glück in körperlicher Unsterblichkeit.« Er wurde wieder ungeduldig. »Was kann es in diesem Auferstehungsbereich geben, das Gorgias entgangen ist? Vielleicht hat er recht und alle anderen, du mit eingeschlossen, sind sentimental.«

Kurbi lächelte. Wenn es nur wahr wäre und er dies alles als eine Art Täuschung abtun und vergessen könnte. »Ich gehe von der Existenz eines blinden Kraftzentrums aus«, sagte er. »Es existiert aus sich heraus, erhält sich selbst in einem stabilen Gleichgewicht und kann nicht aufgelöst werden.«

»Und Gorgias bezieht die Energie für seine Waffe von dort.«

»Ja.«

»Was tut Myraas Gruppe mit diesem Kraftzentrum?«

»Ihre Gruppierung besteht zusätzlich zu den Herakliden aus vielen alten, überlebenden Intelligenzen, von denen manche nichtmenschlicher Abkunft sind. Die ganze Gruppe bildet einen geistigen Erlebnishorizont um das Herz des Feuers. Die Blindheit, so hoffen sie, wird zum Bewußtsein erwachen, ebenso wie unbewußte Materie sich in unserer Welt zu intelligentem Leben entwickelte. Am Ende der Geschichte wird ein Gott erstehen und das Produkt davon sein, nicht der Schöpfer.«

»Kein Omega-Gott bis zuletzt? Aber du meinst, diese Hoffnung könnte trügen?«

Kurbi nickte. »Ich fühle es in mir als eine Schwäche, einen Mangel an Entschlossenheit.«

»Nun, du hast viel über dieses traurige und tragische Kapitel nachgedacht, aber ...«

»Das meiste davon stammt von Myraa, und ich glaube ihrer Beteuerung, daß es wahr ist. Das Kraftzentrum liegt allem zugrunde, was wir sehen und fühlen. Zukunft und Vergangenheit sind über unserer Wahrnehmungsebene eins.«

»Raf, worüber reden wir eigentlich?«

»Über die Gefahr, daß es einer bestimmten Spezies womöglich nicht gelingen wird, an der Blütezeit Omegas teilzuhaben. Ich befürchte, daß genau dies unser und das Schicksal von Myraas Gruppe sein wird. Ihre körperliche Gestalt hält die in ihr versammelten Seelen der Kandidaten wie ein Netz, aber dieses geistige Netz mag sich auflösen, wenn ihr Körper zerstört wird. Der gesamte Komplex mag außerstande sein, seine sich entwickelnde Form zu behalten, wenn er nicht allmählich entwöhnt wird. Sogar Gorgias selbst ist möglicherweise nicht in der Lage, ohne sie zu überdauern, trotz seiner teilweisen Durchdringung des Flüsterschiffes. Ihr Geist-Körper ist der Sammelpunkt. Wer würde sie aufnehmen, sollte sie sterben? Gibt es andere mit ihren Fähigkeiten?«

»Auf Myraas Welt, denke ich«, sagte Julian.

»Sie sind zu weit entfernt.«

»Wenn dies alles richtig ist«, sagte Poincaré ärgerlich, »dann hätten wir sie töten sollen, als wir die Gelegenheit dazu hatten. Würdest du die ganze Menschheit umkommen lassen, um das Überleben Omegas zu sichern?«

»Ich habe diese Logik nicht erfunden«, antwortete Kurbi. »Das Universum ist nicht, wie wir es gerne hätten. Ich weiß nicht, vielleicht ist Vergessenheit vorzuziehen. Aber wenn ich an all die Generationen von Lebewesen denke, die in den Tod gegangen sind ...«

»Ich würde sie töten, wenn ich könnte«, sagte Poincaré. »Vielleicht können wir es noch. Es ist unsere einzige Chance. All diese eschatologischen Fragen belasten mich nur, weil du darin verwickelt bist, Raf, und weil es praktische Schwierigkeiten geben mag ...«

»Aber du solltest verstehen. Mehr als alles ...«

»Diese Dinge mögen sich wirklich so verhalten. Aber du redest, als wären es seit langem bekannte und bewiesene Wahrheiten.«

»Du trägst Scheuklappen, Julian. Und was noch schlimmer ist, du willst sie tragen.«

Er zuckte die Achseln. »Ungezählte mikroskopische

Organismen machen meinen Körper aus. Sie interessieren mich nicht, solange sie ihre Arbeit tun. Wir können nicht umhin, blind zu sein. Das ganze Leben wird zwischen Extremen von groß und klein verbracht. Ob du dem Kleinen oder dem Großen auf den Grund zu gehen hoffst, alle Erfahrung wird durch unsere Wahrnehmung verzerrt.«

»Du meinst, daß wir niemals mehr sein können als wir sind?«

»Wir haben versucht, mehr zu sein, Raf, und es hat nie funktioniert!«

»Nichts als die blinden Umweltbedingungen gaben uns unsere Grenzen, und wir haben seit Jahrtausenden nicht mehr in der naturgegebenen Umwelt gelebt. Du verwischst Unterscheidungen und willst dich nicht mit den Verdiensten dessen auseinandersetzen, was ich sage.«

»Verdienste!« Poincaré lachte nervös auf. »Du sitzt hier, wartest auf den Tod und willst, daß ich mit dir übereinstimme! Unsere Schiffe werden noch einmal versuchen, das Flüsterschiff zu vernichten. Wenn es bedeutet, daß damit auch Myraa getötet und ein Weg zu einem entfernten Jenseits verschüttet wird, so sei es! Wenn es ihn gibt, werden wir ihn eines Tages wiederfinden. Wir leben lange genug und haben die Zeit, zu suchen.«

Kurbi antwortete nicht und blickte zu den Sternen auf. Im Ring der künstlichen Satellitenwelten gab es jetzt deutlich sichtbare Lücken, und es schien, daß der dünne Bogen dieser Welten, der sich aus dem Ozean erhob, jeden Augenblick in sich zusammenfallen würde.

Gorgias sah fünfzig Schiffe durch den Übergangsraum auf sich zukommen.

Also wollten die Dummköpfe es wieder versuchen. Er spürte ihre Verzweiflung, aber für ihn war es keine

Herausforderung; schade nur, daß er sie nicht der Befriedigung des Versuches berauben konnte.

Er blickte in die Zentrale. Myraa saß an seinem Platz und starrte ihn an. Er wußte, daß sie früher oder später einen neuen Versuch unternehmen würde, gegen ihn vorzugehen, aber er konnte die Verräterin nicht einfach töten; das Schiff konnte nicht die ganze Verkörperung sein, die er benötigen würde. Durch sie würde er das Leben leben müssen, welches der Verlust seines Körpers ihm verwehrt hatte. Aber er war zuversichtlich, daß es ihm mit der Zeit gelingen würde, durch die Manipulation ihres Fortpflanzungssystems ein Duplikat seiner früheren Gestalt zur Welt zu bringen und zu besetzen.

Die Schiffe kamen näher.

Er jagte auf sie zu, und das Feld der Fusionsenergie erblühte ringsherum.

»Jedes Leben«, flüsterte Myraa ihm zu, »ist ein Universum von Möglichkeiten. Jeder Tod verweigert sie ihm.«

»Warum sonst würde man in ihrer Zerstörung Befriedigung finden?« versetzte er. »Würde ich meine Zeit auf nichts vergeuden? Es ist meine Zukunft oder ihre!«

Der Schwarm der Kriegsschiffe verwandelte sich in glühendes Gas, als er ihn durchdrang. Er hatte den Schiffen nur einen Augenblick gegeben, um aus dem Übergangsraum zu wechseln.

Myraa war still.

»Sie zahlen!« rief Gorgias. »Für meine verlorenen Jahrhunderte.«

Eine gleichmäßige Brise wehte vom Ozean. Poincaré stand auf und blickte eine Weile in die Ferne. Kurbi hörte unsichtbare Stimmen um das Projektionsbild des Sicherheitschefs.

»Sie sind erledigt, Raf«, sagte er endlich, sich umwendend. »Jetzt haben wir nur noch die Schiffe im erdnahen Raum.«

Wir haben ihn geschaffen, dachte Kurbi.

»Einen Moment«, sagte Poincaré. »Bin gleich zurück.«

Er verschwand.

Die Lücken im Ring wurden größer, als weitere Satellitenwelten ihr Heil in der Freiheit des Absprungraumes suchten.

Poincaré erschien von neuem. Sein Projektionsbild kam näher und blieb vor Kurbi stehen. »Er überspringt jetzt Welten, Raf, also wird er sehr bald hier sein. Du wirst abreisen müssen.«

»Nein.«

»Wir können zusammen fortgehen. Es ist keine ausgemachte Sache, daß er uns finden würde, ganz und gar nicht.«

»Sag mir, wofür wir leben würden, und ich gehe mit.«

Poincarés Gespenst breitete die Hände aus. »Warum sollten wir für etwas leben, Raf? Vergiß all deine Feinheiten und lebe das Leben, wie es kommt. Wir werden mit einer kleinen Gruppe fliehen und uns irgendwo außerhalb des Korridors verlieren und dies alles vergessen. Hör auf mich, Raf!«

»Du könntest so leben. Ich kann es nicht. Geh fort und blicke nicht zurück.«

»Raf, ich kann nicht …«

»Vergiß mich.«

11. Die Ruhe des Willens

»Nicht allein in denjenigen Erscheinungen, welche unserer eigenen ganz ähnlich sind, in Menschen und Tieren, werden wir als ihr innerstes Wesen jenen nämlichen Willen anerkennen; sondern die fortgesetzte Reflexion wird uns dahin leiten, auch die Kraft, welche in der Pflanze treibt und vegetiert, ja, die Kraft, durch welche der Kristall anschließt, die, welche den Magnet zum Nordpol wendet, die, deren Schlag ihm aus der Berührung heterogener Metalle entgegenfährt, die, welche in den Wahlverwandtschaften der Stoffe als Fliehen und Suchen, Trennen und Vereinen erscheint, ja, zuletzt sogar die Schwere, welche in aller Materie so gewaltig strebt, den Stein zur Erde und die Erde zur Sonne zieht – diese alle nur in der Erscheinung für verschieden, ihrem inneren Wesen nach aber als dasselbe zu erkennen, als jenes uns unmittelbar so intim und besser als alles andere kannte, was da, wo es am deutlichsten hervortritt, Wille heißt. Diese Anwendung der Reflexion ist es allein, welche uns nicht mehr bei der Erscheinung stehenbleiben läßt, sondern hinüberführt zum Ding an sich. Erscheinung heißt Vorstellung, und weiter nichts: alle Vorstellung, welcher Art sie auch sei, alles Objekt, ist Erscheinung, Ding an sich ist allein der Wille: als solcher ist er durchaus nicht Vorstellung, sondern toto genere von ihr verschieden: Er ist es, wovon alle Vorstellung, alles Objekt, die Erscheinung, die Sichtbarkeit, die Objektität ist. Er ist das Innerste, der Kern jedes einzelnen und ebenso des Ganzen: Er erscheint in jeder blind wirkenden Naturkraft: er auch erscheint im überlegten Handeln des Menschen …«

– Schopenhauer, *Die Welt als Wille und Vorstellung*

Myraa wußte, daß sie Gorgias durch ihren Tod aufhalten konnte. Aber ihr Tod würde jene in ihr gefährden, die noch nicht bereit waren, auf sich gestellt zu reisen.

Und es war niemand in der Nähe, sie aufzunehmen; es würde Tod sein, der Verlust der Persönlichkeit an das Chaos. Wenn die Entscheidung getroffen werden mußte, erkannte sie, war der Tod der Erde nicht so wichtig wie die Menge der Seelen, die sie aufgenommen hatte, die nun an der inneren Küste wartete und sich bemühte, den neuen Bereich zu verstehen und in ihn einzugehen. Jahrhunderte der Erforschung und des Wissens würden verloren sein. Mochten die Reiche der Außenwelt sich selbst und einander zerstören.

Gorgias war erfahren darin, Energie aus dem Kraftzentrum zu ziehen. Er identifizierte sich damit; vielleicht würde er eines Tages, wenn sein Haß verausgabt wäre, etwas zu lehren haben. Niemand hatte sich vorgestellt, daß die rohe Energie des Kraftzentrums in die Welt der Ursprünge zurückgeleitet werden könnte. Alle Bemühungen hatten sich auf Erkundungen und Fragen konzentriert, allein mit dem Ziel, die letzten Bande zur Äußerlichkeit zu zertrennen; wenn alle Herakliden versammelt wären, würde der letzte Kundige einen Weg gefunden haben müssen, dem sie folgen konnten, oder sie mußten zurückbleiben und sterben. Einige dachten, daß dieser Kundige immer im Bereich der Galaxien würde leben müssen, um die Wohlfahrt jener zu sichern, welche hinaus in die Unendlichkeit reisen würden, wo die äußeren Universen nur winzige Schwingungsknoten waren, die das mächtige Kraftzentrum umkreisten, wo jede Verbindung neuer Seelengeister, neuer Perspektiven im Aufstieg zum Omega-Punkt beitrug.

In Wirklichkeit stand ihr die Wahl der Selbsttötung nicht frei, weil sie innerhalb des Schiffes hilflos war. Dafür hatte Gorgias gesorgt.

Kurbi zappelte in Gorgias' Innerem.

Das Sonnensystem mit der Erde trieb wehrlos über dem schwarzen Abgrund. War es je der Mühe wert gewesen? flüsterte er die Gedanken des Herakliden. Nichts gab es hier als eine abgenutzte, überlebte Spezies, die ihre eigene Identität verehrte, blind für Möglichkeiten und inneres Wachstum. Er würde sie von ihrem Elend erlösen…

Kurbi schlug die Augen auf, sprang aus dem Bett und ging hinaus auf die Terrasse. Der Himmel war voll Sterngefunkel, aber etwas fehlte im gewohnten Bild. Große Abschnitte des Ringes waren dunkel. Er empfand eine tiefe Ruhe, als sei es ohne Belang, ob die fliehenden künstlichen Welten entkommen würden oder nicht. Auslöschung und Vergessenheit schienen der vollkommene Zustand; nichts und niemand würde genötigt sein, sich kriechend vom Geringeren zum Höheren zu bewegen, um ein Erfolgserlebnis zu haben, das Gefühl einer Errungenschaft; es würde kein mühsames Streben geben, und kein Gefühl von Leere bei der Erfüllung; der Behälter würde nicht das Verlangen haben, gefüllt zu sein, um sich zu entleeren und den Genuß erneuerten Verlangens zu haben; und durch die Zulassung von Ignoranz und die Spannung der Neugierde gewonnenes Wissen würde nicht immer wieder in Überdruß mangels neuer Unbekannter münden. Vollkommenes Wissen würde statisch sein, nur für kurze Zeit befriedigend, hatte er immer gedacht; aber nun fragte er sich, ob es nicht eine unendliche, sichere Seligkeit in der Betrachtung letzter Geheimnisse liefern würde. Es gab keine Möglichkeit, das zu wissen.

Wir leben zu einem Teil in den Gedanken anderer, dachte er, als ihm sein Traum einfiel, im Inneren von Gorgias zu sein. Für einen Augenblick hatte es ausgesehen, als könnte er den Herakliden von der Erde abwenden, aber ihre Gedanken waren in beiderseitiger Abneigung und Geringschätzung zusammengeprallt.

Wie sollte er in dieser Nacht wieder einschlafen können?

Schlaf. Ein Absinken in unvollkommene Bewußtlosigkeit. Alle Evolution und Geschichte erschien ihm als die verzweifelte Anstrengung des Intellekts, aufzuwachen.

Er stieg die Stufen von der Terrasse hinunter und wanderte über den taunassen Hang, wie er es früher ungezählte Male getan hatte, wenn er den Schlaf gefürchtet oder vergeblich gesucht hatte. Verlassen, nicht erneuerbar und unfähig, sich dem Vergessen auszuliefern, zog er das gefährdete Ufer der Selbsterkenntnis den beängstigenden und unberechenbaren Strömungen des Schlafes vor.

Endlich blieb er am Rand des Kliffs stehen und lauschte den dumpfen Schlägen der Brecher auf die Felsen unter ihm. Der weiße Schaum schien vom Sternenmeer jenseits des Horizonts hereinzurollen.

Sein Schatten erschien tief unten in der aufgewühlten Gischt.

Kurbi wandte sich um und sah Poincarés gigantisch projizierte Gestalt über dem Haus stehen. Der Wiesenhang lag farblos und grau im harten Lichtschein.

»Raf, wo bist du?« dröhnte die Gestalt. »Das Flüsterschiff hat Centauri erreicht!« Das Projektionsbild starrte suchend in die Dunkelheit, dann schrumpfte es auf Normalgröße. Kurbi eilte den Hang hinauf.

Als er die Terrasse betrat, erwartete ihn Poincarés Abbild. Er bemerkte die geisterhaften Erscheinungen flimmernder Bildschirme hinter der bewegungslosen Gestalt. »Der ganze Himmel dort draußen ist in Brand geraten«, sagte der Sicherheitschef, als Kurbi in sein Gesichtsfeld kam. »Er ist groß genug, um ein ganzes System zu vernichten.«

»Wann wird er hier sein?«

»In einem, höchstens zwei Tagen. Du wirst mit mir kommen, Raf.«

»Dachtest du, dies würde mich so ängstigen, daß ich die Flucht ergreife? Ich bleibe.«

»Aber dein Tod würde nichts bewirken! Glaubst du, er würde zögern, wenn du hier bist?«

»Ich habe keine Illusionen mehr«, sagte Kurbi leise. Ein Gefühl von Frieden kam in ihm auf. »Rette dich, Julian.«

»Hast du vor, mit ihm zu verhandeln?«

Kurbi blickte zum Sternenmeer auf. Ein lautloses Gefunkel, ungeachtet der ungeheuren Katastrophe, die sich nur vier Lichtjahre entfernt ereignete.

»Er wird leichtes Spiel haben, Raf. Wir haben nichts, was wir gegen ihn ins Feld führen können. Die Erde wird innerhalb der nächsten Stunden geräumt sein.«

»Von allen?«

»Das läßt sich nicht mit Gewißheit sagen. Es wird überall Leute geben, die nicht wegwollen, und andere in entlegenen Gegenden, die nicht benachrichtigt werden konnten.«

»Wenn er hier fertig ist«, sagte Kurbi, »wird er sich die restlichen Welten im Korridor vornehmen. Und dann wird er warten, daß die Herakliden sich vermehren, um sie zum Herkules-Sternhaufen zurückzuführen.«

»Und was wird er sein?« fragte Julian. »Ein Rachegott im Ruhestand. Er gehört nicht in unser Universum ...«

»Er wird trachten, sich durch Myraa einzufügen, so weit wie möglich sie zu werden. Vielleicht wird es ihm gelingen.«

»Ich hoffe, es wird ihn zermürben. Raf, du mußt mit mir kommen.«

»Nein.«

»Ich werde kommen und dich mit Gewalt fortschaffen.«

»Verschwende nicht deine Zeit. Bis du mich findest, wird es zu spät sein, dich in Sicherheit zu bringen.«

»Das Risiko nehme ich auf mich. Ich starte jetzt.«

Seine Projektion erlosch.

Kurbi blickte umher. Das Haus lag verlassen in der Sternennacht. Er war einmal sehr stolz darauf gewesen und hatte sich darüber gefreut, wie es der Landschaft angepaßt in den Hang eingebettet lag. Er hatte das Haus geliebt, als Grazia es geliebt hatte. Das Bild des zerbrochenen Hängegleiters kam ihm wieder in den Sinn. Er sah Grazia im Sog des Abwindes, der den Gleiter trotz ihrer Bemühungen gegen die Wand des Kliffs drückte. Er sah ihren Körper, der von den Brechern gegen die Felsblöcke geschlagen wurde. Er war nicht dort gewesen, um Zeuge des Unfalles zu sein, aber in seinem Gedächtnis war jede Phase unauslöschlich eingebrannt.

Vielleicht hätte er sie doch klonen lassen sollen; inzwischen wäre ihr Duplikat eine erwachsene Frau, und er hätte sich vielleicht in sie verliebt. Grazia hätte es gebilligt. Die neue, mit ihr identische Person würde seine Treue und Zuneigung gewonnen haben, und er würde jetzt ein anderes Leben führen. Er würde den Herakliden nicht gejagt haben, und Gorgias wäre vielleicht nicht so atemberaubend erfolgreich geworden. Er würde noch immer ein lästiger, aber unbedeutender Freibeuter sein, der sich abmühte, die Asche der Vergangenheit in neue Form zu bringen.

Kurbi lauschte der wachsenden Stille in sich selbst. Die Sterne hatten den Hunger der Menschheit nicht gestillt; solange sie an ihrer alten Identität festhielt, konnte die innere Meute nicht zufriedengestellt werden. Gesellschaftliche Systeme würden diese getreuen Wächter der adaptiven Evolution nur einkerkern. Die Herakliden waren die Antwort der alten Natur gewesen, sich weiterhin zu behaupten, indem sie einem

Wolf zumutete, sich mit der wachsenden Macht des Intellekts zu messen. Die Menschheit hatte nicht ihren besseren Teil losgelassen, sondern das wilde Tier neu ausgerüstet; und das Tier würde jetzt leben, so gewiß, wie es in den Alten der Erde lauerte. Die Vergangenheit würde zum Schweigen gebracht, die Zukunft den Herakliden gehören. Sie würden sich ausbreiten unter den Sternen, zornig auf die Endlichkeit und alles, was nicht sie waren, und den Reichtum der Welten für die Vermehrung ihrer eigenen Art verbrauchen; alles, was die Menschheit gewesen war, würde in ihnen weiterleben. Haß regte sich tief in ihm, und er verstand, daß seine Menschlichkeit sich von der eines Gorgias nicht so sehr unterschied ...

Eine Maschine näherte sich im Morgenhimmel. Sie landete auf der freien Fläche zu seiner Rechten, auf halbem Weg zu den Kliffs. Ein Dutzend Männer kletterte heraus und stapfte zum Haus herauf.

Kurbi erhob sich von seinem Liegestuhl und schlüpfte nach links davon. Er verließ die Terrasse und rannte zu den Kliffs.

»Warte, Raf!« rief Julian.

Kurbi beachtete ihn nicht; ihn ärgerte die Aufregung, in welche die körperliche Anstrengung ihn versetzte. Die Maschine stand weitab zu seiner Rechten, als die Gruppe ihren Kurs änderte und ihm nachlief, und er sah, daß er die Kante ein gutes Stück vor ihnen erreichen würde.

Die Zeit reichte gerade noch aus, um Gorgias um einen weiteren Triumph zu bringen und Julian von einer fatalen Freundschaft zu befreien.

12. Blume und Schwert

»Dennoch ist diese Betrachtung die einzige, welche uns dauernd trösten kann, wenn wir einerseits unheilbares Leiden und endlosen Jammer als der Erscheinung des Willens, der Welt, wesentlich erkannt haben, und andererseits, bei aufgehobenem Willen, die Welt zerfließen sehen und nur das leere Nichts vor uns behalten. Also auf diese Weise, durch Betrachtung des Lebens und Wandels der Heiligen, welchen in der eigenen Erfahrung zu begegnen freilich selten vergönnt ist, aber welche ihre aufgezeichnete Geschichte und, mit dem Stempel innerer Wahrheit verbürgt, die Kunst uns vor die Augen bringt, haben wir den finsteren Eindruck jenes Nichts, das als das letzte Ziel hinter aller Tugend und Heiligkeit schwebt, und das wir, wie die Kinder das Finstere, fürchten, zu verscheuchen; statt selbst es zu umgehen, wie die Inder, durch Mythen und bedeutungsleere Worte, wie Resorption in das Brahma oder Nirwana der Buddhisten. Wir bekennen es vielmehr frei: was nach gänzlicher Aufhebung des Willens übrig bleibt, ist für alle die, welche noch des Willens voll sind, allerdings Nichts. Aber auch umgekehrt ist denen, in welchen der Wille sich gewendet und verneint hat, diese unsere so sehr reale Welt mit allen ihren Sonnen und Milchstraßen – nichts.«

– Schopenhauer, *Die Welt als Wille und Vorstellung*

Das Feld zog sich zusammen, und das Flüsterschiff war allein im normalen Raum. Hinter ihm vermißten Centauris drei Sonnen einen Planeten.

Voraus lag die Erde.

Ein kurzer Flug von vier Einheiten im Übergangsraum würde ihn ins Sonnensystem bringen. Gorgias spürte die machtvolle Energie des Schiffes, als es in das Aschgrau des anderen Kontinuums überwechselte.

Die Sonne wuchs von einem schwarzen Punkt zu einer Scheibe.

Das Schiff wechselte zurück, und die Sonne strahlte. Die Sterne sahen ohne Interesse zu, blind für die Möglichkeit, daß einer der ihren ausgelöscht werden könnte.

Nahebei zog der Mars seine Bahn, die rote Oberfläche gesprenkelt mit Städten. Gorgias horchte die Frequenzen ab, aber trotz der Lichter war alles still. Dann bemerkte er, daß die Orbitalsphäre nahezu frei von künstlichen Satellitenwelten war. Der Gedanke, daß sie ihm entkommen sein könnten, festigte nur seinen Willen; später würde genug Zeit sein, sie zur Strecke zu bringen.

Das Fusionsfeld blühte um ihn auf. Er stabilisierte es bei einem Durchmesser von hunderttausend Kilometern und erfaßte Mars mit dem äußeren Rand.

Der rote Planet bekam Blasen und Sprünge. Seine Rotation geriet aus dem Gleichgewicht. Augenblicke später zerbrach er in Stücke, die weißglühend aufleuchteten und in einer Gaswolke explodierten.

Gorgias überlegte, ob er die Sonne und all ihre Planeten mit einschließen oder nur die bewohnten inneren Welten zerstören solle.

Der helle Morgenhimmel blitzte an einem Punkt auf und brannte, als hätte sich im Raum ein Loch geöffnet und das weiße Licht der Ewigkeit eingelassen. Langsam wuchs das Loch am Himmel und weitete sich aus.

»Raf, komm mit uns!« rief Julian.

Kurbi blickte hinunter zu den Brechern. Der schmale Streifen der Strandplatte lag im weißen Licht des Himmels. Die Luft strömte kalt in seine Lungen.

Er wandte sich um und sah Dunst vom dunklen Hang aufsteigen. »Geht weg!« rief er den dunklen Gestalten zu.

Sie kamen auf ihn zu.

»Zurück, oder ich springe!«

Sie machten halt.

»Du wirst so oder so sterben«, sagte Julian und kam näher.

Kurbi lachte. »Du solltest lieber starten, oder du würdest unmittelbar meinen Tod verursachen. Ich werde in jedem Fall springen, bloß um ihn um diesen Triumph zu bringen!«

Poincaré blieb stehen.

Das Feld der Fusionsenergie wuchs unheimlich schnell. Es hatte bereits die doppelte Größe des Vollmondes.

»Geh, Julian, solange du noch kannst!«

Poincaré hob die Hand. Die Gestalten hinter ihm machten kehrt und gingen zurück zu ihrer Maschine.

»Ich werde bei dir bleiben«, sagte Poincaré.

»Julian, ich warne dich!«

»Es gibt sonst nichts mehr zu tun.« Der Sicherheitschef kam auf ihn zu.

Ein kalter Wind stieß vom Ozean herauf. Kurbi balancierte am Rand des Kliffs. Er hatte nicht erwartet, daß Julian seinen Bluff herausfordern würde.

Kurbi blickte auf. Ein Viertel des Himmels war weiß.

»Es wäre hübsch, zu glauben«, sagte Julian, als er neben ihm stand, »daß wir von frischen, jungen Barbaren vernichtet werden, die ihre eigene Vision von einer neuen Zukunft verwirklichen werden. Aber dies ist eine weitere Sackgasse, die sich vor uns auftut. Es ist schwierig, sich damit abzufinden, daß wir nichts dagegen tun können.«

»Myraas Gruppe ist noch zu neu in diesem Geschäft.«

»Gab es vor ihnen nicht andere?« Kurbi nickte mit einem Gefühl von Leere. »Welchen Nutzen könnten sie für einen wie Gorgias haben? Er dringt mit brutaler Gewalt in die Welt seiner Geburt ein. Wahrscheinlich fordert es viele besondere Bedingungen, um aus unserem Bereich herauszuwachsen, viel Anstrengung, Lernen und Erfahrung. Mit Zurückblicken ist nichts zu gewinnen ...«

Poincaré schien Schwierigkeiten mit dem Atmen zu haben. »Ist es ihnen ganz gleich, was er hier für Schaden anrichtet? Ich kann nicht glauben, daß sie keinen Versuch machen, ihn daran zu hindern!« Seine Stimme bebte.

»Ich weiß nicht«, sagte Kurbi. »Ohne Myraa können wir keinen Einblick gewinnen ...«

Der Ozean lag gleißend in der Glut, die Gorgias' expandierender Wille erzeugte.

»Die Wirklichkeit ist nicht, was wir in ihr sahen«, sagte Julian aufblickend. Kurbi merkte, daß er bestrebt war, das Gespräch lange genug in Gang zu halten, bis er ihn von der Kante des Kliffs zurückziehen konnte. »Wir haben blindlings gelebt, unser Verständnis auf der Grundlage von Theorien und Schlußfolgerungen aufgebaut, ohne zu ahnen ...«

»Wie konnten wir es wissen?« sagte Kurbi. »Alles ist immer noch Natur, alles wirklich, materiell und den Naturgesetzen unterworfen, sogar das Chaos, das über uns hereinbricht.«

»Wir haben niemanden, der uns über unseren Tod hinausführt«, sagte Poincaré nach einer Pause.

Myraa war zu weit entfernt, machtlos an Bord des Flüsterschiffes. Kurbi legte seinem Freund den Arm um die Schultern, und zusammen traten sie vom

Rand des Kliffs zurück. »Es gibt nichts, was uns jetzt bekümmern sollte, Julian, nichts.«

»Wenn dies alles ist, was wir jemals sein können, soll es mir recht sein. Es war uns nie genug. Aber das ist lange her.«

Sie blickten rechtzeitig auf, um den Mond zerbersten, aufflammen und verschwinden zu sehen.

Gorgias hielt seine Position in der Umlaufbahn des Mars und weitete seinen Willen aus. Er würde die inneren Planeten und die Sonne in eine leuchtende Gaswolke verwandeln.

Sein Wille wuchs der Erde entgegen, um an einem Punkt jenseits der Sonne innezuhalten. Nie wieder sollte die Wärme dieses Sterns der Evolution die Voraussetzungen zur Entstehung neuen Lebens schaffen.

Er expandierte weiter. Asteroiden und kosmischer Staub verglühten, als sie ins Energiefeld kamen. Mit Leichtigkeit drang er gegen den Sonnenwind vor, wurde größer, als er je gewesen war. Es konnte keine Begrenzung seiner Größe mehr geben. Wenn er wollte, würde er in der Lage sein, den ganzen Arm dieser Galaxis zu zerstören, sogar ganze Galaxien!

Der Erdmond zerbarst, flammte auf und war verschwunden.

Die Erde lag wehrlos vor ihm.

Der Himmel blitzte auf.

Schwarz-weiß, schwarz-weiß.

Etwas schrie in Kurbis Kopf, als wäre es dort gefangen.

Schwarz.

Der Schrei erstarb, verlor sich in einem inneren Abgrund.

Weiß.

Gräßliche Monstrositäten erschienen am Himmel, vollführten bestialische Handlungen. Riesenhafte

Tiere wie große Bären, Reptiliengesichter in schleimigen Massen, die an blutige Nachgeburten gemahnten…

Wieder hörte Kurbi den Schrei. Es war ein furchteinflößender Schrei, gegen sich selbst gekehrt, als wollte er die ganze Raumzeit in Agonie stürzen. Kurbi preßte beide Hände gegen die Schläfen; er glaubte den Verstand zu verlieren.

»Die Narren«, hörte er Julian sagen. »Meine Maschine kommt zurück, uns zu holen.«

Die weiße Glut am Himmel erlosch, der Himmel dunkelte, und in Kurbi verstummte der Schrei.

Gorgias fiel in sich selbst zurück. Er bemühte sich, den Kollaps aufzuhalten. Geschwächt durch seine Expansion aus der Umlaufbahn des Mars, konnte er nicht genug Energie zuführen, um seine Größe zu erhalten, geschweige denn das innere Sonnensystem zu umschließen.

Das Kraftzentrum zog ihn einwärts, hinein ins Zentrum allen Willens.

Er versuchte sich zurückzuziehen, aber seine Widerstandskraft war geschwunden. Es gelang ihm, über dem Kraftzentrum zu schweben, aber sein innerer Kollaps dauerte an; bald würde er zu klein sein, um dem Herzen des Feuers zu widerstehen. Es hatte ihn abgestoßen und genährt, als er stark gewesen war, aber er hatte seine Fähigkeit zur Beherrschung der unendlichen Energie überanstrengt.

Und er wußte, was nun geschah.

Vom Kraftzentrum Energie abzuziehen, war Leben, aber mit ihm zu verschmelzen, war Tod. Die Rückkehr in die große, ursprüngliche Glut allen Seins.

»Du hast deinen letzten Fehler begangen«, flüsterte Myraa in seiner Nähe.

Die Morgensonne schien vom mondlosen Himmel.

»Da, siehst du?« sagte Poincaré. »Das Flüsterschiff.«

Es kam langsam vom Ozean herein, überflog sie und ging unter der Terrasse des Hauses im Gras nieder. Die seitliche Schleuse öffnete sich, und Myraa taumelte heraus.

Kurbi rief ihr zu und winkte. Er begann den Hang hinaufzusteigen.

»Raf, warte!«

Kurbi beachtete ihn nicht.

»Du wirst nichts sein!« rief Oriona.

»Lebewohl, Gorgias«, flüsterte sein Bruder.

Das Kraftzentrum badete ihn in Wärme, während er kleiner wurde. Er fühlte keinen Schmerz, als er in Spiralen näher gezogen wurde, aber er stieß Verwünschungen aus und begann zu schreien. Diese blinde Masse verdiente nicht, ihn zu haben. Kurbi und andere Feinde mochten das Recht haben, ihn zu töten, wie er das Recht hatte, alle Erdgeborenen zu vernichten; aber von einem hirnlosen, seelenlosen Ding zugrunde gerichtet zu werden, das weder Geschicklichkeit noch bewußten Willen eingesetzt hatte, um ihn zu bezwingen, war die tiefste Demütigung.

»Du hast dich selbst besiegt«, sagte Myraa. »Du bist maßlos gewesen, hast dich nicht der Mühe unterzogen, zu lernen. Du nahmst einfach, was du wolltest, und eines Tages verlangte deine Maßlosigkeit nach mehr, als du bewältigen konntest.«

»Myraa! Rette mich! Du kannst mich retten!«

»Ich kann, aber ich werde es nicht tun.«

Noch einmal rief er sie an. Sie antwortete nicht.

Myraa fühlte die jähe Stille in sich: Gorgias war nicht mehr.

»Wir müssen fort von hier!« rief Myraa, noch ehe Kurbi sie erreichte. »Das Schiff wird sich jetzt selbst zerstören.«

»Hierher«, sagte Julian und zeigte zu seiner Maschine.

Sie liefen über den Hang. »Wie lange wird es dauern?« schnaufte Kurbi, als er Myraa einholte.

»Ich weiß es nicht. Nicht lange.«

Die Entfernung zur Maschine schien nicht größer zu werden. Im Laufen riskierte Kurbi einen Blick über die Schulter. Der Schrei in seinem Kopf, den er zuerst nicht hatte deuten können, war verstummt, aber in der Erinnerung hörte er sein Echo. Gorgias war endgültig tot, sagte er sich; sein Schrei war es gewesen, den er vernommen hatte. Aber das Schiff diente ihm noch immer.

Sie erreichten die Maschine. Hände streckten sich ihnen entgegen und zogen sie an Bord. Kurbi beobachtete das Flüsterschiff, als die Maschine abhob. Es lag still und scheinbar friedlich bei seinem Haus; die Morgensonne glänzte auf seinem silbrigen Rumpf.

Das auf vollen Touren laufende Triebwerk zog sie rasch in die Höhe, und das Haus, die Insel und der ganze südpazifische Raum schrumpften hinter ihnen. Die Erdkrümmung erschien, und bald darauf war die ganze Erde als mächtige, in der Nacht schwebende Kugel zu überblicken.

Ein Lichtpunkt erschien auf der Insel. Er wuchs zu einem gleißenden Lichtkreis, als ob aus den Tiefen der Erde eine zweite Sonne emporstiege.

Während die Maschine sich weiter von ihr entfernte, wurde die ganze Erde von der Explosion erfaßt. Kurbi starrte in das lautlose Schauspiel der furchtbaren Glutexplosion. Langsam begann sie sich zu verteilen, und große Fragmente wurden in den Massen von Rauch, Dampf und Gasen sichtbar. Die Trümmer breiteten sich bereits entlang der Umlaufbahn aus und bildeten einen Asteroidengürtel um die Sonne. *Nun,* dachte er, *ist die Erde nur noch eine Koordinate im Raum.* Gorgias hatte seinen Willen doch noch bekommen. Sein Schiff, sein Werkzeug, seine Faust hatte ihn vollendet, den letzten Streich geführt.

»Ein paar von den größeren Stücken könnten vielleicht von Nutzen sein«, sagte Julian mit leiser Stimme. »Die Ringwelten werden sich eingliedern können, und im Korridor haben wir noch immer viele Welten.«

»Nur seine Unwissenheit und Maßlosigkeit konnten ihn aufhalten«, sagte Myraa, »und nur, wenn er einen Fehler machte. Wir mußten warten, bis er sich übernahm. Nachdem er stark geworden war, gab es keinen anderen Weg.«

»Sie warteten auf ein Ereignis wie dieses?« fragte Poincaré.

»Unsere anderen Angriffe waren alle gescheitert.« Sie schwieg für einen Moment. »Jetzt ist er Teil allen Wollens, allen natürlichen Strebens. Aber er ist frei vom Schmerz des Wissens. Die Bürde seiner Vergangenheit ist von ihm genommen worden.«

»Dann ist er tot und kann nicht mehr geborgen werden?« fragte Kurbi.

Sie nickte. »Seine Seele, die Persönlichkeit, ist zerstreut worden, ebenso wie im Falle seines Vaters. Suchen Sie ihn in den Sonnenstrahlen, in magnetischen Stürmen oder wirbelnden Gaswolken. Suchen Sie ihn in Ihrem eigenen Willen. Er ist dort, befreit von der Gefangenschaft des Selbstbewußtseins, eins mit der Musik des Kosmos.«

»Das ist das gleiche wie tot«, sagte Poincaré.

»Der Tod ist der Bruder des Schlafes. Einst hatte er Besseres verdient.«

Kurbi fragte sich, ob es möglich war, daß Myraa log. Vielleicht war Gorgias nach der Zerstörung der Erde über seinen Haß hinausgewachsen und hatte sich mit ihr versöhnt. Als Gegenleistung würde sie ihn verbergen. Aber als er Myraa in die Augen sah, ließ Kurbi den Gedanken fallen.

»Aber er wird niemals wieder erwachen«, beharrte Poincaré. Die Schrecken der vergangenen Tage und Wochen hatten ein unstillbares Verlangen nach Gewißheit in ihm zurückgelassen.

»Andere werden, in diesen rudimentären Bereichen«, erwiderte Myraa, »und sie werden immer er sein.«

13. Spiegel des Willens

> *»... mit der Geburt des menschlichen Bewußtseins wurde, wie ein Zwilling, der Drang geboren, es zu überschreiten.«*
>
> – Alan McGlashan

> *»Der beste Lehrer kann keine Individuen erziehen, er erzieht bloß Gattungen.«*
>
> – Lichtenberg

> *»Nichts kann nicht existieren; es ist eine sowohl psychologische wie auch eine logische Absurdität; darum existiert notwendigerweise etwas – die ungeschaffene Selbstgenügsamkeit, die nicht zerstört werden kann, nur umgeformt, um eine Vielfalt von Masken zu tragen. Sie ist notwendigerweise eine blinde, idiotische Gottheit, geistlos, aber fähig, alles zu werden ... «*
>
> – Eine gewöhnliche Häresie

Rafael Kurbi stieg die Anhöhe zu Myraas Haus hinauf. Seine Schritte wurden länger, als er sich der Kuppe näherte und die Steigung abflachte, und vor dem Eingang blieb er stehen. Die Sonne schien ihm warm ins Gesicht, als er sich umwandte und über die Landschaft hinblickte.

Gruppen von Herakliden bewegten sich wie Weidetiere im hohen Gras der Talsenke, wo auch sein kleines Schiff lag. Sah man länger hin, so schienen ihre Gestalten einen seltsamen Tanz aufzuführen, als suchten sie eine Anordnung, die sich von der Notwendigkeit jeder weiteren Bewegung befreien würde.

Ein Jahr war vergangen, seit er Myraa in ihre Heimat zurückgebracht hatte. Und seit einem Monat war er täglich einmal zum Haus hinaufgegangen, aber sie nahm noch immer keine Notiz von ihm, und er begann die Hoffnung zu verlieren.

Poincaré hatte für ihn Besuchserlaubnis erwirkt, obwohl die Welt unter permanenter Quarantäne stand. Ein Schiff überwachte sie in einer Umlaufbahn, während Kurbi in seiner kleinen Raumfähre lebte und darauf wartete, daß Myraa ihn empfing.

Viele der künstlichen Ringwelten waren zurückgekehrt, um die Bruchstücke der Erde in ihrer Umlaufbahn zu größeren Einheiten zusammenzufügen. Poincaré arbeitete an einem Projekt zur Rekonstruktion der alten Kontinente oder wenigstens großer Teile von ihnen, um dort Lebensmöglichkeiten in großen Habitats zu schaffen.

Die Alten hatten Myraas Erklärung akzeptiert. Poincaré und er hatten ihren Bericht über die Ereignisse unterstützt, aber der überzeugendste Beweis war die Selbstzerstörung des Flüsterschiffes gewesen.

Es schien Kurbi, als ob die Alten nach wie vor von einer heillosen Angst vor den Herakliden beseelt wären, doch hatten sie immerhin beschlossen, sie in Ruhe zu lassen. Zwar bestand noch immer Ungewißheit über den verborgenen – und nun verlorenen – Stützpunkt und das Vorhandensein weiterer Flüsterschiffe, doch gab es auf Myraas Welt kein funktionstüchtiges Schiff, mit dem die natürliche Quarantäne durchbrochen werden konnte, und nur Gorgias und sein Schiff hatten den Weg zum Stützpunkt gekannt. Myraas Welt war hilflos und konnte jederzeit vernichtet werden.

So konnte man die Welt als ungefährlich und den Krieg gegen die Herakliden als endgültig beendet betrachten.

Kurbi spürte Myraas Gegenwart hinter sich und wandte sich zu ihr um. Sie blickte ihn lange an, ließ seine Zweifel verfliegen und bereitete ihn vor.

»Gorgias hatte recht in seiner Geringschätzung des Kraftzentrums«, sagte sie schließlich. »Sein blinder, strebender Wille zu sein ist schrecklich, aber das folgerten wir schon seit langem. Seelen, die in sich oder in anderen aus ungezählten Schöpfungen durch die Pulse des Kraftzentrums überlebt hatten, hatten Unsterblichkeit und einen Weg gesucht, das Universum zu lieben, ohne seine Sklaven zu werden – durch das Sammeln von Wissen, das Überleben von Nachgeborenen, durch Beharrlichkeit und Erneuerung; und schließlich durch die Selbsterhaltung des Bewußtseins, das durch Willen und Intellekt den Zerfall des Körpers überleben kann.«

»Aber ein unsterblicher Eingeweihter ist erforderlich, um die Seelen zu sammeln«, sagte Kurbi.

»Ja, das ist der schwächste Punkt unserer Entdeckung, aber wir werden ihn überwinden, wenn unser bewußter Wille stark genug wird, um allein zu stehen, Ich bin der Brennpunkt der Antwort auf ein Universum, welches das Allgemeine und das Besondere in gleicher Weise zerstört. Obwohl wir inmitten materieller Galaxien existieren, erstreckt sich unser Geist in die geometrische Unterschicht der Realität, wo wir von den Illusionen der Raumzeit frei sind. Die Zeit wird kommen, wenn unser geeinter Wille so stark wie das Kraftzentrum sein wird.«

»Warum nicht stärker?«

»Das ist nicht möglich, weil alles Ausdruck seines Willens zu sein ist, aber genauso stark wird ausreichen.«

»Ist das immer das Ziel gewesen?«

»Nein. In früherer Zeit gab es welche unter uns, die glaubten, daß die Sammlung aller Seelen dieses Universums in unser Netz das höchste Ziel darstellen würde, und daß danach nichts zu tun bliebe als das Kraftzentrum zu zerstören und so das gesamte Seinsgeflecht auszulöschen und alles zum Stillstand zu bringen.«

»Aber diese Einstellung änderte sich?«

Myraa nickte. »Wir werden das Kraftzentrum umwandeln statt es zu zerstören, und seine Macht gewinnen. Wir werden ihm eine bewußte Intelligenz verleihen, indem wir sein blindes Streben durchdringen. Dann wird uns die Aufgabe bleiben, das Universum aufzuheben und etwas Besseres zu schaffen.«

»Eine neue Realität?« fragte Kurbi. »Neue Naturgesetze, andere Konstanten...«

»Wir können jetzt nicht über Einzelheiten sprechen«, sagte sie, »und es mag notwendig werden, verschiedene Experimente durchzuführen, aber eines ist gewiß: es wird keine blinde Schöpfung sein. Sie wird kein Leben verschwenden, wie diese es tut, nur um Anpassungen hervorzubringen, noch wird sie ihrem bewußten Leben Anlaß zu dem Verdacht geben, daß es bloßer Zufall sei, oder sogar ein schrecklicher Fehler.« Sie machte eine Pause, ließ aber den Blick auf ihm ruhen, als wollte sie von seiner Miene ablesen, ob sie ihm schon zuviel gesagt hatte.

»Ich bin niemals Ihr Feind gewesen«, sagte er.

Sie tat einen Schritt auf ihn zu. »Aber Sie müssen verstehen, daß die Existenz jenseits des Todes, wie wir sie erreicht haben, keine Erlösung ist; auch sie fordert Denken und Forschen. Auch wenn das Auge im Zentrum vom großen Wirbelsturm des Lebens blind ist, kann es noch immer all unsere Hoffnungen zerstören; aber wenn wir Erfolg haben, wird es neue Entdeckungen, Errungenschaften und Wissen geben. Wir werden fortfahren, zu entfalten, was in uns ist.«

»Halten Sie das für möglich?« fragte Kurbi. »Ich fühle mich so klein und begrenzt.«

»Wir wissen, daß Unendlichkeiten wirklich sind, in uns und außerhalb. Wir werden unsere Natur erneuern. Vielleicht werden wir ein Universum der Freude, Liebe und plötzlichen Entdeckung schaffen ...«

»Ohne Tragödie, ohne Trauer?« fragte er zweifelnd. Sie schilderte Seinszustände, die alle Menschlichkeit zurücklassen würden wie den Kokon eines Schmetterlings. Aber war es nicht das, was er in seinem eigenen Denken angestrebt hatte? Er hatte zu lange am Rand gestanden, ohne ein Ziel, ohne einen Ort, zu dem er sich hingezogen fühlte.

»Anderswo«, fuhr sie fort, »schwimmen Schöpfungen im unendlichen Urgrund aller Dinge. Wer die Tragödie wünscht, mag versuchen, über den Ozean des Nichtseins zu reisen und in die ungezählten Universen einzugehen, denen die Möglichkeit des Omega verborgen geblieben ist. Dort, in den Schrecken der Entropien, in der Tyrannei verzweifelnder Leben, die von den Gesetzen des blinden Willens, welcher im Mittelpunkt jeder Schöpfung atmet, wie Funken emporgeschleudert werden, mag er auf seine Rechnung kommen.«

»Dann ist es möglich«, sagte Kurbi, »daß die individuellen Universen des Urgrunds aller Dinge nicht alles sind. Vielleicht sind sie der Ausdruck eines noch größeren Impulses?« Das Universum der Galaxien, in das er geboren worden war, mochte am Ende nur eine geringere, primitive, periphere Schöpfung sein, die in einem äußeren Kreis der Quantenmöglichkeiten trieb.

»Wir wissen es nicht.« erwiderte Myraa, »aber wenn es ein größeres Zentrum gibt, und wenn auch dieses blind ist, dann werden wir uns vielleicht mit anderen Universen vereinen müssen, um es auch umzuwandeln.«

»Sagen Sie mir«, sagte Kurbi, »hat es in unserem Universum jemals Anzeichen eines Eindringens von außen gegeben?«

»Das kann niemand mit Bestimmtheit sagen. Gewisse alte Religionen behaupten, daß es wenigstens einmal geschehen sei, aber Zeichen oder Hinweise gibt es keine. Wir werden es wissen, wenn wir sie sehen.«

Er nahm sie bei der Hand und fragte: »Wollen Sie meine Lehrerin werden?«

Sie nickte. »Schicken Sie Ihr Schiff fort.«

Er blickte zum blauen Himmel auf und begriff, daß dieses ganze Universum nun einem Urteil unterlag; daß es im Geist seiner Besten bereits verworfen war – ein Nichts; und er akzeptierte das Wissen, daß er in die Fülle künftiger Schöpfungen hineinwachsen würde.

Nachwort: Abendunterhaltung eines Genres

Pamela Sargent

Ich konzipierte mein erstes Buch als ein buntes, aktionsbetontes Fresko mit wirkungsvollen Bildern und schwermütigen metaphysischen Obertönen. Obwohl ich nur den mittleren Abschnitt schrieb, war es immer meine Absicht gewesen, einen größeren Roman in drei Teilen daraus zu machen. Aber als er *Der Omega-Punkt* zur Veröffentlichung annahm, schlug Donald Wollheim mir vor, daß ich mit den flankierenden Bänden des Buches noch warten solle. Anfang der siebziger Jahre war es für einen jungen und unbekannten Schriftsteller nicht einfach, einen umfangreichen Roman zu veröffentlichen.

Es mag von einigem Interesse sein, zu versuchen, in die Entstehung eines solch sonderbaren Romans wie diesen einen Sinn hineinzubringen; darum sind diese Notizen ebenso für mich selbst wie für meine Leser bestimmt. Ich stand dieser Geschichte mißtrauischer gegenüber als jeder anderen, die ich geschrieben habe. Ein Teil von mir möchte Jugend geltend machen, eine blühende Phantasie, die ungeprüften Impulsen folgte – welche sich zehn Jahre später, als ich die einbändige Ausgabe fertigstellte, wie ich glaube, als sehr verständlich erwiesen. Ich möchte gern glauben, daß, wenn ich etwas über mich selbst ›entdeckte‹, es durch die Klarheit geschah, die aus zunehmender Gewandtheit erwuchs.

Die Geschichte scheint mir ein seltsam umgewandeltes Echo aus dem vom Krieg zerrissenen Europa zu sein, in dem ich geboren wurde und die ersten sechs Jahre meines Lebens verbrachte. Diese Welt lebt in mir mehr durch die Kraft der Erinnerung meiner Eltern als durch meine eigene (ich erinnere mich nur an England); aber der Rest ist da, daran besteht kein Zweifel.

Gorgias, meine Hauptfigur (benannt nach dem großen griechischen Sophisten des Altertums, mit dem ich während einer Liebesaffäre mit Platonischer Philosophie vertraut wurde), ist ein Geist aus dem Zweiten Weltkrieg. Allein und der Zivilisation beraubt, die um ihn hätte erblühen können, wendet er sich dem Terrorismus als einziger Möglichkeit der Vergeltung zu. Es war kein Zufall, daß ich bei der Planung des Buches erkannte, wie gut solche Motive für die Wunscherfüllungs- und Machtphantasien vieler SF geeignet sind. Vergeltung und Verfolgung geben oft den Stoff für eine gute Geschichte ab, und ein angehender Schriftsteller braucht alle Intensität, die er bekommen kann.

Der Omega-Punkt ist ein Beispiel dafür, was dabei herauskommt, wenn der Sohn polnischer Überlebender des Krieges (meine Eltern wurden während des Krieges als ›Fremdarbeiter‹ nach Deutschland zwangsverpflichtet – stellen Sie sich das als die prägende Erfahrung der Jugendjahre Ihrer Eltern vor!) die Abendunterhaltung eines Genres schreibt. Er kommt an ernsten Fragestellungen nicht vorbei, ist aber in einem Alter, wo er die Art von Science Fiction und Fantasy, mit der er aufgewachsen ist, noch nicht kritisch sehen kann. Fügt man die Überladenheit hinzu, die er von den Filmen Eisensteins lernte, und Tupfer spekulativer Philosophie (nichts davon auch nur einen Augenblick davon geglaubt) so bekommt man eine farbenfrohe Space Opera mit metaphysischen Tangenten und ernsten Anmerkungen. Obwohl das Buch dem Verfasser und seinen Lesern Freude bereitete, kann es schließlich nicht mehr sein als ein packender guter Traum. Ich fühle mich an Michael Moorcocks Elric-Geschichten erinnert, von denen er behauptet, sie seien für ihn eine Art Psychoanalyse gewesen.

Ich denke noch immer, daß ich Gefallen daran fand, mit dieser Geschichte Konventionen des Genres zu überarbeiten und zu versuchen, bestimmten alten Effekten neuen Reiz zu verleihen, während mein geistiges Auge bereits nach ehrgeizigerer Kost Ausschau hielt – die zu schreiben ich mir noch nicht leisten konnte, sowohl finanziell als auch technisch.

Diese Bücher befriedigen auch einen alten Ehrgeiz meiner Collegejahre: in der Fiktion die verschwenderische Üppigkeit der spekulativen Metaphysik des neunzehnten Jahrhunderts mit all ihren Einsichten und ihrer romantischen Poesie zu verkörpern – in einer anschaulichen Erzählung einige der Schönheiten dieser weitläufigen Gedankengebäude auszubeuten, nur um zu sehen, was ich an dramatischen Möglichkeiten aus Schopenhauer, Nietzsche und sogar früheren Philosophen wie Leibniz herausholen konnte. Etwas Seltsames geschah: Ich fand, daß ich die meisten Antworten rekapitulierte, die von verschiedenen Denkern auf diese spekulativen Systeme gegeben wurden. Bergson und Teilhard de Chardin waren deutlich mit Schopenhauers Gedankengängen verbunden, sogar mit von Hartmann. Soweit die Originalität.

Erstlingsromane sind Gegenstände unerträglicher Eitelkeit; schließlich beweisen sie, daß es möglich *war*, daß es geschafft wurde, was immer das wahre Verdienst des Resultats sein mochte. Der Erstlingsroman kann eine Station auf dem Weg zur Verbesserung des Talents sein. Obwohl Leser und Kritiker *The Omega Point* freundlich aufnahmen (es hatte auch in britischen, deutschen, französischen, niederländischen, portugiesischen und japanischen Ausgaben Erfolg), schien es mir, gelinde ausgedrückt, nicht gerade mein bestes Buch zu sein. Darum habe ich es vollständig umgeschrieben, um es in eine übereinstimmende Qualität mit den flankierenden Abschnitten *Asche und Sterne* und *Seelenspiegel* zu bringen. Ich fand es lehrreich und quälend zugleich, mein früheres Selbst zu korrigieren, mit dieser Person auf der anderen Seite der Zeit zu argumentieren und meinen Fortschritt zu messen. Ich frage mich, wie mein zukünftiges Selbst von dem vollständigen Werk denken wird (wie ich sagte, sollen mir diese Anmerkungen helfen, aus meinem Buch klug zu werden; wer interessiert ist, mag zuhören).

Die Änderung und Neuordnung des erzählerischen Vokabulars ist in der SF (und in der meisten Belletristik) immer üblich gewesen. Da er bestehende Grenzen nicht als bindend anerkennt, glaubt jeder Autor, daß er es besser machen könne, besonders am Anfang. Manchen ist es sogar gelungen; aber nichts kann eine wirklich plausible SF übertreffen, die mit einem neuen Vokabular arbeitet und aus einer Erwägung der Wirkung wahrhaft neuartiger Faktoren menschlicher Geschichte und individueller Leben erwächst. Um lebendig zu bleiben, muß SF sich von den realen Welten menschlicher Kreativität in der Wissenschaft und im Verstehen von Erfahrung nähren, wenn sie nicht auf sich wiederholende Dekadenz verfallen will (die schlimmste Form des Genres). Anderswo habe ich versucht, neue Wege zu gehen (siehe *Makroleben*) und werde das auch in Zukunft tun.

Aber nicht hier.

Wenn diese Geschichte einige Schönheit und Farbe mit einem unterhaltenden Konflikt und starker emotionaler Überzeugung verbindet, dann ist sie in allem, was sie sein sollte, gelungen; alles übrige ist Dreingabe. Leser haben es so aufgenommen, wofür ich vorsichtig dankbar bin; aber ich möchte nicht hören, daß einige von Ihnen dort draußen die früheren Versionen vorziehen oder hoffen, weitere Geschichten zu sehen, die vor diesem Hintergrund spielen; es ist schwierig genug, mich zu unbegangenen Pfaden durchzuschlagen.

Abschließend ein Wort zu den verschiedenen Zitaten, die den Kapiteln vorangestellt sind. Ich hatte daran gedacht, sie für diese Ausgabe fallenzulassen (die Giftzähne geistloser Unterhaltung beißen tief!); aber eine Anzahl von Lesern hat Gefallen daran gefunden. Man sagte mir, daß diese kleinen Stückchen zueinander sprechen. Wenn ich es recht bedenke, ist das nicht so seltsam in einer Geschichte, die so befrachtet ist mit dem Gewicht imaginärer Geschichte (auch einige der Zitate sind imaginär). Betrachten Sie sie als einen griechischen Chor, der niemals jemanden etwas vergessen läßt.

George Zebrowski

DAVID WINGROVE

Die Chronik des Chung Kuo
Nach dem Untergang der westlichen Zivilisation der Aufstieg Chinas zur Weltherrschaft

Im 22. Jahrhundert ist die Welt der Hung Mao, der »Westmenschen«, vergangen. Das große Reich der Han, der Chinesen, ist wiedererstanden. Chung Kuo, das Reich der Mitte, umspannt die ganze Erde. Sieben gewaltige Städte, Hunderte von Ebenen hoch, überwölben die Kontinente, um die riesigen Bevölkerungsmassen zu beherbergen. Sieben T'ang, Kaiser von gottgleicher Macht, herrschen über sie.

Das Reich der Mitte
06/5251

Die Domäne
06/5252

Die Kunst des Krieges
06/5253

Schutt und Asche
06/5254

Wilhelm Heyne Verlag
München